HANS PETER RENFRANZ

DAS DORF

ROMAN

NYMPHENBURGER

2. Auflage 1978

Umschlaggestaltung: Werner Rebhuhn, Hamburg
Gesamtherstellung: Welsermühl, Wels
ISBN 3-485-00344-1
Printed in Austria

Erster Teil

I

Das Dorf Neumühlen liegt im Norden unseres Landes, dort, wo der Himmel groß ist, manchmal tiefblau und manchmal düstergrau, wenn Wolken von Horizont zu Horizont über das flache Land ziehen. Dann riecht der Westwind nach Salz und Tang. Die Wiesen sind dunkelgrün und feucht, die Felder im Sommer, wenn das Getreide reift, sonnengelb. Die Kühe haben schwarzweiße Muster, die wütenden Bullen Bleche über den Augen, die bockigen Kälber Holzgestelle um den Hals. Die Häuser dort sind aus dunkelroten Backsteinen gebaut, manche auch aus hellbraunen. Einige von ihnen tragen noch gewaltige, dunkle Reetdächer, die fast auf den Boden reichen. Die Menschen heißen Sievers, Sick, Ohm, Stamp, Thöming, Henningsen und Groth mit Nachnamen und Hans, Klaus, Jürgen, Detlev, Adolf, Hauke, Enno sowie Kathrin, Elisabeth, Magda, Elsabe, Waltraut, Wiebke, Ellen, Frauke und Elfriede mit Vornamen. Sie sprechen einen eigenen Dialekt, der eigentlich eine eigene Sprache ist.

Unter ihnen lebte in unserer Zeit ein Mann mit Namen Anton Podizat. Er hatte eine Frau, die hieß Anne, und einen Sohn, der hieß Jürgen. Sie wohnten in einem kleinen Haus am Rande des Dorfs. Es gehörte dem Bauern und Bürgermeister Otto Sievers. Anton war nicht von dort und hatte den Dialekt des Nordens nie richtig gelernt. Man mochte ihn trotzdem. Eines Tages wurde er Briefträger. Das kam so:

Vierzehn Jahre lang war Hermann Röder an jedem Vormittag von Montag bis Sonnabend die sieben Straßen von Neumühlen mit der Posttasche entlanggewandert und hatte Briefe, Karten, Pakete, Päckchen, Heirats- und Todesmeldungen sowie amtliche Schreiben in die Häuser gebracht. Er war für das Dorf eine Institution, und niemand, der ihn heranwatscheln sah, die Tasche über dem Bauch und den Paketkarren hinter sich herziehend, die blaue Dienstmütze über dem runden Gesicht, das schon aus der Entfernung zeigte, welche Art Nachricht es war, die er mitbrachte, konnte sich vorstellen, daß er sich mit dem Gedanken trug, seinen Beruf aufzugeben. Doch dieser heiße Sommer hatte ihm den Dienst von Tag zu Tag schwerer gemacht, so daß er stets auf halbem Wege eine lange Pause in der Gastwirtschaft Lafrenz einlegen mußte. Hier las er eines Mittags einen Zeitungsbericht, der sein Leben von einer Minute zur anderen änderte. Da stand nämlich geschrieben, daß er sich als neue Existenzgrundlage nur einen Zuchteber zu kaufen brauche, um mit ihm über die Bauernhöfe zu ziehen. Für jede Tat seines Tieres würde man ihn gut bezahlen. Es war eine Summe angegeben, die Röder schwindlig machte. Auf einem Bierdeckel errechnete er seinen künftigen Verdienst. Er dachte nach: In Neumühlen, Breitenfeld, Karlsmoor und Elsendorf gab es ungefähr fünfzig große und kleine Bauern. Fast alle von ihnen besaßen eine Schweinezucht, aber nur sehr wenige einen tatkräftigen Eber. Denn solch eine Anschaffung lohnte im Grunde nicht: Ein-, zwei-, vielleicht dreimal im Jahr war solch ein Tier zu gebrauchen, den Rest der Zeit stand es im Stall und auf der Wiese herum und langweilte sich. Einige wenige Bauern besaßen solch einen Eber und liehen ihn manchmal aus. Dabei war es schon häufig zu Schwierigkeiten gekommen, denn nicht selten weigerten sich die Eber, die Verschläge fremder Säue zu betreten, oder die Säue wehrten sich dagegen, fremde Eber an sich heranzulassen. Da war es oft nur mit Prügeln abgegangen ... Ein Eber aber, so stand in dem Zeitungsbericht geschrieben, der es gewohnt sei, in fremden Ställen sein Geschäft zu verrichten, würde sich sehr schnell an fremde Gerüche gewöhnen und würde auch schon bald lernen, mit widerspenstigen Säuen fertig zu werden.

Röders Rechnung auf dem Bierdeckel ging auf. Zunächst sprach er mit niemandem über seine Pläne. Einmal in der Woche aber besuchte er den Rendenstedter Viehmarkt und unterhielt sich lange mit Händlern und Schweinezüchtern. Die hielten seinen Plan für eine ganz ausgezeichnete Sache. Er ließ sich Tiere zeigen, die in ihren Verschlägen grunzten, und begeisterte sich immer mehr.

Nach und nach reifte sein Plan heran, und er weihte seine Frau Erna ein, die nur den Kopf schüttelte. Aber das kannte er schon, sie schüttelte immer den Kopf. Jetzt mußte er nur noch einen Dreh finden, sich auf Lebenszeit dienstunfähig schreiben zu lassen, denn auf die Rente von der Post wollte er selbstverständlich nicht verzichten.
Eines Abends saß er auf der Bank vor seinem Haus und dachte darüber nach. Da spürte er plötzlich in seinem rechten Knie einen stechenden Schmerz. Röder lauschte in sich hinein: Tatsächlich, das Knie drückte und piekte. Sofort am nächsten Morgen humpelte er zu Dr. Renz. Der untersuchte das Knie, klopfte, drückte, beugte und streckte es und konnte beim besten Willen keine Krankheit feststellen. Röder aber behauptete, nur unter Schmerzen gehen zu können. Zum Beweis hinkte er mit qualvoll verzogenem Gesicht durch das Sprechzimmer, den Bestrahlungsraum, die Küche, das Wartezimmer, wo einige Neumühlener ihn voller Mitleid betrachteten, und ins Sprechzimmer zurück. Der Doktor hatte sich Röders Vorstellung mit ernstem Gesicht angesehen und machte sich so seine Gedanken, die er jedoch nicht aussprach. Er verschrieb Röder eine Salbe. Am nächsten Morgen kam dieser mit einem Handstock erneut in die Sprechstunde und klagte noch lauter als am Tag zuvor. Da schrieb der Doktor ihn für zwei Wochen krank.
Aber das Knie wollte und wollte nicht besser werden. So überwies der Doktor ihn zu einem Spezialisten nach Rendenstedt. Der untersuchte es ausführlich und nannte Röder schließlich einen Simulanten. Gott sei Dank wußte Röder nicht genau, was das war, und hinkte und humpelte nur um so kräftiger. Darauf wurde er zu einem zweiten Spezialisten geschickt. Der war verständnisvoller, sprach von Verschleißerscheinungen und meinte, mit Knieschmerzen dürfe man nicht spaßen. Röder nickte, strahlte, wenn der Doktor ihn nicht ansah, betrachtete sein rundes, weißes Knie und blickte tieftraurig, wenn der Doktor zu ihm hinsah.
In der Kieler Universitätsklinik, der nächsten Station auf dem Weg zur Pensionierung, mußte sich Röder einer schlimmen Tortur unterziehen, doch der Gedanke an seinen Eber ließ

ihn alles tapfer ertragen. Aber einen deutlichen Befund gab es nicht. Für die Postbehörde bestand noch lange kein Grund, Röder in Pension zu schicken. Der aber mußte und wollte durchhalten, obgleich seine Frau ihn inständig anflehte, seine Pläne aufzugeben. Röder konnte sich, nachdem er vier Wochen krank war, nicht mehr vorstellen, jemals wieder in den Postdienst zurückzukehren, er hatte an seinem neuen Leben Gefallen gefunden. Morgens saß er am Fenster und blätterte in landwirtschaftlichen Fachzeitungen, mittags schlief er zwei Stunden und abends arbeitete er heimlich und vorsichtig und selbstverständlich hinkend an einem Verschlag für seinen künftigen Hausgenossen. Einmal in der Woche fuhr er weiterhin zum Rendenstedter Viehmarkt. Man kannte ihn dort längst, begrüßte ihn freundlich und führte ihn von Verschlag zu Verschlag. Die Tiere kannten ihn mittlerweile auch und schienen ihn grunzend willkommen zu heißen. Mit einem einzigen Blick konnte Röder jetzt ihre Qualität einschätzen. Als Röder acht Wochen krank war, erhielt er ein mahnendes Schreiben der Postbehörde, sich mit seinem Knie zu einer allerletzten Untersuchung in Rendenstedt einzufinden. Sollte sich herausstellen, daß er ein Simulant sei, werde man ihn ohne Pension aus dem Dienst werfen. Sollte er aber tatsächlich dienstuntauglich sein, werde man ihn in den Ruhestand entlassen.

›Jetzt oder nie!‹ dachte Hermann Röder und humpelte schwerfällig die Treppen zu dem Spezialisten hinauf. Mittlerweile hatte sein Knie durch die andauernde Hinkerei tatsächlich eine andere Form bekommen und schmerzte auch ab und zu ein wenig. Der Spezialist blickte Röder an, blickte das Knie an, schüttelte den Kopf und schrieb ihn dienstuntauglich auf Lebenszeit. Röder ergriff bewegt die Hand des Arztes und ging, so schnell es seine Krankheit zuließ, zum Viehmarkt. Dort kaufte er ein stattliches Tier, das ihm schon bei seinen letzten Besuchen aufgefallen war. Es hatte harte Muskeln wie ein Athlet, einen stromlinienförmigen Körper und einen fast hochmütigen Gesichtsausdruck. Röder zahlte in bar. Schließlich hatte er lange genug auf diesen Moment gewartet. Er blickte dem Tier in die winzigen Augen, und das

Tier hielt seinem Blick stand. Da kraulte Hermann Röder ihm gerührt die feuchte Schnauze und die Stelle hinter den Schlappohren, wo auch Eber sich gern kraulen lassen. Hermann Röder, der ehemalige Briefträger aus Neumühlen, schämte sich seiner Tränen nicht, als das Tier sich willig verladen ließ. So hielt es Einzug in Neumühlen und in seinem Verschlag. »Du heißt Erwin«, sagte er zu dem Eber, »bist du einverstanden?« Das Tier grunzte, schnüffelte seine neue Behausung ab und schien mit allem zufrieden zu sein.

Zum Leidwesen von Frau Röder verbrachte Hermann nun ganze Tage damit, für Erwin zu sorgen. Er legte den Boden des Verschlags mit Spreu aus, gab ihm dreimal am Tag Futter, dessen Zusammensetzung er aus einer Fachzeitschrift für Schweinezucht abgeschrieben hatte, kaufte in der Drogerie Schulte potenzfördernde Stärkungsmittel und bearbeitete ihn mit einer feuchten, einer weichen, einer harten und einer trockenen Bürste. Das gefiel Erwin, er grunzte seinen Besitzer voller Dankbarkeit an.

Aber noch stand die erste Bewährungsprobe aus. Unter den Bauern von Neumühlen, Karlsmoor, Breitenfeld und Elsendorf hatte sich herumgesprochen, daß Röder einen stattlichen Eber besaß, der auf Aufträge wartete. Manchmal kam abends jemand vorbei, sah auf das Tier herunter und nickte voller Hochachtung. Bauer Damm war der erste, der Röder den Auftrag gab, mit Erwin vorbeizukommen. In der Nacht vor diesem ersten Auftritt konnte Röder kaum schlafen. Dreimal ging er zum Verschlag hinüber und betrachtete das im Schlaf grunzende Tier.

Am nächsten Morgen führte er Erwin durch das Dorf zum Hof des Bauern Damm. Er hatte sich in der Zwischenzeit ein Halsband anfertigen lassen, ein rotes Spezialhalsband, an dem er den Eber wie einen Hund spazierenführen konnte. Ohne zu zögern, ohne sich einmal umzusehen, ohne sich von dem ängstlichen Gequieke einschüchtern zu lassen, tippelte Erwin in den Stall und stürzte sich auf die erste der vier stattlichen Säue. Während Erwin also sein Geschäft besorgte, standen Röder und Damm da und sahen zu. Damm war zufrieden. Röder konnte keinen Blick von seinem tatkräftigen Eber lassen, irgendwie war ihm ganz komisch zumute. Als wenig später auch Frau Damm eintrat und zusah, wußte Röder, warum ihm so komisch zumute war, denn Frau Damm biß sich auf die Lippen ... Röder ahnte mit einem Mal, daß Erwin ihm noch viel Freude machen würde, mindestens genausoviel, wie er ihm zu machen bereit war.

Am Abend betrank Röder sich. Von nun an konnte er sich vor Aufträgen kaum retten, denn natürlich hatte Damm im Dorf herumerzählt, zu welchen Leistungen Erwin fähig war. Hermann Röder und Erwin gehörten bald zum gewohnten Anblick, wenn es auch einige Zeit dauerte, bis sich alle mit diesem merkwürdigen Aufzug abfinden konnten: Ein stattlicher Eber mit gesenktem Kopf, angetan mit einem roten Lederhalsband, zieht einen kleinen, dicken, ein wenig hinkenden Mann hinter sich her, und der kleine, dicke Mann ruft mit rotem, verschwitztem Gesicht fortwährend: »Nicht so fix! Verdammt noch mal! Doch nicht so fix! Wer soll denn da mitkommen ...«

Nach erfolgreichen Tagen ging Hermann mit zwei Flaschen Bier in Erwins Stall, leerte eine in den Trog, trank die andere selber und hielt Zwiesprache mit seinem Freund. Ja, manchmal kam es Röder vor, als ob Erwin seine Worte verstünde, ja ihm schien sogar, als wäre Erwins zufriedenes Grunzen eine Art Antwort ...

So kam es, daß Anton Podizat an Stelle von Hermann Röder Briefträger des Dorfes Neumühlen wurde. Jeden Morgen um sieben Uhr sortierte er mit Frau Bluhm die eingegangenen Sendungen, verstaute sie in seiner Tasche und legte die Pakete und Päckchen auf den Handkarren. Dann machte er sich auf den Weg, einen anderen, als Hermann Röder ihn gegangen war. Er hatte sich ausgerechnet, daß es besser wäre, im Westen des Dorfs zu beginnen und nicht im Osten. So mußte er die mittlere der im Karree geordneten Straßen nicht zweimal gehen. Er hatte sich auch einen Zeitplan zurechtgelegt, doch schon am dritten Tag konnte er ihn nicht mehr einhalten. Die Leute sprachen nämlich gern mit ihm und er auch gern mit den Leuten. Da kam es auf eine Stunde mehr oder weniger

nicht an. Wenn er seinen Dienstgang beendet hatte, lieferte er die leere Tasche und den Handkarren ab und ging nach Hause, wo Anne mit dem Mittagessen auf ihn wartete.
Wenn Anton sein Häuschen betrat, mußte er sich ein wenig bücken, denn das schwere schwarze Reetdach reichte tief herunter, aber innen war alles geräumig. Anton setzte sich an den Tisch, begann zu essen und erzählte, was er an Neuigkeiten erfahren hatte. Anne und sein Sohn Jürgen hörten still zu oder kommentierten das eine und andere Ereignis. Dann berichtete Jürgen von seiner Arbeit als Geselle beim Klempner Hansen. Und schließlich erzählte Anne von ihren kleinen Erlebnissen, die sie den Vormittag über gehabt hatte, zum Beispiel, daß ein Vogelschwarm in ihren Garten eingefallen war und die Beete zerstören wollte.
In diesem Garten rund um das Haus wuchsen Tomaten, Kartoffeln, Petersilie, Schnittlauch, Radieschen, zwei Kürbisse, Rhabarber und Blumen. Zwei Apfelbäume standen neben einem Birnbaum, einem Pflaumenbaum und einem Kirschbaum, der aber noch sehr kümmerlich war, denn Anton hatte ihn erst vor zwei Jahren gepflanzt. Dann gab es noch Johannis- und Stachelbeersträucher. Da der Boden fest und schwarz war, brauchte Anton ihn nie zu düngen. In einem kleinen Stall hinter dem Haus hielt er zwei Ziegen sowie einige Hühner und Gänse, die den Tag über auf einem eingezäunten Rasenstück miteinander lebten. Um sein gesamtes Anwesen hatte Anton vor einigen Jahren einen festen Maschendrahtzaun gezogen. Er wollte zeigen, daß das alles sein Besitz war, obgleich das Haus und das Grundstück noch immer dem Bürgermeister Sievers gehörten.
Anton war mit seinem Leben zufrieden. Er hatte eine Frau, die er liebte, einen guten, fleißigen Sohn, ein Haus, ein Grundstück, eine Arbeit. Zu mehr würde er es nicht bringen können, zu mehr wollte er es auch nicht bringen. Wenn er daran dachte, daß er damals, nach dem großen Krieg, ohne ein Stück Papier, das ihn namentlich hätte ausweisen können, abgemagert und abgerissen von der langen Flucht in dieses Dorf gekommen war, dann hatte er es sogar sehr weit gebracht. Der Anfang war schwer gewesen, denn die Neumüh-

lener, die vom Krieg nicht allzuviel mitbekommen hatten, spotteten lange über seinen breiten ostdeutschen Dialekt und nannten ihn sogar eine Zeitlang einen ›Pollacken‹. Um leben zu können, übernahm er jede Arbeit: Ställe ausmisten, Kühe melken, Dächer decken, Brot backen, Gräber schaufeln, Kegel aufstellen, Schießscheiben richten beim jährlichen Schützenfest, Zäune ziehen, Vieh treiben, amtliche Nachrichten am Spritzenhaus und der Meierei befestigen, die Kirchenglocken läuten. Da er immer hilfsbereit war und keine Arbeit ihm zuviel wurde, war er bald beliebt in Neumühlen. Niemand nannte ihn mehr einen ›Pollacken‹. Bauer Sievers, der damals noch nicht Bürgermeister war, vermietete ihm seine Kate. Er heiratete die Bauerntochter Anne Holst, Jürgen wurde geboren und wuchs heran.

Am liebsten saß Anton an den Sommerabenden vor seinem Haus auf einer schmalen Bank, rauchte eine selbstgeschnitzte Pfeife, sah Anne zu, die fleißig strickte, blickte über die fetten Wiesen, auf denen die Kühe lagen und wiederkäuten, oder sah hinüber zum Fluß, dessen Wasser er nur riechen konnte. Es war ein muffiger Geruch, wie ihn stehende Gewässer haben, denn der Flußlauf war schon lange durch Dämme unterbrochen. Anton erinnerte sich daran, daß in den ersten Jahren, als er hier angekommen war, noch Schiffe aus Rendenstedt angelegt hatten. Er hatte oft beim Be- und Entladen geholfen. Gleichzeitig mit der Abdämmung des Flusses war eine Straße von Rendenstedt über Neumühlen nach Heide gebaut worden, auf der seitdem sämtliche Waren transportiert wurden.

Oft wanderte Anton allein in den nahen Wald. Er mußte ein Stück Dorfstraße entlanggehen und dann auf einen Feldweg abbiegen, an dessen Rand ein morscher Wegweiser mit der kaum lesbaren Aufschrift ›Nach Rendenstedt 12 km‹ stand. Einmal hatte Anton versucht, auf diesem alten Fuhrwerkweg nach Rendenstedt zu gelangen, aber schon nach wenigen Kilometern verlor sich der Weg zwischen Wiesen und Feldern. Anton wanderte gern an den Knicks entlang, durchquerte Furchen, überkletterte Gatter und Zäune und übersprang Gräben. Er war dann ganz allein auf der Welt. In der Ferne

hörte er das Tuckern eines Traktors, es war das einzige Geräusch, das er vernahm. Der Himmel war weit und tiefblau und rundete seine Kuppel zwischen den zwei Meeren auf beiden Seiten dieses norddeutschen Landes.
Manchmal wandte Anton sich plötzlich um, ganz unvermittelt, wie wenn er sich vergewissern wollte, ob sein Dorf noch da sei. Dann sah er über den Umrissen der Häuser und Bäume den Kirchturm in den Himmel ragen. Anton konnte sich von diesem Anblick nicht losreißen. Ja, das war sein Dorf. Dieses Neumühlen war sein Dorf . . .

2

Opa Suhr bewirtschaftete mit seinem Sohn Heinrich und seiner Schwiegertochter Kathrin einen kleinen Bauernhof. Er liegt auf der linken Seite der Durchfahrtsstraße, kommt man von Rendenstedt. Das Wohnhaus ist backsteinrot und trägt ein Blechdach, daneben liegen die Scheune und die Stallungen für das Vieh. Opa Suhr weigerte sich zeit seines Lebens, den Hof zu vergrößern. Er wollte keine Schulden machen. Er wollte über sein Vieh, seine Wiesen und Felder die Übersicht behalten. Im Sommer stand er jeden Morgen um vier Uhr auf und fuhr hinaus zu seinen Kühen, um sie zu melken. Er mähte seinen Weizen selbst, fuhr später auch den Mähdrescher und handelte die Preise für die Ernte aus. Opa Suhr ließ sich keine Arbeit aus der Hand nehmen. Sein Sohn Heinrich war schon Mitte vierzig, als er heiratete, doch auch da überwachte der Alte die Arbeiten der Eheleute noch. Er wußte immer alles besser, und Heinrich und Kathrin mußten gehorchen, ob sie wollten oder nicht. Erst als alle Bauern in Neumühlen schon einen Traktor hatten, konnte Heinrich seinen Vater davon überzeugen, daß auch sie einen brauchten. Er bestieg ihn aber nie, sondern fuhr bis an sein Lebensende mit Pferd und Wagen.
Als er weit in den Siebzigern war, spürte er, daß seine Kräfte

schwanden. Er konnte die Zügel nicht mehr richtig greifen, das Aufstehen fiel ihm schwer, manchmal verschwamm alles vor seinen Augen. Da ging er eines Tages auf den Dachboden und erhängte sich. Der einfache Knoten ging jedoch nicht zu, und Opa Suhr baumelte nur ohnmächtig am Balken. So fand ihn seine Schwiegertochter. Sie merkte, daß der Alte noch atmete, und rannte ins Doktorhaus hinüber. Der Doktor saß gerade beim Frühstück. Er griff sofort sein Köfferchen und lief zu Suhrs Hof. Auf halbem Wege traf er auf Anton Podizat, der mit der Posttasche und dem Paketkarren daherkam. »Komm mit!« rief er. »Opa Suhr hat sich aufgehängt!« Anton setzte sich in Trab und folgte dem Doktor und der weinenden Kathrin. Sie rannten ins Haus, stürzten die Treppe hinauf und kamen keuchend auf dem Dachboden an. Heinrich hatte seinen Vater schon abgeschnitten. Der Doktor beugte sich über ihn und massierte ihm das Herz. Dann schleppten Anton und Heinrich den Alten in den dürftigen Schlafraum und legten ihn auf das Bett. Der erwachte, blickte sich um, erkannte die Leute, die auf ihn heruntersahen, und wußte, daß er nicht im Himmel angekommen war, sondern sich noch immer auf der Erde, in Neumühlen, befand. Da begann er zu schimpfen, so laut er konnte: »Was soll denn das! Wenn ich sterben will, dann will ich sterben. Mein Leben ist doch nichts mehr wert. Ich liege doch den jungen Leuten nur auf der Tasche. Arbeiten kann ich auch nicht mehr. Es gehört sich ganz einfach nicht, einem alten Mann den Letzten Willen zu verderben . . .!« Er blickte Dr. Renz an und nannte ihn einen Quacksalber. Er solle sich besser um die Lebendigen kümmern als um die Toten. Seinen Sohn Heinrich, der zugeben mußte, ihn abgeschnitten zu haben, nannte er einen Hundesohn, seine Schwiegertochter ein blödes Weib und Anton einen Idioten. Der Doktor gab ihm eine Spritze, sagte, er werde am Nachmittag noch einmal vorbeikommen, und verließ den Hof. Anton reichte dem Alten die Hand und zuckte mit den Schultern. Der Alte blickte ihn merkwürdig an. Anton verstand den Blick nicht. Nachdenklicher, als er seinen Weg an diesem Morgen begonnen hatte, setzte er ihn fort. Da er sich überall verspätete, mußte er zur Erklärung die

Begebenheit ungefähr zwanzigmal an diesem Vormittag erzählen.

Zwei Tage später hatte Anton einen Brief bei Suhr abzugeben. Als er den Hof betrat, sah er den Alten auf der Deichsel des Milchwagens sitzen. Anton wollte sich an ihm vorbei ins Haus drücken.

»Komm mal her!« rief der Alte, und Anton ging zu ihm.

»Kannst du schweigen?« fragte er. Anton nickte. Da holte der Alte einen Bindfaden aus seiner Hosentasche und schlang sehr geschickt einen komplizierten Knoten, wie ihn Anton noch nie gesehen hatte.

»So muß man das machen«, sagte Opa Suhr leise.

»Was muß man so machen?« fragte Anton.

»So einen Knoten muß man machen. Das hab' ich aus einem Buch.«

»Wollen Sie sich noch mal aufhängen?« fragte Anton.

»Vorgestern war nichts«, entgegnete der Alte und lächelte verschmitzt, »vorgestern hab' ich von Knoten nichts gewußt. Jetzt weiß ich es!« Er löste den Knoten und schlang ihn ein zweites Mal.

»Wirst du es einem sagen?« fragte er.

»Was?« erwiderte Anton, obgleich er genau wußte, was der Alte meinte.

»Wirst du es dem Doktor sagen oder Heinrich oder Kathrin?«

Anton zögerte. Dann schüttelte er seinen Kopf. Nein, er werde nichts sagen.

»Weißt du«, sagte der Alte, »man ist nichts mehr wert, wenn die Beine nicht mehr wollen und wenn man nichts mehr tragen kann und nichts mehr sehen kann und wenn man Gicht in den Händen hat. Das ist kein Leben mehr.«

Die Stimme des Alten klang ganz sachlich.

»Ja«, sagte Anton, weil er nicht wußte, was er sonst hätte sagen sollen.

»Ich will nicht herumsitzen und aus dem Fenster glotzen wie der alte Ohm, der sich nicht mehr bewegen konnte und nur auf den Schatten wartete, der um die Ecke kommen sollte.«

Anton erinnerte sich, daß der alte Bauer Ohm ein Jahr lang

am Fenster gesessen hatte. Jeden Tag hatte er auf die Scheunenecke geblickt und auf einen schwarzen Schatten gewartet, bis der dann wirklich gekommen war. Das wenigstens erzählte man sich im Dorf, denn der alte Ohm hatte als letztes ausgerufen: »Da kommt er, da kommt er!« und war gestorben.

»Das will ich nicht mitmachen«, sagte der alte Suhr.

»Versteh' ich«, erwiderte Anton.

»Dann weißt du alles und bist schön still!« Der Alte erhob sich und ging ins Haus, ohne sich noch einmal nach Anton umzusehen.

Anton nahm die Posttasche auf und griff die Deichsel des Paketkarrens. Dieses Mal erzählte er niemandem, warum er sich verspätete.

In der folgenden Nacht erhängte Opa Suhr sich zum zweiten Mal. Er wurde erst am frühen Morgen gefunden. Dr. Renz stellte den Tod fest und gab ihn zur Bestattung frei.

Anton erfuhr vom glücklichen Tod des alten Suhr, als er an diesem Morgen einen eingeschriebenen Brief bei Suhrs Nachbar, dem Elektriker Scheller, abzugeben hatte.

»Jetzt hat er es geschafft«, sagte Scheller und fuhr sich über seine Glatze, die mit zwei grauen Strähnen bedeckt war, »und es ist gut, daß er es geschafft hat.«

»Ja«, bestätigte Anton, obgleich er sich erschreckt hatte.

»Weißt du, was ich bekomme?« fragte Scheller.

»Nein«, entgegnete Anton.

»Eine Tankstelle!«

»Das ist schön!«

»Ja, das ist es!« Scheller lächelte und verlor noch einige Worte über den Tod des alten Suhr, aber mit den Gedanken war er bei seiner künftigen Tankstelle, denn dieser Tod war nichts Besonderes, man hatte ihn so oder so erwartet, schließlich war Suhr über siebzig.

Anton verließ den Laden, jemand rief ihn an. Er wandte sich um und sah auf der steinernen Hofumrandung Herbert Greve und Hans Scheller sitzen. Er mochte die beiden nicht. Hans Scheller war von Geburt an verrückt und konnte weder schreiben noch lesen und auch nicht richtig sprechen. Einmal werde es mit ihm ein schlimmes Ende nehmen, warnte der Doktor immer wieder, einmal werde die Krankheit richtig zum Ausbruch kommen, dann müsse er in eine Anstalt eingewiesen werden. Der Doktor war dafür, ihn jetzt schon wegzubringen, aber Herr Scheller wollte ihn so lange wie möglich in seinem Haus behalten.

Hans wäre gut geeignet gewesen, schwere Arbeiten auszuführen, denn er war fast zwei Meter groß und hatte die Gestalt eines Boxers. Doch mit seinem kranken Hirn verstand er nicht, was man von ihm wollte. Der Bauer Adolf Sick hatte ihn im letzten Herbst für Erntearbeiten eingestellt, aber Hans hatte alles durcheinandergebracht und war, als man ihn auf seine Fehler hinwies, so zornig geworden, daß vier Männer ihn festhalten mußten. So verbrachte er seine Tage damit, vor der Ladentür zu hocken und mißtrauisch die Kunden seines Vaters zu mustern. Niemand wußte, was in ihm vorging, auch der Doktor nicht. Der gab ihm ab und zu eine Beruhigungsspritze, wenn er im Garten herumtobte, Zweige abriß und dabei schreckliche Schreie ausstieß. Sein Vater hoffte, sein Sohn werde vielleicht imstande sein, die Tankstelle zu bedienen. Aber sicher war das nicht.

Der einzige Freund, den er hatte, war Herbert Greve, der in Neumühlen der ›Grabschmatzer‹ genannt wurde. Wenn Greve um Schellers Haus herumschlich und einen schrillen Pfiff ausstieß, überzog ein freudiges Grinsen Hans' dumpfes Gesicht. Dann torkelte er ungelenk auf den Hof, setzte sich neben Greve auf die Mauer und hörte dessen Geschichten zu. Greve war der einzige, der mit Hans umzugehen wußte.

Von der Freundschaft der beiden erzählte man sich in Neumühlen wunderliche Dinge. Am liebsten nämlich gingen sie auf dem Friedhof spazieren. Einige Male schon hatte man Greve beobachtet, wie er sein Ohr auf das Grab des Lehrers Möllemann gelegt hatte, als wollte er der Stimme des Toten lauschen. Die seltsam geformten Steine und Astgabeln, eingefärbten Eichenblätter, Hühnerfüße mit bunten Schleifen und anderes merkwürdiges Zeug, das man manchmal auf den Gräbern fand, stammten auch von ›Grabschmatzer‹ Greve. Damit wollte er das Herumspuken der Toten verhindern. Pa-

stor Jacobsen hatte jahrelang versucht, diesen seltsamen heidnischen Gebräuchen Einhalt zu gebieten, aber es war ihm nicht gelungen, denn die Geschichte der ›Grabschmatzerei‹ war sehr alt:
Im Jahre 1887 hatte der Schullehrer Hauke Möllemann seine Frau Elsabe mit einem Messer ermordet und sich dann selbst gerichtet. Dieses Ereignis war in Neumühlen niemals vergessen worden, denn es ging das Gerücht, daß Möllemann schon wenige Tage nach seinem Tod als unruhiger Geist über den Friedhof geflattert war. Nicht nur das: Er hatte, wie es Tote, die keine Ruhe finden, manchmal tun, begonnen, seinen eigenen Leichnam aufzufressen. Als nach dem Ersten Weltkrieg das Gerücht vom nächtlichen Umherwandern und ›Grabschmatzen‹ kein Ende nehmen wollte, soll der resolute Pastor Thede eigenhändig das Grab geöffnet und nichts, nicht den kleinsten Knochen, gefunden haben, worauf ihn der Schlag traf. So wurde die ›Grabschmatzer‹-Geschichte bis in die Gegenwart weitergetragen, denn in jeder Generation gab es wunderliche Menschen, die sie am Leben hielten, zumeist geachtete Leute; sogar Lehrer und Ärzte sollen unter ihnen gewesen sein. Es hieß, sie verfügten über einen sechsten Sinn, sie könnten hexen, aus der Hand lesen, Zauberpulver gegen Liebeskummer brauen und anderes mehr. Jetzt hatte Herbert Greve das Erbe dieser langen Tradition angetreten, sein Vorgänger, der frühere Küster Moll, war vor vier Jahren gestorben, nicht ohne Greve in die Geheimnisse der ›Grabschmatzerei‹ und anderer Zauberkünste eingeweiht zu haben.
Herbert Greve war nur ein einfacher Landarbeiter gewesen, bevor er ›Grabschmatzer‹ wurde. Darin sahen die Neumühlener ein Zeichen, daß es mit diesem alten Glauben langsam bergab ging. Greve genoß kaum Achtung im Dorf. Manchmal kamen zwar noch Leute in seine Hütte und kauften ihm Pülverchen und Tinkturen gegen Krankheiten, Liebeskummer, Bauchschmerzen und Schwangerschaft ab, aber dennoch hatte Greve schwer um seinen Ruf als Zauberheiler zu kämpfen. Er litt darunter, daß die Möllemannsche ›Grabschmatzer‹-Geschichte sich nach all den Jahren abgenutzt hatte und nicht mehr recht zeitgemäß war. Auch ein Selbstmord wie der

des alten Suhr konnte sie wohl kaum beleben. Aber dennoch knüpfte er für sein Ansehen eine Hoffnung an diesen Tod. Er rief Anton also zu sich, und der trat an Greve und Hans Scheller heran, blieb jedoch in einigem Abstand stehen, denn er fürchtete die beiden ein wenig.
»Stimmt es«, fragte Greve, »daß du neulich geholfen hast, den alten Suhr vom Tode zum Leben zu bringen?«
Anton nickte.
»Stimmt es, daß der alte Suhr schon tot war?«
»Nein«, erwiderte Anton, »er war noch am Leben.«
»Wenn einer am Strick hängt, dann ist er tot«, sagte Greve bestimmt; »und keiner kriegt ihn wieder lebendig!«
»Er war aber nicht tot, er hat noch gelebt. Da kannst du den Doktor fragen.«
»Schein-gelebt«, sagte Greve.
»Was?«
»Schein-gelebt.«
»Was heißt das: schein-gelebt?«
Greve erklärte es ihm: »Schein-Leben ist das Leben von Menschen, die schon tot sind. Es scheint nur so, als wenn sie noch leben.«
»Das ist Quatsch!« sagte Anton und wandte sich ab. Hans Scheller wiederholte das Wort ›Quatsch‹ einige Male, es gefiel ihm.
»Du wirst es sehen«, rief Greve hinter ihm her, »wenn du später einmal an Suhrs Grab vorbeigehst, wirst du es sehen und hören!«
Anton ging weiter, ohne sich um Greve zu kümmern. Der aber sprang von der Mauer und stellte sich ihm in den Weg.
»Wer gräbt sein Grab?« fragte er.
»Ich«, antwortete Anton. Pastor Jacobsen hatte ihn nämlich neulich gebeten, die Gräber auf dem Friedhof auszuheben, bis der Totengräber Steiner wieder gesund sei.
Greve blickte Anton merkwürdig an, und Anton sah in sein faltiges Gesicht. Er hätte nicht sagen können, wie alt Greve eigentlich war. So lange er ihn kannte, sah er so aus, so schmutzig und so seltsam.
»Grab ein ganz tiefes Loch«, sagte Greve geheimnisvoll,

»sieben Klafter tief. Und leg auf den Boden einige Sachen. Ich werde sie dir noch geben.«

Anton schwieg. Er wollte Greve nicht widersprechen. Ihm kam alles, was dieser vorbrachte, völlig unsinnig vor. Was sollte er sich damit auseinandersetzen?

»Wirst du das tun?« fragte Greve.

»Mal sehen«, entgegnete Anton und ging an Greve vorbei hinaus auf die Straße. Ihm war, obgleich er es sich nicht eingestand, ein wenig unwohl zumute.

Er passierte den Hof von Suhr. Die Fenster zum Wohnraum waren verhängt. Dahinter lag der alte Suhr und wartete auf seine Bestattung. Anton schüttelte seinen Kopf. Er wollte nicht an die abergläubischen Sachen denken, die Greve ihm eben erzählt hatte. Nein, mit solchen Dingen konnte man ihm nicht kommen. Er hatte alle Sinne beisammen und glaubte nicht an ›Grabschmatzerei‹ und ›Schein-Leben‹. Er würde das Grab für den alten Suhr genauso sorgfältig ausheben, wie er die anderen gegraben hatte.

Anton wäre gern noch einmal in Suhrs Haus gegangen und hätte sich den Alten angesehen. Schließlich verband ihn mit ihm ein Geheimnis. Aber er hatte heute keinen Brief abzugeben, und einfach grundlos eintreten wollte er nicht. So gut hatte er den Alten nun auch wieder nicht gekannt.

So ging er weiter zum Haus des Tischlers Jungmann. Kommt man von Rendenstedt, ist dieses Haus das erste auf der linken Straßenseite. Anton ging über den Hof in die Werkstatt des Tischlers. Er wußte, daß dieser jeden Morgen ab sieben Uhr bei der Arbeit war. Jungmann war ein hagerer Mann mit vorspringender Adlernase. Er wischte seine Hände am blauen Arbeitsanzug ab und schob die verwaschene Schirmmütze ins Genick. Anton gab ihm einen Brief, dessen Adresse offensichtlich von Frauenhand geschrieben war. Er wartete, bis der Tischler den Brief aufgerissen und gelesen hatte. Es war sonst nicht Antons Gewohnheit, zu warten, bis die Leute ihre Briefe gelesen hatten. In diesem Fall aber war es etwas anderes. Ganz Neumühlen wartete nämlich darauf, daß Tischler Jungmann endlich wieder eine Frau und eine Mutter für seine drei Söhne fand. Seine erste Frau, Hannelore, war vor zwei

Jahren bei der Geburt ihres dritten Sohnes gestorben. Seitdem hatte Jungmann nur noch gearbeitet und sich nicht um Haus und Garten gekümmert. Damals hatte er überall im Dorf erzählt, daß Hannelore an einem ›Rhesusfaktor‹ gestorben sei. Aber was das zu bedeuten hatte, wußte er nicht. Auch als der Doktor es ihm erklärte, konnte Jungmann nicht einsehen, daß man an so etwas sterben kann.
Seit einem halben Jahr gab Jungmann in allen möglichen Zeitungen Annoncen auf: ›Fleißiger Tischler, verw., und seine drei Söhne suchen eine Frau und Mutter.‹ Dreimal schon waren Frauen zu ihm gezogen, aber nach kurzer Zeit wieder gegangen. Eine hatte es immerhin zwei Monate lang ausgehalten. Dann hatte Jungmann sie hinausgeworfen: Sie hatte den Vergleich mit Hannelore nicht bestehen können. Jungmann hatte nämlich die Angewohnheit, mit den Frauen zu Hannelores Grab zu gehen und von ihren guten Eigenschaften zu schwärmen. Daß das keine Frau auf die Dauer aushielt, war allen klar, nur eben Jungmann nicht. Es gab in Neumühlen, Elsendorf, Breitenfeld und Karlsmoor genug Frauen, die Jungmann gern geheiratet hätten. Aber von denen wollte er keine. Warum nicht, sagte er nie. Er wollte sie eben nicht.
Jetzt lächelte er und steckte den Brief in die Hintertasche seiner Hose: »Es kommt wieder eine. Eine aus Klein-Flottbek«, sagte er.
Anton nickte. Jungmann hatte ihm damit den Auftrag gegeben, die erfreuliche Neuigkeit in Neumühlen zu verbreiten. Er wußte ja, wie sehr das Dorf an seinem Schicksal Anteil nahm.
»Wann kommt sie denn?« fragte Anton, weil er sicher danach gefragt werden würde.
»Morgen mit dem Zug. Ich hol' sie von Rendenstedt ab.« Jungmann zog den gefalteten Brief wieder hervor und hielt Anton ein kleines Foto hin. »So sieht sie aus«, sagte er, »ich hab' schon zweimal mit ihr gesprochen und ihr alles gesagt: über mich, die Kinder und Hannelore. Sie hat alles verstanden. Sie ist vielleicht die Richtige.«
Anton warf einen kurzen Blick auf ein junges Gesicht mit hellen Augen, es gefiel ihm. Er wünschte Jungmann alles Gute.

Der griff nach einer Flasche, die zusammen mit Leimbehältern in einem Bord stand, und ließ Anton einen kräftigen Schluck nehmen. Dann nahm er selbst auch einen. Sie unterhielten sich noch eine Weile über Schellers Tankstelle und Opa Suhrs Tod, da trat Heinrich Suhr in die Werkstatt. Er wollte den Sarg für seinen Vater in Auftrag geben. Die Maße hatte er gleich mitgebracht. Zuerst aber mußte er auch einen Schluck trinken.

»Was soll er denn kosten?« fragte Jungmann zwischen zwei Schlucken.

Heinrich Suhr blickte an die Decke der Werkstatt und nannte eine Summe.

»Zuwenig«, sagte Jungmann, »für den Preis kann ich dir höchstens eine Hundekiste bauen.«

Heinrich Suhr trank einen weiteren Schluck und nannte einen anderen Preis. Dann nannte auch Jungmann einen, und es dauerte nicht lange, da hatten sie sich geeinigt. Als Anton die Werkstatt verließ, dröhnten die Hammerschläge durch das Haus auf die Straße hinaus. Anton kam es so vor, als wenn sie heute besonders fröhlich klängen.

Voll der Neuigkeiten ging Anton weiter durch Neumühlen und gab die Post ab. Er kam sehr spät nach Hause und war auch reichlich betrunken, denn was er zu berichten hatte, wurde fast überall mit viel Schnaps begossen und ausführlich kommentiert.

3

Aber der Tag war für Anton Podizat noch nicht zu Ende. Nach dem Mittagessen besprach er mit Anne die Neumühlener Neuigkeiten, dann rauchte er eine Pfeife und ging durch den Garten. Er stand lange unter dem Kirschbaum und freute sich an der Fülle der Blüten. Gegen vier Uhr ging er zum Pastor. Er hatte mit ihm zu besprechen, an welcher Stelle des Friedhofs er das Grab für Opa Suhr ausheben sollte. Pastor Jacobsen öffnete persönlich. Er stand breit in der Tür und

hielt Anton seine Pranke entgegen: »Du kommst gerade richtig!« rief er. »Komm rein!«
Er mochte den Pastor. Und er hatte Respekt vor ihm. Damals, als er wegen seines ostdeutschen Dialekts verspottet worden war, hatte der Pastor in einer Predigt den Neumühlenern die Leviten gelesen. Das hatte genutzt. So einfach ging das damals.
Jacobsen führte Anton nicht in die Wohnstube, wie er es sonst immer tat, sondern sie traten in das gegenüberliegende Büro. Da saßen der Bauer Fritz Kock vor dem schweren, schwarzen Bücherregal und Antons Freund Christian Czychowski vor dem breiten Schreibtisch. Der Pastor wies Anton an, an der Wand stehen zu bleiben und zuzuhören. Dann klemmte er sich aufstöhnend hinter den Schreibtisch.
»Was soll der hier?« rief Kock. »Was hat der damit zu tun?« und deutete auf Anton.
»Ich hab' mit ihm was zu besprechen. Und außerdem kann es nichts schaden, wenn er zuhört!« erwiderte der Pastor und blickte dem Bauern böse in das hagere, wettergegerbte Gesicht.
Anton sah zu seinem Freund Christian Czychowski. Der saß zusammengesunken da und drehte an seinen Fingern.
»Der Anton kann morgen allen im Dorf erzählen, was du für einer bist, Kock!«
»Was bin ich denn für einer?« rief Kock. »Soll der doch erzählen, was er will! Das stört mich nicht!«
Jacobsen bekam vor Wut ein rotes Gesicht. Dabei lächelte er, oder er lächelte auch nicht – Anton wußte es nicht genau, denn der Pastor hatte auf seiner rechten Wange eine lange Narbe, die aus seiner Studentenzeit herrührte. Sie reichte vom Mundwinkel bis zum Ohr. Deswegen schien er in einemfort zu lächeln. In der ersten Zeit nach seinem Dienstantritt hatten sich die Neumühlener gewundert, daß der Pastor andauernd vor sich hin grinste, selbst bei den traurigsten Anlässen. Das passe nicht zu einem Pastor, das sehe so aus, als wenn er sich über sie lustig mache, meinten sie. Bei der Weihnachtspredigt und zu Ostern gehe es ja noch an, aber bei Beerdigungen, am offenen Grab, sei das doch wohl unmöglich.

Sehr schnell aber merkten sie, daß Pastor Jacobsen keineswegs andauernd grinste, sondern vielmehr ein sehr ernster Mann war. Es dauerte nicht lange, da begannen sie sich vor ihm sogar zu fürchten, denn er nahm kein Blatt vor den Mund. Er gab zu allen Ereignissen in Neumühlen, sowohl in der Kirche als auch in der Gastwirtschaft Lafrenz, seinen Kommentar und verstand es, den Leuten ins Gewissen zu reden, ob es ihnen paßte oder nicht.

In den letzten Monaten aber waren seine Predigten kraftlos geworden, denn er hatte eine Herzkrankheit. Manchmal kam es schon vor, daß er den Sonntagsgottesdienst ausfallen lassen mußte, weil er sich nicht gut fühlte. Dann kam ein junger Pastor aus Rendenstedt, aber den mochten die Neumühlener nicht und blieben lieber zu Hause.

Jetzt war Pastor Jacobsens kugelrunder Glatzkopf wutgerötet. Mit bebender Stimme sagte er zu Anton: »Der Kock will den Czychowski entlassen, weil er für die Feldarbeit nichts mehr taugt!«

»Er taugt auch nichts mehr!« bemerkte Kock. »Er kann keine Säcke tragen, keine Milchkannen und keine Strohballen. Neulich sind ihm die Pferde durchgegangen. So einen kann ich nicht brauchen auf meinem Hof!«

»Du gehst mit ihm um, als ob er ein Stück Vieh ist. Wenn das nichts mehr taugt, wird es geschlachtet. Aber Czychowski ist kein Vieh, sondern ein Mensch!«

Kock zuckte mit den Schultern und blickte den Pastor ungerührt an.

»Wovon soll er denn leben, wenn du ihn rauswirfst . . .?« rief Jacobsen.

Kock zuckte weiter gleichgültig mit den Schultern.

»Verhungern wird er!« brüllte der Pastor.

»Er kann ja wieder einbrechen gehen«, antwortete Kock und grinste.

Ja, das war es, worunter Christian Czychowski zeit seines Lebens würde leiden müssen: unter dem Einbruch in das Kleidergeschäft Wittke, den er vor zehn Jahren versucht hatte. Er war zwar an Ort und Stelle erwischt worden, und das Rendenstedter Gericht hatte ihn auch verurteilt, aber den-

noch nannten ihn die Neumühlener noch heute ›Einbrecher‹. Jetzt saß Czychowski gebeugt da und blickte zu Boden. Er tat, als ginge ihn das ganze Gespräch um seine Person nichts an.
Anton wußte, daß sein Freund keine schweren Lasten mehr tragen konnte und auch sonst für schwere Arbeiten nicht mehr viel taugte. Der Doktor hatte ihm sogar verboten, hart zu arbeiten. Wovon aber sollte er leben, wenn Kock ihn auf die Straße setzte? Eine Frau hatte er nicht, die für ihn hätte arbeiten können.
»Kock, hör mal zu«, sagte der Pastor leise. Er war plötzlich sehr müde. »Irgendeine leichte Arbeit wird es doch auf deinem Hof für ihn geben . . .« Er lehnte sich zurück und schloß für einen Moment die Augen.
Kock nutzte diesen Moment: »Stellen Sie ihn doch ein, Herr Pastor«, sagte er hinterhältig grinsend, »lassen Sie ihn die Kirche fegen oder so was. Das wird er sicher noch können. Aber für Feld- und Stallarbeiten ist er eben nicht mehr zu gebrauchen. Ich bin Bauer und kein Wohltäter. Und das ist mein letztes Wort!«
Da knallte der Pastor beide Hände auf den Tisch und brüllte: »Das also ist dein letztes Wort, Kock? Mein letztes Wort wirst du am Sonntag in der Kirche hören!«
»Damit können Sie mich nicht schrecken, Herr Pastor«, entgegnete Kock, erhob sich und grinste, »das ist vorbei, daß Sie mich damit schrecken können.« Er ging zur Tür und sagte: »Tschüs . . .«
»Moment . . .«, rief der Pastor, »Moment noch . . .« Er wollte aufstehen, bekam seinen massigen Körper aber nicht aus dem Sessel. »Du kannst doch einen Menschen nicht einfach verhungern lassen, Kock, sei doch vernünftig . . .« Seine Stimme schien von weither zu kommen. Kock schüttelte seinen Kopf: »Ich hab' ihn damals als Arbeiter eingestellt. Obwohl er ein Einbrecher ist. Und wenn er heute als Arbeiter nichts mehr taugt, dann muß ich ihn entlassen.« Ohne weiteren Gruß verließ er das Büro.
Jetzt richtete Czychowski sich auf: »Er hat ja recht«, sagte er leise, »ich tauge wirklich nicht mehr viel. Ich bin eben nicht

mehr jung.« Er lächelte zaghaft: »Ich bedanke mich trotzdem, Herr Pastor, ich dachte, daß Sie mir vielleicht helfen können . . .«
»Ich werde irgend etwas für dich finden, irgendeine Arbeit, du kannst dich darauf verlassen. Es tut mir leid . . .«, flüsterte Jacobsen noch. Czychowski nickte und ging. Der Pastor hatte die Augen geschlossen und saß zurückgelehnt in seinem Sessel. Anton sah, wie sein breiter Brustkorb sich hob und senkte. Eine Fliege setzte sich ihm auf die Stirn. Der Pastor scheuchte sie fort und öffnete die Augen. »Sie entgleiten mir«, sagte er leise eher zu sich als zu Anton, »vielleicht liegt es an mir. Vielleicht habe ich nicht mehr die Kraft, ihnen irgend etwas begreiflich zu machen. Ich tauge auch nicht mehr viel. Vielleicht noch weniger als Czychowski. Ich bin nur noch Vollstreckungsbeamter für Taufen, Hochzeiten und Beerdigungen. Mein Wort gilt nichts mehr . . .«
Er lächelte Anton zu. Anton war verlegen. Der Pastor hatte noch nie so zu ihm gesprochen.
»Ich habe keine Ideen mehr«, fuhr er fort, »früher hatte ich welche. Da konnte ich auf die Leute einreden, daß ihnen Hören und Sehen verging. Und jetzt? Nichts mehr . . .«
Anton sah aus dem Fenster. Ein Kastanienzweig schlug leise gegen die Scheibe. Er wollte den Pastor nicht ansehen. Er hatte Mitleid mit ihm.
Wenig später gingen sie nebeneinander durch den blühenden Garten zum Friedhof hinüber. Der Pastor schnaufte wie eine alte Lokomotive. Er bog einige Büsche auseinander, um auf einen Trampelpfad zu gelangen, den er sich in den letzten Jahren getreten hatte, um keinen Umweg gehen zu müssen von seinem Haus zum Friedhof. Plötzlich wandte er sich zu Anton um. Sie hatten noch kein Wort gewechselt, seit sie das Büro verlassen hatten.
»Ich brauche deinen Rat«, sagte er.
»Meinen Rat?« rief Anton überrascht.
»Ja, deinen Rat«, sagte Jacobsen, »warum sollte ich ihn nicht brauchen können?«
»Weil Sie ein studierter Mann sind und ich nur ein einfacher . . .«, erwiderte Anton.

»Was ist das, ein einfacher Mann?« fragte der Pastor und zog seine Brauen zusammen. »Einer, der das Leben kennt wie du? Einer, der dieses Dorf kennt wie du? Ist das ein einfacher Mann?«
Anton schwieg. Natürlich war er nur ein einfacher Mann, auch wenn er das Leben und dieses Dorf kannte. Aber er hatte eben in seinem Leben nichts Richtiges gelernt. Er konnte nicht sagen, daß er Schuster, Bäcker oder Küster sei. Er war nur etwas mit der Bezeichnung ›Hilfs‹ vorneweg. Er war Hilfsdachdecker, Hilfsmaurer, Hilfszäunezieher, Hilfskellner, Hilfsküster, Hilfstotengräber und jetzt Hilfsbriefträger. Auch wenn er das alles schon gewesen war und jederzeit wieder sein konnte, so war er doch nur ein einfacher Mann, aber ein vielseitiger einfacher Mann, ohne Zweifel.
»Verhalte ich mich falsch?« fragte Jacobsen. »Oder sind es die anderen, die sich falsch verhalten? Habe ich nicht mehr die Kraft, mit Typen wie diesem Kock fertig zu werden? Was meinst du?«
Anton dachte lange nach, ja, er überdachte die vielen Jahre, die er nun schon in Neumühlen lebte. Sicher war damals, als er hierher kam, manches anders gewesen als jetzt, aber ein Bauer war immer noch ein Bauer und ein Hilfsarbeiter wie sein Freund Christian Czychowski war immer noch ein Hilfsarbeiter. Und es war immer noch so, daß ein Hilfsarbeiter sich nicht mit einem Bauern an einen Tisch setzte, wenn dieser ihn nicht ausdrücklich dazu aufforderte. Genausowenig setzte sich ein Hilfsarbeiter mit einem der Lehrer, einem Handwerker oder einem Geschäftsmann an einen Tisch. Aber ein Bauer konnte sich selbstverständlich zu einem Handwerker, einem Geschäftsmann oder einem Lehrer an den Tisch setzen. Das gab es damals wie heute: Die Großen blieben unter sich, und die Kleinen blieben unter sich. Und auch zwischen den Bauern, den Lehrern, den Handwerkern und Geschäftsleuten gab es wieder Unterschiede. Saßen zwei Bauern zusammen, und ein Geschäftsmann trat ein, setzte er sich an einen eigenen Tisch, außer er wurde von den Bauern aufgefordert, sich zu ihnen zu setzen. Saßen zwei Lehrer zusammen oder zwei Geschäftsleute, und ein Bauer trat ein,

dann konnte der sich ohne weiteres an ihren Tisch setzen und mußte nicht warten, bis er dazu aufgefordert wurde. Aber auch zwischen jungen und alten, großen und kleinen Bauern gab es Unterschiede, wie es auch Unterschiede gab zwischen großen und kleinen, jungen und alten Geschäftsleuten, Lehrern und Handwerkern. Nur der Doktor und der Pastor waren in diese fein abgestimmte Ordnung nicht einzufügen: der Doktor nicht, weil jeder Neumühlener sein Patient war, und der Pastor nicht, weil er sich zeit seines Lebens an jeden Tisch gesetzt hatte und keine Ordnung anerkennen wollte. Durch dieses Verhalten hatte er im Lauf der Jahre die Achtung aller Neumühlener gewonnen und gerade für die Armen, die Hilfsarbeiter, die Flüchtlinge und die Häusler eine Menge erreicht ...

»Was mache ich falsch?« fragte der Pastor erneut und unterbrach Antons Gedanken.

»Nichts«, sagte Anton und sah dem Pastor fest in die Augen. Der aber runzelte die Stirn: »Natürlich mache ich etwas falsch, sonst hätte dieser verdammte Kock auf mich gehört ...« Er stampfte mit dem rechten Fuß das hohe Gras nieder und sagte: »Ich weiß, woran es liegt, und du weißt es auch!« Jacobsen blickte Anton unter seinen zusammengezogenen Brauen böse an: »Es liegt an mir!« Er stapfte ein paar Schritte weiter, scheuchte eine aufdringlich seinen Schädel umsummende Hummel fort und wandte sich wieder zu Anton um, der gehorsam gefolgt war: »Der Doktor sagt, ich soll in Kur fahren.«

»Ja ...«, erwiderte Anton.

»Wegen meiner Herzkrankheit ...«

»Ja ...«, sagte Anton.

»Ich will aber nicht!«

»Warum nicht?«

»Weil ich Angst habe, verdammt noch mal!« Jacobsen lächelte: »Ich habe ganz einfach Angst, verstehst du?« Er blickte verlegen wie ein kleiner Junge zu Boden. »Da nützt auch kein Gebet ... gegen die verdammte Angst ...«

Unter dem klaren Himmel sangen einige Vögel, die der Wind dort oben hin und her trug. Ihr Gefieder glänzte in der Sonne.

Die dunkelgrünen Kronen der Bäume rund um den Friedhof raschelten leise, als wenn sie sich etwas zuflüsterten. Das hohe Gras schwankte sacht. Die Kirchturmuhr schlug einmal. Es war halb sechs.
»Aber Krankheit her, Krankheit hin. Das allein ist es nicht, was mir momentan Schwierigkeiten bereitet. Es ist noch etwas, was mit mir nichts zu tun hat ...« Jacobsen machte eine lange Pause, legte seinen rechten Zeigefinger an die breite Nase, zog schwer die Luft ein, was er immer tat, wenn er nachdachte, und sagte dann mehr zu sich als zu Anton: »Es wird wohl bald einiges anders werden in Neumühlen. Ich habe da so Gerüchte gehört ... Und dann wird sich auch die gewohnte Ordnung verändern. Vielleicht bin ich momentan wirklich zu krank, um alles zu verstehen, zu erfahren, einzusehen ... Ja, ich müßte eingreifen ... Es ist schlimm, wenn man seine Kräfte nicht beisammen hat!«
Mit heftig ausschreitenden Schritten stapfte er weiter ein Stück des befestigten Weges hinunter, bog nach rechts und wies schließlich auf eine Stelle im frischen Rasen, an der Anton das Grab für den alten Suhr graben sollte. Dann reichte er Anton die Hand und ging zu seinem Haus zurück, auf dessen Giebel sich die späte Tagessonne spiegelte.
Anton verließ den Friedhof und trat auf die Straße. Ihm brummte von Pastor Jacobsens Ausführungen ein wenig der Schädel. Was mochte er nur damit gemeint haben, daß bald einiges anders werden würde in Neumühlen? Anton war mehr neugierig als besorgt, denn, so dachte er, was auch immer geschehen würde, ihn könnte keine Veränderung überraschen. Er hatte schließlich seinen Platz in Neumühlen, hatte eine Frau, einen Sohn und ein Haus. Jetzt war er sogar Briefträger geworden. Er hatte nicht die Sorgen, die der Pastor hatte ... Anton sah sich noch einmal um. Die bemalten, Posaune blasenden Engel zu beiden Seiten des schmiedeeisernen Friedhofstores schienen ihm fröhlich nachzublicken, als wüßten sie ein Geheimnis, das er noch nicht kannte.
Auf halbem Wege zu seinem Haus traf er seinen Freund Röder und dessen Freund, den Eber Erwin. Beide lächelten, ja, auch der Eber schien nach einem erfolgreichen Tag zufrieden

zu lächeln. Als Anton auf ihn zutrat und sie sich die Hände reichten, ging Röders Lächeln in ein anzügliches Grinsen über, das von Augenblick zu Augenblick breiter wurde. Da wußte Anton, daß zutraf, was man sich seit einigen Tagen im Dorf zuraunte: Nicht nur Erwin, der Eber, tat in den Sauställen seine vergnügliche Pflicht; auch Röder nutzte die sich bietenden Gelegenheiten, mit den Frauen und Mägden der Bauern auf ein halbes Stündchen in der Scheune oder gar dem Schlafraum zu verschwinden. Da sich seine Abenteuer bislang jedoch nur in Elsendorf, Breitenfeld und Karlsmoor zugetragen hatten, reagierten die Neumühlener schadenfroh. Aber wehe, Röder würde es wagen, sein Revier auf sein Heimatdorf auszudehnen! Nun, daran dachte er ganz und gar nicht. Er hatte in den Nachbardörfern genug zu tun.
Während Röder zufrieden sein Bäuchlein vorstreckte, in den Himmel blinzelte und das schöne Wetter lobte, schnüffelte Erwin an einer Hecke und im Rinnstein nach etwas Eßbarem. Röder hielt ihn vorsichtshalber an der Leine, wurde aber hin und wieder durch einen unerwarteten Seitwärtsschritt seines Freundes fast umgerissen. Er hatte sich jedoch daran gewöhnt, hierhin und dorthin zu hüpfen, so daß Erwins Eigenwilligkeit ihm nichts mehr ausmachte.
Was es denn Neues in Neumühlen gebe, fragte Röder Anton, und der erzählte ihm von Schellers Tankstelle, Opa Suhrs Tod, ›Grabschmatzer‹ Greves abergläubischem Getue, Jungmanns neuer Freundin und manchem anderen, was an diesem Tage geschehen war. Röder nickte zufrieden, erzählte von den Leistungen seines Ebers Erwin, von den hohen Einnahmen, die er hatte, von Kraftfutterzusammensetzungen und dem Bierkonsum seines Freundes und schließlich von seiner stets nörgelnden, kränkelnden Frau. »Der bedeutet mir fast mehr wie sie«, sagte er und zeigte auf Erwin, der sich gerade in dem sonnengewärmten Sand zu suhlen begann, »du merkst im Leben sehr spät, was du eigentlich zu Hause hast . . .« Anton verstand diesen Satz nicht genau, nahm ihn aber so, wie er gemeint war, nämlich daß Röder Abenteuer mit anderen Frauen hatte. Der war nämlich keiner, der doppelsinnig reden konnte.

»Wie geht es Anne?« erkundigte sich Röder.
»Gut«, erwiderte Anton.
»Und Jürgen?«
»Auch gut.«
»Hast du Spaß an der Briefträgerei?«
»Ja, sehr ...«, sagte Anton.
»Ich würde um keinen Preis der Welt noch mal mit der Tasche um den Bauch durch das Dorf marschieren. Um keinen Preis der Welt. Du weißt gar nicht, wie schwer mir der Weg wurde ...« Röder blickte besorgt auf sein Knie hinunter und seufzte erneut auf.
Anton dachte sich seinen Teil: Röder war doch nur ein Simulant, denn als Briefträger hatte er früher nur durch Neumühlen gehen müssen, mit seinem Eber Erwin ging er nun aber viel weitere Strecken: Nach Breitenfeld waren es vier Kilometer, nach Elsendorf sechs, nach Karlsmoor, wenn man durch das Moor ging, drei ...
Röder schien Antons Gedanken zu erraten; er kniff ein wenig seine leicht hervorquellenden Augen zusammen und lud ihn zum Abend in die Gastwirtschaft Lafrenz ein. Anton versprach zu kommen. Auf Röders Zuruf rollte der Eber Erwin sich auf die Beine, schüttelte den staubigen Straßensand ab und trottete mit seinem Herrchen heimwärts.

4

Am Abend saß Anton vor seinem Häuschen auf der schmalen Holzbank und blickte in den blühenden Kirschbaum, von dem unaufhörlich die weißen Blütenblätter herunterregneten. Er hatte die Beine mit den klobigen Schuhen weit von sich gestreckt und rauchte eine Pfeife. Ihm gegenüber saß Anne auf einem Holzstuhl und strickte. Er sah, daß ihr die Augen schmerzten. So lange sie sich kannten, strickte Anne: Pullover, Socken, Schals, Jacken. Jetzt strickte sie einen dikken Winterpullover für ihren Jungen.

Jürgen war nicht da. Seit einigen Tagen schon war er abends nicht da. Meist kam er erst mitten in der Nacht nach Hause. Wo er denn hingehe, hatte Anton ihn gefragt. Zum Fluß, hatte Jürgen ausweichend geantwortet, dem Otto Löllholz helfen, Aale zu fangen. Aber Jürgen kam immer ohne Aale nach Hause. Da ahnte Anton, wohin Jürgen wirklich ging: zu einem Mädchen. Jürgen hatte schon einige Liebschaften gehabt, deshalb interessierte sich Anton nicht sehr dafür, zu welcher er dieses Mal ging.
Seit heute nachmittag aber wußte Anne, wer das Mädchen war: Waltraut Sievers, die Tochter des Bürgermeisters. Sie hatte die beiden hinter der Scheunenecke stehen und miteinander sprechen sehen. Dabei hatten sie sich angelächelt, und als sie sich trennten, hatten sie sich geküßt.
Anton war noch immer nicht beunruhigt. Die Sache gehe doch nur Jürgen und Waltraut etwas an, sagte er, er sei neunzehn und sie sei achtzehn. Anne widersprach. Sie fürchtete, Bürgermeister Sievers könne dahinterkommen, und dann würde es Streit geben. Anton begriff nicht, warum er sich mit Sievers streiten sollte.
»Weil der Sievers sicher andere Pläne mit seiner Waltraut hat als unseren Jürgen. Sie soll bestimmt einmal einen Bauernsohn heiraten, damit der Hof erhalten bleibt und sich vergrößert. Das war schon immer so in Neumühlen und wird auch so bleiben.«
Anne hatte recht. Daran hatte Anton nicht gedacht. Normalerweise übernehmen die Söhne die Höfe ihrer Väter, aber Sievers' Sohn Helmut war taubstumm und als Bauer nicht zu brauchen. Also mußte Waltraut jemanden heiraten, der später den Hof würde weiterführen können. Und da kam eben nur ein Bauernsohn in Frage und kein Klempnergeselle.
Anne kannte sich immer noch besser aus mit den Neumühlenern als Anton. Sie war hier geboren, als viertes Kind eines kleinen Bauern, und hatte daher keinerlei Aussicht gehabt, etwas Richtiges zu lernen. So war der Vater damals, vor nun bald dreißig Jahren, froh gewesen, als Anton um ihre Hand anhielt. Anton war zwar nichts und kam nicht einmal aus dieser Gegend, aber er war ein anständiger Kerl, der ver-

sprach, für sie zu sorgen. Und das hatte er auch nach Kräften getan.
»Gut«, sagte Anton, »ich werde mit Jürgen reden.« Damit war dieses Thema erst einmal erledigt.
»Holldorf gibt auf«, erzählte Anne, während sie die letzten gestrickten Reihen begutachtete.
Anton hatte nicht zugehört und fragte: »Was?«
»Holldorf gibt auf«, wiederholte sie, »er gibt seinen Hof auf und wird Arbeiter in der Düngerfabrik in Rendenstedt.«
»Das ist schlimm«, sagte Anton und fügte nach einer Weile hinzu: »Das ist sehr sehr schlimm.«
»Seine Frau wird auch in die Fabrik gehen«, fuhr Anne fort.
»Und der Hof und die Felder?«
»Die nimmt sich einer von den Großen.«
Anton dachte über den Bauern Holldorf nach. Er kannte ihn recht gut. Im letzten Herbst noch hatte er ihm bei den Erntearbeiten geholfen und im Frühjahr vor einem Jahr beim Heraustreiben der Kühe auf die Wiesen. Damals bereits war Holldorf nicht mehr so lustig gewesen wie sonst immer, denn er hatte schon schwere Sorgen. In der letzten Zeit grüßte er keinen mehr, sondern schlich mit gesenktem Kopf durchs Dorf. Vor zwei Monaten hatte Anton in der Gastwirtschaft Lafrenz zum ersten Male gehört, daß es mit Holldorf zu Ende ging. Er hatte versucht, von der Sparkasse einen Kredit zu bekommen, aber die hatte ihm keinen gegeben. Dann hatte er versucht, sich von Kock, Sievers, Enno Frahm und Adolf Sick Geld zu leihen. Die kauften ihm statt dessen Wiesen, Felder, Kühe und Schweine ab. Holldorf hatte den viel zu niedrigen Preis akzeptieren müssen, und jetzt war alles aus.
Anton schüttelte seinen Kopf. Er sah zu Anne hinüber, die immer noch strickte. Sie bemerkte Antons Blick und senkte das Strickzeug in ihren Schoß.
»Die Großen sind schuld daran, daß es mit Holldorf nicht weitergeht«, sagte Anton.
Anne bekam einen Schreck: »Sag so was nicht, auch wenn es so ist, so was darfst du nicht sagen. Du darfst dich nicht einmischen in die Geschäfte der Bauern.«
»Ich misch' mich nicht ein. Aber ich sag', wie es ist.«

»Ja, es ist so«, sagte Anne und nahm ihr Strickzeug wieder auf. Sie wunderte sich über Antons verkniffenes Gesicht. Was ging ihn an, was die Bauern miteinander für Geschäfte hatten? Und wie sie ihre Geschäfte betrieben?
Er saß da, hatte die gebogene Pfeife im Mundwinkel und blickte in den Garten. Die Arme hielt er vor der Brust verschränkt. Dicke Wolken stiegen aus seiner Pfeife. Plötzlich erhob er sich: »Ich muß mit dem Sievers reden, daß er uns jetzt das Haus verkauft«, sagte er.
»Heute noch?«
»Ja, heute noch!« Wenn er so fest sprach, wußte Anne, daß es keinen Zweck hatte, ihm etwas zu entgegnen.
»Nimm deine Jacke mit«, sagte sie. Anton ging ins Haus und kam mit der Strickjacke wieder heraus. Während er sie überzog, bemerkte er: »Das Haus gehört immer noch dem Sievers. Was wird aus uns, wenn er auch einmal Land verkaufen muß, weil er nicht genug Geld hat? Was wird dann?«
»Er wird doch nicht dieses Land mit unserem Haus verkaufen«, sagte Anne.
»Weiß man das?«
Anne schwieg. Sie wußte es auch nicht. Sie erinnerte sich, daß diese Kate einmal ein Armenhaus gewesen war, wie es fast alle großen Bauern für ihre Landarbeiter haben. Aber jetzt war es längst keine Kate mehr. Anton hatte ein richtiges Häuschen daraus gemacht in den zwanzig Jahren, die sie nun schon darin wohnten. Doch immer noch gehörte es dem Sievers. Anton zahlte jeden Monat einen geringen Betrag für die Pacht. Vor einigen Jahren hatte er Sievers schon einmal gebeten, ihm das Haus zu verkaufen. Ja, das werde er gern tun, hatte Sievers damals geantwortet, aber im Moment habe er dringendere Geschäfte. So war es wieder vergessen worden.
Anton überlegte: Jetzt gab Holldorf seinen Hof auf. Auch den Bauern Damm und Thede sollte es nicht gutgehen. Hermann Röder, der herumkam, hatte davon erzählt. Natürlich waren Damm und Thede nicht mit Sievers zu vergleichen: Sievers war einer der größten Bauern in Neumühlen, genauso groß wie Adolf Sick, Enno Frahm und Fritz Kock. Aber was bedeutete das Gerücht, von dem am Nachmittag auch der Pa-

stor gesprochen hatte, es werde sich im Dorf einiges verändern? Keiner wußte etwas Genaues, und diejenigen, die etwas hätten wissen müssen, schwiegen. Vielleicht war es nur so ein Gerücht, wie sie kommen und gehen. Aber trotzdem, dachte Anton, wenn die Zeiten anders werden, dann möchte ich wissen, wo ich hingehöre. Das bin ich meiner Frau und meinem Sohn schuldig. Er schickte sich zum Gehen an und sagte: »Ich gehe zu Lafrenz. Vielleicht ist Sievers auch da.«
Anne warf ihm einen Blick zu. Anton verstand, was sie meinte, sie brauchte kein Wort zu sagen. Er solle sich dem Bürgermeister mit dem gebührenden Respekt nähern, bedeutete dieser Blick.
Anton ging durch die Gartenpforte hinaus auf die Straße. Es war eine unbefestigte Straße, eigentlich nur ein Weg, der wenig benutzt wurde. Einzig die Milchwagen fuhren morgens und abends auf ihm zu den Flußwiesen. Wenn es regnete, war er aufgeweicht, und man versank bis zu den Knöcheln im Matsch. Jetzt trieb der Abendwind Sand durch die tiefen Fahrspuren. An den Himmel im Westen hatte die Sonne einen dunkelroten Lichtstreifen gemalt, der die Wolken in tiefen Abendfarben aufleuchten ließ. Anton liebte die Sonnenuntergänge über diesem flachen Land. So waren auch die Sonnenuntergänge in seiner alten Heimat gewesen.
Manchmal kam es schon vor, daß er zurückdachte: an seinen Vater, seine Mutter und seinen Bruder. Es gelang ihm aber kaum, sich ihre Gesichter vorzustellen, sie verschwammen mit denen anderer, die er in seinem Leben getroffen hatte. Wenn er lange genug an sie gedacht hatte und doch zu keinem richtigen Bild von ihnen gekommen war, überlegte er: Was soll ich an sie denken, sie sind tot und kommen nicht wieder. Sie sind sicher damals erfroren auf dem langen Weg aus dem Osten hierher. Es gibt sie nicht mehr, nicht einmal mehr in meinem Kopf.
Die Gastwirtschaft Lafrenz war gefüllt mit Zigarrenqualm, Lärm und Bierdunst. Um den ovalen Stammtisch saßen die Bauern Enno Frahm, Adolf Sick, Kock und Sievers. Sie hatten gerötete Gesichter, schlugen mit den Fäusten auf den Tisch, als spielten sie Skat, und schrien sich Zahlen zu. Wenn

einer von ihnen eine Zahl genannt hatte, schlugen die anderen mit ihren Fäusten noch heftiger auf den Tisch und brüllten eine noch höhere. Danach waren sie still, zogen an ihren Zigarren und tranken aus ihren Biergläsern. Schließlich sagte einer von ihnen irgend etwas, und alles begann von vorn.
An einem Ecktisch hockte Bauer Holldorf. Er hatte sein schmales Gesicht in die abgearbeiteten Hände gestützt und starrte auf die von Zigarettenflecken und Kritzeleien bedeckte Tischplatte, als wollte er etwas entziffern. Holldorf kümmerte sich nicht um das Geschrei der Neumühlener Großbauern. Er war mit seinen Gedanken ganz weit fort.
In einer anderen Ecke der Gaststube hockte Hermann Röder und schrieb kleine runde Zahlen in ein Notizbüchlein. Anton setzte sich zu ihm; ihm war klar, daß er in diesem Augenblick den Bürgermeister unmöglich stören konnte. Röder steckte das Büchlein weg und flüsterte: »Sie sind bei seinen Kühen ...«
Anton wußte, was das bedeutete: Die Großbauern waren dabei, Vieh, Wiesen und Felder des pleite gegangenen Bauern Holldorf unter sich aufzuteilen.
»Armer Holldorf ...«, sagte Anton leise und blickte zu dem unbeweglich dasitzenden Exbauern hinüber.
»Er kann froh sein, wenn so viel für ihn abfällt, daß er seine Schulden bezahlen kann«, erwiderte Röder.
»Ja ...«, sagte Anton.
»Er wird nicht der letzte gewesen sein, der aufgeben muß«, fuhr Röder fort.
»Nein«, stimmte Anton zu.
»Es werden noch einige folgen.«
»Ja ...«
»Ich weiß einige ...«
»Ja?«
»Aber ich sag' nicht, wer.«
Lafrenz stellte ein Bier vor Anton.
Plötzlich erhob sich Holldorf. Er schob seinen Stuhl nach hinten, wischte sich über sein Gesicht, hielt sich an der Wand fest und ging mit schwankenden Schritten hinüber zum Stammtisch. Er war sehr betrunken. Die Gespräche in der

Gaststube verstummten. Die vier Bauern wandten ihm ihre geröteten Gesichter zu, Lafrenz blieb mitten im Raum stehen, obgleich er vier Bierkrüge in den Händen hielt, Röder reckte den Hals, Anton öffnete seinen Mund, ohne es zu merken.
Eine Weile war es totenstill. Der Wind brach sich an einer Ecke des Hauses und raschelte in der Eiche auf dem Hof. Holldorf bemühte sich, gerade zu stehen.
»Na, Werner . . .«, sagte Sievers endlich und schob seine Schirmmütze in den Nacken.
»Wir sind uns bald einig«, meinte Enno Frahm und entblößte seine riesigen gelben Zähne.
»Wir bescheißen dich schon nicht!« rief Kock und lachte kurz auf. Es war nicht böse gemeint, was Kock da sagte, sondern klang eher mitleidig. Immerhin verhandelten sie über einen der ihren. Das war ein bitteres Geschäft, aber es mußte getan werden.
»Ein Bier, Werner?« fragte Adolf Sick, griff mit beiden Händen nach seinem Holzbein und stellte es zurecht. Sein richtiges Bein hatte er damals in Rußland gelassen.
Holldorf schwankte. Er umklammerte eine Stuhllehne und wollte etwas sagen. Er öffnete seinen Mund, hob die Arme, taumelte und mußte sich wieder festhalten. Alle sahen ihn an.
»Wißt ihr was«, sagte Holldorf nach einer Weile leise und sehr deutlich, »wißt ihr was? Du, Enno Frahm, und du, Kock, und du, Adolf, und du, Bürgermeister Sievers? Wißt ihr was?« Er blickte einen nach dem anderen an.
»Hoffentlich verdirbt er es sich jetzt nicht mit ihnen«, flüsterte Röder Anton zu.
»Wißt ihr was?« sagte Holldorf. »Ich bin noch nicht tot. Ich bin noch sehr lebendig. Bin ich! Und gesund bin ich! Und stark! Und erst dreiundfünfzig Jahre alt! Und meine Frau ist auch gesund! Gesund und lebendig. Und meine Tochter auch . . .«
»Sehr lebendig!« rief Frahm, und alle lachten.
»Macht nur euren Preis«, fuhr Holldorf fort, »macht ihn nur. Ich werde in der Düngerfabrik arbeiten in Rendenstedt. Da ist schlechte Luft. Nicht so gute wie hier in Neumühlen. Aber

das macht mir nichts. Ich bin gesund. Ich werde das aushalten. Einmal werde ich zu euch kommen und alles zurückkaufen. Meinen Hof, meine Wiesen, meine Felder und mein Vieh. Einmal werde ich alles zurückkaufen ...« Er wandte sich ab, torkelte von Tisch zu Tisch und stürzte hinaus in die Dunkelheit. Man hörte ihn noch etwas rufen, aber was es war, verstand man nicht mehr.
Anton wußte, daß Holldorf niemals etwas von seinen Besitzungen würde zurückkaufen können. Und die anderen wußten es auch. Sie verloren kein Wort über Holldorfs Ankündigung. Ein Bauer, der seinen Hof verkaufen muß, wird niemals wieder Bauer sein, es sei denn, es geschähe ein Wunder, aber Wunder gibt es nicht. Auch nicht in Neumühlen. Die vier Bauern schwiegen kurz, tranken, schrien wieder ihre Zahlen, rauchten und dachten nicht mehr an Holldorf. Der würde jetzt zu Hause auf seinem Hof herumbrüllen, einige Scheiben einwerfen, seine Frau verprügeln, nach seiner Tochter rufen, irgendwo zusammenbrechen und einschlafen. Und wenn er morgen früh erwacht, dann weiß er nur, daß er kein Bauer mehr ist, dachte Anton.
Er beobachtete Sievers, der am heftigsten von allen auf die Tischplatte schlug. Heute ist wirklich nicht der Moment, mit ihm über das Haus zu reden, überlegte er, wenn Bauern ein Gespräch führen, darf man nicht stören – es sei denn, man ist selbst ein Bauer.
In diesem Augenblick trat sein Sohn Jürgen ein. Er erschrak, als er seinen Vater sah, doch er setzte sich zu ihm an den Tisch und bestellte ein Bier. Anton fragte nicht, wo er gewesen war. Er wußte es sowieso, denn obgleich Jürgen ein ernstes Gesicht machte, schien er zu lächeln. Er trank sein Glas Bier auf einen Zug aus.
»Was gefangen?« fragte Anton.
»Was?«
»Habt ihr was gefangen? Otto Löllholz und du?«
»Ich war nicht fischen.«
»Aha ...«
»Ich war spazieren ...«
»Allein?«

»Was fragst du denn so?«

»Nur so . . .« Anton lehnte sich zurück. Er sah seinen Sohn an, der ein neues Glas Bier an den Mund hob. Anton war stolz auf ihn. So wild und ungebärdig war er früher auch gewesen, vor dreißig Jahren. Oder doch nicht? Er wußte es nicht mehr genau. Es war auch gleichgültig. Anton nickte seinem Sohn zu, der hob das Glas in seine Richtung und sagte: »Prost!«

»Prost!« gab Anton zurück.

Da schlurfte Otto Löllholz in Gummistiefeln in die Gaststube, setzte einen großen Eimer voll zappelnder Aale ab und begann langsam zu singen: »Ein großes Bier, ich kriege ein großes Bier . . .« Otto sang, weil er nicht sprechen konnte, denn er stotterte. Und zwar stotterte er so sehr, daß sich bei jedem Wort sein Gesicht zu entsetzlichen Grimassen verzog; vor allem bei Worten mit dem Anfangsbuchstaben F war sein Gesicht nicht mehr zu halten. Er verkniff die Augen, rümpfte die Nase, ein lauter Ton entfuhr seinem gespitzten Mund, riß dann die Augen wieder weit auf, zog die Mundwinkel nach unten, bis seine Nase weiß wurde und das Rot seiner Augen zu sehen war; schließlich wurde sein Gesicht ganz klein, und er konnte Worte wie ›Freitag‹, ›Flurfenster‹ oder ›Frauke‹ ausstoßen. Manchmal machten die Neumühlener sich den Spaß, ihn zu fragen, wo er denn am liebsten arbeiten würde. Dann mußte Otto sich das Wort ›Feuerwehr‹ abquälen. Jahrelang hatte er, wenn es irgend möglich war, überhaupt nicht gesprochen, bis ihm sein Freund Hans Renz, der Sohn des Doktors, geraten hatte, es doch mit Singen zu versuchen. Von da an konnte Otto sich zumindest verständlich machen. Er lebte allein am Rande des Dorfs. Jeden Tag fuhr er mit einem Boot auf dem Fluß herum und suchte die von ihm gelegten Reusen nach Aalen ab; von deren Verkauf lebte er recht und schlecht. Er war dreißig und hatte nicht viel Aussichten. Hans Renz war der einzige im Dorf, der wußte, daß Otto heimlich Geschichten schrieb. Es waren Geschichten, in denen immer wieder ein Mädchen namens Annemarie vorkam. Vor vielen Jahren hatte Otto sie einmal geliebt. Sie war in den Sommerferien Gast bei ihrem Onkel, dem Schulrektor Herbig, gewesen. Jeden Abend war Otto um das Haus herumgestrichen und hatte nach ihr Ausschau gehalten. Eines Tages war er neben sie getreten und hatte ihr singend eine Liebeserklärung gemacht. Auflachend war das Mädchen davongerannnt, und Otto hatte sich zwei Wochen lang in einer Schilfhütte am Flußufer verborgen gehalten. Dann war er ins Dorf zurückgekehrt und hatte begonnen, nachts um Heuschober herumzuschleichen, um nachzusehen, wer da mit wem im Heu lag. Darüber wußte er Bescheid. Einige Male war er schon verprügelt worden, aber dennoch konnte er es nicht lassen.

Jürgen war bei Ottos Eintreten zusammengezuckt und duckte sich jetzt. Otto aber sah Jürgen über den Rand seines Bierglases an, humpelte einige Schritte auf ihn zu und begann zu singen: »›Die Liebe, die Liebe ist eine Himmelsmacht.‹« Er traf sogar die Melodie. Er hatte eine ganz angenehme Stimme. Jürgen wurde rot und zog seinen Vater am Ärmel; Otto grinste mit schiefem Maul.

Vater und Sohn gingen nach Hause. Der Wind hatte sich gelegt. In der Luft lag Blumenduft. Weit in der Ferne schrie ein Käuzchen. Einige Sterne standen am Himmel, darunter zogen Wolken. Anton und Jürgen hörten ihre Schritte auf dem festgefahrenen Sand.

»Ich weiß nicht, ob es gut ist, was du da machst«, begann Anton, als sie fast zu Hause waren.

»Warum nicht?« fragte Jürgen.

»Weil, wenn der Sievers dahinterkommt . . .«

Jürgen schwieg. Anton konnte sein Gesicht nicht erkennen.

»Wenn Otto es schon weiß, wissen es bald alle . . .«

»Dem schlag ich das Maul ein«, sagte Jürgen.

Anton hätte seinem Sohn gern etwas von der Ordnung des Dorfs erzählt, aber er bekam seine Gedanken nicht zusammen. Warum, so fragte er sich, warum sollte er seinem Sohn mit seinen kleinen Sorgen eine Liebe verderben? Es würde sich schon alles richten.

5

Am nächsten Morgen trat Anton in das Haus von Hilde Borrmann. Er ging gern zu ihr, sie hatte immer einen Schnaps für ihn. Die zehn Minuten Pause gönnte er sich ab und zu. Sie saßen sich im Wohnzimmer gegenüber. Alles war sauber geputzt und stand ordentlich auf seinem Platz. Die Fenster waren so blank poliert, daß man die Scheiben nicht sah. Auf dem Sofa standen bestickte Blumenkissen und reckten ihre Hasenohren. Anton mochte Hildes einfaches Gesicht. Es war noch ohne eine Falte. Nur das struppige Haar hatte schon einige graue Strähnen. Hilde war Witwe und verdiente sich ihr Geld als Melkfrau bei Sievers und als Putzfrau bei Doktor Renz und Tierarzt Förster. Jeden Morgen um vier stand sie auf und fuhr mit dem Melkwagen hinaus zu den Wiesen in die Flußniederung, wo die Kühe sie erwarteten. Sie melkte, während die Sonne über dem Fluß aufging. Dann gab sie die Milch bei der Meierei ab, ging nach Hause, ordnete ihr Häuschen, arbeitete im Garten und kochte für ihren Sohn Konrad das Mittagessen. Dieser arbeitete bei einem Tischler in Elsendorf und kam jeden Mittag die sechs Kilometer angeradelt. Am frühen Nachmittag ging sie dann zu Dr. Renz, putzte die Praxis- und Wohnräume, kochte Kaffee für den Doktor und plauderte ein wenig mit ihm und seiner Frau. Das tat sie dreimal in der Woche. An den anderen drei Tagen ging sie zum Tierarzt und tat dort dasselbe. Sonntags melkte sie nur und hatte dann frei. Ihr Mann war vor fünfzehn Jahren bei der Feldarbeit gestorben. Sein silbergerahmter Kopf lächelte verlegen ins Zimmer. Sie dachte oft an ihn und daran, wie ihr Leben seither wohl mit ihm zusammen verlaufen wäre. Sie konnte es sich nicht vorstellen.

Normalerweise redeten Hilde und Anton immer über die Begebenheiten, die sich in Neumühlen zugetragen hatten, oder sie besprachen persönliche Sorgen und Freuden. Sie kannten sich so lange, daß sie sich nichts vorzumachen brauchten. Daher wunderte sich Anton, daß sie heute morgen verändert war. Sie wollte mit der Sprache nicht herausrücken, druckste herum und guckte Anton nicht an. Dieser tat so, als ob er das nicht bemerkte, und erzählte vom gestrigen Abend in der Gastwirtschaft Lafrenz. Aber Hilde hörte offensichtlich nicht richtig zu. Endlich gab sie sich einen Ruck und sagte: »Dein Jürgen hat was mit der Waltraut Sievers.«

»Ja«, sagte Anton.«

»Ich habe die beiden in der Scheune gesehen.«

»Wann?«

»Vorgestern morgen.«

Anton nickte. Er hatte sich ja mit dem Problem beschäftigt und war zu keinem Ergebnis gekommen. Jürgen war erwachsen und wußte schon, was er tat. Dafür hatte Anton keine Verantwortung mehr. Aber jetzt, da er sah, daß Hilde besorgt war, wurde er es auch wieder: »Ich weiß, daß es nicht gut ist, was er tut. Aber was soll ich machen?«

»Als mein Konrad mal was anfing mit der Tochter vom Göllner aus Elsendorf, kam es heraus. Er wurde verprügelt, und das Mädchen wurde weggegeben in die Nähe von Hamburg. Das war eine schlimme Zeit für uns«, sagte Hilde leise.

Anton erinnerte sich daran, wie sehr Mutter und Sohn damals gelitten hatten.

»Ich möchte nicht, daß du dasselbe erlebst«, sagte Hilde.

»Was soll ich tun?«

»Red mit Jürgen.«

»Und wenn er nicht hört, weil er sie liebt?«

»Er muß hören. Der Sievers kann sehr böse werden, vor allem, wenn er betrunken ist«, sagte Hilde, »ich kenne ihn.«

»Er hat keinen Nachfolger. Sein Sohn Helmut ist taubstumm.«

Hilde blickte Anton überrascht an: »Glaubst du, Jürgen kann sein Nachfolger werden? Ein Klempner?«

»Nein, nein«, beteuerte Anton schnell.

»An so was würde ich gar nicht denken«, sagte Hilde.

»Tu ich auch nicht!« erwiderte Anton. Hatte er im stillen nicht doch ein wenig daran gedacht? Er wußte es selbst nicht.

»Jürgen ist dein Sohn. Er soll vernünftig sein und sich eine andere suchen. Sag ihm das. Einer wie er kann viele haben.

Mein Konrad nicht. Der ist viel zu langsam und schwerfällig. Dabei würde ich mich freuen, wenn er bald heiratet.«
»Ich werde mit Jürgen reden«, schloß Anton und verließ das Haus.
Er machte sich jetzt wirklich Sorgen. Wenn es nur um Prügel ginge, wäre es nicht so schlimm, die könnte Jürgen einstekken. Er würde schon zurückschlagen. Aber was sollte Anton machen, wenn Sievers ihm in seiner Wut das Häuschen kündigen würde? Anton konnte es sich nicht vorstellen. Am liebsten wäre er sofort zum Klempner Hansen gelaufen und hätte mit Jürgen gesprochen, aber er konnte seinen Dienst nicht unterbrechen. Also ging er weiter von Haus zu Haus und gab Briefe, Postkarten und Päckchen ab. Er war heute schweigsamer als an den anderen Tagen. Die Neumühlener merkten es und fragten, ob er Sorgen habe. Nein, erwiderte Anton, obgleich er gern alles erzählt hätte. Er mußte es aber für sich behalten. Das war besser so.
So kam er an diesem Tag, der nach Regen aussah, auch zur Kate der Familie Johannsen. Anton ging sehr selten dorthin, denn Johannsen erhielt kaum Post. Wenn er doch welche bekam, dann von Ämtern, bei denen er Fürsorge für seine sechs Jungen und zwei Mädchen beantragt hatte.
Auf dem Hof ging es wüst her. Frau Johannsen, eine zähe, hagere Person, der fette Karl Johannsen und die acht Kinder waren dabei, eine Sau einzufangen. Johannsen versuchte, sie in eine Ecke zu drängen, Frau Johannsen schwang eine Axt. Der Mann keuchte und kreischte und watschelte hilflos umher, doch die Sau entkam immer wieder. Die Kinder sprangen herum, johlten und brüllten und klatschten in die Hände. Die Sau quiekte in ihrer Todesangst. Schließlich hatte man sie in eine Hofecke gedrängt, und Frau Johannsen holte mit der Axt aus, traf aber nicht richtig. Die Sau begann aus einer klaffenden Wunde am Rücken heftig zu bluten. Sie stieß einen schrillen Quieker aus und versuchte, sich zu befreien. Da schlug die Frau ihr das stumpfe Axtende auf den Schädel, es gab ein knirschendes Geräusch, doch noch immer stand sie da und schrie. Die Frau holte noch zweimal aus, und schließlich sackte das Tier zusammen. Die Kinder jubelten. Johannsen

schleifte einen Bottich heran, gemeinsam wälzten sie den leblosen Körper darüber. Dann schnitt er die Kehle durch, ein dicker Blutstrom quoll in den Bottich.
Anton würgte an einer Übelkeit. Zwar hatte er schon oftmals Schweine und Kühe sterben sehen und manchmal auch mitgeholfen, sie zu schlachten, aber er hatte noch nie erlebt, daß man dieses Geschäft mit solcher Freude betrieb. Er wäre am liebsten fortgegangen, aber er konnte es nicht, denn er hatte ja einen Brief abzugeben. Niemand nahm Notiz von ihm, und so sah er weiter zu. Das Tier wurde auf eine Leiter gewälzt, festgebunden und an der Hauswand hochgestellt. Johannsen schnitt es auf. Die Kinder zerrten kreischend die Eingeweide heraus. Frau Johannsen rührte mit nacktem Arm das Blut im Bottich, ihr Mann holte Stück nach Stück heraus und legte alles in einen Eimer. Der Hof verfärbte sich rot. Die Kinder begannen, die Blase hin und her zu treiben. Endlich bemerkte eines von ihnen den blaß gewordenen Briefträger. Johannsen grinste und kam mit vorgestreckten blutigen Händen lachend auf Anton zu und fragte: »Was schreiben die denn?«
Anton holte das Schreiben heraus, überflog es und sagte: »Du bekommst hundert Mark mehr für die Kinder.«
Johannsen lachte und blickte sich voller Stolz um. Drei Jungen spielten mit der Blase, zwei andere warfen sich den Schweineschwanz zu, wieder andere halfen der Mutter beim Blutrühren. Alle waren rotverschmiert. Es ging laut und lustig zu.
Seit gestern nachmittag hatte Anton viel über die Ordnung des Dorfs nachdenken müssen. Johannsen und seine Familie konnte er beim besten Willen nicht einordnen. Solange er sie kannte, lebten sie so, ohne sich um irgend jemanden und irgend etwas zu kümmern. Hätte es in Neumühlen eine geschriebene Rangordnung gegeben, Johannsen wäre der letzte auf der Liste gewesen. Er hatte im Dorf keinerlei Funktion, lebte nur für sich, seine Frau und seine Kinder, war weder Mitglied des Kegelvereins noch der Feuerwehr, half niemandem, wie Anton es tat, beim Dackdecken oder Zäuneziehen, nicht einmal für die Erntearbeiten stellte er sich zu Verfügung. In der Gastwirtschaft Lafrenz traf man ihn auch nie:

Wenn er ein Bier brauchte, trat er durch die Hintertür ein. Und einkaufen ging er, wenn Magda Stenders Kaufmannsladen oder »Martens Kolonialwarengeschäft« schon geschlossen hatten. Er wollte mit den Dorfbewohnern nichts zu tun haben, und sie nicht mit ihm. So interessierte er sich nicht dafür, wer ein Kind bekam, wer wen heiratete oder wer im Sterben lag. Manchmal ging er abends mit seiner Frau und einigen seiner Kinder durch das Dorf. Er watschelte auf seinen krummen Beinen in abgetretenen Sandalen die Straßen entlang, seine hagere Frau ging neben ihm, bekam, wie er, die Füße nicht hoch und schrie die Kinder an, wenn diese etwas anstellen wollten. Gelegentlich rannten Dorfkinder hinter ihnen her und riefen ›Drecksäue‹ und ›Blödmanner‹, doch auch das kümmerte Johannsen nicht.
In dieser Gleichgültigkeit lebte er über Jahre hin. Seit einiger Zeit jedoch schmiedete er Pläne: Als eines seiner acht Kinder an einer schweren Lungenentzündung erkrankt war und der Doktor es heilte, bezahlte Johannsen ihn mit einem dreiarmigen alten Kerzenleuchter, den er auf der Müllkippe des Dorfs gefunden hatte. Johannsen wunderte sich, daß der Doktor so begeistert von dem Leuchter war; solch altes Zeugs habe er eine ganze Menge in seinem Schuppen herumliegen, sagte er. Er ging nämlich regelmäßig auf die Müllhalden von Neumühlen, Breitenfeld, Elsendorf und Karlsmoor, wo genug alter Kram herumlag. Den sammelte er zusammen, karrte ihn auf einem quietschenden Handwagen nach Hause und legte ihn in seinen Schuppen. Warum er das tat, wußte er auch nicht, er hatte ganz einfach Spaß daran. Wenige Tage später zeigte Johannsen dem Doktor seine aufgehäuften Schätze. Da standen übereinander gestapelt alte Bauernkommoden, Truhen, Stühle, Tische, kleine Schränke, Standuhren, Volksempfänger aus den dreißiger Jahren, Lampen, Gewehre, die für die Jagd benutzt worden waren, vergilbte Fotografien, Landschaftsbilder, und obenauf thronte ein vergoldeter vielarmiger Kronleuchter. Diesen kaufte der Doktor als erstes. Johannsen schenkte ihm als Beigabe eine kleine Standuhr. Im Laufe der nächsten Wochen kaufte der Doktor einen Tisch und vier Stühle, das Bild eines alten Bauern, eine Kommode,

ein Gewehr und zwei abgebrochene Pumpenschwengel. Frau Renz war entsetzt darüber, was ihr Mann alles in ihre modern eingerichtete Wohnung schleppte, aber der Doktor verteidigte sich mit Geldanlage-Plänen und der Wertsteigerung dieser alten Sachen und ließ sich in sein neues Hobby nicht dreinreden. Er richtete im ersten Stock ein Zimmer her, in dem er sämtliche alten Dinge aufstellte. Dieses Zimmer wurde sein liebster Aufenthaltsort.

Johannsen mußte versprechen, mit niemandem über ihre geschäftlichen Verbindungen zu sprechen. Der Doktor wollte nämlich nicht, daß die Bauern, die diese schönen alten Sachen einfach wegwarfen, von ihrem Wert erführen. Johannsen hielt sich daran. Er sammelte eifrig weiter, ja er fragte jetzt schon mal bei manchem Bauern nach, ob er ein altes Stück für ihn hätte. »Sie brauchen es nicht erst auf die Müllkippe zu fahren, ich mache das für Sie«, sagte er dann.

Er dachte: Wenn der Doktor so hinter diesen alten Sachen her ist, dann sind es andere vielleicht auch, schließlich konnte ihm Dr. Renz nicht alle Stücke abkaufen. Johannsen überlegte, daß es am besten wäre, ein Trödlergeschäft aufzumachen. Niemand in Neumühlen wußte von diesen Plänen. Es gab allerdings auch niemanden, der ihm eine geregelte Arbeit zugetraut hätte.

Anton wußte ebenfalls nichts davon. Als Johannsen ihm nun die Quittung für den eingeschriebenen Brief zurückgab, wollte er sich abwenden und seinen Rundgang fortsetzen, doch Johannsen hielt ihn fest: »Hast du schon gehört?« fragte er.

»Was denn?«

»Es passiert hier was«, fuhr Johannsen fort. Es war das erste Mal, daß er Anteil an Dorfereignissen nahm.

»Was soll denn passieren?« fragte Anton.

»Irgendwas Großes. Der Kahlke hat es mir gesagt . . .« Amtsschreiber Kahlke und Trödler Johannsen waren ein wenig befreundet.

»Ich glaub's nicht . . .«, erwiderte Anton.

»Du wirst es sehen . . .«

»Und wenn. Was geht's mich an?«

»Das wird uns alle angehen ...«, sagte Johannsen geheimnisvoll.
Anton setzte seinen Weg fort. Er war nachdenklich. Der erste und der letzte Neumühlener, der Pastor und der Häusler, sprachen beide von kommenden Veränderungen. Also mußte etwas daran sein. Er nahm sich vor, so schnell wie möglich den Bürgermeister aufzusuchen, um mit ihm über sein Haus zu verhandeln. Wenn ihm das erst gehörte, könnte geschehen, was wollte.

6

Vor dem Neumühlener Amtshaus, am Stamm der alten Gemeindeeiche, deren weit ausladende Krone einen dunklen Schatten warf, saß Antons Freund Christian Czychowski. Er hatte seine Beine an den Leib gezogen, die Ellenbogen auf die Knie gestützt und den Kopf in die Hände gelegt. Neben ihm stand die winzige Frau Erna Taube und jammerte. Immer wieder hob sie die Hände, stieß Klagelaute aus und rief den Herrn Jesus um Hilfe an. Czychowski starrte vor sich hin und tat, als bemerke er die alte Frau nicht. Anton ging auf die beiden zu.
»Er will sterben«, jammerte Frau Taube, »er will so lange hier sitzenbleiben, bis er tot ist. Und wenn es eine Woche dauert ...!« Wieder hob sie ihre Hände und jammerte.
Anton stellte die Posttasche ab und hockte sich neben seinen Freund. Er blickte ihn lange an. Endlich wandte Christian ihm sein Gesicht zu.
»Sitzt hier und erschrickst eine alte Frau«, sagte Anton lächelnd. Christian regte sich nicht.
»Und willst sterben?«
Christian nickte zweimal.
»Wegen Kock?«
Wieder nickte Christian.
»Sonst weißt du keinen Ausweg?«
Christian schüttelte seinen grauen Kopf.

»Und wenn du nicht stirbst?«
Christian schwieg lange, dann sagte er leise: »Irgendwann sterb' ich schon.«
»Seit einer Stunde sitzt er hier und rührt sich nicht von der Stelle«, jammerte Frau Taube und hob wehklagend die Arme, »was ich auch sage, er hört nicht ...«
»Komm, steh auf«, sagte Anton bestimmt, »wir gehen zusammen weiter. Du kannst den Paketkarren ziehen. Und dann gehen wir zu mir nach Hause und reden über alles.«
Christian rührte sich nicht. Aber Anton kannte seinen Freund seit vielen Jahren. Er war ein sonderbarer Mensch. Er lebte allein am Rande des Dorfs und sprach gern mit sich selbst, weil es nicht viele gab, die mit ihm sprachen, mit ihm, einem ›Einbrecher‹. Zunächst tröstete Anton die alte Frau Taube. Er versicherte ihr, sich um Christian zu kümmern. Dreimal mußte er sein Versprechen wiederholen, dann erst ging sie davon. Auf ihren kurzen, gebogenen Beinen tippelte sie zum Doktor. Jeden Tag ging sie dorthin. Eigentlich hätte sie schon seit vielen Jahren tot sein müssen, denn sie hatte Krebs und bekam alle paar Monate im Rendenstedter Krankenhaus ein Stück aus ihrem dürren Leib herausgeschnitten. Aber immer wenn man meinte, sie würde nicht wiederkommen, kehrte sie zurück. Für den Doktor war sie ein medizinisches Wunder.
Als sie um die Ecke gebogen war, erhob sich Christian. Anton klopfte ihm Gras und Sand von Jacke und Hose und drückte ihm die Deichsel des Paketkarrens in die Hand.
»Sie war die einzige, die sich um mich gekümmert hat«, sagte Christian, »alle anderen sind vorbeigegangen. Röllner hat gerufen: ›Laß den besoffenen Sack doch einfach liegen!‹«
»Was ist das denn auch, sich einfach hinsetzen und sterben wollen!« erwiderte Anton.
»Besser sterben als so leben«, sagte Christian.
Anton war froh, heute nicht allein mit seinen Gedanken gehen zu müssen. Er konnte mit Christian über alles sprechen. Zudem erleichterte seine Begleitung die Arbeit. Anton mußte nicht fortwährend den unhandlichen Paketkarren mit in die Hausflure nehmen, denn sein Freund paßte draußen auf ihn

auf. Anton überlegte, ob er der Poststellen-Leiterin, Frau Bluhm, nicht vorschlagen sollte, daß Christian ihn täglich begleitete. Sie könnten sich dann manchen Weg teilen und wären schneller fertig. Ja, eigentlich hätten alle Neumühlener einen Gewinn davon, wenn sie zu zweit wären, weil sie dann schneller ihre Post bekämen. Anton nahm sich vor, mit Frau Bluhm darüber zu sprechen.

Sie gingen von Haus zu Haus und kamen schließlich zu Schuster Tetens. Er saß, wie an jedem Tag, hinter dem Fenster seiner Werkstatt und reparierte Schuhe. Als er Anton und seinen Begleiter erblickte, sprang er auf und trat vor die Tür. Er schob seine Brille auf die Stirn und sah Christian voller Verachtung an. Christian schlug sogleich die Augen nieder.

»Hast du jetzt einen Helfer?« fragte Tetens.

»Ja«, erwiderte Anton, »wenigstens heute.«

»Warum denn den?«

»Er ist mein Freund.«

»Er hat mal gesessen . . .«

»Das ist lange her.«

»Er ist ein Einbrecher.«

»Das ist lange her.«

»Einbrecher bleibt Einbrecher, und gesessen bleibt gesessen!« sagte Tetens.

Anton wäre gern wütend geworden, aber das konnte er sich Tetens gegenüber nicht leisten, denn der war ein angesehener Handwerker und Mitglied des Gemeinderats und er nur ein Hilfsbriefträger. So sagte er nur: »Christian hat seine Stelle beim Kock verloren.«

»Wenn ich der Kock wäre, hätte ich ihn erst gar nicht eingestellt«, gab Tetens zurück. Christian stand da, hielt die Deichsel des Paketkarrens fest umklammert und blickte zu Boden. Anton händigte dem Schuster einige Briefe aus und wandte sich grußlos ab. Christian folgte.

»Paß auf, daß er dir nichts klaut!« rief Tetens hinter ihnen her.

Der Vorfall machte Christian gesprächig. Er war gewohnt, daß man ihn immer wieder einen Einbrecher und Dieb nannte, aber gewöhnen konnte er sich daran nicht. Und wehren

konnte er sich erst recht nicht. Es hätte alles nur schlimmer gemacht. Es hatte seine Richtigkeit: Er war vor zehn Jahren in das Kleidergeschäft Wittke eingebrochen und beim Aufstemmen der Geldkassette erwischt worden. Er hatte es getan, weil er keine Arbeit finden konnte, weil er Hunger hatte und weil er Geld benötigte, um Neumühlen ein für allemal zu verlassen. Nachdem er aber seine halbjährige Gefängnisstrafe in Rendenstedt abgesessen hatte, war er nach Neumühlen zurückgekehrt, weil er nicht wußte, wohin er auf dieser Welt gehen sollte. Pastor Jacobsen hatte sich seiner angenommen und Bauer Kock überredet, ihn als Arbeiter einzustellen. Auf dessen Hof mußte er die schwersten Arbeiten verrichten, mußte sich den Spott der anderen Arbeiter gefallen lassen und wurde, wenn diese betrunken waren oder schlechte Laune hatten, übel schikaniert. Er wehrte sich nie. Geduldig ertrug er alles. Wenn der Pastor ihn fragte, wie es ihm gehe, sagte er: »Danke, gut.« Und jetzt war er für die schwere Arbeit nicht mehr zu gebrauchen, nun stand er wieder auf der Straße und mußte sich auf ein bescheidenes Leben einrichten. Er besaß ein kleines, selbstgebautes Häuschen und einen Garten, in dem manches wuchs; verhungern würde er also nicht. Nein, was er am meisten fürchtete, was die Einsamkeit.
»Vielleicht kann ich in der Fabrik arbeiten«, sagte er zu Anton.
»In welcher Fabrik?«
»Die sie hier bald bauen.«
Anton schwieg. Es war schon merkwürdig: Der Pastor sprach von Neuerungen, Trödler Johannsen hatte ähnliche Bemerkungen gemacht, und jetzt sprach sogar sein Freund Christian von einer Fabrik, die hier im Dorf gebaut werden sollte. Alle schienen irgend etwas zu wissen und wußten doch nicht mehr als er selbst.
»Was ist denn das für eine Fabrik?« fragte Anton.
»Das weiß ich auch nicht«, erwiderte Christian.
»Und wer hat dir davon erzählt?«
»Alle erzählen davon.«
»Und wo soll sie gebaut werden?«
»Ich weiß es nicht.«

»Und warum willst du da arbeiten?«
Christian zuckte mit den Schultern. Mehr war aus ihm nicht herauszubekommen.
Anton berichtete seinem Freund nun von den Sorgen, die er wegen Jürgen hatte.
»Das ist nicht gut, was dein Jürgen da macht«, sagte Christian.
»Nein, es ist nicht gut«, stimmte Anton zu.
»Warum sucht er sich keine andere?«
»Er liebt die Waltraut und sie ihn.«
»Das wäre eigentlich so einfach. Aber das ist es nicht.«
»Nein, das ist es nicht«, sagte Anton.
»Du mußt ihm sagen, daß das nicht geht, bevor es zu spät ist.«
»Meinst du«, fragte Anton vorsichtig, »daß Sievers vielleicht gar nichts dagegen hat?«
Christian sah ihn von der Seite her an.
»Es kann doch sein«, redete Anton sich selbst Mut zu, »es kann doch sein, daß es so ist. Jürgen ist ein anständiger Kerl. Er hat bald seine Gesellenzeit abgeschlossen. Vielleicht wird er sogar Nachfolger vom Klempner Hansen. Dessen Sohn will ja nicht. Er spielt nur Gitarre und kommt überhaupt nicht mehr nach Hause.«
Christian schüttelte seinen Kopf: »Das wird nicht so kommen. Du kennst die Bauern, und ich kenne sie auch. Die Kinder von Bauern werden verheiratet, daß mehr Land zusammenkommt. Klaus Henningsen und Elisabeth Thömig sollen deswegen auch heiraten . . .«
»Sie will ihn aber nicht«, warf Anton ein.
»Sie muß«, erwiderte Christian, »und hast du Land? Du hast keins. Bist du ein Bauer? Du bist keiner. Nein, es wird nicht so kommen, das weißt du. Der Sievers wird seine Waltraut niemals deinem Jürgen zur Frau geben. Niemals!« Christian hatte mit großem Nachdruck gesprochen. Anton schwieg. Die Angst stieg wieder in ihm auf.

Bald darauf erreichten sie das Schulgebäude. Es war gerade Pause. Die großen Kinder standen in den Ecken des Schulhofs und verbargen Zigaretten in ihren hohlen Händen, die jüngeren spielten Verstecken, Kriegen oder ›Es geht ein Didadudelsack in unserm Kreis herum‹. Anton beobachtet die kleine Kathrin Heeschen, ein flachsblondes Mädchen. Sie stand in einer Ecke und sang:

›Eins, zwei, drei, vier Eckstein,
Alles muß versteckt sein,
Hinter mir, das giltet nicht,
Eins, zwei, drei, ich komme . . .!‹

Kathrin wandte sich hastig um und hielt Ausschau nach ihren Spielgefährten, die in dem dichten Gedränge der Schulkinder nur schwer auszumachen waren. Da schrillte auch schon die Glocke, im Umsehen war der Hof leer.
Anton hätte gern mit der Lehrerin, Fräulein Regensburg, gesprochen, sah sie aber nirgends. Sie war seinerzeit Jürgens Lieblingslehrerin gewesen, er hatte ihr sogar ein paar kindliche Liebesbriefchen geschickt. Sie war es auch, die ihm geraten hatte, auf die Breitenfelder Mittelschule zu gehen, um einen besseren als nur den Volksschulabschluß zu erreichen. Jürgen aber wollte lieber Klempner werden.
Manchmal traf Anton Fräulein Regensburg im Dorf, dann standen sie eine Weile zusammen und sprachen miteinander. Ihre ersten Fragen galten immer Jürgen; sie freute sich, wenn Anton ihr sagte, er sei stolz auf seinen Sohn, er mache ihm keine Sorgen, er sei fleißig und gewissenhaft, wie es sich für einen Klempnergesellen gehöre . . . Jetzt aber, da Anton Sorgen mit ihm hatte, hätte er Fräulein Regensburg gern um Rat gefragt, obgleich er nicht wußte, was sie ihm raten sollte.
Gefolgt von Christian, ging er den langen Flur zum Lehrerzimmer hinunter, hinter dessen Türen er die Stimmen der Schüler und Lehrer vernahm.
Da schrie zum Beispiel Lehrer Schicke englische Formeln und Sätze, die der Schülerchor einstimmig wiederholte. Schicke war der gefürchtetste aller Neumühlener Lehrer, denn seit dem Tode seiner Frau vor zwei Jahren trank er, kam oft spätnachts nach Hause, schlug seinen Sohn Klaus, gelobte am

nächsten Morgen Besserung und trieb es am folgenden Abend nur noch ärger. Klaus war schon ein paarmal weggelaufen, aber immer zurückgekehrt, denn ohne ihn würde sein Vater zugrundegehen. Aus dem übernächsten Klassenraum drang fröhliches Lachen, hier unterrichtete Schulrektor Herbig Erdkunde. Anton blieb einen Augenblick vor der Tür stehen, um zu erkunden, warum die Klasse so ausgelassen war. Er hörte, als einen Moment Stille eintrat, wie der Rektor den Namen des mexikanischen Berges ›Popocatepetl‹ nannte, worauf die Jungen und Mädchen wieder in lautes Lachen ausbrachen. Anton erinnerte sich, daß schon vor vielen Jahren sein Sohn Jürgen mit seinen damaligen Kameraden dieses Wort, und noch lieber den Namen des ›Titicacasees‹, durch Neumühlen getragen hatte...

Viel mehr als für fremde Länder interessierte sich Rektor Herbig aber für die Geschichte Neumühlens. Seit zwei Jahren schrieb er an einer Chronik seines Heimatdorfs und hoffte, sie nach seiner Pensionierung im nächsten Jahr vollenden zu können. Die Neumühlener waren neugierig, was Herbig über sie alles zusammengetragen hatte.

Anton und Christian betraten das leere Lehrerzimmer und legten die Post auf den Tisch.

Als sie den Schulhof verließen, begegnete ihnen Schickes Sohn Klaus. Er war gerade mit dem Omnibus aus Rendenstedt gekommen, denn er besuchte dort das Gymnasium. Neben dem Doktorsohn Hans Renz war er der einzige Neumühlener Oberschüler. Peter Jacobsen, der Sohn des Pastors, studierte schon seit längerem in Kiel.

»Wie geht's dir?« fragte Anton.

»Gut«, erwiderte Klaus und ging weiter. Er wollte nicht stehenbleiben und nach seinem Vater gefragt werden, was die Neumühlener sehr gern taten. Es wäre für ihn ein leichtes gewesen, sich über die Schläge, die Besäufnisse, die Zusammenbrüche und Weinkrämpfe seines Vaters auszulassen, aber das tat er nicht. Er war der Meinung, daß niemand sich in seine Privatangelegenheiten einzumischen hätte. Alles, was in den häuslichen vier Wänden geschah, ging allein ihn und seinen Vater etwas an.

Christian sah dem jungen Mann nach und sagte: »Er kann einem leid tun.« »Ja, das kann er«, erwiderte Anton.

Bislang war an diesem Tage noch nichts Besonderes geschehen. Gegen Mittag ereignete sich aber doch etwas, worüber die Neumühlener einige Tage lang reden konnten.
Anton und Christian erreichten den Hof des ehemaligen Bauern Holldorf. Sie hatten ein amtliches Schreiben in einem blauen Kuvert abzugeben. Den Hof eines ehemaligen Bauern zu betreten, ist für jemanden, der diesen Bauern auf der Höhe seines Schaffens gekannt hat, recht beklemmend. Und Anton, der Holldorf in früheren Jahren manchmal bei der Ernte, beim Dachdecken, Ställeausmisten und Kühetreiben geholfen hatte, spürte, wie sein Herz heftiger zu pochen begann. Überall auf dem Hof sah er Geräte herumstehen, als wäre die Arbeit nur für einen Augenblick unterbrochen. Die Türen zu den Ställen standen offen, aber kein Tier befand sich mehr in den Boxen und Koben. Das Scheunentor war geöffnet, als sollte im nächsten Moment ein Wagen mit Stroh herausgefahren werden. An der Hauswand lehnte eine Schaufel, im Misthaufen steckte eine Forke.
Anton und Christian gingen über den Hof auf die Haustür zu. Doch die war verschlossen. Anton trug Christian auf, mit dem Paketkarren zu warten, und ging zur Hintertür. Auf dem Hof lag allerlei Gerümpel, das Holldorf beim Ausräumen der Ställe achtlos fortgeworfen hatte. Anton stieg über Balken und Bretter. Er klopfte an die Hintertür, aber niemand öffnete, blickte durch das Fenster, doch im Inneren des Hauses war es dunkel, betrat die Stallungen und die Scheune – niemand war da. Ein Geräusch ließ ihn plötzlich herumfahren: Eine Katze lief mit aufgerecktem Schwanz an ihm vorüber. Anton bekam ein wenig Angst, obgleich die Sonne durch die Wolken getreten war und die Vögel in den Ästen der hohen Ahornbäume zwitscherten. Er stand eine Weile ratlos da, ging zum Haus zurück und rief nach Holldorf. Niemand antwortete. Haus, Scheune und Stallungen lagen still und verlassen. Anton rief nochmals. Seine Stimme schlug von den Wänden zurück. Er ging ein zweites Mal um das

Haus herum, blickte in alle Fenster und rüttelte an den Türen. Christian trat neben ihn. Ratlos sahen sie sich an. Anton zuckte mit den Schultern.
Da hielt der Mercedes von Dr. Renz vor dem Nachbarhaus, in dem sich der Kaufmannsladen von Magda Stender befand. Der Doktor stieg mit seiner Krankentasche aus und blickte zu Anton und Christian hinüber, die nebeneinander dastanden und sich nicht von der Stelle rührten.
»Holldorf ist nicht da!« rief Anton.
»Vielleicht ist er aufs Feld gefahren!« gab der Doktor zurück.
»Er hat keine Felder mehr«, antwortete Anton.
Der Doktor kam näher.
»Das Haus ist leer, die Türen sind verschlossen«, berichtete Anton.
Darauf gingen sie zu dritt um das Haus, rüttelten an Türen und Fenstern und riefen Holldorfs Namen.
Drogist Schulte hatte die drei Männer auf dem verlassenen Bauernhof schon eine Weile durch die Schaufensterscheibe seines Geschäfts beobachtet, jetzt hielt es ihn nicht länger in seinem Laden. Er kam angerannt und half bei der Suche. Dann kam auch Magda Stender, jetzt waren sie zu fünft. Und noch immer entdeckten sie kein Lebenszeichen von Holldorf.
»Er hat sich bestimmt aufgehängt«, sagte der Drogist und kratzte seine großen Ohren. Frau Stender riß vor Schreck die Augen auf, als der Drogist befriedigt wiederholte: »Sie haben sich bestimmt alle drei aufgehängt.« Magda Stender faßte sich an ihre kranke Galle und schlich ins Haus zurück. Der Doktor folgte, um ihr eine Spritze zu geben. Drogist Schulte lief mit wehendem Kittel in seinen Laden und rief den Polizisten Kuhnert an. Die Sache sei geheimnisvoll und vielleicht kriminalistisch, sagte er aufgeregt.
»Ich glaub' nicht, daß Holldorf sich aufgehängt hat«, sagte Christian und fügte hinzu: »So was tut der nicht.«
»Auch seine Frau tut so was nicht«, fügte Anton hinzu, trat aber dennoch einige Schritte von der Haustür zurück.
»Wiebke würde sich nie aufhängen«, sagte Christian. Wiebke

war Holldorfs siebzehnjährige Tochter. Sie war bekannt dafür, daß sie sich gern mit Männern einließ. Nannte jemand in der Gastwirtschaft Lafrenz ihren Namen, grinsten die Männer, und die Frauen bekamen schmale Münder.
»Und Pleite machen ist kein Grund zum Aufhängen«, ergänzte Anton.
Der dicke Herr Röllner bremste seinen Opel direkt vor der Hofzufahrt und eilte mit kleinen Schritten und schwingenden Armen auf sie zu. Trotz der sommerlichen Wärme trug er einen dicken Wollpullover. Er besaß eine Autoreparaturwerkstatt an der Durchgangsstraße Richtung Westen. Röllner war der neugierigste Mensch von Neumühlen, nur Drogist Schulte war vielleicht genauso neugierig. Er kümmerte sich um alles und steckte seine fleischige Nase in jede Angelegenheit. Brachte man ihm das Auto zur Reparatur, mußte man sich zuerst allerlei Gerüchte anhören, die er irgendwo aufgeschnappt hatte. Dabei war es ihm gleichgültig, ob sie wahr waren oder nicht. Die Hauptsache war, er hatte etwas zu erzählen. Standen irgendwo in Neumühlen drei Leute zusammen, wie jetzt Anton, Christian und der Drogist, der nach seinem Anruf bei der Polizei wieder auf den Hof zurückgeeilt war, gesellte Röllner sich zu ihnen.
»Was gibt's?« fragte er ein wenig außer Atem.
Schulte erklärte es ihm. Röllner zog seine bleichen Brauen hoch und eilte hinter das Haus. Man hörte ihn an Türen und Fenstern rütteln und nach Holldorf rufen. Dann kam er wieder vor. »Er ist nicht da«, sagte er, worauf die anderen nickten. »Das wird sein wie bei Thode vor neun Jahren«, sagte er mit einer Bestimmtheit, als wüßte er genau Bescheid.
»Thode hat sich damals nicht aufgehängt, sondern erschossen«, wies der Drogist Herrn Röllner zurecht.
»Das macht keinen Unterschied«, entgegnete dieser.
»Doch«, sagte Schulte, »und außerdem war Thode nicht pleite, sondern krank.«
»Ich meine nur, daß man ihn und seine Frau auch morgens tot aufgefunden hat«, gab Röllner zurück.
»Und außerdem waren beide über siebzig«, ergänzte Schulte.
»Trotzdem«, murmelte Röllner. Er merkte, daß sein Ver-

gleich mit dem Fall Thode vor neun Jahren wohl nicht ganz zutraf.
Endlich kam der Polizist Kuhnert angeradelt. Er schwitzte in seiner grünen Uniform; dennoch ließ er die Jacke geschlossen und behielt die Mütze auf. Er lehnte sein Fahrrad an einen der beiden steinernen Pfeiler der Hofzufahrt und kam wichtigtuerisch heranstolziert. Für seine Verhältnisse war er sehr schnell gekommen, in genau einer Viertelstunde. Zwischen Morgen und Abend war er nämlich gut zu gebrauchen, passierte jedoch in der Nacht irgend etwas und mußte man dann seine Dienste in Anspruch nehmen, dauerte es mindestens zwei Stunden, bis er aus dem Bett fand. Und kam er schließlich, war er verschlafen, schlecht gelaunt und roch nach Bier.
Kuhnert baute sich vor den vier Männern auf, zückte ein kleines schwarzes Buch und schrieb auf, was man ihm mitteilte. Er befragte auch Christian Czychowski, behandelte ihn aber von oben herab, denn Christian war für ihn wie für die anderen Neumühlener auch nur der ›Einbrecher‹. Christian machte mit niedergeschlagenen Augen seine Aussagen.
»Hat jemand von Ihnen eine Vermutung, wo Holldorf stekken könnte?« fragte Kuhnert und blickte einen nach dem anderen an, als wollten sie ihm etwas Wichtiges verschweigen.
»Vielleicht hat er sich aufgehängt«, sagte Schulte.
»Oder erschossen«, ergänzte Röllner.
»Er wollte nach Rendenstedt, um dort in der Düngerfabrik zu arbeiten«, erklärte Anton und berichtete, was er am Abend zuvor in der Gastwirtschaft Lafrenz gehört hatte.
»Wie auch immer«, meinte Kuhnert, klappte sein Büchlein zu und forderte die Männer auf, mit ihm zu kommen. Sie gingen um das Haus herum, rüttelten wieder an Fenstern und Türen und riefen Holldorfs Namen. Schließlich griff sich Kuhnert ein Stück gesplittertes Holz und schlug mit amtlicher Selbstverständlichkeit eine Fensterscheibe ein, öffnete das Fenster, zog einen Holzklotz heran und stieg ins Hausinnere. Man hörte ihn herumrumoren und wartete gespannt auf seinen entsetzten Aufschrei, sein blasses Gesicht und die Mitteilung, daß Holldorf und seine Familie an einem Balken baumelten. Aber man hörte keinen Schrei.

Schließlich kam er zurück. In der Hand hielt er einen großen Zettel. Umständlich holte er seine Brille hervor, setzte sie auf, rückte sie zurecht und las:
»Ich und meine Frau und vielleicht auch meine Tochter, was ich nicht weiß, weil sie immer tut, was sie will, und nicht auf ihre Eltern hört, gehen weg aus Neumühlen, weil wir hier nicht länger leben wollen, weil die reichen Bauern die armen Bauern nicht leben lassen und ihnen keinen Kredit geben wie Sievers, Frahm, Kock und Sick!!!
Euer Holldorf, ehemaliger Bauer von Neumühlen und jetzt Arbeiter in der Rendenstedter Düngerfabrik, aber ich komme wieder, das sollt Ihr alle wissen, daß dieses Dorf der Teufel holen soll, mit freundlichen Grüßen Holldorf, ehemaliger Bauer von Neumühlen.
Ich meine das mit dem Teufel, der das Dorf holen soll, ehrlich, aber ich meine eher die Bauern. Vielleicht arbeite ich auch nicht in der Düngerfabrik in Rendenstedt, sondern später einmal in der Fabrik, wenn sie hier mal gebaut wird.
Mit freundlichen Grüßen. Holldorf, ehemaliger Bauer von Neumühlen.«
Kuhnert steckte den Zettel ein, sagte, das sei ein Beweisstück, und kroch aus dem Fenster.
Ein Kriminalfall was das Ganze also nicht. Anton war erleichtert, Schulte und Röllner waren enttäuscht. Wie gern hätten sie eine tragischere Begebenheit in Neumühlen herumerzählt. Sie begannen über Holldorf herzuziehen. Ein Bauer, der Pleite macht, ist immer im Unrecht. Er habe kein Recht, Derartiges über Neumühlen zu schreiben, sagten sie, es gehöre sich ganz einfach nicht zu wünschen, das Dorf solle der Teufel holen.
Der Doktor und Frau Stender traten hinzu. Sie waren erleichtert über den verhältnismäßig guten Ausgang der Angelegenheit.
Bevor sie sich trennten, teilte Röllner eine Neuigkeit mit, die gleichfalls für alle Neumühlener wichtig war: »Ich bekomme eine Tankstelle«, sagte er stolz.
»Du auch?« fragte Anton.

»Jawohl«, sagte Röllner, »da wird der Scheller sich wundern. Und die Benzinmarke, die ich bekomme, ist besser als die von Scheller!«
Man trennte sich. Gesprächsstoff für die nächsten Tage gab es genug. Anton und Christian gaben ihre restlichen Briefe, Karten und Pakete ab und gingen zur Poststelle, Anton erzählte Frau Bluhm einige Neuigkeiten, sagte aber nichts davon, daß er seinen Freund Christian gern jeden Tag bei sich hätte. Das schien ihm noch zu früh.
Wenig später saßen sie in Antons Häuschen an Annes Mittagstisch und sprachen über Röllners Tankstelle, denn Scheller und Röllner waren erbitterte Feinde. Scheller verstand, obgleich er Elektriker war, auch etwas von Autos, und Röllner verstand etwas von Elektrizität. So hatten sie immer wieder versucht, sich gegenseitig preislich zu unterbieten und Kunden abzujagen.
Einmal war Röllner in der Gastwirtschaft Lafrenz wie ein Wilder auf Scheller losgegangen. Einige Leute mußten ihn festhalten. Beim Schützenfest im letzten Jahr hatte Scheller Röllner einen Krug Bier ins Gesicht geschüttet. Es gab in ganz Neumühlen keine anderen zwei Männer, die so verfeindet waren wie Scheller und Röllner. Daß beide nun eine Tankstelle bekamen, ließ Schlimmes erwarten.
Holldorfs heimliches Verschwinden befriedigte Anton irgendwie. Der ehemalige Bauer würde bestimmt versuchen, den Neumühlenern zu beweisen, daß auch ein pleite gegangener Bauer ein neues Leben beginnen kann. Irgendwann würde man bestimmt wieder von ihm hören.
Christian war anderer Meinung: »Wenn man rausgeworfen wird aus seiner Lebensbahn, ist Schluß«, sagte er, meinte aber eher sich selbst als Holldorf. Er begann wieder einmal sein Leben zu erzählen. Anton hörte geduldig zu, obgleich er diese Geschichte längst auswendig kannte. Von seiner Flucht aus dem Osten sprach Christian, von den schwierigen Anfängen im Dorf, vom Bau seiner Hütte, von einer Frau, die er auf dem Weg hierher verloren hatte, von seiner Strafhaft, seiner Rückkehr nach Neumühlen, von der Arbeit bei Kock und seinen trüben Zukunftsaussichten.

»Vielleicht«, schloß er seine Erinnerungen, »kann ich in der Fabrik arbeiten, wenn sie hier gebaut wird.«
»Ja, vielleicht kannst du das«, erwiderte Anton. Er hatte Christians Klagen nicht richtig zugehört, sondern an seine eigenen Sorgen gedacht: an Jürgen und an Sievers, der ihm endlich das Haus verkaufen sollte. Er fürchtete sich ein wenig vor dem Gespräch mit ihm und wußte nicht, warum. So wurde es Nachmittag. Die Sonne warf lange Schatten in den Garten, der Wind zerstreute Kirschblütenblätter, über den Fluß zog eine Gewitterfront auf. Christian ging nach Hause, und Anton eilte zum Friedhof, um das Grab für den alten Suhr zu graben. Anne gab ihm einen Regenumhang mit.

7

Anton hob das Grab für den alten Suhr aus. Am dunklen Himmel jenseits des Flusses zuckten Blitze, in der Ferne grollte Donner. Anton beeilte sich. Er dachte daran, daß ›Grabschmatzer‹ Greve ihn geheimnisvoll aufgefordert hatte, das Grab sieben Klafter tief zu graben. Wieviel aber waren wohl sieben Klafter? Sieben Meter? Dreieinhalb Meter? Anton wußte es nicht. Es war dumm, daß ihm Greves Aufforderung wieder eingefallen war. Das kommt nur, weil ein Gewitter aufzieht, dachte er. Er blickte zum Himmel empor. Eine lichtgeränderte schwarze Wolkenfront zog dahin, verschluckte immer mehr blauen Himmel und näherte sich schnell dem Dorf. Die backsteinrote Wand der Kirche war nun dunkel, Schatten flogen darüber hin. Der Westwind zerrte an den Baumkronen. Staubschwaden wehten über die Wege. Ein durchsichtiges Licht lag über dem Friedhof.
Anton grub noch schneller. Er achtete jedoch darauf, daß die Sandhaufen links und rechts des Grabes gleich hoch wurden. Von ihnen hatten morgen die Totengräber den Sarg herabzulassen, da mußten sie schon die gleiche Höhe haben, sonst würde der Sarg eventuell schief auf dem Boden des Grabes

aufkommen. Anton verstand sein Geschäft. Er glättete die Ränder und maß mit dem Schaufelstiel die Tiefe der Kuhle. Ein halber Meter fehlte noch, dann war sie, wie es vorgeschrieben ist. Die Schaufel stieß gegen etwas Hartes, Funken stoben. Anton bekam einen Schrecken, denn im gleichen Moment grollte der Donner über ihm. Er bückte sich und grub mit bloßen Händen einen Stein aus. Es war ein kinderballgroßer merkwürdig gerundeter Stein, den er da in seinen Händen hielt, grau, an einer Stelle ein wenig rot und spitz zulaufend. Anton drehte ihn hin und her. So sieht kein Stein aus, den die Natur geschaffen hat, dachte er, den muß irgend jemand bearbeitet haben. Vielleicht Steinzeitmenschen? Anton beschloß, ihn irgendwann einmal Schulrektor Herbig zu zeigen. Dieser wußte sehr viel über die Vergangenheit, die Vorfahren und den Platz, auf dem jetzt Neumühlen lag.
»Was hast du da für einen Stein?« fragte plötzlich eine Stimme. Anton blickte auf.
Greve kniete am Rand des Grabes und streckte die Hand aus.
»Hab' ich gefunden«, sagte Anton und gab Greve den Stein. Der betrachtete ihn. Es begann zu regnen. Die Tropfen waren dick und schwer und platschten in das Grab. Anton grub hastig die letzten Zentimeter aus, begradigte die Ränder und kroch hinaus. Greve betrachtete immer noch den Stein.
»Wo lag er?« fragte er. Anton deutete auf die Stelle im Grab, wo er ihn gefunden hatte.
»Sieht aus wie ein Moluchusstein«, sagte Greve.
»Ein was?«
»Ein Moluchusstein«, wiederholte Greve.
»Ich glaub', das ist ein Werkzeug von den Vorfahren«, behauptete Anton.
»Nein, das ist ein Moluchusstein!« widersprach Greve heftig. »Der steingewordene Kopf eines Toten.«
Anton schwieg. Von diesen Dingen verstand er nichts. Er wollte sich mit Greve auf keinen Streit einlassen.
»Du weißt nicht, was das bedeutet: ein Moluchusstein?«
»Nein.«
»Leute, die in ihrem Leben gesündigt haben, deren Kopf wird zu Stein, während der Körper verfault.«

»Und warum?«
»Als Warnung für die Späteren. Selbstmörderköpfe werden auch zu Moluchussteinen.«
»Aber der Stein sieht doch nicht aus wie ein Kopf!« wandte Anton ein. Er sah wirklich nicht aus wie ein Kopf.
»Doch«, sagte Greve, »der sieht aus wie ein Kopf!«
»Finde ich nicht«, widersprach Anton und streckte die Hand nach dem Stein aus. Greve verbarg ihn hinter seinem Rücken.
»Gib mir den Stein zurück!« forderte Anton.
»Was willst du denn damit anfangen?«
»Rektor Herbig zeigen.«
»Und warum?«
»Der soll mir sagen, was das ist.«
Greve funkelte Anton unter seinen buschigen Brauen an. Er wollte ihm Angst machen: »Du glaubst mir also nicht?«
»Nein«, antwortete Anton, so fest er konnte.
Es regnete jetzt heftig. Die beiden Männer standen auf dem Kirchhof und musterten sich. Greve machte keinerlei Anstalten, Anton den Stein zurückzugeben.
»Nun gib schon«, sagte Anton, es im guten versuchend.
Greve grinste unverschämt und wich einen Schritt zurück.
»Gib ihn her!« sagte Anton leise. »Es ist mein Stein. Ich habe ihn gefunden.«
Greve hielt ihm den Stein hin. Als Anton danach greifen wollte, zog er ihn schnell zurück und grinste erneut. Anton trat einen Schritt auf Greve zu, und der trat einen Schritt zurück. Wieder hielt er Anton den Stein hin. Anton griff blitzschnell zu und umklammerte ihn. Doch Greve hielt ihn krampfhaft fest. Sosehr Anton sich auch abmühte, er konnte Greve den Stein nicht entwinden. Es regnete immer heftiger. Anton spürte, wie ihm die schweren kühlen Tropfen in den Nacken rannen. Er fühlte sich unbehaglich. Er gab Greve plötzlich einen Stoß, der ließ den Stein fallen, stolperte und schlug direkt neben das ausgehobene Grab lang hin. Da lag der ›Grabschmatzer‹ nun und mußte achtgeben, nicht in die Grube hineinzufallen. Er kroch auf die Seite, verlor das Gleichgewicht und geriet mit seinem Gesicht in den Sand. Anton mußte lachen. Greve erhob sich prustend und begann Anton zu beschimp-

fen. Anton lachte immer noch. Ihm machten Regen und Gewitter nichts mehr aus. Greve spuckte Sand aus und murmelte plötzlich drohend: »Das wird ein böses Ende mit dir nehmen, Anton Podizat!« Anton lachte: »Halt dein Maul, Grabschmatzer!« Er hob den Stein triumphierend in die Höhe und ging in Richtung Kirche.

»Ein böses Ende wird es mit dir nehmen, Anton Podizat!« schrie Greve noch einmal.

Anton lief in die Kirche, um das Ende des Regens abzuwarten. Die schwere Eichentür knarrte in den Angeln. Der hohe, hallende Raum war in mattes Licht getaucht, so daß man kaum noch den Altar und die Wände erkennen konnte, die Fenster schienen in der Dunkelheit frei zu schweben, das Gewitter peitschte seine Regenschauer gegen die Scheiben. Anton drückte das Wasser aus seinen Kleidern. Trotz des Umhangs war er bis auf die Haut durchnäßt. Er setzte sich hinten an die Wand auf einen Stuhl. Den Stein hielt er zwischen seinen Händen, lehnte den Kopf zurück, schloß die Augen und lauschte den Donnerschlägen, dem Rauschen des Regens und dem Pfeifen des Windes, der sich an den Ecken der Kirche brach.

Anton war ganz weit fort. Er war an einer Stelle seines weiten Weges aus dem Osten nach Neumühlen. In einer Kirche machte er Station. Sie war überfüllt mit vielen müden Menschen. Anton legte sich zwischen sie. In der Ferne dröhnten Kanonen. Er schlief ein. Als er erwachte, lag ein junges Mädchen neben ihm. Es hatte seinen kalten Leib an ihn gepreßt. Er bettete sein Gesicht in die Haare des Mädchens und schlief wieder ein. Als er erwachte, war es verschwunden. Vergeblich suchte er auf dem mit Wagen, Pferden und Menschen überfüllten Kirchplatz . . .

Anton hatte lange nicht an diese stumme Begegnung gedacht. Er wußte nicht, ob er damals etwas verloren hatte, an das Gesicht des Mädchens konnte er sich nicht mehr erinnern.

Anton hielt immer noch den Stein zwischen seinen Händen. Wäre er abergläubisch gewesen oder hätte er wie einige Neumühlener den Spukgeschichten des ›Grabschmatzers‹ geglaubt, so hätte er ihn weit von sich geworfen. Aber Anton

war nicht abergläubisch, zumindest nicht mehr als andere Leute auch. Daher beschloß er, den Stein mit nach Hause zu nehmen, zu säubern, blank zu polieren und auf die Kommode zu stellen als Erinnerung an den alten Suhr.
Das Gewitter zog über Neumühlen hinweg nach Osten, und das nachmittägliche Licht kehrte zurück. Aus dem Dunkel lösten sich die alten Bilder mit den strengen Gesichtern der früheren Neumühlener Pastoren, die graugestrichenen Holzbänke schimmerten auf, die Fenster waren wieder an ihren Plätzen in der Mauer.
Anton erhob sich und trat ins Freie. Er ging über die aufgeweichten Wege und durch das hohe nasse Gras zu Suhrs Grab hinüber. Auf seinem Boden erblickte er eine Ansammlung von Kräutern, eine lila Stoffblume, ein dreieckiges Stück Papier mit einer krakeligen Zeichnung und ein kleines Fläschchen. ›Grabschmatzer‹ Greve mußte diese Dinge hier hineingeworfen haben, damit der alte Suhr seine Ruhe fände oder auch nicht fände, das wußte man bei Greve nicht genau. Also war es gleichgültig, ob die Gegenstände im Grab verblieben oder nicht. Anton ließ sich auf den Boden hinunter, sammelte die Stücke ein und steckte sie in die Hosentasche. Dann begradigte er noch einmal die Seiten der Grube, kletterte hinaus und ging durch die Gräberreihen auf die Kirche zu, um seine Schaufel wegzuschließen.
Tischler Jungmann hatte ein großes blaues Taschentuch ausgebreitet und polierte den Grabstein seiner Hannelore. Er wischte die eingemeißelten Goldbuchstaben aus, fuhr über Kreuz und Palmwedel, rückte dann die zahlreichen Blumentöpfe zurecht und richtete sich auf. »Sie war eine gute Frau«, sagte er zu seiner Begleiterin, einer blonden Dame mit einem feinen, ernsten Gesicht, das Anton gestern früh auf der Fotografie gesehen hatte. Die Frau nickte geduldig. Jungmann fuhr fort, von seiner verstorbenen Hannelore zu berichten. Er erzählte, wie gut sie kochen konnte, was für eine gute und liebevolle Mutter sie gewesen war, und schloß seine langen Ausführungen mit dem Satz: »Sie war die beste Frau der Welt.« Die Frau nickte, wie schon viele fremde Frauen genickt hatten, und wandte sich schließlich ab.

Anton sah aus der Ferne, wie Jungmann ihr nachlief und sie am Arm festzuhalten versuchte, um sie noch einmal an das Grab zu führen. Die Frau schüttelte heftig den Kopf, daß die Haare flogen, sagte mit aufgebrachtem Gesicht ein paar Worte, und eilte mit schnellen Schritten auf das Portal zu. Jungmann folgte mit gesenktem Kopf. Anton blieb stehen und wartete, bis der Tischler an ihm vorüberging.
»Ist nichts«, sagte er, »sie ist nichts.«
»Schade«, erwiderte Anton.
»Sie kann kochen, die Jungs mögen sie, aber sie will von Hannelore nichts wissen.« Jungmann sah betrübt auf den Boden und scharrte mit dem rechten Fuß im feuchten Kies. Anton hätte ihm ein paar einfache Ratschläge geben können, aber das wagte er nicht. Ein Hilfsbriefträger gibt einem Handwerksmeister keine privaten Ratschläge. Sie trennten sich.
Auf der Straße verdampfte der Regen. Der ›Grabschmatzer‹ war nirgendwo zu sehen, aber Anton hatte das Gefühl, als würde er beobachtet. Er umklammerte den Stein, griff in seine Hosentasche und warf die abergläubischen Sachen in den Rinnstein, wo ein kleiner Bach sie erfaßte und wegtrug.

Der Abend war kühl, und Anton fröstelte. Anne rief, er solle hereinkommen, er werde sich noch erkälten, doch Anton blieb draußen. Er wollte sehen, wenn sein Sohn die Straße entlangkam, wollte ihn abfangen und sofort mit ihm reden. Er beobachtete die Straßenbiegung, an der Jürgen jeden Moment auftauchen mußte. Ein Melkwagen polterte vorüber. Der Mann auf dem Kutschbock tippte grüßend an seine Mütze. Anton nickte zurück. Die Wagenräder rührten braunen Matsch auf. Jürgen kam nicht. Anton saß auf der Bank vor dem Haus, bis es dunkel wurde. Er sprach nur das Notwendigste mit Anne. Als die Nacht einbrach, war Jürgen immer noch nicht heimgekommen. Sie gingen schlafen, lagen nebeneinander, lauschten nach draußen und brauchten sich ihre Sorgen nicht zu erklären. Anton lauschte noch, als Anne schon eingeschlafen war.

8

Am nächsten Morgen war Jürgen immer noch nicht nach Hause gekommen. Ohne zu frühstücken, eilte Anton, bevor er seinen Dienst antrat, zu Klempner Hansen. Ob Jürgen da sei, fragte er. Natürlich antwortete Frau Hansen, pünktlich wie immer. Anton ging um das Haus herum in die Werkstatt. Jürgen stand an einer Drehbank und bearbeitete ein Stück Eisen, daß die Funken nur so sprühten. Anton tippte seinem Sohn auf die Schulter. Jürgen schaltete die Drehbank aus und setzte seine Schutzbrille ab: »Was gibt's denn?«
»Ich muß mit dir reden.«
Jürgen hatte seinen Vater noch nie so ernst gesehen. Sie traten vor die Werkstatt. Der Hof war mit unbrauchbaren Eisenstücken übersät. Sie sahen aus wie Gestalten, die in ihren Bewegungen erstarrt waren.
»Was ist denn los?«
»Wo warst du heute nacht?«
Jürgen schwieg. Dann lächelte er. Er war verlegen und blickte an seinem Vater vorbei.
»Du warst bei Waltraut?« fragte Anton, obgleich er es wußte.
»Ja.« Jürgen lächelte immer noch.
»Die ganze Nacht?«
»Ja.«
Anton schwieg einen Augenblick. Er wunderte sich, daß Jürgen seine Arme vor der Brust verschränkte.
»Wenn der Sievers davon erfährt . . .«, begann Anton nun seine Sorgen zu erklären, »weißt du, was dann geschieht?«
»Waltraut ist achtzehn, sie kann machen, was sie will.«
»Schon«, entgegnete Anton, »das kann sie sicher. Aber weißt du, was geschieht, wenn er es erfährt? Was mit mir geschieht und mit Mutter? Er wird uns aus dem Haus werfen. Es ist immer noch sein Haus!«
»Ach . . .«, sagte Jürgen und machte eine wegwerfende Handbewegung.
»Er nimmt uns das Haus weg!« versicherte Anton nachdrücklich.

»Glaube ich nicht ...«
»Glaubst du, du kannst Bauer werden?« fragte Anton.
»Warum nicht?« Jürgen lächelte ein wenig.
»Du bist verrückt, der Sievers würde dir niemals den Hof geben!«
»Helmut kann den Hof nicht übernehmen. Er ist taubstumm!« sagte Jürgen.
»Denkst du wirklich an so was?« Anton war fassungslos.
Jürgen schwieg und zuckte mit den Schultern. Er steckte die Hände in die Taschen seiner Arbeitshose, daß sie bis zu den Ellenbogen verschwanden.
»Waltraut denkt auch an so was«, sagte er schließlich.
»Ihr seid alle beide verrückt!«
»Möglich«, murmelte Jürgen und fuhr etwas lauter fort: »Was soll ich machen? Ich liebe Waltraut, und sie liebt mich!«
Jetzt wußte Anton nicht, was er sagen sollte.
»Soll ich ihr sagen: ›Mein Vater verliert sein Haus, wenn dein Vater herausbekommt, daß wir uns lieben?‹ Oder was?« Jürgen war zornig. Seine Augen blitzten, seine Stirn war gerunzelt. Anton schwieg.
»Soll ich ihr das sagen?« fragte Jürgen.
»Ja«, antwortete Anton.
»Das tue ich aber nicht.«
»Dann wird es ein schlimmes Ende nehmen!«
»Mit wem?«
»Mit uns!«
»Ach Vater«, sagte Jürgen und lächelte, »wo lebst du denn ...!«
»In Neumühlen!«
»Der Sievers ist nicht so, wie du glaubst ...«
»Alle Bauern wollen, daß ihre Kinder heiraten, damit Land zu Land kommt!«
»Und wen soll Waltraut heiraten?«
»Weiß ich, was der Sievers mit ihr vorhat. Das geht uns nichts an!«
Jürgen lachte auf: »Mich schon!«
»Sie muß den heiraten, den Sievers will!«
»Quatsch!« winkte Jürgen ab.

»Doch«, erwiderte Anton.
»Und wenn er so was verlangt, dann werden wir weggehen von hier!«
Das hatte Anton nicht erwartet. Plötzlich wußte er, daß er gegen die Liebe seines Sohnes zu Waltraut Sievers nichts ausrichten konnte.
»Wohin würdet ihr denn gehen?« fragte Anton.
»Weit weg ...«
»Und die Klempnerei hier? Du weißt, daß du sie vielleicht einmal übernehmen kannst!«
»Ich finde auch woanders Arbeit.«
»Und wo?«
»Überall!«
Anton versuchte es ein letztes Mal: »Der Sievers würde uns trotzdem das Haus wegnehmen!«
»Dann sucht euch ein anderes, verdammt noch mal!« erwiderte Jürgen ärgerlich. »Was seid ihr denn von dem Sievers abhängig? Es gibt doch genug andere Häuser in Neumühlen!«
»Ich will aber nicht ausziehen!« schrie Anton. »Und Mutter will es auch nicht!«
Die beiden Männer standen sich wütend gegenüber, keiner wich einen Schritt zurück. Sie schwiegen lange.
»Vater«, sagte Jürgen endlich, »ich finde, du machst dir unnötige Sorgen ...«
»Ich hoffe, du hast recht«, sagte Anton leise.
»Du wirst sehen ...«
Anton wandte sich um und verließ den Hof.
»Sei nicht böse«, rief Jürgen ihm nach. Anton wandte sich nicht mehr um.
Er ging zur Poststation, um seine Tasche zu holen. Früher hatte Jürgen immer auf ihn gehört, dachte Anton. Früher hatte er jeden seiner Ratschläge befolgt. Jetzt war er erwachsen. Irgendwann sind die Kinder erwachsen und gehen ihre eigenen Wege. Das ist so im Leben. Was sollte er sich dagegen wehren? Wenn er ein Bauer wäre, könnte er Jürgen einen Hof vermachen. Wenn er ein Handwerker wäre, könnte er ihm eine Werkstatt hinterlassen. Er war aber nichts, nur etwas mit

einem ›Hilfs‹ vorneweg. Vielleicht machte er sich wirklich unnötige Sorgen wegen seines Häuschens. Vielleicht war der Sievers gar nicht so, wie er dachte? – Doch, er war so! Er kannte ihn lange genug. Sievers war unbeherrscht und unberechenbar. Er würde nie zulassen, daß seine Waltraut sich mit dem Sohn eines Mannes einließ, der nur etwas mit einem ›Hilfs‹ vorneweg war.
Vielleicht sollte er mit Waltraut reden und sie auf all die Dinge aufmerksam machen, die ihre Liebe zu Jürgen mit sich brachte? Ja, das war die Lösung. Er wollte so mit Waltraut reden, als wäre er ihr Vater. Das würde Sievers sicher gefallen, wenn er davon erfuhr. Anton war glücklich über seinen Einfall. Bei der nächstbesten Gelegenheit, vielleicht noch heute, wollte er mit ihr reden.
Röder kam ihm entgegen. Er führte seinen prächtigen Eber Erwin am roten Halsband die Straße entlang. Erwin schnüffelte alle paar Meter im Rinnstein, zog heftig an der Leine, daß Röder schwitzend folgen mußte, setzte sich wieder in Trab und grunzte befriedigt. Röder strahlte stolz. Er sah genauso gesund und speckig aus wie sein rosa Freund. Und zu hinken brauchte er auch nicht mehr.
»Wie geht's euch beiden?« erkundigte sich Anton.
»Prächtig!« erwiderte Röder und zwinkerte ihm zu.
»Wo geht ihr hin?«
»Er geht in Kocks Saustall«, sagte Röder und wies auf Erwin.
»Und du?« fragte Anton.
Röder zwinkerte erneut: »Er kann sein Geschäft allein vollbringen«, sagte er mit breitem Grinsen, »und ich ...« Röders Grinsen wurde immer breiter.
Anton glaubte Bescheid zu wissen. Bauer Kock hatte vor vier Jahren ein Mädchen aus Rendenstedt geheiratet, das mindestens zwanzig Jahre jünger war als er. Sie verstand nicht viel von der Landwirtschaft und noch weniger von der Buchhaltung. Sie konnte aber gut kochen, wie Kock immer wieder betonte.
»Er ist in der Ortsversammlung. Die tagt heute morgen. Da haben der Erwin und ich freie Bahn bei den Säuen ...« Er fügte noch ein leises »Und so ...« hinzu, das für sich sprach.

Röder näherte sein verschwitztes Gesicht dem Antons und flüsterte: »Als Briefträger bist du auch nicht schlecht dran ...«
»Wie meinst du das?«
»Hast doch überall Zugang!«
»Ich hab' meine Anne«, sagte Anton.
»Du wirst auch noch draufkommen. Kauf dir einen Eber, und du wirst draufkommen!«
Der Eber Erwin stieß ein ungeduldiges Grunzen aus, ihn zog es zu Kocks Säuen. Da konnte Röder nicht länger stehenbleiben. Anton blickte den beiden nach.
»Kommst du heute nachmittag zum Suhr?« rief Röder noch.
»Natürlich.«
»Da sehen wir uns. Es wird bestimmt lustig!«
Frau Bluhm saß im Postbüro und machte Anton wegen seiner Verspätung Vorwürfe. Er entschuldigte sich, nahm wortlos die Tasche vom Haken und legte die Pakete auf den Karren.
»Hast du gestern mit dem Einbrecher Czychowski die Runde gemacht?« fragte Frau Bluhm ohne aufzusehen. Anton blickte sie von der Seite an, um zu prüfen, was für ein Gesicht sie zog. Ehe er etwas antworten konnte, sagte sie: »Ich will nicht, daß er mit dir geht.«
Anton erklärte ihr leise, wie es um seinen Freund stand, daß er keine Arbeit mehr hatte und nicht wußte, wovon er künftig leben sollte.
»Ich will nicht, daß er mit dir geht«, wiederholte sie, ohne aufzusehen.
Jetzt erklärte ihr Anton, daß es für ihn leichter sei, wenn Christian künftig mit ihm ginge. Dann müßte er nicht immer den unhandlichen Paketkarren in die Hausflure ziehen.
»Ich will nicht, daß er mit dir geht«, sagte Frau Bluhm zum dritten Mal und blickte auf, »und ich will dir auch sagen, warum ich das nicht will: Die Post hat drauf zu achten, daß nur anständige Männer in ihrem Dienst sind und keine Einbrecher. Verstanden?«
Anton sagte ein leises »Ja«.
»Dann richte dich gefälligst danach!«
»Ist gut«, murmelte Anton.

Frau Bluhm wandte ihrem Hilfsbriefträger jetzt ihr schmales Vogelgesicht zu. »Hast du was von der Fabrik gehört?«
Anton verneinte.
»Was bist du für ein Briefträger, wenn du davon nichts hörst!«
»Was ist denn mit der Fabrik?« fragte Anton.
»Die tagen heute morgen«, sagte Frau Bluhm, »die tagen ganz geheimnisvoll. Kahlke hat es mir erzählt. Wenn der Sievers tatsächlich eine Fabrik hier herholt, dann ist er die längste Zeit Bürgermeister gewesen. Dann wird er abgesägt«, meinte Frau Bluhm.
»Vielleicht wäre eine Fabrik ganz gut«, gab Anton zu bedenken, »sie bringt Geld und Arbeitsplätze.«
». . . und verstänkert die gute Luft«, fügte Frau Bluhm hinzu, »Neumühlen ist ein Bauerndorf und soll es auch bleiben.«
»Ich weiß nicht, ob man es aufhalten kann«, sagte Anton.
»Alle, die die Fabrik wollen, sind verrückt. Sievers sowieso. Der hat es aufs Geld abgesehen. Bei Enno Frahm weiß man nicht genau, was er denkt. Kock ist dafür. Bei Schicke weiß man's auch nicht. Der versteht sowieso nicht, was los ist. Der mit seinem Saufkopp. Und Tetens ist sicher dafür; je mehr Menschen hier wohnen, um so mehr Schuhe kann er flicken. Die einzigen vernünftigen sind Adolf Sick und Herbig. Schade, daß Adolf Sick so alt ist. Wäre er jünger und noch Bürgermeister, würde hier niemals eine Fabrik gebaut werden.«
Anton nahm die Tasche auf und zog den Paketkarren aus dem Postbüro. Auf der anderen Straßenseite stand Christian.
»Sie will dich nicht«, sagte Anton.
Christian zuckte mit den Schultern und schlug die Augen nieder: »Dann nicht«, erwiderte er und entfernte sich.
»Kommst du zum Suhr heute nachmittag?«
»Ja«, rief Christian, »Beerdigungsfeiern sind nämlich für alle da. Auch für ›Einbrecher‹!«

9

Sievers läutete stürmisch die Bürgermeisterglocke und brüllte einige Male: »Ruhe!« Das hatte er an diesem Vormittag schon oft brüllen müssen, denn immer wieder waren die Männer aufeinander losgegangen: Schuster Tetens auf Enno Frahm, Sievers auf seinen Vorgänger Adolf Sick, dann Sick auf seinen Nachfolger Sievers, Herbig auf Tetens und Kock auf Herbig. Und wenn jeder mit jedem der anderen Partei seinen Streit ausgetragen und sich schließlich wieder beruhigt hatte, fielen allesamt über Lehrer Schicke her. Der hatte einen schweren, dröhnenden Kopf und konnte der Versammlung kaum folgen. Von ihm wußte man nicht, wie er sich am Schluß entscheiden würde, von seiner Stimme hing also alles ab.
Adolf Sick erhob sich an diesem Vormittag nun schon zum dritten Mal. Sievers gab ihm das Wort, obgleich er wußte, daß sein Vorgänger wieder nur das sagen würde, was er schon zweimal gesagt hatte.
»Neumühlen ist seit vielen hundert Jahren ein Bauerndorf, und das soll es auch bleiben.« Sick schlug seine riesigen Hände kräftig auf den Tisch und fuhr fort: »Es gibt in Neumühlen heutzutage neunzehn Bauern, elf Handwerksbetriebe und Kaufmannsläden, eine Gastwirtschaft, eine Schule, einen Pastor, einen Arzt ...«
»Was soll denn das schon wieder?« fragte Sievers. »Das hast du doch schon alles gesagt ...«
»Na und?« brüllte Sick.
»Die Zahlen sind bekannt!« schrie Sievers zurück.
»Das sind sie schon«, warf Enno Frahm ein, »aber weiß man denn, wie viele Bauern in Zukunft Pleite machen? Gestern der Holldorf, vorgestern der Beck in Breitenfeld ...«
Adolf Sick packte Frahm am Arm und flüsterte ihm zu, er habe gedacht, daß er gegen die Fabrik sei; warum rede er denn jetzt für sie?
Das tue er doch gar nicht, entgegnete Frahm, aber er müsse bedenken, wo er arbeiten könne, wenn er einmal pleitegehen sollte.

»Große Bauern gehen nicht pleite«, sagte Adolf Sick und blickte in die Runde, »und deshalb wird Neumühlen immer ein Bauerndorf bleiben.« Er wandte sich wieder seinem Nachbarn Frahm zu, der angestrengt auf die Tischplatte blickte, als gäbe es dort etwas zu lesen.
»Du bist auch ein großer Bauer, du wirst niemals Pleite machen«, sagte er zu ihm, »also mußt du gegen die Fabrik sein!«
»Bin ich ja«, entgegnete dieser, »ich würde sowieso nie in einer Fabrik arbeiten.« Er blickte Sievers kurz an, und Sievers nickte unmerklich.
Bauer Kock, der für die Fabrik war, zeigte Enno Frahm ein unverschämtes Grinsen, das sein lederbraunes Gesicht mit vielen kleinen Falten durchzog: »Große Bauern haben die Fabrik doch nicht zu fürchten. Große Bauern müssen gar nichts fürchten«, sagte er lachend, »aber Enno ist wohl nur mit seinem Hof, seinen Feldern und der Anzahl seiner Kühe ein großer Bauer, nicht jedoch mit seinem Gefühl.«
Mit diesem Einwand hatte Kock einen wunden Punkt in Frahms Leben berührt. Er war nämlich erst in den letzten Jahren ein wirklich großer Bauer geworden, hatte alle Maschinen angeschafft, die die anderen sich auch kauften, hatte Haus und Ställe vergrößert, seinen Bruder mit einer hohen Summe ausbezahlt und lebte seitdem in der Angst, alles könnte wieder zu Ende gehen. Er hatte nämlich Schwierigkeiten, die Kredite pünktlich zurückzuzahlen. Aber das wußte niemand im Dorf, außer Sievers . . .
Die drei anderen großen Bauern, Sievers, Adolf Sick und Kock, hatten ihre Höfe von ihren Großvätern und Vätern geerbt. Das war ein erheblicher Unterschied zu Enno Frahm, der seinen Hof gekauft und nicht geerbt hatte.
»Klar«, fuhr Kock fort, »Frahm hat recht. Auch in Zukunft werden Bauern Pleite machen, wenn sie nicht wissen, wie man richtig wirtschaftet. Und was sollen diese pleite gegangenen Bauern tun? Sie können in die Fabrik gehen. Also muß die Fabrik her!«
»Stimmt«, bekräftigte Sievers.
»Blödsinn!« schrie Adolf Sick, und alle redeten wieder aufeinander ein, so daß Sievers seine Glocke läuten mußte.

Schuster Tetens, der nur in die Ortsversammlung gewählt worden war, weil der Doktor keine Zeit für diese Aufgabe hatte, sagte jetzt: »Ich bin kein Bauer, ich bin Schuster und rede für die Handwerker und Kaufleute. Immer wird nur davon gesprochen, daß es den Bauern gutgehen soll. Aber auch uns soll es gutgehen, den Handwerkern und Kaufleuten.«

»Flickschuster!« rief Frahm dazwischen, er konnte Tetens mit seinem klugen Geschwätz nicht leiden. Der aber wollte sich nicht unterbrechen lassen, denn er hatte sich auf die heutige Sitzung vorbereitet, einige Zeitungen gelesen und sich manches Wichtige herausgeschrieben. So sagte er jetzt, ohne Frahm anzusehen: »Die altgewohnten dörflichen Strukturen befinden sich im Umbruch . . .«

»Was?« rief Sick dazwischen.

»Laß ihn mal ausreden!« warf Sievers ein.

»Die altgewohnten dörflichen Strukturen befinden sich im Umbruch«, begann Tetens noch mal von vorn, »man kann nicht so ohne weiteres zwischen Stadt und Land unterscheiden!«

Jetzt lachten alle auf. Sogar Schicke blinzelte in die Runde und lachte mit. Solch einen Unsinn hatte in dieser Versammlung noch nie jemand vorgebracht.

»Fahr mal nach Rendenstedt«, brüllte Adolf Sick, »dann weißt du, wie eine Stadt aussieht!«

»Flickschuster!« höhnte Frahm erneut.

Schicke rief plötzlich: »Die Schule, was wird denn mit der Schule?« Er hatte in der letzten halben Stunde die Vision gehabt, seine Schule würde aufgelöst werden, und er, der eine Dienstwohnung in ihrem ehrwürdigen Backsteingebäude hatte, müßte ausziehen.

»Es wird so und so kommen, daß Schulen zusammengelegt werden«, sagte Herbig, »aber dann bin ich schon pensioniert und kann . . .«, er machte eine Pause und hob seine Stimme, »und kann beweisen, daß Neumühlen immer ein Bauerndorf war. Aber Bauerndorf heißt nicht, daß in ihm nur Bauern leben. Zu einem richtigen Bauerndorf gehören Handwerker . . .«

Tetens unterbrach ihn zornig. Er sei jetzt dran, schrie er, er wolle nicht andauernd gestört werden.
»Ich werde in meiner Chronik Neumühlens von der Steinzeit bis zur Gegenwart beweisen ...«, sagte Herbig leise, denn so laut wie Tetens konnte er nicht sprechen, »daß unser Dorf schon in alter Zeit, in einer so weit zurückliegenden Zeit, wie es sich niemand vorstellen kann ...« Er geriet ins Schwärmen und verlor den Faden, was immer geschah, wenn er von seiner Neumühlen-Chronik sprach: »Damals«, fuhr er fort, »hat es die Kirche, den Friedhof, die Bauernhöfe, die Straßen noch nicht gegeben ...«
»Rektor«, unterbrach ihn Sievers, »ist ja gut, das gehört nicht hierher!«
Herbig lehnte sich zurück und schwieg beleidigt.
»Herbig hat recht!« rief Tetens und nahm den Faden seiner Ausführungen wieder auf. »Wollen wir doch mal festhalten«, sagte er, »daß die städtischen Räume mit industriellen Anlagen überfüllt sind. Da müssen sie doch aufs Land ausweichen. Und außerdem wollen wir doch mal nicht vergessen, was uns das für Steuern bringt.«
»Stimmt genau!« warf Sievers ein, und Kock nickte zustimmend.
»Jawohl, da können wir uns endlich Straßenbeleuchtung und Wasserleitungen und Müllabfuhr und so was alles leisten! Und wir können«, fuhr Kock fort, »das Pflaster einiger Straßen erneuern!«
»Und so was alles!« fügte Sievers hinzu.
»Und wir, die Handwerker, Kaufleute und Gewerbetreibenden, können endlich unsere Geschäfte vergrößern, weil hier neue Leute herkommen, Arbeiter mit ihren Frauen und Kindern. Wittke würde gern aus seinem Kleiderladen eine kleine Fabrik machen, Röllner würde gern ein Taxiunternehmen gründen, Lafrenz würde gern ein paar Gästezimmer einrichten ...«
»Und du, Flickschuster?« fragte Enno Frahm.
»Ich? Ich möchte mich auch gern vergrößern!« gab Tetens unumwunden zu. »Ich möchte meinem Sohn mal eine schöne Schusterei mit Geschäft vermachen!«

»Und die Mägde?« fragte Adolf Sick. »Und die Knechte? Glaubt ihr denn, die arbeiten noch für uns? Die wollen dann doch alle in die Fabrik!«
Schicke richtete sich auf, blinzelte angestrengt, hielt sich den dröhnenden Kopf und murmelte: »Und die Schüler auch, die wollen auch alle in die Fabrik!«
»Blödsinn!« sagte Herbig.
»Nicht?« fragte Schicke erstaunt und blickte seinen Rektor ergeben an.
»Kollege Schicke, Sie reden Unsinn!« tadelte Herbig ungewohnt streng.
»Jawohl!« erwiderte Schicke und versank wieder in dumpfes Schweigen.
Adolf Sick bat um Gehör. Wenn er sich zu Wort meldete, hatte er etwas sehr Hinterlistiges vor, denn normalerweise brüllte er einfach dazwischen. Zudem lächelte er so sanft, daß Sievers angst und bange wurde. Aber er mußte ihm das Wort erteilen. Sick erhob sich, schwieg einen Moment, blickte in die Runde und fragte dann kaum hörbar und sehr hinterhältig: »Muß denn die Fabrik eigentlich mitten im Dorf errichtet werden? Kann man sie nicht auf einem freien Feld zwischen Neumühlen und Elsendorf bauen? Oder zwischen Neumühlen und Breitenfeld? Warum muß sie ausgerechnet mitten im Dorf gebaut werden?«
Diese berechtigte Frage war für den Bürgermeister der wundeste Punkt an der ganzen Angelegenheit, denn die Herren des Konzerns hatten beschlossen, sie auf einem Gelände zu errichten, das der Bürgermeister besaß. Es lag am Rande des Dorfs nahe den Flußwiesen. Mit dem Verkauf dieses Landes würde Sievers sehr viel Geld verdienen. Das wußte Adolf Sick, er hatte seine hinterlistige Frage nur gestellt, um seinen Nachfolger zu ärgern. Und der ärgerte sich auch: »Es ist reiner Zufall«, schrie er, »daß die Fabrik auf meinem Land gebaut werden soll! Sie hätte genausogut auf dem Land eines anderen geplant werden können!«
»Hört, hört!« rief Frahm, den ein solch gewaltiger Landverkauf von mancher Sorge befreit hätte. Sievers reagierte auf diesen Einwurf nicht.

»Abfälle werden in die Gegend geschmissen, Gestank wird die Luft verpesten, Krach wird die Leute verrückt machen, Siedlungen für Arbeiter müssen gebaut werden...«, rief Adolf Sick.
»Das ist doch ein feines Geschäft für uns, Land für Siedlungen verkaufen ist ein feines Geschäft«, warf Kock ein.
»Ein gutes Geschäft für uns alle!« bekräftigte Sievers.
»Wir wollen auch unseren Anteil, wir Handwerker, Kaufleute und Gewerbetreibenden!« schrie Tetens.
»Kulturland wird vernichtet werden!« rief Herbig, so laut er konnte. »Wiesen, Felder, ja vielleicht sogar ein Stück Wald müssen geopfert werden!«
»Der Wald liegt zu weit weg!« entgegnete Sievers.
»Weiß man's?« fragte Herbig.
»Ja«, gab Sievers zurück, »so groß wird die Fabrik nun auch wieder nicht!«
»Für alle im Dorf, selbst für den einfachsten aller Männer und die einfachste aller Frauen, ist die Fabrik von Vorteil. Stimmen wir jetzt endlich ab. Ich hab' Hunger!« rief Kock.
»Ja, stimmen wir endlich ab«, sagte Tetens.
»Geldschneider!« brüllte Adolf Sick da seinem Nachfolger zu.
»Was hast du gesagt?« fragte Sievers, bekam einen schmalen Mund und ein dunkelrotes Gesicht.
Sick wiederholte das beleidigende Wort, und Sievers sprang zornig auf, wobei er seine Bürgermeisterglocke vom Tisch stieß. Ihr klingender Aufprall schreckte Lehrer Schicke hoch: »Pause!« rief er, da er dachte, er befände sich in der Schule.
Sievers ließ sich nicht bremsen: Sick sei ein alter Trottel, der die Zeichen der Zeit nicht verstehe, brüllte er, er sei nicht mehr Bürgermeister, ja, er sei nie ein guter Bürgermeister gewesen...!
Bei dem letzten Satz murrte die gesamte Ortsversammlung, denn was Sievers da sagte, traf nicht zu. Sick war nach dem Kriege ein sehr guter Bürgermeister gewesen und genoß noch jetzt im Dorf höchste Achtung.
Von der Welle allgemeiner Sympathie getragen, wollte Sick das Versammlungszimmer verlassen; Rektor Herbig aber

hielt ihn auf und flüsterte ihm zu, er dürfe nicht weggehen, dann seien sie, die Fabrikgegner, klar in der Minderheit. So setzte Sick sich wieder und bemerkte nur noch, Sievers solle ihm ja nicht dumm kommen, sonst könne er was erleben!
Herbig stand noch einmal auf und sagte: »Der Pastor ist auch gegen die Fabrik!«
»Pastoren gehören in die Kirche!« erwiderte Tetens, der keiner Glaubensgemeinschaft angehörte.
»Was soll denn jetzt der Pastor?« fragte Sievers resigniert.
Herbig streckte seine Hand aus in Richtung des Bürgermeisters: »Der Pastor ist ein guter Mann. Er ist der beste Pastor, den wir uns denken können. Wenn er gegen die Fabrik ist, dann hat er gute Gründe ...«
»Er sitzt aber nicht in der Gemeindeversammlung«, warf Kock ein, »und es ist verdammt gut, daß er hier nicht sitzt.« Er dachte an das unangenehme Gespräch, das er gestern mit Jacobsen hatte. Ihm war bei dem Gedanken daran äußerst unwohl.
»Recht hast du«, sagte Sievers, der mit dem Pastor gar nicht zurechtkam und ihn für einen Gegner jeglichen Fortschritts hielt.
»Aber er und Adolf Sick und ich«, rief Herbig so laut, daß er husten mußte, »wir werden immer gegen die Fabrik sein! Und du, Schicke ...!«
Lehrer Schicke schreckte hoch und murmelte: »Ich auch ...«, um sogleich wieder in dumpfes Schweigen zu fallen. »Dann ...«, sagte Herbig fassungslos, »dann haben wir gewonnen. Laß abstimmen, Bürgermeister!«
Herbig und Adolf Sick strahlten sich an. Sick schlug Lehrer Schicke so heftig auf die Schultern, daß dessen schwerer Kopf auf die Tischplatte fiel.
Sievers aber blieb gelassen. Er war viel zu gerissen, um sich von der vermeintlichen Wende beunruhigen zu lassen. Er hatte nämlich einen Trumpf in der Hinterhand, den er wie ein guter Kartenspieler im rechten Moment ausspielen wollte.
Enno Frahm war in der letzten Stunde der Diskussion nur noch schweigend gefolgt. Er fühlte sich schrecklich unwohl in seiner Haut und fürchtete den immer näher kommenden

Moment der Abstimmung. Was nämlich niemand wußte, war, daß er von Bürgermeister Sievers schon vor einigen Tagen gezwungen worden war, seine Stimme für die Fabrik abzugeben. Wenn er das tue, hatte Sievers gesagt, dann könne er mit einem guten Kredit aus seiner eigenen Tasche rechnen. So waren Herbig, Adolf Sick und auch Lehrer Schicke, der nicht allzuviel mitbekam, aber gegen die Fabrik stimmte, völlig sprachlos, als Enno Frahm seine Hand für die Fabrik erhob.
Warum er das getan habe, fragte Adolf Sick fassungslos. Er hatte sich einem Sieg über seinen verhaßten Gegner Sievers so nah geglaubt.
»Weil ich dafür bin«, erwiderte Frahm und verließ als erster die Versammlung.
Sievers diktierte Amtsschreiber Kahlke das Abstimmungsergebnis in die Feder und rief die AGOPA in Rendenstedt an. Er verlangte Herrn Dr. Schwarz und teilte ihm seinen Erfolg mit. Dieser beglückwünschte den Neumühlener Bürgermeister und mit ihm das ganze Dorf zu der weisen Entscheidung für eine bessere Zukunft.

10

Um vierzehn Uhr an diesem Sonnabendnachmittag fand die Beerdigung des alten Suhr statt. Neumühlen besaß, wie viele Dörfer, einen Totenwagen, vor den zwei Pferde gespannt werden konnten. Der Wagen war allerdings nicht für alle Toten da: Nur die Särge wichtiger Neumühlener durften auf ihm zum Friedhof gefahren werden. Der alte Suhr war wichtig, da gab es keine Einwände.
Vor Suhrs Hof hatte sich eine große Trauergemeinde eingefunden. Vier Bauern: Enno Frahm, Adolf Sick, Sievers und Kock, trugen den einfachen Sarg aus dem Haus und stellten ihn behutsam auf die Plattform des Wagens unter das mit schwarzen Tüchern verhangene Dach zwischen die vier

schlanken schwarzen Holzpfosten, an denen silberne Engel Trompete bliesen und Palmwedel schwenkten. Die vier Bauern trugen schwarze Anzüge und Zylinder auf ihren Köpfen. Adolf Sick wäre beim Absetzen des Sarges beinahe über sein Holzbein gestolpert, der Sarg schwankte gefährlich, die anderen drei aber paßten auf und stellten ihn rechtzeitig ab.
Auf dem Kutschbock des Wagens saß der dreiundachtzigjährige ehemalige Schuster Fritze Groth. Es war Sitte, daß der älteste Mann Neumühlens den Wagen kutschieren durfte, wenn er dazu noch in der Lage war. Es gab zwar zwei ältere Männer im Dorf, aber die konnten die Zügel nicht mehr halten. Groth dagegen war noch sehr rüstig. Er blickte mit seinen kleinen, wäßrigen Augen stolz in die Runde und knallte fröhlich die Peitsche. Als der Sarg auf der Mitte der Plattform stand, gab Bauer Klaus Henningsen, Neumühlens Feuerwehrhauptmann, ein Zeichen, und die achtköpfige Feuerwehrkapelle begann einen Marsch zu spielen. Die Männer trugen Feiertagsuniform und sahen prächtig aus. Sie bliesen ihre Backen auf, und der Zug setzte sich in Bewegung. Die fünf Trompeten, die Tuba, die Klarinette und die dicke Pauke machten einen Höllenlärm. Die Pferde scheuten und rollten mit den Augäpfeln, aber Fritze Groth zog so heftig an den Zügeln, daß ihnen der Speichel aus dem Maul tropfte. Die Kapelle spielte den ansonsten fröhlichen Marsch so langsam wie möglich.
Hinter dem Wagen gingen als erste der junge Suhr und seine Frau. Dann folgten Suhrs Nachbarn, der Doktor und seine Frau, Scheller und seine Frau, Jungmann und Enno Frahm. Die anderen Neumühlener schlossen sich an, unter ihnen Anton und Anne Podizat. Jürgen war nicht gekommen. Auch Anton trug einen schwarzen Anzug und einen Zylinder.
Der Zug marschierte durch das Dorf. Auf der kleinen Mauer vor Schellers Haus saßen Hans Scheller und Greve. Der ›Grabschmatzer‹ machte ein merkwürdiges Zeichen, als der Zug vorbeikam: Er kreuzte die Hände und bog die Finger. Hans Scheller glotzte dumpf herüber. Plötzlich stieß er einen Schrei aus, daß die Pferde unruhig wurden, aber der Schrei hatte nichts zu bedeuten.

Um die Straßenbiegung ging es weiter, vorbei am Gehöft von Enno Frahm. Seine Frau harkte den Rasen, stützte sich auf die Harke und sah mit unbewegtem Gesicht herüber. Die fünf Kinder standen nebeneinander am Zaun, hatten ihre Hände in die Drahtmaschen gesteckt und riefen: »Hallo, Papa«, als sie ihren Vater unter den Trauergästen erkannten. Elisabeth Thöming kam gerade aus dem Scheunentor, als der Zug den Hof ihres Vaters passierte, warf die langen blonden Haare aus ihrem schönen Gesicht und lächelte. Sie lächelte über Klaus Henningsen, der wie ein Wilder den Taktstock schwang. Diesen rotbackigen Menschen hatte der Vater ihr als Mann ausgesucht! Solide war er zwar, ordentlich und fleißig, sein Bauernhof war ohne Schulden, aber sonst war an ihm nichts dran, auch wenn sie zugeben mußte, daß er in seiner Uniform würdiger aussah als in Arbeitskleidung. Aber heiraten würde sie ihn trotzdem nie. Klaus Henningsen bemerkte, daß Elisabeth lächelte, und schwang daraufhin den Taktstock so wild, daß die Musiker durcheinanderkamen. Sie spielten ihren dritten Marsch: ›Gruß an Kiel‹. Im ganzen verfügten sie über fünf Märsche. Sie spielten sie immer – ob beim Schützenfest, bei Feuerwehrumzügen oder Beerdigungen. Bei Schützenfesten und Feuerwehrumzügen spielten sie sie schneller als jetzt beim Trauerzug. Sie konnten auch ein paar Schlager spielen, aber die waren heute nicht angebracht.
Jetzt zog der Zug am ärmlichen Hof des Bauern Damm vorüber. Hier guckte niemand zu. Damm und seine Frau waren auf ihren Feldern. Aus einem Fenster des ehemaligen Schusterhauses blickte die alte Frau Groth. Fritze Groth auf dem Kutschbock grüßte sie und schwang stolz die Peitsche. Seine Frau lachte und winkte. Auf dem Rinnstein vor der Poststelle saß Christian Czychowski, so wie er gestern an der Eiche vor dem Amtshaus gesessen hatte. Er rückte nicht zur Seite, als der Totenwagen an ihm vorüberrollte. Anton machte seinem Freund ein Zeichen, aber der reagierte nicht. Die Kapelle machte eine Pause. Jetzt hörte man nur das Getrappel der Pferde, das Knirschen der Wagenräder, Groths Peitschenschläge und die Schritte der Gehenden.
So passierte der Zug die Gehöfte von Adolf Sick und Fritz

Kock, dann ging es vorbei an der Bäckerei Hammer. Otto Hammer, der Sohn des Bäckers, übte auf dem Hof Kugelstoßen. Er mußte viel üben, denn er wollte einer der besten Kugelstoßer Deutschlands werden. Otto hatte nur einen kurzen Blick für den Zug, das morgige Sportfest war ihm wichtiger. Herr und Frau Wittke standen vor der Tür ihres Geschäfts. Sie blickten mit gefalteten Händen ernst auf den Wagen. Dieter Wittke, der Paukenspieler, hob grüßend einen Klöppel. Die Kapelle hatte ihre fünf Märsche heruntergespielt und begann wieder mit dem ersten. Dieter Wittke gab sich besondere Mühe mit seinen rhythmischen Schlägen. Seine Eltern lächelten.
Auf dem Schulhof stand Klaus Schicke verloren da und stützte sich auf einen groben Besen. Er mußte den Hof von Papierresten und Zigarettenkippen säubern und blickte dem Zug traurig nach. Auf dem ausgestorbenen Hof des ehemaligen Bauern Holldorf tobten einige Kinder herum. Sie verkrochen sich, als der Zug vorüberzog. Frau Stender trat vor die Tür ihres Kaufmannsladens und nickte den Takt der Musik mit. Dann eilte sie die wenigen Stufen herunter und schloß sich den Trauernden an. Da sie krank war, hatte sie sich nicht zugetraut, durch das ganze Dorf mitzumarschieren.
Schließlich hielt der Zug vor dem Friedhofsportal. Er versperrte die Straße, einige Autos sammelten sich vor und hinter ihm. Polizist Kuhnert kam angeradelt, lehnte sein Rad an einen Portalpfosten und begann den Verkehr zu regeln, obgleich es gar nichts zu regeln gab. Die Musiker traten zur Seite, und der Totenwagen fuhr den breiten Kiesweg hinauf bis vor die geöffnete Kirchentür. Dort stand Pastor Jacobsen im schwarzen Talar mit weißem Kragen. Er verneigte sich vor dem Sarg. Die vier Bauern trugen den Toten ins Kircheninnere, Fräulein Regensburg begann auf der Orgel zu spielen und die Trauergesellschaft setzte sich. Jacobsen kletterte die schmale Treppe zur Kanzel hinauf, verharrte einen Moment schnaufend, da das Steigen sein Herz angestrengt hatte, und sagte den Choral an, der gesungen werden sollte. Nach dem Gesang begann Jacobsen über den Toten zu berichten.
Ein langes, über siebzigjähriges Leben wurde in wenigen Sät-

zen zusammengefaßt. Die Worte des Pastors sprangen schnell von der Geburt im letzten Jahrhundert über die Schulzeit, den Kriegsdienst vor Verdun, über die gleichförmig verlaufenen Neumühlener Tage, erwähnten die segensreiche Arbeit als Bauer, die Geburt des Sohns, den Tod der Frau, das Alter. Von den Sorgen eines Bauern in der heutigen Zeit sprach der Pastor, von den Jahreszeiten, dem Säen, Wachsen, Ernten und Verzehren. Der Kreislauf des Jahres sei gleich dem Kreislauf des Lebens, sagte er, und nun werde der alte Suhr eingehen in die ewige Ruhe. Die habe er sich redlich verdient.

Daß Suhr seinem Leben ein zweifaches Ende gesetzt hatte, erwähnte der Pastor nicht, denn das hätten ihm die Neumühlener verübelt. So meinten alle, daß es schöne Sätze waren, die er für den alten Suhr gefunden hatte. Fräulein Regensburg ließ die Orgel dröhnen, man sang noch einen Choral, und dann wurde der Sarg auf den Friedhof hinausgetragen. Die vier Bauern hielten ihn an Stricken über die Grube, die Anton gestern ausgehoben hatte. Der Pastor trat an den Sarg, sagte, der alte Suhr werde zu Staub, Erde und Asche werden, las etwas aus der Bibel vor und betete. Seine Worte kamen langsam und leise, so daß die Neumühlener ihn besorgt anblickten. Danach wurde der Sarg hinabgelassen, einzeln trat man vor und warf Schäufelchen Sand hinunter. Der junge Suhr und seine Frau nahmen die Beileidswünsche entgegen. Sie lächelten, denn sie dachten bereits jetzt an den Alten zurück, als wäre er schon lange tot. Er war ihnen schließlich nicht übermäßig mit seinem Alter zur Last gefallen. Und das war vernünftig gewesen von ihm. Darauf fuhren alle zurück zum Hof des jungen Suhr. In der Scheune waren Tische zusammengestellt, vier dicke Sahnetorten standen da, einige Kästen Bier waren herangeschafft: Solch eine Totenfeier ließen die Neumühlener sich nicht entgehen.

Anton zog in einem kleinen Seitenraum der Kirche gleich neben der Tür seinen schwarzen Anzug aus und schlüpfte in die graue Arbeitshose. Bevor er sich zur Festgesellschaft begab, mußte er erst noch das Grab zuschaufeln. Als er hinaustrat, sah er den Pastor an der Kirchenwand stehen. Er war blaß und hatte dunkle Ränder unter den Augen. Anton wollte schnell an ihm vorbeihuschen, doch der Pastor bat ihn, näherzutreten. Er sah Anton lange an, dann fragte er leise: »Meinst du, ich hätte etwas über Suhrs Selbstmord sagen sollen?«

»Nein«, sagte Anton, »nein, bestimmt nicht.«

»Und warum nicht?«

»Ich glaube, das hat niemand erwartet.«

»Weißt du, daß ich früher bestimmt etwas gesagt hätte? Daß ich gesagt hätte, Selbstmord ist eine Sünde?«

»Das wäre nicht gut gewesen«, sagte Anton, »das hätte der alte Suhr nicht verdient.«

Der Pastor senkte ein wenig seinen Kopf und blickte Anton durch seine Brauen düster an: »Früher habe ich mich nicht danach gerichtet, ob etwas gut ist oder nicht ...«

Anton schwieg. Jetzt sah er, wie krank der Pastor wirklich war. Seine Lippen schimmerten lila, seine Narbe leuchtete rot.

»Selbstmord ist eine Sünde gegen Gott ... aber was soll's. Möge der alte Suhr in Frieden ruhen ...«

»Ja«, sagte Anton.

Der Pastor stützte sich von der Kirchenmauer ab, schwankte ein wenig und ging mit müden Schritten hinüber zum Pastorhaus.

Anton schaufelte Suhrs Grab zu. Ihm war feierlich zumute, denn er fühlte sich dem Toten durch ihr gemeinsames Geheimnis in alle Ewigkeit verbunden.

»Du hast meine Beigaben weggeschmissen«, sagte Greve hinter ihm. Er hatte sich herangeschlichen, wie es seine Art war.

»Hau ab!« fuhr Anton ihn an. In diesem stillen Moment konnte er Greves Geschwafel nicht ertragen, er wollte mit dem Toten allein sein.

»Ich hab' gesehen, wie du meine Beigaben in den Rinnstein geschmissen hast«, wiederholte Greve.

»Ja, das hab' ich«, erwiderte Anton und stützte sich auf die Schaufel, »das hab' ich getan, und weißt du, warum? Weil er da«, Anton deutete auf das fast zugeschüttete Grab, »dein abergläubisches Zeugs nicht verdient hat.«

»Das kannst du nicht beurteilen, Anton Podizat«, sagte Greve und nahm eine drohende Haltung ein. »Wenn er keine Ruhe findet, dann ist das deine Schuld!«
»Red keinen Mist«, entgegnete Anton, »es ist noch nie ein Toter wiedergekommen, und der alte Suhr wird schon seine Ruhe finden. Da kannst du erfinden, was du willst!«
Der ›Grabschmatzer‹ hob beide Arme und begann mit weiten Schritten um das Grab herumzugehen. Dabei murmelte er etwas, das Anton nicht verstand. Nach der zweiten Umrundung trat Anton ihm in den Weg. »Hau ab!« flüsterte er. Greve wollte an ihm vorbeigehen, doch Anton packte ihn am Arm.
»Laß mich los!« schrie Greve.
»Verschwinde«, forderte Anton ihn auf. Als Greve keine Anstalten dazu machte, griff Anton die Schaufel und hielt sie Greve vor den Leib. Der kniff die Augen zusammen, daß sie unter seinen buschigen Brauen fast verschwanden. »Du wirst an mich denken!« zischte er leise.
»Und du an mich, wenn du nicht abhaust!« gab Anton zurück und hob die Schaufel. Da entfernte sich Greve. Er lief über die Wege, rannte, irgend etwas brüllend, aus dem Portal und war verschwunden wie eine Spukgestalt.
Anton schüttelte den Hügel auf und formte ihn, wie er es gelernt hatte. Dann verteilte er die Kränze auf dem Grab und steckte das einfache Holzkreuz in den Boden. Er zog seinen dunklen Anzug an und ging durch das Dorf zur Suhrschen Scheune.

11

Dort saßen die Neumühlener an zwei langen Tischen, tranken Kaffee, aßen Kuchen und schütteten Bier hinterdrein. Opa Suhrs alter Melkwagen war zur Seite geschoben, anderes Gerät lag aufgestapelt in den Ecken, unter dem Dach gurrten aufgeregt die Tauben.
Oft kamen die Neumühlener in solch großer Runde nicht zu-

sammen. Daher schwirrten die Stimmen durcheinander, gelegentlich lachte sogar einer, andere riefen nach Bier, Kaffee und Kuchen. Sie sprachen über alles mögliche, von dem Toten war kaum noch die Rede. Ihm hatte man sich schließlich die letzten anderthalb Stunden ausreichend gewidmet. Er war begraben, was sollte man noch über ihn reden? Er hatte sich aufgehängt, zweimal sogar, also war er gern gestorben. Die Sache war in Ordnung.

Am Kopfende des langen Tisches, an dem die Bauern und die anderen höhergestellten Personen saßen, hockte der junge Suhr. Er hatte die Hände unter sein mächtiges Kinn gestützt und sah glasig in die Runde. Im Mundwinkel hing ihm eine Zigarre. Suhr sah aus, als wenn er es noch nicht fassen konnte, nun alleiniger Herr über den Hof zu sein. Aber es war so, niemals wieder würde ihm der Alte dreinreden können, niemals wieder würde er sich Modernisierungen widersetzen können. Suhr sagte, indem er seinen Kopf langsam Scheller zuwandte, er werde jetzt endlich die Maschinen kaufen, die er brauche, und er werde die verdammten Pferde abschaffen und sich einen starken Trecker zulegen. Vielleicht, monologisierte er weiter in sein Bierglas hinein, werde er sich auf die Schweinezucht spezialisieren oder vielleicht auch auf die Kälberzucht. Das müsse er sich noch überlegen.

Scheller nickte zu Suhrs Zukunftsplänen. Er hatte schließlich auch welche und wußte, welche Freude das Denken an sie machte. Schon in der nächsten Woche kämen die Herren von der Mineralölfirma aus Kiel, sagte er zu seinem Nachbarn Thöming, als Suhr ihm nicht mehr zuhörte, dann werde der Vertrag unterschrieben. Alles sei vorbereitet, und drei Tage später könne die Grube für den Tank ausgehoben werden. Nach einer Woche werde dann die Tankstelle stehen, so schnell gehe das heute: Eine Säule für Super, eine für Normal und eine für Diesel.

Kathrin Suhr ging mit großen Kaffeekannen umher und schenkte nach. Ab und zu juchzte sie auf, wenn ihr jemand die Hand auf den Po legte, und sah hinüber zu ihrem Mann. Aber der kümmerte sich nicht darum, sondern saß still lächelnd da und blickte in seine rosige Zukunft. Kathrin war die

Tochter des Bauern Ohm. Sie hatte zwei Felder und eine Wiese mit in die Ehe gebracht. Es gab eine Reihe von Bauernsöhnen in Neumühlen, die die hübsche Kathrin gern geheiratet hätten. Aber sie hatte sich für Suhr entschieden und es bis heute nicht bereut. Er würde zwar nie ein großer Bauer werden, dafür aber seine Felder, Wiesen und sein Vieh stets übersehen können.
Neben Scheller saß seine Frau, die nur kurz herübergekommen war, weil sie auf ihren Sohn Hans achtgeben mußte. Sie saß wie immer mit besorgtem Gesicht da, trank Kaffee und aß Kuchen; plötzlich faßte sie sich an den Kopf, zwischen zwei Sätzen, die sie Thöming sagte und sagen wollte. Seit einigen Wochen schon spürte sie an der rechten Seite, ein wenig über der Schläfe, einen stechenden Schmerz, der in Wellen kam und ging. In solchen Momenten verschwamm alles vor ihren Augen, und sie sah helle Bilder, die sie nie zuvor wahrgenommen hatte. Der Schmerz war heftig, aber dauerte immer nur Sekunden. Wenn er vorbei war, vergaß sie ihn wieder. Aber die Bilder vergaß sie nicht.
Dr. Renz, der ihr gegenübersaß, beobachtete, wie sie ihre Hand an den Kopf preßte. Er machte sich seine Gedanken und hätte gern einmal mit ihr gesprochen, doch sie kam nicht in seine Sprechstunde. Neben ihm saß Jungmann und trank eine Flasche Bier nach der anderen. Seine letzte Heiratskandidatin war noch gestern abend abgereist; sie hatte die Schilderungen der Vorzüge Hannelores nicht länger ertragen können. Immer, wenn eine seiner durch Annoncen gefundenen Damen wieder gegangen war, betrank Jungmann sich. Aber eigentlich beklagte er in solchen Augenblicken Hannelores Tod, den er nicht verwinden konnte. Der Doktor, wie auch die anderen Neumühlener, hatten sich schon oft Jungmanns Klagen anhören müssen. Daher hörte heute niemand richtig zu, auch nicht die Frau des Doktors, eine kleine, energische Person mit braunen Augen und braunen Haaren. Sie berichtete den letzten Stand ihres Streits mit der Rendenstedter Postbehörde: Seit mehr als einem Jahr versuchte sie, die Haltestelle für die Omnibusse von und nach Rendenstedt in die Nähe ihres Hauses verlegen zu lassen, damit die Patienten

keinen so weiten Weg hätten. Bis heute war es ihr trotz vieler Briefe und vernünftiger Argumente nicht gelungen, die Behörde von der Richtigkeit ihrer Forderung zu überzeugen. Aber eines Tages werde sie sicher Erfolg haben, schloß sie ihre Ausführungen. Der alte Bauer Thöming, der einzige, der ihr zuhörte, bezweifelte das zwar, ließ sich aber auf keine Diskussion ein. Frau Renz konnte nämlich viel schneller reden als er.

Jungmanns älteste Söhne Harm und Heinrich langweilten sich. Sie wußten nicht recht, was sie bei dieser Beerdigungsfeier für einen alten Mann, der sie ein paarmal aus seiner Scheune vertrieben hatte, zu suchen hatten. Als sie satt waren und beim besten Willen kein Stück Kuchen mehr hinunterbekamen, traten sie unter dem Tisch nach Hans Renz, der ihnen gegenübersaß und sich genauso langweilte wie sie. Auch ihn ging der tote Bauer nichts an, er hatte kaum einmal ein Wort mit ihm gesprochen. Und da Ellen Bandholz, die er heimlich liebte, an einem entfernten Tisch saß, so daß er nicht zu ihr hinübersehen konnte, ohne daß es aufgefallen wäre, kamen ihm Harms und Heinrichs Tritte ganz gelegen. Einen Moment lang tat er so, als ob er sie nicht bemerkte, dann trat er plötzlich heftig zurück und erwischte Harms Schienbein. Der heulte sogleich auf und zeigte mit dem Finger auf Hans. Jungmann schreckte aus seinen trüben Gedanken hoch und gab seinem Sohn eine Ohrfeige. Dabei stieß er Frau Renz' Kaffeetasse um. Die Frau des Doktors sprang auf und machte ihrem Sohn Vorwürfe, denn sie konnte ja schlecht Jungmann welche machen. Der tupfte unbeholfen mit einem großen blauen Taschentuch an ihr herum und geriet dabei in die Nähe ihrer Brüste, was wiederum den Doktor zu einer halb spaß-, halb ernsthaften Bemerkung veranlaßte. Die drei jungen Männer wurden hinausgeschickt und vertrugen sich sofort wieder. Als Hans aufgestanden war, stand auch Otto Löllholz in einer entfernten Ecke auf und folgte ihm. Er hatte sich sowieso mit niemandem unterhalten können, da niemand die Geduld aufgebracht hatte, seinem Singsang ernsthaft zuzuhören. Und mittlerweile waren einige Beerdigungsgäste so betrunken, daß Otto fürchten mußte, sie würden ihn wieder

auffordern, ihre Fragen nach der ›Feuerwehr‹ oder dem Mädchennamen ›Frauke‹ zu beantworten. Dann hätte Otto nur wieder seine gräßlichen Grimassen ziehen müssen, und die Neumühlener hätten sich vor Lachen auf die Schenkel geschlagen. Otto haßte alle, die ihm jemals solche Fragen gestellt hatten. Eines Tages würde er ihnen zeigen, was wirklich in ihm steckte, das wußte er genau. Nur Hans Renz hatte ihm solche Fragen noch nie gestellt. Deshalb mochte er ihn, ja, Hans war sein einziger Freund.
Hans holte seinen Fußball, und sie begannen ein Spiel. Otto stand im Tor zwischen zwei Wäscheleinenpfosten und parierte fast jeden Schuß.
Christian Czychowski saß neben Hilde Borrmann und Bauer Thömings altem Knecht Ludwig Thede und aß so viel Kuchen, wie er konnte. Er hörte nicht darauf, was um ihn herum alles gesprochen wurde, sondern aß und trank, bis er glaubte zu platzen. Ihm gegenüber hockte Johannsen in einem fleckigen dunklen Anzug und abgetretenen Sandalen, aus denen seine schwarzgeränderten Zehen heraussahen. Er zählte die Anzahl der Würste und Schnitzel auf, die seine geschlachtete Sau gebracht hatte, und deutete mit seinen braunen, verdreckten Händen immer wieder die Größe der Schinken an. Hilde hörte lächelnd zu, und Ludwig Thede, der kaum noch hören konnte, wollte immer wieder wissen, was die Sau alles erbracht hatte. Johannsen mußte so laut schreien, daß Röder, der unter den Handwerkern saß, seine Schilderung vernahm. Er sprang plötzlich auf und schrie zu Johannsen hinüber, es sei eine Schande, eine Sau zu schlachten, bevor sie Ferkel geworfen habe. Johannsen sprang ebenfalls auf und brüllte zurück, er habe noch einige andere Säue, und Röder solle ihn demnächst einmal mit seinem Eber Erwin besuchen. Darauf handelten sie über die Köpfe der anderen einen Preis aus, bis jemand »Ruhe« brüllte und auf den Tisch schlug.
Später kam Peter Jacobsen dazu, der Sohn des Pastors. Sein Vater hatte ihn als seinen Stellvertreter geschickt, denn er selbst fühlte sich nicht wohl. Peter studierte in Kiel. Er hatte schon zwei Semester Medizin hinter sich, wollte aber das Fach wechseln und Theologie belegen. Peter war ein großer,

kräftiger Bursche mit dunklen Augen und langen schwarzen Haaren, wie man sie sonst in Neumühlen nicht trug. Er hatte schon manchmal abends in der Gastwirtschaft Lafrenz Streit mit Adolf Sick, Bürgermeister Sievers und anderen bekommen und hatte die Neumühlener mit seinem Wissen um die Dinge verlegen gemacht. Aber so laut sie sich auch um Ereignisse, die in der Welt geschahen, stritten – Peter war nie ausfallend geworden. Er argumentierte stets ruhig und sachlich. Am Schluß lud er immer alle zu einem Bier ein und hörte sich ihre Sorgen an. Daher mochte man ihn in Neumühlen und hoffte, er würde eines Tages ihr Arzt oder Pastor werden.
Adolf Sick winkte ihm zu und forderte ihn krakeelend auf, sich neben ihn zu setzen. Peter aber schüttelte seinen Kopf und klemmte sich auf einen freien Stuhl neben Christian Czychowski, der sofort zur Seite rückte. Peter wußte von seinem Vater, wie es um Christian stand, und deshalb wollte er den Neumühlenern durch seine Geste zeigen, daß auch er zu dem ›Einbrecher‹ hielt.
Kaum jemand kann es sich leisten, Einladungen von Bauern einfach auszuschlagen. Peter aber konnte es sich leisten, genauso wie sein Vater.
Auch Christian verstand, was Peter bezweckte, als er sich neben ihn setzte. Der Sohn des Pastors wollte ihm Trost spenden, wollte ihm zeigen, daß er nicht isoliert war. Peter brauchte kein Wort zu sagen, Christian war ihm auch so dankbar.
Wenig entfernt von Christian saßen jetzt auch Anton und Anne. Sie sprache leise über Jürgen und achteten nicht darauf, was um sie herum sonst geredet wurde. Jürgen und Waltraud waren nämlich nicht da. Sicher nutzten sie diese Stunden, da das ganze Dorf hier versammelt war, für sich. Und das bedrückte Anton und Anne. Zudem konnten sie mit niemandem darüber reden. Sie sahen immer wieder verstohlen zu Sievers hin, der mit Enno Frahm tuschelte. Kock und Adolf Sick stritten sich, während Herbig auf den dumpf dahockenden Lehrer Schicke einredete. Plötzlich schlug Adolf Sick mit seiner Faust auf den Tisch und brüllte irgend etwas, was niemand verstand. Sievers erhob sich und drohte seinem

Vorgänger mit der Faust. Suhr, der Gastgeber, schrie: »Ruhe, verdammt . . .«, und Sievers brüllte, beleidigen lasse er sich nicht, besonders nicht von so einem alten Idioten wie Adolf Sick! Darauf schrie Sick: »Geldschneider!«, und im Umsehen schrien alle Mitglieder der Ortsversammlung wie schon am Vormittag im Amtshaus aufeinander ein.
Niemand begriff recht, worum es eigentlich ging, denn noch wußte ja keiner, daß die Fabrik tatsächlich gebaut werden würde. Das sollte solange geheim bleiben, bis Sievers den Vertrag unterschrieben hatte. Aber jetzt blieb nichts mehr geheim, denn die ganze Diskussion von heute früh wurde wiederaufgenommen, wenn auch nur in ihren heftigen Teilen. Die leiseren Argumente von Schuster Tetens und Rektor Herbig gingen in den gegenseitigen Beschuldigungen des früheren und des jetzigen Bürgermeisters unter.
»Gekauft!« schrie Adolf Sick und zeigte mit dem Finger auf Sievers. »Du hast ihn gekauft!« Gemeint war der Bauer Enno Frahm. Der saß mit gesenktem Kopf dabei, erhob sich aber unvermittelt, stieß seinen Stuhl um, torkelte mit hilflosen Schritten durch die Scheune und schlug in der Nähe von Anton Podizat lang hin. Anton half ihm wieder auf. Frahm stützte sich schwer auf seine Schulter. Anton sei sein Freund, schrie er. Anton sei sein einziger Freund! Sonst habe er nämlich keinen im ganzen Dorf! Anton war das, was Frahm da rief, sehr peinlich, denn er war ganz und gar nicht Ennos Freund. Er hatte ihm zwar früher, wie anderen Bauern auch, bei der Ernte geholfen, mehr aber nicht. Sie hatten nie irgendein persönliches Wort miteinander gewechselt. Wie kam Enno Frahm darauf, zu behaupten, Anton sei sein Freund? Anton hatte keine Zeit, darüber nachzudenken, denn Ennos Gesicht verfärbte sich kalkweiß, er stolperte ins Freie. Anton folgte ihm. Frahm übergab sich dröhnend, wischte seinen Mund ab und blickte Anton mit glasigen Augen an. »Trau ja nicht dem Sievers, er ist falsch. Jawohl, er ist falsch, obwohl er mir einen Kredit gibt.«
Anton schwieg, er konnte Frahms Worte in keinen Zusammenhang bringen. Enno lehnte an der Scheunenmauer und hielt seine Augen geschlossen.

»Die Fabrik kommt«, sagte er nach einer Weile. Er sagte es so leise, daß Anton ihn kaum verstand. »Sievers hat gesagt, ich soll dafür stimmen, sonst kriege ich den Kredit nicht. Das machte dann vier gegen drei Stimmen heute früh.«
Anton verstand immer noch nicht die Zusammenhänge. Warum erzählte Frahm ihm das alles? Der Bau der Fabrik war keine Überraschung, auch daß Sievers die Stimme Enno Frahms gekauft hatte, war keine. Damit mußte Frahm allein fertig werden. So fragte Anton, weil er nichts begriff: »Was geht mich das alles an?«
»Weil sie gebaut wird, wo dein Haus steht.«
»Was heißt: ›wo mein Haus steht?‹«
»Wo dein Haus steht, heißt, wo dein Haus steht!« sagte Frahm und blickte Anton unter schweren Lidern an. »Ich sage es dir, obwohl ich es nicht sagen darf. Ich sage es dir trotzdem. Die Fabrik wird da gebaut, wo dein Haus steht«, wiederholte er und schien im Moment, da er dieses sagte, gar nicht mehr betrunken.
»Müssen wir ausziehen?«
»Was?«
»Müssen wir ausziehen?« wiederholte Anton, ein dicker Kloß steckte ihm im Hals.
»Willst du in der Fabrik wohnen?«
Anton schluckte den Kloß hinunter und sagte: »Ich glaub's nicht. Sie sind betrunken!«
Frahm stützte sich von der Wand ab, stand ganz gerade, blickte Anton an, wie ein Bauer einen Hilfsbriefträger eben anblickt, und sagte leise: »Du mußt es nicht glauben. Genauso mußt du mir nicht glauben, daß Sievers meine Stimme gekauft hat mit einem Kredit.«
»Ich glaub's nicht«, wiederholte Anton.
»Aber ich sage die Wahrheit«, murmelte Frahm. »Es gibt in ganz Neumühlen keinen besseren Platz als den, wo dein Haus steht. Und die Wiesen dahinter, sagt Sievers. Und ich hab' dafür gestimmt, Anton Podizat. Ich hab' dafür gestimmt, daß du ausziehen mußt aus deinem Haus.« Er ließ sich schwer auf Antons Schultern fallen: »Wegen meinem Kredit habe ich dafür gestimmt. Deshalb bist du mein Freund, und ich werde es

allen sagen, daß du mein Freund bist. Kannst du mir verzeihen?«

»Ich glaub's nicht«, wiederholte Anton noch einmal.

Frahm ließ Anton los und schwankte nach Hause. Er blickte sich kein einziges Mal um.

Anne kam aus der Scheune, um nach Anton Ausschau zu halten. Sie erschrak, als sie ihn dastehen und in den Himmel blicken sah, als gäbe es dort etwas zu lesen. Ehe sie fragen konnte, was er habe, huschte Hilde Borrmann neben sie.

»Ich muß euch etwas erzählen«, sagte sie und blickte sich um, ob sie belauscht würde. Sie war so aufgeregt, daß sie nicht wahrnahm, wie Anton dastand, ohne sich zu rühren, und Anne ihn besorgt anblickte. Hilde trat ganz nah vor die beiden hin und erzählte hastig, sich immer wieder umsehend: »Während der Feier auf dem Friedhof für den Suhr bin ich zum Melken gefahren. Als ich an eurem Haus vorbeikomme, sehe ich vier Männer. Sie gehen auf die Wiese hinter eurem Garten. Zuerst stehen sie dicht zusammen. Einmal zeigen sie in diese und ein andermal in jene Richtung. Dann gehen sie plötzlich auseinander, als wollten sie etwas ausmessen. Jeder von ihnen steht so, als wenn er auf einer Ecke eines großen Vierecks steht. Der eine von ihnen steht direkt am Zaun eures Gartens. Sie rufen sich etwas zu, was ich aber nicht verstehen kann. Einer hat einen kleinen schwarzen Koffer dabei. Er ist wohl der Anführer. Er winkt die anderen zu sich, öffnet den Koffer und holt Papiere heraus. Alle vier beugen sich darüber und zeigen wieder in die vier Richtungen. Sie reden noch eine Weile und sind sehr zufrieden, denn sie lachen. Dann gehen sie auf die Straße. Sie winken mir zu, und ich muß den Melkwagen anhalten. ›Guten Tag‹, sagt der eine mit dem kleinen Koffer, ›können Sie mir sagen, wer in diesem Haus da wohnt?‹ Dabei zeigt er auf euer Haus. ›Ja‹, sage ich, ›da wohnt Anton Podizat mit seiner Frau Anne und seinem Sohn Jürgen. Aha‹, sagt ein anderer. Sie bedanken sich, stehen wieder dicht zusammen und reden miteinander. Ich kann nicht verstehen, was sie reden. Sie gehen die Straße runter und steigen in einen großen schwarzen Wagen. Dann fahren sie weg. Das wollte ich euch sagen . . .«

Sie atmete auf; so viel hatte sie lange nicht geredet.
»Warum erzählst du uns das?« fragte Anne.
»Weil sie da drin über die Fabrik reden und sich streiten, der Sievers und der Adolf Sick.«
»Was haben die vier Männer denn mit der Fabrik zu tun?«
»Das weiß ich nicht, aber sicher haben sie etwas mit ihr zu tun.«
»Vielleicht wollten sie Kühe kaufen«, sagte Anne.
»Sie sahen nicht aus wie Viehhändler.«
Anton stand immer noch da wie zuvor; jetzt wandte er sich den beiden Frauen zu und sagte: »Sie haben mit der Fabrik zu tun.« Dann berichtete er leise, was Enno Frahm ihm kurz zuvor mitgeteilt hatte.
»Mein Gott . . .«, sagte Anne leise, »dann müssen wir ausziehen.«
Anton nickte und sah weg.
»So was hab' ich mir gedacht«, erwiderte Hilde.

12

Gegen elf Uhr an diesem Abend gingen Otto Löllholz und Hans Renz nebeneinander durch das Dorf. Sie sprachen kaum etwas, sondern hingen ihren Gedanken nach. Zudem hätte Otto singen müssen, um sich verständlich zu machen, das paßte nicht in die Nacht. Sie wollten auch nicht gehört oder gesehen werden.
Hans dachte an Ellen Bandholz. Er wünschte, sie käme ihm entgegen und würde lächeln. Ja, wenn sie endlich einmal lächeln würde, dann könnte er sie ansprechen. Er hatte ihr so viel zu sagen.
Hans dachte an ihr schmales schönes Gesicht, ihre schulterlangen, blonden Zöpfe, ihre weichen, ausgreifenden Schritte, mit denen sie stolz durch das Dorf ging, die blaue Schultertasche schlenkernd. Hans sah zum Himmel empor. Die Sterne standen da, groß und nah. Er wünschte sich weit weg von

Neumühlen und zugleich ganz in die Nähe: in jenes kleine, reetgedeckte Haus, das sie gerade passierten. In dem lebte Ellen mit ihrer Mutter.
Otto war der einzige im Dorf, der von Hans' heimlicher Liebe wußte. Und in Nächten wie dieser fiel ihm wieder ein, wie das Mädchen Annemarie damals aufschreiend vor ihm davongerannt war, als wäre er ein Ungeheuer. Er hörte immer noch ihr verklingendes Lachen. Gern hätte er einmal etwas aufgeschrieben über sein Leben. Aber wo sollte er anfangen? Bei seinen Eltern, an die er sich kaum erinnerte? Bei der Schule, die er nur wenige Jahre besucht hatte, weil er den Spott seiner Kameraden nicht ertragen konnte? Bei seinem Spiegelbild, das ihm häßlich und schief entgegengrinste? Eines Tages, das wußte er, würde etwas geschehen und sein Leben verändern, denn so, wie er jetzt lebte, würde er nicht mehr lange weiterleben können. Er war nämlich viel intelligenter als die meisten Neumühlener. Aber das konnte er ihnen nicht sagen, seine gesungenen Sätze hinkten hinter seinen Gedanken her.
Manchmal saßen Otto und Hans abends zusammen am Flußufer und sahen zu, wie die Sonne hinter Breitenfeld unterging. Das dunkler werdende Wasser wurde von einem leichten Wind gekräuselt. Otto hatte Zeit, über sich und sein Leben zu sprechen, dann sang er nicht, sondern stieß unter Qualen Wort für Wort heraus. Hans hörte zu, nickte und schwieg. Immer wieder sprach Otto davon, wie gern er Neumühlen für immer verlassen würde. Er wußte jedoch, daß er anderswo auch nicht anders würde leben können als hier! Es müßte ein Land der Stotterer geben, sagte er einmal, wo alle so sprächen wie er. Dorthin würde er ziehen. Dort würde man über die normal sprechenden Menschen lachen. Ja, die normal sprechenden Menschen müßten das Stottern erlernen, wenn sie dort leben wollten.
Hans war fasziniert, wenn Otto von diesem Land sprach. Er bewunderte ihn, denn er hatte viel von ihm gelernt, seit sie sich angefreundet hatten. Er hatte gelernt, Aalreusen zu legen, glitschige Fische mit bloßer Hand zu greifen und in einen Eimer zu legen, sie zu töten, auszunehmen, zu zerschneiden

und zu braten. Er hatte gelernt, aus dem Flug der Vögel und der Form der Wolken das kommende Wetter abzulesen, und er hatte ihm beigebracht, die Spuren der Tiere zu unterscheiden. Und Otto hatte von Hans gelernt, gute Bücher zu lesen, Bilder zu betrachten und ernste Musik im Radio zu hören. Nachts aber, wie jetzt, wenn sie zusammen durch Neumühlen gingen, hatten sie beide dasselbe kribbelige Gefühl. Hans dachte an Ellen, und Otto dachte an Annemarie, und deshalb schlichen sie in die Scheunen, um zu lauschen, wer da mit wem im Stroh lag. Otto wäre jedes Mal am liebsten dazwischengegangen, weil er glaubte, niemals im Leben in die Lage zu kommen, das, was die da machten, gleichfalls zu erleben.
Sie öffneten das Tor zu Bürgermeister Sievers' Scheune, weil sie wußten, daß Jürgen Podizat sich hier mit Waltraut Sievers traf. Schon zweimal hatten sie die beiden unbemerkt belauscht. Als sie sich in der stockdunklen Scheune zu orientieren suchten, flammte plötzlich eine Taschenlampe auf.
»Aha«, sagte eine Stimme, »auf euch habe ich schon lange gewartet.« Das Licht erlosch, Hans hörte ein leises Pfeifen. Es kam von weit her und näherte sich mit großer Geschwindigkeit. Er duckte sich und hörte im nächsten Augenblick Ottos Aufschrei. Dann vernahm er ein Geräusch, wie wenn Kleidungsstücke zusammengeworfen würden. Einige Sekunden lang war es darauf still. Hans hockte geduckt da. Als er sich aufrichten wollte, griff er in etwas Warmes, Klebriges. Über sich hörte er Jürgens hastigen Atem. Waltraut rief aus dem Dunkel: »Ist was?«
»Mach Licht!« schrie Hans entsetzt.
Der Taschenlampenstrahl erfaßte Otto: Er lag auf der Seite, hatte seine Arme an den Leib gezogen und die Beine merkwürdig verdreht. Sein Kopf war nach oben gebogen. Um ihn herum vergrößerte sich zusehends eine Blutlache.
»Mein Gott . . .!« schrie Waltraut. Jürgen warf vor Entsetzen den Knüppel ins Stroh.
Hans sah, daß es schlimm um Otto stand. Sein Vater mußte her. »Geh zu Sievers und ruf meinen Vater an«, rief er Jürgen zu, beugte sich über Otto, zog seine Jacke aus und legte sie

ihm unter den Kopf. Jürgen rührte sich nicht, auch Waltraut stand da wie angewurzelt.
»Los«, befahl Hans, »holt meinen Vater, verdammt noch mal.«
»Wir können nicht ...«, flüsterte Jürgen.
»Otto stirbt!« rief Hans.
»So schnell stirbt keiner«, erwiderte Jürgen.
»Mein Gott ...« flüsterte Waltraut.
Hans besann sich nicht lange, lief zum Bauernhaus hinüber und schlug mit der Faust gegen Tür und Fenster; endlich stand der Bürgermeister im Nachthemd da. Hans drängte ihn zur Seite, eilte ans Telefon und rief seinen Vater an. Zehn Minuten später war er da. Jürgen und Waltraut waren verschwunden. Dr. Renz hob Ottos Augenlider an: »Er muß sofort ins Krankenhaus«, sagte er. Hans sorgte für einen Krankenwagen.
Bürgermeister Sievers hatte den Polizisten Kuhnert angerufen. Der kam bald darauf angeradelt, denn so ein halber Mord war mal etwas anderes als der übliche Kleinkram. Mittlerweile war der Krankenwagen eingetroffen, Otto wurde verladen und weggefahren. So verließ er Neumühlen.
Später mußte Hans mit Kuhnert zur Dienststelle gehen. Dort erzählt er, was vorgefallen war. Kuhnert tippte mit zwei Fingern unbeholfen die Aussage. Doch was sollte er schreiben? Schwere Körperverletzung oder Totschlag oder gar Mord? Über derartige Begriffe hatte er noch nie nachdenken müssen. Er hätte aber gern darüber nachgedacht und eine klare Entscheidung gefällt, um den Kripo-Kollegen aus Rendenstedt sein Urteil mitteilen zu können. Andererseits aber wollte er sich auch nicht blamieren. So schilderte er, als die drei Herren aus Rendenstedt eintrafen, den ganzen Fall, wie er sich zugetragen hatte, enthielt sich jedoch einer Bewertung. Hans wiederholte, was Kuhnert schon notiert hatte, und sagte abschließend: Seiner Meinung nach sei das Ganze ein Mißverständnis, ein unglücklicher Zufall. Kuhnert nannte Hans' Aussagen ›Schönrederei‹ und war wütend. Die Herren schrieben alles auf und sagten abschließend, Jürgen Podizat solle sich bei ihnen melden.

Kuhnert war wütend und enttäuscht. Er machte sich auf eigene Faust auf den Weg zu Antons Häuschen. Sievers schloß sich ihm an. Sie pochten an die Tür und riefen: »Aufmachen! Sofort aufmachen! Polizei!«
»Und der Bürgermeister!« fügte Sievers schreiend hinzu.
Anton und Anne hatten den ganzen Abend über am Küchentisch gesessen, hatten nicht zu Bett gehen wollen, weil sie dort auch keine Ruhe gefunden hätten, hatten auf Jürgen gewartet, um mit ihm alles durchzusprechen. Ihnen war es noch immer unbegreiflich, daß sie ausziehen sollten aus ihrem Haus, in dem sie all die Jahre glücklich gewesen waren. Beide waren den Tränen nahe und hielten sie doch voreinander zurück, denn sie mußten sich gegenseitig ein Trost sein.
Als sie nun Sievers' aufgebrachte Stimme hörten und dann sogar Kuhnerts wildes Pochen, waren sie verwundert. Im ersten Moment glaubten sie, Sievers habe sich Mut angetrunken, um ihnen die schlimme Nachricht überbringen zu können. Aber was hatte Kuhnert bei ihnen zu suchen?
Anton öffnete. »Tag . . .«, sagte Kuhnert, obgleich es mitten in der Nacht war, und tippte an seine Mütze. Sievers drängte an ihm vorbei und trat ganz dicht an Anton heran: »Wo ist Jürgen?« fragte er.
»Weiß nicht«, antwortete Anton.
Kuhnert stolzierte dienstbeflissen durch das ganze Haus und sah überall nach: »Er ist nicht hier«, sagte er darauf.
»Was ist denn geschehen?« fragte Anne, die sogleich ahnte, daß es sich um mehr als um ihren Auszug handeln müßte.
»Wußtest du«, fragte Sievers, »daß dein verdammter Sohn Jürgen was mit meiner Waltraut hat?«
Anton nickte. Jetzt brauchte er wirklich keine Ausreden mehr.
»Das hast du gewußt?« Sievers stellte sich noch näher vor Anton, der keinen Schritt zurückwich.
»Ja, das hab' ich gewußt!«
»Und hast mir nichts davon gesagt?«
»Nein.«
»Und warum nicht?«
»Weil es Sache der Kinder ist!«

»Jetzt nicht mehr!« schrie Kuhnert dazwischen. »Jetzt nicht mehr!«
»Was ist denn geschehen, nun sagt schon ...!« Anne griff nach Antons Hand und grub ihre Nägel in seine Finger.
»Das will ich dir sagen, Anton Podizat, und dir auch, Anne Podizat! Euch beiden will ich sagen, was ihr für einen verdammten Sohn habt. Er hat nämlich den Otto Löllholz halb totgeschlagen. Was sage ich, halb tot, fast ganz tot! In meiner Scheune!«
Anne schrie auf und preßte ihre Hand an den Mund. Anton setzte sich schwer auf einen Stuhl, seine Beine wollten ihn plötzlich nicht mehr tragen.
»Wo ist er jetzt?« fragte er nach einer Weile, während Sievers von hoch oben auf ihn herunterblickte.
»Im Krankenhaus ..«, sagte Kuhnert.
»Jürgen ...?« schrie Anne.
»Nein, Otto Löllholz ist im Krankenhaus. Jürgen ist weg. Wir suchen ihn ...«
»Und wenn wir ihn finden«, ergänzte Sievers, »dann kann er was erleben. Das ganze Dorf ist hinter ihm her. Den kriegen wir!«
»Das ist ein kriminalistischer Fall«, trompetete Kuhnert.
»Dein Sohn ist ein Totschläger, und mit dem Czychowski, dem ›Einbrecher‹, bist du auch befreundet. Eine feine Gesellschaft!« sagte Sievers und hätte am liebsten auf den frisch gescheuerten Boden gespuckt.
Anton erhob sich langsam, wobei er sich abstützen mußte. Als er endlich stand, blickte er Sievers finster an: »Red nicht so mit mir, ja?« sagte er leise. »Red auf keinen Fall so mit mir, Bürgermeister.«
Sievers trat einen Schritt zurück und ballte die Fäuste. Er hatte plötzlich Respekt vor Anton. »Dann will ich dir noch etwas sagen, Anton, dir und deiner Frau«, schrie er. »Ihr müßt beide ausziehen, denn hier wird die Fabrik gebaut. Ich wollte euch das erst am Montag sagen, wenn der Vertrag unterschrieben ist mit der AGOPA in Rendenstedt, aber da ich nun mal hier bin, kann ich es euch auch jetzt sagen.«

»Das wissen wir schon, Bürgermeister!« gab Anton zurück und umklammerte Annes Hand.

»Dann ist es ja gut.« Sievers gab Kuhnert einen Wink und machte auf dem Absatz kehrt. In der Tür drehte er sich noch einmal um: »Es gibt in Neumühlen einige, die sind gegen die Fabrik«, sagte er, »und es gibt einige, die sind dafür. Wir haben im Gemeinderat abgestimmt mit vier zu drei Stimmen für die Fabrik. Am Montag werde ich den Vertrag unterschreiben. Und noch eins: Auch wenn ihr jetzt ausziehen müßt, will ich von euch kein Wort gegen die Fabrik hören. Habt ihr mich verstanden?«

Anton begriff, was Sievers meinte, aber er wollte nicht: »Nein«, sagte er und zwang sich zu einem Lächeln, »das verstehe ich nicht.«

Sievers blickte ihn zornig an: »Es gibt ein paar, die sagen, der Sievers ist rücksichtslos, die Fabrik ist ihm wichtiger als alles, er zerstört sogar Häuser wegen ihr und vertreibt Leute! Das werden welche behaupten. Aber ich sage: Man muß Opfer bringen für die Zukunft!«

»Schöne Zukunft«, erwiderte Anton.

»Jawohl, es ist eine schöne Zukunft«, schrie der Bürgermeister, »es wird eine schöne Zukunft werden!« Er trat wieder nah an Anton heran und zischte mit verzerrtem Gesicht: »Du wolltest wohl, daß dein verdammter Jürgen meinen Hof kriegt, was? Daß er meine Waltraut heiratet und mein Nachfolger wird, was? Weil mein eigener Sohn taubstumm ist und als Bauer nichts taugt!«

Anton schwieg. Er wollte sich auf keine Diskussion einlassen.

»Meine Waltraut und dein Sohn passen nicht zusammen. Waltraut wird den Bodo Thede aus Breitenfeld heiraten. Den hab' ich für sie ausgesucht.«

Darauf ging er und knallte die Tür ins Schloß. Anne konnte endlich losweinen. Anton zog sie an sich und strich ihr über die Haare. »Zusammen werden wir durchkommen«, sagte er leise und wischte ihr die Tränen fort.

»Mein Gott, und Jürgen ...?« bekam sie unter heftigem Schluchzen heraus.

Anton zog seinen Mantel über und ging in die Nacht. Niemand schien zu schlafen, alle waren auf den Beinen. Wie der Vorfall sich mitten in der Nacht so schnell hatte herumsprechen können, war Anton ein Rätsel. Männer liefen mit Forken und Schaufeln umher, als gelte es, einen Schwerverbrecher zu jagen. Sie riefen sich Ermunterungen zu, schwangen aufgeregt die Arme, verteilten sich und fanden wieder zusammen. Drogist Schulte brachte Fackeln. Zwei Gruppen wurden gebildet, der alte und der junge Kock waren ihre Anführer. Sie schrien Befehle und liefen in alle Richtungen auseinander. Ihre Gesichter spiegelten den Schein der Fackeln. Forken und Schaufeln blitzten auf.

Anton stand im Schatten eines Schuppens und dachte, daß er so etwas schon einmal gesehen hatte – damals, vor vielen Jahren, als Krieg war. Damals hatte er Angst gehabt, dieses Mal hatte er keine. Er war überzeugt, daß Jürgen längst nicht mehr in Neumühlen war. Er ahnte aber auch, daß er ihn lange nicht wiedersehen würde. Während er von fern die aufgeregten Schreie der Suchenden hörte und die Fackeln wie Irrlichter in der sternenklaren Nacht tanzten, ging er zurück nach Hause. Anne stand in der Tür. Sie setzten sich an den Küchentisch. Anne weinte wieder. Anton schwieg. Sie wußten, daß sie sich nach dieser Nacht auf ein neues Leben würden einrichten müssen.

Zweiter Teil

I

Manchmal war Anton morgens sehr früh erwacht und hatte mit verhaltenem Atem den Geräuschen des erwachenden Dorfs gelauscht: dem Westwind, der in den Blättern raschelte, dem fernen Krähen eines Hahns, dem ein zweiter, ein dritter und vierter antworteten, dem langgezogenen, heiseren Bellen eines Hundes, den tiefen, anschwellenden Stimmen der Kühe, denen kurz darauf das Getrappel und Poltern des ersten Milchwagens folgte, der zu ihnen hinausfuhr, dem Klagegeschrei einer Möwe, die sich vom Wind über das Dorf tragen ließ, dem schneller werdenden Tuckern eines Treckers auf einem der Höfe, dem aufgeregten Geschnatter seiner eigenen Gänse, die in den Garten drängten, dem Gebrumm des Frühbusses, der durch Neumühlen fuhr ...

Manchmal hatte er dem Gespräch gelauscht, das zwei Milchfrauen vor seinem Haus führten und das sich gewöhnlich um Gesundheit und Wetter drehte. Manchmal hatte er jemanden fluchen hören. Oder ein Kind hatte aufgeschreckt angefangen zu weinen. Er hatte dem hellen Klang der vollen Milchkannen gelauscht, die aneinanderschlugen, wenn der Wagen von den Wiesen zurückkehrte. Anton hatte sich gut gefühlt an solchen Morgen, hatte nach Annes Hand gegriffen und ihrem im Schlafe gelösten Gesicht zugelächelt. Er hatte sich gefreut auf den Tag, den Gang durchs Dorf, die Gespräche mit den Leuten.

Den Rest dieser Nacht von Samstag auf Sonntag hatte Anton überhaupt nicht geschlafen und auch keinerlei Notiz genommen von den Geräuschen, die aus dem Dorf in sein Haus drangen. Er hatte seinen Gedanken nachgehangen, hatte im Halbschlaf mit sich selbst gesprochen und war immer wieder aufgeschreckt. Anne war es nicht anders ergangen. Sie lagen nebeneinander und dachten an Jürgen. Doch was sie auch dachten – nichts von dem, was geschehen war, war rückgängig zu machen.

Den ganzen Sonntag über blieben sie in Haus und Garten und gingen keinen Schritt ins Dorf. Sie sprachen kaum miteinander, weil es nichts zu besprechen gab. Sie wollten nicht an ihren Schmerz rühren. Doch was sie in Haus und Garten auch taten, immer wieder kam ihnen alles, was seit gestern geschehen war, zu Bewußtsein. Dann sahen sie sich an und guckten sogleich wieder weg. Manchmal lief Anne ins Haus und weinte, während Anton draußen blieb. Manchmal lief Anton ins Haus, und Anne blieb draußen.
Am Nachmittag kam Hans Renz und teilte mit, daß es Otto Löllholz recht gut gehe. Er habe eine böse Platzwunde am Hinterkopf und eine schwere Gehirnerschütterung. In zwei bis drei Wochen werde er wieder gesund sein. Wenigstens das war eine gute Nachricht.
Am Montag früh nahm Anton die Posttasche auf, als sei nichts geschehen. Frau Bluhm machte einige anzügliche Bemerkungen, die Anton überhörte. Auf seinem üblichen Weg durch das Dorf wurde er öfter auf den Vorfall in Sievers' Scheune angesprochen. Anton erwiderte, er wolle dazu nichts sagen. Man fragte ihn auch nach seiner künftigen Behausung. Anton sagte, er habe darüber noch nicht nachgedacht. Er beantwortete alle Fragen so mürrisch, daß man ihn bald überhaupt nichts mehr fragte.
Jürgen wurde nicht gefunden, es wurde auch nicht mehr nach ihm gesucht. Da es Otto Löllholz besser ging, bestand kein Grund für die Polizei, nach ihm Ausschau zu halten.
Am Mittwoch nach dem Vorfall fand Anton unter der Post eine Karte von Jürgen: ›Liebe Mutter, lieber Vater! Ich kann nicht zurückkommen nach Neumühlen. Das wißt Ihr. Ich gehe weg. Wohin, weiß ich nicht. Euer Jürgen.‹
Anne weinte zwar über diese Nachricht, war aber zugleich auch beruhigt. Sie wunderte sich nur, daß er kein Wort über Waltraut geschrieben hatte.
Hans Renz besuchte seinen Freund Otto Löllholz jeden Tag nach der Schule im Krankenhaus. Otto lag mit dicken Verbänden um seinen Kopf in einem weißen Bett. Als er am vergangenen Sonntag früh erwacht war, hatte er im ersten Moment gehofft, durch den Schlag auf den Kopf sei sein Stottern

verschwunden und er könne so normal reden wie die anderen Menschen auch. Aber er stotterte immer noch. Nie im Leben, sang er Hans zu, werde er nach Neumühlen zurückkehren! Wo er denn hinwolle? fragte Hans. Das wisse er noch nicht. Hans war in Sorge um Otto, denn er war sicher, daß Otto keinen Platz auf der Welt finden würde, wo er anders leben könnte als in seinem Heimatdorf.

Eine Woche nach ihrer nächtlichen Flucht kehrte Waltraut Sievers nach Neumühlen zurück. Sie sah krank und mitgenommen aus. Bis auf die Straße konnten die Vorübergehenden Sievers' Geschrei hören. Aber sie erzählte trotzdem nichts von dem, was in der einen Woche, die sie mit Jürgen Podizat irgendwo verbracht hatte, geschehen war. Sie ließ sich die Beschimpfungen ihres Vaters widerspruchslos gefallen und nickte müde zu seinem Befehl, sie müsse innerhalb eines Jahres den Breitenfelder Bauernsohn Bodo Thede heiraten.

Eines Abends paßte Anton sie ab und fragte sie, wohin Jürgen habe gehen wollen. Nach Hamburg, sagte sie leise und schlug die Augen nieder, er sei nach Hamburg gegangen. Da habe sie nicht mitgehen wollen. Jürgen sei aber davon nicht abzubringen gewesen, und so rosig er ihre gemeinsame Zukunft auch gemalt habe, sie habe Heimweh nach Neumühlen gehabt, mochte man sie hier auch schief ansehen und mochte ihr Vater sich auch aufführen, als wäre sie eine Hure.

Anton wollte ihr erst vorschlagen, daß sie jederzeit zu ihm kommen könne, wenn sie Sorgen habe. Aber dann sagte er doch lieber nichts. Der breitgesichtige Bauernsohn Bodo Thede kam fast jeden Abend mit einem Blumenstrauß in Sievers' Haus. Sosehr er auf der baldigen Heirat bestand, sosehr Sievers seiner Tochter zuredete, Waltraut wollte noch mindestens ein Jahr warten. Sie fühle sich einer Ehe noch nicht gewachsen, sagte sie immer wieder.

»Aber nachts im Stroh liegen mit einem Totschläger, das konntest du!« schrie Sievers, wenn Bodo Thede sich wieder einmal unverrichteterdinge davongeschlichen hatte.

»Ich habe ihn geliebt!« erwiderte Waltraut.

»Liebst du ihn immer noch?«

»Ja, immer noch«, sagte sie fest.
Darüber ärgerte sich Sievers so sehr, daß er ihr ins Gesicht schlug. Von da an sprach Waltraut kaum noch mit ihm.

Anton und Anne mußten plötzlich sehr schnell überlegen, wohin sie ziehen sollten. Sie hatten sich zwar das eine und andere Häuschen angesehen, aber keines war mit ihrem alten zu vergleichen. Dann aber eilte die Angelegenheit sehr. Eines Morgens begann ein Bagger die Wiese von unterst zu oberst zu kehren. Einige Männer steckten rotweiße Stöcke in den Boden und hantierten an Meßgeräten. Zwei traten in Antons Haus und erklärten, es werde in drei Tagen abgerissen.
In ihrer Ratlosigkeit sprachen sie mit Christian Czychowski, und der sagte etwas sehr Einfaches. Er sagte: »Zieht doch zu mir. Ich habe Platz genug.« Ohne Zögern stimmten Anton und Anne zu. Christian bekam vor Freude ein rotes Gesicht, fuhrwerkte aufgeregt mit seinen langen Armen herum und malte ihre gemeinsame Zukunft in leuchtenden Farben.
Christian Czychowski war damals nach dem großen Krieg, fast zur gleichen Zeit wie Anton, aus dem Osten nach Neumühlen gekommen und war, wie Anton, hier hängengeblieben. Doch im Gegensatz zu Anton wußte er nicht genau, warum er eigentlich hiergeblieben und nicht weitergezogen war wie viele andere, die mit ihm gekommen waren. Anders als Anton, der nur manchmal daran dachte, sprach Christian oft über diese schwere Zeit.

Neumühlen hatte vom großen Krieg nicht allzu viel mitbekommen. Die Flugzeuge der Engländer kümmerten sich nicht um dieses Dorf, sondern flogen hoch oben wie ein gewaltiger Bienenschwarm in Richtung Kiel. Erst als alles vorüber war, wurden die Neumühlener plötzlich mit einbezogen in die weltgeschichtlichen Vorgänge. Da tauchten abgerissene Männer, Frauen und Kinder auf, die einen anderen Dialekt, manche sogar eine andere Sprache sprachen. Sie mußten in Bauernhäusern untergebracht und mit dem Nötigsten versorgt werden. Die Neumühlener taten sich schwer mit diesen Fremden und waren froh über jeden, der wieder ging.

Als Adolf Sick mit nur einem Bein aus dem Krieg zurückkam und zum Bürgermeister gewählt und Friedrich Jacobsen hier Pastor wurde, besserte sich die Situation der Fremden. Sie waren jetzt nicht mehr der Willkür der Einheimischen ausgesetzt, die sie für kärgliche Lebensmittel hatten arbeiten lassen. Die beiden Männer sorgten dafür, daß sie einen anständigen Lohn erhielten und daß ihre Behausungen winterfest gemacht wurden.
Manche blieben, manche gingen wieder. Diejenigen, die blieben, richteten sich häuslich ein und brauchten trotzdem Jahre, bis sie in die Dorfgemeinschaft aufgenommen wurden. Sie verstanden den norddeutschen Dialekt, der eigentlich eine eigene Sprache ist, nicht, und sie konnten ihn erst recht nicht sprechen. In ihrer alten Heimat waren sie Bauern und Handwerker gewesen, hier waren sie Knechte und Hilfsarbeiter. Dennoch fanden sich die Gewitztesten unter ihnen bald zurecht. Kahlke, der Königsberger Goldschmied, wurde Amtsschreiber, denn einen Goldschmied brauchte man in Neumühlen nicht. Herr und Frau Taube, die im Osten ein Geschäft besessen hatten, übernahmen die Hausmeisterei der Schule, bis Herr Taube starb. Der schlesische Schmied Hansen wurde, nachdem er jahrelang als Hilfsarbeiter Straßen gebaut hatte, wieder Schmied und dann Klempner. Doktor Renz aus Mecklenburg trat seine Neumühlener Landarztstelle an und war am schnellsten integriert, denn er verstand und sprach den Dialekt, und seine Frau konnte im Saufen mit den Bauern mithalten. Kaufmann Martens aus Kolberg machte wieder einen Kolonialwarenladen auf, Lehrer Schicke wurde Lehrer, sein Kollege Herbig brachte es sogar zum Rektor, Anton Podizat wurde schließlich Hilfsbriefträger, und nur Christian Czychowski wurde Einbrecher.
Er hatte sich drei Kilometer vom Dorf entfernt eine Wellblechhütte gebaut. Sie lag am Fluß zwischen Weidensträuchern und Schilf. Im Laufe der Jahre hatte er sie dreimal abgerissen und jedes Mal komfortabler wiedererrichtet, bis er endlich zufrieden war. Jetzt besaß er ein richtiges Ziegelsteinhäuschen mit vier Räumen und einem Dachboden. In dem sorgfältig angelegten Garten gab es drei Apfel- und zwei

Birnbäume, zahlreiche Johannisbeersträucher, Salatbeete, ein Kartoffelfeld und viele Blumen vom Frühjahr bis Herbst. Christian hatte Ställe für eine Ziege, zwei Schweine, Gänse, Enten und Hühner gebaut. So konnte er sich mit dem Lebensnotwendigsten selbst versorgen.
All die Neumühlener Jahre war er sehr einsam gewesen. Er hatte keine Frau gefunden und auch kaum Freunde. Bevor er dorthin gekommen war, war er mit einem Mädchen aus seinem Heimatdorf im Osten verlobt gewesen. Auf der langen Flucht hatte er sie irgendwo verloren. Er hatte sie nie vergessen. Manchmal bildetete er sich ein, er wäre mit ihr verheiratet. Dann sprach er mit ihr, als wäre sie wirklich anwesend. Er grub zusammen mit ihr den Garten um, zog gemeinsam mit ihr die Entwässerungsgräben, pflückte ihr Blumen. Ja, er baute seine vier Häuser eigentlich nur für sie. Einige Jahre lang hatte er versucht, sie über das Rote Kreuz ausfindig zu machen. Er hörte ihren Namen in den Suchmeldungen, doch sie kam nicht, die verantwortlichen Stellen konnten über ihren Verbleib nichts in Erfahrung bringen. Christian ahnte, daß sie tot war, aber das machte ihm nichts aus, im Gegenteil: So gehörte sie ihm in seinen Erinnerungen ganz allein. In seinen Gesprächen mit ihr lebte sie noch und wurde zusammen mit ihm alt, obgleich sie selbst nicht älter wurde. Für ihn war sie immer noch so schön, wie sie es damals gewesen war. Auch in der Gefängniszelle war sie bei ihm. Er wurde ein wenig wunderlich. Manchmal rannten die Dorfkinder hinter ihm her und riefen ›Döskopp‹. Bevor er sich ganz an seine Träume verlor, zogen seine Freunde Anton und Anne Podizat zu ihm.
Ihr Auszug aus dem alten Häuschen ging Hals über Kopf vonstatten, denn vor dem Gartenzaun wartete schon eine gewaltige hochrädrige Maschine, um die Mauern einzureißen. Christian hatte sich von Enno Frahm Pferd und Wagen geliehen, zu dritt waren sie nun dabei, die Möbel aufzuladen. Anne packte Tischdecken, Bettbezüge, Vorhänge und Kissen in Kartons. Die Männer luden alles auf den Wagen. Schließlich war das Häuschen ausgeräumt. Während Christian und Anne schon auf dem Wagen saßen, ging Anton zum letzten

Male durch das Haus und nahm Abschied. Er kannte jeden Winkel. Jedes Jahr hatte er irgendwelche Verbesserungen angebracht, neue Tapeten geklebt, neue Fenster eingesetzt oder Fußbodenbretter ausgetauscht. Er ging durch die leeren Räume und strich über die Wände. Plötzlich kamen ihm die Tränen. Er hatte jahrelang nicht so heftig geweint wie jetzt. Die Tränen liefen über sein braunes, wettergegerbtes Gesicht, rannen ihm durch die Finger und tropften zu Boden. Er kam sich lächerlich vor, doch er konnte sein bebendes Schluchzen nicht unterdrücken. Anton hörte, wie Christian draußen mit der Peitsche knallte, und merkte, wie Anne hinter ihn trat. Sie lächelte, und Anton lächelte mühsam zurück. Er konnte ihr Gesicht durch den Schleier seiner Tränen nur undeutlich erkennen. Anne zog seinen Kopf an ihre Schulter und streichelte ihn. So standen sie eine Weile, bis Anton sich beruhigt hatte.

Christian schwang die Peitsche, daß das Pferd ein wenig unruhig wurde und hin- und hertippelte. Er sagte kein Wort über Antons verweintes Gesicht. Anne kletterte neben ihn auf den Kutschbock, Anton setzte sich auf den hinteren Teil des hochbepackten Wagens, das Pferd schnaubte und setzte sich in einen behäbigen Trab. Anton ließ die Beine herabbaumeln und sah, wie das Haus hinter der nächsten Kurve zurückblieb. Es schien ihm mit seinen gardinenlosen schwarzen Fenstern nachzublicken. Er sah noch, wie die gewaltige Maschine qualmend den Zaun einriß.

Sie richteten sich in Christians Haus ein, wo sie es bequemer hatten als in ihrem alten Häuschen. Anton und Anne bewohnten einen Raum, den zweiten bewohnte Christian, den dritten und vierten bewohnten sie zu dritt. Christian lebte auf. Die Anwesenheit seiner Freunde tat ihm gut. Morgens, wenn Anton sich im Dienst befand, bereitete er zusammen mit Anne das Mittagessen zu, säuberte alle Räume, arbeitete im Garten, fütterte die Tiere und erntete das Obst. Anne hatte kaum noch etwas zu tun. Christian redete auch nicht mehr mit sich selbst, sondern statt dessen mit Anne und Anton. Er sprach viel von seiner Vergangenheit, von dem Mädchen, mit dem er einmal verlobt gewesen war, von der Flucht aus dem Osten nach Neumühlen und vom Gefängnis. Abends, wenn das Wetter gut war, saßen sie zu dritt vorm Haus und sahen zu, wie die Sonne über das Schilf strich, es rötlich färbte und hinter den weiten dunklen Flußwiesen unterging. Anne strickte Pullover, und die Männer spielten Karten. Doch Anton war nicht bei der Sache und verlor fortwährend. Anne beobachtete ihn, sie machte sich Sorgen. Wenn sie ihn etwas fragte, antwortete er nicht.

Als er eines Abends tief in Gedanken vor der Tür saß, an seiner erloschenen Pfeife zog und nicht auf den beginnenden Regen achtete, schlug ihm Christian, sich hinter ihn schleichend, auf die Schulter, lachte und setzte sich zu ihm.

»Pack aus!« begann er.

»Ich hab' schuld«, sagte Anton nach langem Schweigen.

»Woran?«

»Daß Jürgen nicht wiederkommt.«

»Warum hast du daran schuld?«

»Weil er kein Vertrauen hat.«

»Aber du warst immer ein guter Vater.«

»Nein, das war ich nicht!«

Christian erschrak über Antons heftige Entgegnung und wagte nicht, weiter nachzufragen. Sie sahen zusammen auf eine Pfütze, in die der Regen Kringel zeichnete.

»Wenn ich ein guter Vater wäre, würde Jürgen zurückkommen«, fuhr Anton fort.

»Das hat doch mit dir nichts zu tun. Das hat nur mit den Neumühlenern zu tun. Sie würden ihn auch jetzt noch verprügeln.«

»Es hat mit mir zu tun«, beharrte Anton hartnäckig. Plötzlich schlug er die linke Faust in die rechte Handfläche: »Immer hab' ich von der Ehrlichkeit geredet. Daß man anständig leben muß, damit man allen in die Augen sehen kann«, stieß er hervor, »und nun kannst du sehen, wohin er und ich es gebracht haben. Uns hat man das Haus weggenommen, und Jürgen mußte fliehen, mitten in der Nacht. Ich finde, das ist nicht gerecht.«

»Gerecht nicht, aber es ist so«, erwiderte Christian.

»Ja, es ist so«, sagte Anton, »es ist wohl so, daß man als klei-

ner Mann mit einem ›Hilfs‹ vornweg keine Rechte hat. Und auch die Söhne von Männern mit einem ›Hilfs‹ vornweg haben keine Rechte. Wenn sie den Jürgen neulich nachts gefunden hätten, dann hätten sie ihn bestimmt totgeschlagen.«
»Totgeschlagen wohl nicht ...«, wandte Christian erschreckt ein.
»Glaubst du, sie wären hinter dem jungen Kock so hergerannt, wenn der dem Otto Löllholz eins auf den Kopf gegeben hätte?«
Christian schwieg.
»Antworte!« forderte Anton.
Christian wagte nichts zu entgegnen. Er wußte, daß Anton recht hatte. Nein, einen Bauernsohn hätten die Neumühlener nicht mitten in der Nacht mit Forken, Schaufeln und Fackeln gejagt, das stand fest.
»Du weißt, daß alles richtig ist, was ich sage. Alles ist richtig«, sagte Anton leise.
»Er wird wiederkommen«, entgegnete Christian, »er wird bestimmt wiederkommen.« Aber im Innersten hoffte er, Jürgen würde so bald nicht zurückkehren, denn für vier Personen wäre das Haus zu klein; dann müßten Anton und Anne sich eine neue Behausung suchen, und er wäre wieder allein mit seinen Gedanken, Träumen und Selbstgesprächen. Nein, er wünschte, Jürgen würde niemals zurückkehren. Aber das sagte er natürlich nicht.
Der merkwürdig gerundete Stein, den Anton in Suhrs Grab gefunden und den ›Grabschmatzer‹ Greve ›Moluchusstein‹ genannt hatte, lag jetzt gesäubert und blankpoliert auf der Kommode. Anne hatte ihn eigentlich fortwerfen wollen, aber Anton hatte darauf bestanden, daß er in ihrer neuen Behausung einen Ehrenplatz erhielt. Irgendwie erinnerte er ihn an sein altes Häuschen, an die Zeit, als er glücklicher gewesen war, und an sein letztes Gespräch mit dem alten Bauern, von dem er niemandem erzählt hatte. Darum konnte er auch nicht erklären, warum ausgerechnet dieser Stein für ihn eine solche Wichtigkeit hatte. Er konnte nicht ahnen, daß der ›Moluchusstein‹ drei Jahre später für ganz Neumühlen eine große Bedeutung erlangen sollte ...

Eins tröstete Anton Podizat in dieser trüben Zeit ein wenig: Die Postbehörde teilte in einem Schreiben mit, daß er jetzt auch offiziell bis auf Widerruf Hilfsbriefträger von Neumühlen sei. Wenigstens in dieser Beziehung brauchte er sich also keine Sorgen zu machen.
Zu Dr. Renz kam Anton jeden Tag. Für ihn hatte er jedesmal viel Post, Reklamesendungen von Arzneifabriken, Mitteilungen des Rendenstedter Krankenhauses und Zeitungen. Von ihm erfuhr Anton auch, daß es Otto Löllholz immer besser ging. Sein Schädel war geheilt, die Haare wuchsen wieder, und er durfte schon im Flur spazierengehen. Doch sein Stottern war geblieben. Die Nachrichten über Otto waren zur Zeit die einzigen, die Anton im Dorf weitererzählte.
Drei Wochen nach dem Vorfall in Sievers' Scheune brachte Anton Hans Renz einen Brief von Otto. Hans las ihn, steckte ihn in die Tasche, ging hinaus auf den Hof und setzte sich auf einen beim letzten Sturm umgebrochenen Ahornbaum. Anton ging zu ihm. Ob was mit Otto sei?, fragte er. Hans nickte. Ob es etwas Schlimmes sei? Hans zuckte mit den Schultern und sagte: »Er kommt nicht zurück. Er hat Arbeit gefunden.«
»Schön«, meinte Anton.
»Auf dem Jahrmarkt.«
»Was macht er denn auf dem Jahrmarkt?«
»Er tritt da auf.«
»Als was denn?«
»Er tritt da als Stotterer auf.«
»Als Stotterer?«
»Ja. Mit seinem Stottern tritt er auf. Als Stotterclown!«
»Das ist schrecklich«, sagte Anton.
Seit drei Tagen lag im Bett neben Otto ein dicker Mann mit einem riesigen Schnauzbart. Er war von der Bühne seines Theaters gefallen und hatte sich ein Bein gebrochen. Am ersten Tag, als sie zusammenlagen, beantwortete Otto keine der neugierigen Fragen seines Zimmernachbarn. Als der aber mit seiner aufdringlichen Fragerei nicht aufhören wollte, sagte Otto ihm zornig, er solle doch sein Maul halten. Der Dicke fing über Ottos Gestotter dermaßen an zu lachen, daß sein geschientes Bein aus der Schlinge, in der es hing, fiel.

Trotz der Schmerzen lachte und lachte er. Otto sah auch wirklich zu komisch aus: Um seinen Schädel mit dem schiefgestotterten Mund war ein großer weißer Turban geschlungen. Und wenn er redete, verzog sich sein Gesicht zu schrecklichen Fratzen. Zwischendurch sang er sogar. Und da er obendrein wütend war, stotterte und sang er durcheinander. Der Dicke wollte sich halb totlachen, bekam keine Luft mehr und klingelte die Schwester herbei, die sich seine Fröhlichkeit nicht erklären konnte. Der Dicke schilderte ihr den Grund, und da lachte sie mit . . .

Wenig später entschuldigte er sich bei Otto. Eine Stunde lang redete er auf ihn ein, und schließlich faßte Otto Vertrauen. Er begann dem Dicken seine Lebensgeschichte vorzusingen und vorzustottern, und der hörte zu, ohne sein Gesicht zu verziehen. Otto erzählte und sang von Neumühlen, von seinem Wunsch, dieses Dorf für immer zu verlassen, und von dem herrlichen ›Land der Stotterer‹. Da machte der Dicke ihm ein Angebot. Wie es sei, fragte er, wenn Otto in das von ihm geleitete Theater einträte und als komische Nummer agierte? Otto wäre am liebsten aufgesprungen und hätte dem Dicken ins schnauzbärtige Gesicht geschlagen. Der aber begann ungerührt Ottos Zukunft auszumalen: Er würde die Welt zu sehen bekommen, interessante Menschen kennenlernen und viel Geld verdienen. Und vor allem brauche er nie in seinem Leben nach Neumühlen zurückzukehren. Wenn die Leute in seinem Theater über ihn lachten, dann täten sie das, weil sie ihn für einen Künstler hielten, und nicht, weil sie ihn verspotten wollten.

Zwei Tage lang verhandelten der Dicke und Otto um die Gage, dann waren sie sich einig. Nun begannen sie von Bett zu Bett die Nummern zu proben, die Otto zum besten geben sollte. Zum Beispiel sollte Otto einer Puppe namens ›Frauke‹ eine Liebeserklärung machen. Der Dicke hatte natürlich auch gemerkt, daß Otto mit dem F am meisten Schwierigkeiten hatte. Dieses Talent wollte er sich zunutze machen. Otto sollte sich auf der Bühne ein ›Fahrrad‹ kaufen, die ›Freiheitsstatue‹ bewundern und als Höhepunkt die ›Feuerwehr‹ anrufen, weil sein Haus in ›Flammen‹ stünde. Während er sich

noch mit dem F abmühte, würde er jämmerlich verbrennen. Was für Otto all die Jahre zuvor mit Schmerz, Wut und Angst verbunden war, begann ihm plötzlich Spaß zu machen.
Vor vier Tagen waren der Dicke und Otto entlassen worden. Sie waren zusammen nach München gefahren, und Otto hatte seine neue Stellung angetreten. Im ersten Moment war er enttäuscht, daß der Dicke nur eine zusammenlegbare Bretterbude besaß, mit der er über die ländlichen Jahrmärkte zog, aber dann war es ihm gleichgültig. Mit einem Tigermenschen, einem Hypnotiseur, einer Katzendame, dem kleinsten Pferd der Welt und der Dame ohne Unterleib, die ihm sehr gut gefiel, ging er zwei Tage später auf Tournee über die ländlichen Jahrmärkte.
Das alles hatte er seinem Freund Hans Renz geschrieben.
»Schrecklich«, bemerkte Anton leise.
»Er schreibt, er ist glücklich«, erwiderte Hans.
»Wie kann man das nur mit ihm machen?« fragte Anton kopfschüttelnd.
»Das haben die Neumühlener aus ihm gemacht, einen Clown. Die Neumühlener haben schuld!«
Anton nickte, Hans hatte recht. Ohne etwas zu sagen, nahm er die Deichsel seines Paketkarrens auf und setzte seinen Weg fort. Heute schwieg er nicht, wenn man ihn nach Neuigkeiten befragte, sondern berichtete von Otto Löllholz' neuem Beruf. Die meisten Neumühlener lachten über diese Nachricht, was Anton weh tat. Er hatte Otto zwar nie gemocht, aber dieses traurige Schicksal wünschte er ihm nicht.

2

Wenige Tage später brach Pastor Jacobsen zu seiner verordneten Herzkur nach Süddeutschland auf. Für Bürgermeister Sievers war die Abreise des Pastors von großer Wichtigkeit, denn so hatte er einen Fabrikgegner weniger.
Die Neumühlener nahmen Abschied von ihrem Pastor, der

wie ein gewaltiger Koloß vor seinem Haus stand. Da es ein wenig regnete, trug er einen langen dunklen Mantel und einen breitrandigen Hut. Neben ihm standen zwei prallgefüllte Koffer. Frau Jacobsen hing an seinem Arm, sie war froh, daß er endlich zu der längst fälligen Herzkur aufbrach. Bürgermeister Sievers, Adolf Sick, Jacobsens Nachbarn Frau Stender und Drogist Schulte, der neue Küster Siegfried Haas, einige neugierige Kinder aus der Nachbarschaft, der weißhaarige Schulrektor Herbig und Anton Podizat, der gerade auf seinem Rundweg vorbeikam, traten zu ihm und drückten seine Hand. Auch Dr. Renz kam, um zu kontrollieren, daß er tatsächlich abfuhr.

Der Pastor machte Scherze, um seine Rührung zu verbergen. Es gehe ihm ausgezeichnet, sagte er, seit einigen Tagen fühle er sich wie neugeboren. Er sehe eigentlich nicht ein, daß er zur Kur fahren müsse. Seine Frau blickte ihn ängstlich an und fürchtete, er würde seine schwere Entscheidung im letzten Moment rückgängig machen. Jacobsen aber schloß mit der Bemerkung, vielleicht sei es doch ganz vernünftig, sich die Welt einmal anzusehen, auch wenn es nur die Welt eines verdammten Kurkrankenhauses sei. Man solle für jede Erfahrung im Leben dankbar sein . . .

Sievers baute sich vor ihm auf und begann, eine vorbereitete Rede zu halten. Wohl wissend, welch entschiedener Gegner des Fabrikbaus der Pastor war, wollte er mit dieser Rede verlorene Sympathien zurückgewinnen. Der Pastor fahre nicht nur wegen seiner Gesundheit in Kur, rief er, er fahre auch für Neumühlen in Kur, denn sie alle brauchten einen gesunden Pastor, gerade jetzt, wo die neue Zeit anbreche . . .

Der Pastor fiel ihm ins Wort: »Deine blöde Fabrik, Sievers, hat wohl kaum was mit meinem kranken Herzen zu tun. Übertreib man nicht so!«

Sievers blickte einen Moment verwirrt, dann entschloß er sich zu lachen.

»Recht hast du!« rief Adolf Sick, der seit Jahren mit Jacobsen befreundet war. »Es wird alles ganz anders kommen. Die Fabrik wird die Leute krank machen. Am besten, wir bauen auch gleich ein Krankenhaus daneben!«

»Die Fabrik ist beschlossen«, kreischte Sievers, »beschlossen ist beschlossen. Das ist so in der Demokratie!«
»Und doch ist ihr Bau eine Dummheit«, sagte Rektor Herbig.
»Ihr seid mir schöne Brüder!«, rief Jacobsen und breitete die Arme aus, als befände er sich auf der Kanzel seiner Kirche: »Was kümmert euch der einzelne in seinem Häuschen? Ihr werft ihn einfach hinaus! Was aus ihm wird, ist euch egal!« Obgleich Jacobsen allgemein und in der Mehrzahl gesprochen hatte, bezog sich seine Rede einzig auf Sievers und Anton Podizat, der sich bescheiden im Hintergrund hielt, dort, wo die neugierigen Dorfkinder standen.
»Hör auf zu predigen«, sagte Dr. Renz, »das kannst du, wenn du wieder hier bist.« Er sah, daß der Pastor vor Erregung ein rotes Gesicht bekommen hatte. Sievers wollte etwas antworten, aber da fuhr Röllner mit dem Taxi vor und watschelte heran. Er grüßte, griff die Koffer und schleppte sie zum Wagen. Jacobsen folgte. Bevor er einstieg, drehte er sich nochmals um, küßte seine Frau und rief: »Wenn ich wieder hier bin und ich bin gesund, dann werde ich mich einmischen! Darauf könnt ihr euch verlassen!«
»Das erwarten wir auch!« antwortete Adolf Sick.
»Nun fahr schon«, sagte Dr. Renz.
Jacobsen winkte grüßend, stieg ein und fuhr ab. Durch die eifrig hin und her schwenkenden Scheibenwischer sah er die Schule, Wittkes Laden, die Bäckerei Hammer, die Gehöfte von Kock und Adolf Sick, die Poststelle, die Höfe von Damm, Henningsen und Thöming, die Tankstelle von Scheller. Röllner schaltete in den vierten Gang, schnell ging die Fahrt nach Elsendorf und durch den Elsendorfer Wald nach Rendenstedt. Der Wagen hielt nach eleganter Schleife vor dem Bahnhof. Röllner schleppte die Koffer zum Bahnsteig und wartete neben dem schweigend dastehenden Pastor auf den Zug.
»Wir hoffen alle, Sie werden schnell gesund, Herr Pastor«, sagte Röllner.
»Das werd' ich, darauf könnt ihr euch verlassen!« entgegnete dieser heftig und blickte Röllner böse an. Viel lieber hätte er seine Frau und seinen Sohn Peter hier gehabt als den dicken

Taxifahrer, aber er hatte sich rechtzeitig verbeten, daß jemand aus seiner Familie ihn bis auf den Bahnsteig begleitete. Vielleicht wäre er dann doch in letzter Minute umgekehrt. Der Zug fuhr ein, Jacobsen suchte sich einen Platz, winkte Röllner noch einmal zu und setzte sich. Vom höchsten Punkt der Redenstedter Hochbrücke glaubte er ganz in der Ferne die Spitze seines Kirchturms erkennen zu können. Aber das war eigentlich nicht möglich ...

Als der Pastor im Taxi abgefahren war, trat Sievers neben Anton. Er hatte ein wutgerötetes Gesicht und zischte ihm zu: »Was hast du dem Pastor über mich gesagt?«

»Nichts, ich hab' lange nicht mit ihm gesprochen«, entgegnete Anton.

»Du lügst!«

»Ich lüge nicht!«

»Wie kommt er sonst darauf, davon zu reden, daß du aus dem Haus rausgeworfen worden bist und so?«

»Weiß ich nicht ...«

»Du lügst!«

»Ich lüge nicht!«

»Das solltest du auch besser nicht, du, mit einem Sohn wie dem Jürgen, einem Totschläger!« setzte Sievers genüßlich hinzu.

Anton bekam einen Schrecken. Zum ersten Male hatte ihm jemand Jürgens Knüppelschlag vorgeworfen. Auch wenn es jetzt nur Sievers war – dachten die anderen Neumühlener vielleicht auch so? Verbarg sich hinter ihrer undurchsichtigen Freundlichkeit und ihrem teilnahmsvollen Gerede vielleicht doch der Vorwurf, er habe schuld, daß Otto Löllholz jetzt Clown geworden war und mit seinem Stottern Geld verdienen mußte? Anton beschloß, weder über Jürgen noch über Otto in Zukunft irgendein Wort zu verlieren.

Am nächsten Tag saß er im Friseursessel, um sich die Haare schneiden zu lassen. Hinter ihm stand Friseur Gösch und klapperte mit der Schere. Sein breiter geschwätziger Mund zitterte vor Aufregung. Während er Anton die Haare bis zur halben Kopfhöhe erst abschnitt und dann bis auf die Kopfhaut abrasierte, plapperte er unentwegt vor sich hin. Normalerweise hätte Anton nicht zugehört, weil es immer Nebensächlichkeiten waren, die Gösch zu berichten hatte, und weil sein Geschwätz dumm und einfältig war; heute aber gab er seine Meinung über Jürgen und Otto zum besten! Was für eine schlimme Sache das sei, daß Jürgen in der dunklen Scheune den harmlosen Otto Löllholz halb totgeschlagen habe, sagte er, ohne sich etwas dabei zu denken, welch großes Mitleid man im Dorf für den armen Otto empfinde und wie sehr man überall hoffe, daß Jürgen seine verdiente Strafe bekomme . . .

Anton mußte seinen Kopf nach unten senken, damit Gösch ihm die Oberhaare schneiden konnte.

Alle im Dorf hätten Otto gern gehabt, er sei so fleißig und gewissenhaft gewesen. Immer habe er pünktlich die bestellten Aale gebracht . . .

Anton fuhr auf, sah im Spiegel seine halbgeschnittene Frisur und sein aufgebrachtes, rot angelaufenes Gesicht, warf den fleckigen Umhang fort und schrie: Das sei doch alles eine verdammte Lüge! Niemand habe Otto Löllholz gemocht! Alle hätten über ihn gelacht und ihn verspottet! Und außerdem sei der Vorfall in Sievers' Scheune kein Totschlag gewesen, sondern ein Unglücksfall! Auch die Polizei suche nicht mehr nach Jürgen . . .

Gösch war zurückgesprungen, stand mit hängender Unterlippe und weit aufgerissenen Augen da und klapperte so schnell mit der Schere, als wäre sie an eine Maschine angeschlossen.

Anton warf zwei Geldstücke auf den Tisch und rannte hinaus. So traf ihn Klempner Hansen. Er lachte, als er Antons ›Frisur‹ sah: Auf der linken Seite waren die Haare bis zur halben Kopfhöhe abrasiert, auf der rechten waren sie noch ungeschnitten.

Warum er denn so aufgeregt sei? fragte Hansen, und Anton berichtete ihm alles, was Gösch von sich gegeben hatte.

Hansen wurde ernst: »Mein lieber Anton«, sagte er, »dazu will ich dir etwas sagen. Sicher übertreibt der Friseur, wenigstens weiß ich nicht, was im Dorf über deinen Jürgen geredet wird. Aber ich muß dir sagen, daß ich sehr böse auf ihn bin.

Verläßt einfach seine Gesellenstelle bei mir! Flieht bei Nacht und Nebel! Ja, woher soll ich denn einen Gesellen kriegen? Die Arbeit wächst mir über den Kopf! Nein, nein, schön ist das nicht, was dein Sohn da getan hat!«

»Es ist doch nicht meine Schuld!« entgegnete Anton, obgleich er sich schuldig fühlte.

»Nein, vielleicht nicht. Sicher nicht«, setzte Hansen schnell hinzu, »aber du mußt auch verstehen, daß man dich da mit hineinzieht. Du bist ja immerhin der Vater!«

Anton nickte, er hatte begriffen. So also war das: Natürlich gaben ihm die Neumühlener schuld; sie sprachen nur nicht mit ihm darüber.

Anton beschloß, seinen Postdienst aufzugeben. Zuvor aber mußte er den Pastor, der in vier Wochen zurückkommen sollte, um Rat fragen.

Er brauchte gar nicht vier Wochen lang zu warten. Fünf Tage nach seiner Abreise war Jacobsen bereits wieder da. Er kam mitten in der Nacht, ja er schlich sich regelrecht ein in Neumühlen. Allen, die wissen wollten, warum er so schnell zurückgekehrt war, berichtete er kurz darauf von seiner Kur: Am ersten Morgen mußte er seine körperliche Leistungsfähigkeit testen. Er saß massig auf einer Tretvorrichtung, ein Atemgerät vor dem Gesicht, und trat in die Pedale, bis bunte Kringel vor seinen Augen zu tanzen begannen. Dann wurde er an allerlei Meßgeräte angeschlossen, deren Zeiger hin und her tänzelten, daß ihm angst und bange wurde, besonders, wenn sie in ein rotes Feld kamen. Ein Arzt und eine junge Schwester nannten Zahlen und Daten und trugen sie in ein Buch ein. Darauf wurde ihm Blut abgezapft. Als die Silbernadel das vierte Mal in seinen Arm fuhr, ließ er einen schweren Seufzer hören. Die junge Schwester dachte, er würde ohnmächtig werden, aber er war nur zornig geworden. Er bekam einen roten Kopf, die Schläfenadern schwollen an. Man solle ihn doch mit dieser ganzen verfluchten Medizin zufrieden lassen, brüllte er und stapfte im Raum auf und ab, daß die Glasschränkchen und Konsolen zitterten. Ein weiterer Arzt kam hereingestürzt, blickte den Neumühlener Pastor finster an, lutschte an einem Kugelschreiber, steckte die Hände in

die Taschen seines weißen Kittels und sagte: »Beruhigen Sie sich, es geschieht alles zu ihrem Besten!«
Jacobsen ließ sich besänftigen und dachte, wie schön es schließlich wäre, wenn er wieder gesund würde und den Neumühlenern seine Meinung sagen könnte. Geduldig ließ er weitere Untersuchungen über sich ergehen. Er mußte einen widerlich schmeckenden Brei schlucken. Solch ein Zeugs, dachte er, kann nur der Teufel zusammengebraut haben. Dann wurde er geröntgt. In dem mattblau erleuchteten Raum hinter dem Schirm, dessen kaltes Metall ihn frösteln ließ, bekam er plötzlich Angst. Der Schweiß brach ihm aus allen Poren, er atmete schwer und hatte das Gefühl, die Wände des Raumes kämen auf ihn zu.
Endlich durfte er sich in einem weißen Zimmer hinlegen. Wenn er sich ein wenig aufrichtete, konnte er über hügelige Wiesen bis zu einem dunklen Wald blicken. Der Himmel war mattgrau und diesig. Er starrte an die Zimmerdecke. Sie war weiß und wies nicht den kleinsten Fleck auf. Er wandte seinen Kopf nach links und betrachtete eine gerahmte Stadtansicht. Den Namen der Stadt, der unter das Bild geschrieben war, konnte er nicht lesen. Er versuchte ihn zu erraten, und schlief darüber ein.
Als er erwachte, standen ein dicker Arzt mit Glatze und ein dünner mit Bart am Fußende seines Bettes. Sie lächelten väterlich auf ihn herunter und fragten, ob er gut geschlafen habe. Jacobsen wußte im ersten Moment nicht, wo er war, und bekam es wieder mit der Angst zu tun. Wenig später saß er den beiden in einem hellen Raum gegenüber. Der Arzt mit der Glatze sagte ihm, er habe einen Herzschaden, zwar keinen hoffnungslosen, aber doch einen schweren. Der zweite fügte hinzu, die Behandlung werde ungefähr sechs Wochen dauern. Als erstes müsse er zehn Pfund abnehmen. Und er dürfe natürlich weder rauchen noch trinken.
Kurze Zeit später saß Jacobsen im Diätraum und blickte fassungslos auf den dünnen Tee, die zwei Scheiben Knäckebrot und das Stück gelbe Margarine vor sich. Sein Tischgenosse, ein junger Mann mit Schweinsäuglein, der noch viel dicker war als er, riet ihm, ganz langsam zu essen, jedes Krümelchen

zehnmal zu kauen und nur in winzigen Schlucken zu trinken. Jacobsen versuchte es, hatte aber nach einer Minute alles aufgegessen. Der dicke junge Mann zeigte ihm seine ganze Verachtung und kaute bedächtig und stolz, wie es vorgeschrieben war.

Dann wurde der Pastor erneut untersucht, mußte schwimmen, spazierengehen, Wasser treten, Pillen schlucken, bekam Spritzen, wurde an Apparate angeschlossen und war am Abend todmüde.

In der Nacht träumte er, er sei in die Hölle geraten, und die Ärzte seien gar keine Ärzte, sondern Teufel: Oberteufel Luzifer mit seinen Unterteufeln. Und die vielen Schwestern seien gar keine Schwestern, sondern gefallene Engel, die den Herrn verraten hätten. Schweißgebadet erwachte er, vom Hunger gequält. Er rief sich zur Ordnung. Natürlich glaubte er nicht an die mittelalterliche Hölle, dennoch hatte der Traum ihm Angst gemacht. Er dachte an Neumühlen und bekam Heimweh. Im Geiste ging er durch seine Kirche. Schön war sie wirklich nicht: die Wände und das Gestühl blaugrau gestrichen, der Altar und das Kruzifix grell bemalt, die Kanzel aus einem dicken Eichenstamm gefertigt und schwarz angepinselt. Nein, schön war sie nicht, seine Kirche, aber sie war seine Kirche. In ihr hatte er fast dreißig Jahre lang gepredigt, hatte seinen Neumühlenern ins Gewissen geredet und hatte ein Fünkchen jener großen Liebe erfahren, an deren Kraft er glaubte. »Ich bin ein Egoist«, murmelte er in das dunkle Zimmer hinein. »Sie brauchen mich, und ich liege hier herum und lasse mich traktieren, Hunderte von Kilometern entfernt. Ich kann keine Rücksicht nehmen auf meine Krankheit, ich muß in Neumühlen sein, dort gehöre ich hin, dort braucht man mich.« Jacobsen beschloß, sobald wie möglich zu fliehen.

Als in der nächsten Nacht alles ruhig schien, stand er auf, zog sich an, warf seine Sachen in die Koffer, ließ sie aber da, man konnte sie ihm ja nachsenden, und trat auf Zehenspitzen hinaus auf den kaum erleuchteten Flur. Er schlich die Treppe hinunter, drückte sich am schlafenden Pförtner vorbei und ging hinaus auf die Straße. Es war eine klare, laue Sommer-

nacht. Unter sternenübersätem Himmel wanderte er drei Stunden die glitzernde Straße entlang, bis er den Bahnhof des nächsten Ortes erreicht hatte. Er setzte sich auf eine Bank und wartete auf den ersten Frühzug. Zwei Neger warteten mit ihm. Sie lagen auf ihren Schlafsäcken, rauchten und blickten ihn unentwegt an. Jacobsen lächelte ihnen fröhlich zu, und schließlich lächelten sie zurück, als in der Ferne eine Polizeisirene vorüberheulte, die ihn zusammenzucken ließ. Er fürchtete, die Polizei würde ihn suchen. Einer der Neger setzte sich neben Jacobsen und bot ihm eine Zigarette an. So kamen sie ins Gespräch. Wenig später gesellte sich auch der zweite dazu. Jacobsen hatte in seinem Leben noch nie mit Negern gesprochen. Er kramte einige englische Brocken zusammen, worauf die beiden lachten, ihre weißen Zähne leuchten ließen und in bestem Deutsch antworteten. Jacobsen erfuhr, daß sie aus einem afrikanischen Staat stammten, dessen Namen er noch nie gehört hatte. Sie berichteten, sie seien Chemiestudenten; in einem Jahr würden sie in ihr Heimatland zurückkehren, um in einem großen Werk zu arbeiten, das gerade gebaut werde. Jacobsen zog Parallelen zu der Neumühlener Fabrik und fragte, ob durch den Fabrikbau nicht die Umwelt zerstört würde. Die beiden Afrikaner konnten mit dem Begriff ›Umwelt‹ nichts anfangen und blickten ihn fragend an. Jacobsen erklärte ihnen umständlich, was er meinte: Die Natur würde zerstört werden, die Tiere ausgerottet, die Dorfgemeinschaft würde sich durch den Bau größerer Arbeitersiedlungen verändern ... Die beiden Neger schüttelten ihre Köpfe und sahen Jacobsen an, als rede er in einer völlig fremden Sprache mit ihnen. Dieser wiederholte seine Fragen und betonte jede Silbe, weil er glaubte, seine beiden Nachbarn könnten doch nicht genug Deutsch. Als er seine Ausführungen beendet hatte, sagte einer der beiden unter ernstem Kopfnicken: »Unsere Leute zu Hause haben Hunger, Sie verstehen? Deshalb ist die Chemiefabrik wichtig. Sie verstehen?«
Jacobsen verstand und erzählte nun, daß man in seinem Heimatdorf auch eine Fabrik bauen wolle, daß er aber dagegen sei. Er zählte die Gründe auf, weshalb er dagegen war,

aber die beiden Afrikaner verstanden wieder nicht, was er meinte. Jacobsen wiederholte seine Argumente und sagte abschließend: »In meinem Heimatdorf hat niemand Hunger!« Warum man dann eine Fabrik baue, wenn niemand Hunger habe? fragten die Neger.
»Eben«, sagte Jacobsen triumphierend, »deshalb bin ich dagegen!« Aber er war sich nicht sicher, ob die beiden ihn tatsächlich verstanden hatten.
Endlich saß er im Zug. Je näher er dem Norden kam, um so größer wurde seine Freude. Ihm war zumute, als wäre er vier Wochen und nicht nur vier Tage weggewesen. Er verschwendete keine Gedanken mehr an das Sanatorium. Dreimal ging er in den Speisewagen und aß die besten Gerichte mit einem Appetit, wie er ihn lange nicht gehabt hatte. Auf dem Hamburger Hauptbahnhof kaufte er sechs kleine Flaschen Bier, trank sie nacheinander aus und prostete im Geiste trotzig den beiden fernen Ärzten zu. Von Rendenstedt nach Neumühlen nahm er ein Taxi, ließ sich aber nicht vor seinem Haus, sondern bei seinem Freund Adolf Sick absetzen. Er wollte seine Frau nicht am frühen Morgen erschrecken. Sick wollte sich ausschütten vor Lachen, als Jacobsen ihm von seinen Erlebnissen berichtete.
»Du hast also doch mehr Vertrauen in deinen Gott als in die Medizin, was?« fragte er und nahm so die jahrelange Diskussion zwischen ihnen wieder auf, denn er glaubte nicht an Jacobsens Gott.
»So ist es!« bejahte Jacobsen und wappnete sich innerlich gegen die Vorwürfe seines Freundes.
»Und du glaubst also, Er wird dir deinen Herzfehler heilen? Besser, als die Ärzte im Sanatorium es können?«
»Sei nicht albern. Ich habe Vertrauen«, erwiderte Jacobsen.
»Daß Er, der da über den Sternen sitzt, sich ausgerechnet um dein krankes Herz kümmert?«
»Ich habe Vertrauen«, wiederholte Jacobsen.
»Weißt du, was du bist? Ein Feigling!«
»Ich weiß . . .«
»Und du schützt deinen Gott nur vor.«
»Möglich . . .«

»Glaubst du, daß es Ihm gefällt, wenn du dich wie ein Feigling aufführst?«
»Er wird mir verzeihen!«
»Du bist wirklich wie ein Kind!« rief Adolf Sick und wäre bestimmt aufgesprungen, wenn sein Holzbein angeschnallt gewesen wäre. Sie schwiegen eine Weile und starrten sich kampflustig an. Plötzlich lächelte Sick: »Irgendwie mußt du doch verdammt gute Beziehungen haben«, sagte er breit grinsend, »denn während deiner Abwesenheit wollte Sievers ein großes Fest zum Baubeginn der Fabrik veranstalten. Er war froh, weil du ihm nicht an den Karren hättest fahren können!«
Zunächst war Jacobsen verdutzt, dann lachte er fröhlich auf. Er habe ja gleich gewußt, daß er hier gebraucht werde, sagte er, und Sick meinte abschließend: Er sei froh, daß Jacobsen wieder hier sei. So werde er nicht allein gegen Sievers stehen.
Als der Pastor sein Haus betrat, fiel ihm seine Frau schweigend um den Hals. Sie machte ihm keinerlei Vorwürfe; das taten dafür sein Sohn Peter und wenig später Dr. Renz, aber Jacobsen ignorierte, was sie ihm zu sagen hatten.
Am zweiten Morgen nach der Rückkehr des Pastors trat Anton Podizat in Jacobsens Büro und sagte in einem Atemzug mit dem Gutenmorgengruß, er wolle seine Stelle als Hilfsbriefträger aufgeben.
»Und warum?« fragte der Pastor.
»Weil die Neumühlener mir die Schuld geben an allem, was passiert ist.«
»Und nun willst du mich fragen, wie groß deine Schuld ist?«
»Ja.«
»Weil du Zweifel hast?«
»Ja.«
»Erzähl ...«
Und Anton fing an: Er habe sich wohl nie genug um Jürgen gekümmert, habe ihn nicht auf das Leben vorbereitet, nicht auf die Neumühlener Ordnung, nach der sich der Sohn eines Mannes mit einem ›Hilfs‹ vornweg eben nicht mit einer Bauerntochter einlassen dürfe, er habe Sievers nicht informiert und so weiter ... Seine Gedanken verwirrten sich, seine Schuldaufzählung wurde immer länger.

»Ist das alles?« fragte Jacobsen.
Anton nickte.
»Dann werde ich dir etwas sagen, Anton Podizat. Benimm dich nicht wie ein Narr. Dich trifft keinerlei Schuld an dem Vorfall in der Scheune. Es war ein Unglück. Und dich trifft auch keinerlei Schuld daran, daß Otto jetzt auf dem Jahrmarkt auftritt. Ich vermute, er ist dort glücklicher, als er es hier jemals war. Und noch was«, sagte er mit erhobener Stimme, als Anton etwas einwerfen wollte, »dir hat man hier übel mitgespielt. Dich hat man von einem Tag auf den anderen aus deinem Häuschen hinausgeworfen, als wärst du ein Hund und hättest keine Rechte. Die sollen es ja wagen, dir dumm zu kommen, da können sie ihren Pastor erleben . . .!«
Jacobsen bekam einen roten Kopf und atmete schwer. Anton wußte nicht, ob das von seiner Wut oder von seiner Krankheit herrührte. »Die spielen hier bald alle verrückt«, fuhr der Pastor mit erhobener Stimme fort, »du wirst es sehen. Wenn die Fabrik gebaut wird, wird hier manches anders werden. Viele Fremde werden herziehen, denn die Fabrik braucht Arbeiter. Neue Häuser werden gebaut werden. Bauern werden Land verkaufen. Sie werden glauben, ein gutes Geschäft zu machen. Das machen sie sicher auch. Ich gönne es ihnen. Aber wir werden Neumühlen nicht wiedererkennen. Änderungen müssen vielleicht sein, aber ich zweifle, daß Neumühlen auf sie vorbereitet ist. Und deshalb bitte ich dich, Anton, daß du mit mir zur Fabrikfeier gehst.«
»Was soll ich da tun?« fragte Anton erschrocken.
»Gar nichts, nur mitkommen!«
»Das kann ich nicht . . .«
»Und warum nicht?«
Anton schwieg und sah hinunter auf seine Schuhe.
»Ich werde dir sagen, warum du nicht mitkommen willst: Weil du dir ein schlechtes Gewissen einredest. Trag deinen Kopf hoch! Du kannst es dir leisten, und was deinen Jürgen angeht, den ich ja auch ganz gut kenne, da bin ich fest überzeugt, daß er seinen Weg machen wird, wo er auch ist und wohin er auch gehen wird.«
Anton blickte den Pastor mit großen Augen an.

»Eines schönen Tages wird er zurückkommen, als ein Mann. Das mag einige Zeit dauern, aber ich bin überzeugt, daß er zurückkommen wird. Jetzt hat er noch mit sich selbst zu tun. Sicher leidet er. Von Hause wegzugehen und eine Liebe verloren zu haben, ist etwas Schlimmes. Aber er kommt da durch. Er ist ja dein Sohn!«
Ein stolzes Lächeln verklärte nun Antons Gesicht. Er reichte dem Pastor die Hand und ging hinaus. Draußen gab er sich einen Ruck. Jacobsen hatte recht: Sollte kommen, was wollte, er würde Briefträger bleiben. Von nun an ging er wieder durch Neumühlen, wie er immer durch das Dorf gegangen war: bereit, sich über Neuigkeiten zu unterhalten, und bereit, sie weiterzuerzählen. Wenn ihn jemand nach Jürgen fragte, antwortete er mit den letzten Sätzen Jacobsens.

3

Der Sonnabend Ende Mai, an dem die Fabrikleitung aus Rendenstedt zusammen mit den Neumühlenern den Beginn der Bauarbeiten für das neue Zweigwerk feiern wollte, war gekommen. Zwar waren die Planierungsarbeiten schon seit einiger Zeit im Gang, aber sie liefen noch mit halber Kraft. Am Montag nach der Feier sollten sie richtig beginnen. Die Fabrikherren wußten zwar, daß es einige Fabrikgegner im Dorf gab, doch nahmen sie die nicht recht ernst, sondern waren vielmehr überzeugt davon, mit dieser Feier das ganze Dorf endgültig für sich gewinnen zu können.
Ob nun Fabrikfreund oder -gegner, das ganze Dorf hatte sich an diesem heißen, drückenden Tag vor und in der Gastwirtschaft Lafrenz versammelt, denn es gab Freibier und Bratwürste für eine Mark. Adolf Sick hatte Lafrenz zwar grobe Vorwürfe gemacht, daß er dieses Fest ausrichtete, aber der hatte nur gegrinst, Sick einen alten Dickschädel genannt und seine Vorbereitungen keinen Moment lang unterbrochen.
Schon von weitem hörte man die Feuerwehrkapelle unter

Klaus Henningsens Leitung aufspielen. Sie hatte für den heutigen Anlaß einige Schlager eingeübt, die gerade gängig waren, und spielte sie nun unermüdlich. Dabei gerieten die Männer manchmal durcheinander, so daß die Melodie nicht mehr recht zu erkennen war, aber Klaus Henningsen gelang es immer wieder, seine schrill tönenden Musikanten mit heftigen Taktstockschlägen zusammenzubringen.

Die Rendenstedter Fabrikleitung hatte den stellvertretenden Direktor der AGOPA, Herrn Dr. Schwarz, einen graumelierten eleganten Herrn mit stechenden Augen, nach Neumühlen geschickt. Er hatte seine Frau und seine Tochter Wiebke mitgebracht, ein schönes dunkelhaariges Mädchen, das verwundert auf das Gedrängel schaute.

Die Leute standen an den Bier- und Würstchenständen, wanderten in Gruppen umher, tranken, lachten, grölten, schimpften, ließen sich die Bierkrüge füllen und warteten, was geschehen würde. Auf den ersten Blick war nicht zu erkennen, daß sich da zwei Parteien gegenüberstanden. Die eine hatte sich um Altbürgermeister Adolf Sick geschart, die andere um Sievers, zur ersten gehörten junge Männer und Mädchen, zur zweiten die älteren, die sich von der künftigen Fabrik etwas versprachen. Die meisten waren jedoch nur gekommen, um zu essen, zu trinken und zu feiern.

Sievers und sein Anhang hielten sich in der Nähe von Dr. Schwarz auf. Dieser drückte dem Bürgermeister einige Male die Hand, um ihm zu zeigen, wie zufrieden er mit ihm war. Auch Tetens und Kock drückte er die Hände. Der vierte Befürworter, Enno Frahm, war nicht anwesend.

Fräulein Regensburg, die neben ihrer Lehrertätigkeit auch für die Rendenstedter Zeitung festhielt, was es aus Neumühlen an Wichtigem zu berichten gab, fotografierte die zufriedenen Herren. Als Sievers einige Krüge Bier geleert hatte, begann er nun seinerseits dem Direktor aus Rendenstedt die Hand zu drücken, als wollte er sich mit ihm verbrüdern. Nach dem zehnten Male wurde das Dr. Schwarz ziemlich lästig. Sievers war dennoch nicht ganz wohl. Immer wieder blickte er über die turbulente Festgesellschaft und versuchte den Pastor auszumachen, aber der war noch nicht gekommen.

Adolf Sick stand inmitten seiner jugendlichen Anhänger. Man wußte nicht recht, was man unternehmen sollte. Auch wenn sie die Fabrik nicht mehr würden verhindern können, wollten sie trotzdem demonstrieren, daß sie gegen sie waren, heute und in Zukunft. Sie standen herum, hielten Bierkrüge in den Händen, tranken und sahen mißmutig zu Sievers und Dr. Schwarz hinüber. In der Sick-Gruppe befanden sich Peter Jacobsen, Hans Renz, Klaus Schicke, Otto Hammer, Dieter Wittke, die beiden Jungmann-Söhne, auch der junge Kock, Waltraut Sievers, Ellen Bandholz und einige andere. Sie wußten, warum sie gegen die Fabrik waren, aber es fehlte ihnen eine Art Schlachtruf. Peter Jacobsen, der Student, sprach aus, was sie sich gut zu eigen machen konnten. Er nannte den Begriff ›Umweltzerstörung‹, und schon hatten sie eine griffige Parole, die sich sehr rhythmisch rufen ließ. In erster Linie aber hatten die Fabrikgegner, und unter ihnen vor allem Adolf Sick, etwas gegen das viele Geld, das Sievers mit dem Verkauf seiner Wiesen verdient hatte. Waltraut Sievers hatte sich der Gruppe der Gegner angeschlossen, weil ihr Vater sie immer nachdrücklicher drängte, den Bauernsohn Bodo Thede zu heiraten; Ellen Bandholz befand sich in dieser Gruppe, weil Hans Renz dabei war; Klaus Schicke wäre lieber bei den Fabrikbefürwortern gewesen, einmal, um seinem Vater einen Gefallen zu tun, zum anderen, um in die Nähe von Wiebke Schwarz zu gelangen, von der er kein Auge ließ. Warum Lehrer Schicke bei den Fabrikbefürwortern stand und nicht bei ihren Gegnern, wußte niemand, am wenigsten wohl er selbst.
Da man nicht recht wußte, was man eigentlich unternehmen sollte, drängte man auf Peter Jacobsens Geheiß hinüber zu den beiden Bierständen, wo die Befürworter gerade zusammenstanden. Es kam zu einigen Schubsereien und Beschimpfungen, dann hatten die Gegner die Befürworter beiseite gedrängt. Rektor Herbig, der bei den Gegnern war, sich seines Alters wegen aber ein wenig abseits hielt, mahnte den Altbürgermeister Sick, ja nichts Unbedachtes zu unternehmen.
Einige Väter waren empört, als sie ihre Söhne und Töchter bei der Sick-Gruppe sahen. Sie schimpften und schrien, aber nur

Klaus Schicke ging daraufhin zu seinem Vater hinüber, eher jedoch zu Wiebke Schwarz. Schicke empfing ihn schimpfend, und Klaus benötigte einige Minuten, um ihm klarzumachen, daß er ja neulich auch gegen die Fabrik gestimmt habe, sich also bei der falschen Gruppe aufhalte. Darüber mußte Schicke lange nachdenken. Er konnte sich an nichts mehr erinnern.

Vor den Bierständen war ein reges Hinundhergedränge entstanden, bei dem sich Schuster Tetens, Bäcker Hammer und Wittke, der Inhaber des Kleidergeschäfts, besonders hervortaten. Inmitten des Trubels stand Adolf Sick. Sievers wollte es auf keinen Fall zu einer Auseinandersetzung mit seinem Vorgänger kommen lassen, denn das hätte seinem Ansehen beim Fabrikherrn Dr. Schwarz nur geschadet. Dieser runzelte bereits seine Stirn. Er hatte nicht gewußt, daß es im Dorf so viele Fabrikgegner gab. Das hatte ihm Sievers verschwiegen. Dr. Schwarz schüttelte sein graumeliertes Haupt und machte dem Bürgermeister Vorhaltungen. Sievers glaubte jetzt doch, Mut beweisen zu müssen. Die Fabrikgegner umstanden nämlich die Bierstände in dichten Gruppen, so daß die Befürworter sich nicht nachschenken lassen konnten. Adolf Sick hielt eine kurze Rede. Er sagte: Neumühlen werde in alle Ewigkeit ein Bauerndorf bleiben, da könnten noch so viele Fabriken gebaut werden. Eines Tages werde man sie wieder einreißen! Seine jungen Anhänger johlten, klatschten und sahen trotzig zu Sievers hinüber.

Da reckte sich der Bürgermeister und ging gemessenen Schrittes auf die Gruppe seiner Gegner zu, man öffnete ihm eine Gasse, er baute sich vor Adolf Sick auf, stemmte seine Arme in die Hüften und brüllte, so laut er konnte, denn Dr. Schwarz beobachtete ihn: »Adolf Sick! Du weißt wohl nicht, was Demokratie ist!«

»Was weiß ich nicht?« rief Adolf Sick und stellte seinen Krug ab, um beide Hände frei zu haben.

»Was Demokratie ist!« wiederholte Sievers.

»Was ist denn Demokratie, kannst du mir das vielleicht sagen?«

»Demokratie ist, daß wir abgestimmt haben und die Fabrik

wollen!« rief Sievers lautstark, damit ihn auch Dr. Schwarz hörte. Während die einen Beifall klatschten, buhten die anderen. Adolf Sick wartete, bis es ruhig geworden war und brüllte dann doppelt so laut wie Sievers: »Deine Demokratie ist, daß du für den Verkauf deiner Wiesen eine Menge Geld verdienst!« Die Sache mit dem Stimmkauf Enno Frahms wollte er lieber doch nicht erwähnen, er hätte früher auch mit diesen Mitteln Politik gemacht.
Sievers wurde rot, noch röter, als er sowieso schon war, stellte sich auf die Zehenspitzen und schrie Adolf Sick ins Gesicht: »Was kann ich dafür, daß die die Fabrik auf meinen Wiesen wollen!«
»Als ich Bürgermeister war«, brüllte Adolf Sick zurück, »hab' ich solche Geschäfte nicht gemacht!«
Sievers war außer sich vor Wut, sein Gesicht lief blau an. Er ging auf Adolf Sick los und packte ihn am Jackenaufschlag, der wollte sich wehren und Sievers auf die Arme schlagen, verlor aber das Gleichgewicht, denn er konnte sich auf seinem Holzbein nicht halten, taumelte nach hinten, riß den Bierstand um und schlug mit dem Kopf gegen ein Faß. Sievers, der sich gleichfalls nicht halten konnte, fiel über ihn. So lagen der alte und der derzeitige Bürgermeister von Neumühlen in einer Bierlache und zerrten aneinander herum. Adolf Sicks Kräfte ließen nach, er fühlte einen stechenden Schmerz im Genick, sein Beinstumpf begann zu brennen. Zwischen Anhängern und Gegnern drohte eine Schlägerei auszubrechen. Sievers wurde hochgezerrt und fortgestoßen. Viele Hände halfen Adolf Sick auf die Beine. Er sah glasig in die Runde, massierte sein Genick und stieß leise Flüche aus.
Sievers' schöner Sonntagsanzug war verdreckt, er roch nach Bier, seine Haare standen nach allen Seiten vom Kopf ab, er hatte einen Schuh verloren, zwei Jackenknöpfe waren abgerissen. Beschämt trat er neben Dr. Schwarz, der zum diesigen Himmel emporblickte und den Kopf schüttelte. Das gehe ja nun wirklich nicht, zischte er, was sei denn das für ein Dorf, wo erwachsene Männer sich prügelten! Den Rest der Vorwürfe konnte Sievers nicht mehr verstehen, denn die Feuerwehrkapelle begann wieder zu spielen, was sie während des

Vorfalls vergessen hatte. Jetzt intonierte sie die nordische Hymne »Schleswig-Holstein meerumschlungen«.
Dr. Schwarz hatte genug von der Feier. Schließlich war er mit bestem Willen hierhergekommen, aber nun galt es nur noch zu retten, was zu retten war. Er kletterte energischen Schrittes auf ein Podest, an dessen Vorderfront die schleswig-holsteinische und die Fabrikfahne angebracht waren, breitete seine Arme aus, die Musik hörte auf zu spielen, und er begann eine Rede zu verlesen. Mit wohlklingender Stimme sagte er, welch gute Entscheidung es für das Dorf doch sei, sich für die Fabrik entschieden zu haben. Wie wichtig es sei, daß die Dörfer des Landes sich für den Fortschritt entschlössen, und ähnliches mehr... Doch es hörten ihm nicht viele zu. Man machte sich Sorgen um Adolf Sick, der die ganze Zeit benommen an den wieder aufgerichteten Bierstand gelehnt dagestanden hatte und jetzt, langsam humpelnd, den Festplatz verließ. Was alle verwunderte, war, daß Magda Stender ihn stützte. Jahrzehntelang hatte sie auf diese Gelegenheit gewartet, jetzt nahm sie sie wahr, und Adolf Sick ließ sich gefallen, daß sie ihre knochige Schulter unter seinen Arm schob und seinen massigen Leib umfaßte. So humpelten sie beide die Straße entlang, bis sie um eine Biegung verschwunden waren.
Während Dr. Schwarz noch redete, Sievers beschämt zu Boden blickte und eine allgemeine Unruhe entstand, spürte Hans Renz plötzlich, wie eine weiche Hand sich in die seine legte. Eine heiße Welle durchfuhr ihn, er stand starr und sah nicht zur Seite, sah überhaupt nirgendwohin, umfaßte nur die weiche Hand und drückte sie. Die Hand erwiderte den Druck und zog ihn dann aus der Menge, zog ihn auf die Straße und hinter die Gastwirtschaft. Hier hielten Hans Renz und Ellen Bandholz an, sahen sich lachend und fröhlich in die Augen, dann küßten sie sich. Auf diesen Moment hatten sie schon so lange gewartet, davon hatten sie seit Ewigkeiten geträumt. Sie drängten sich aneinander, streichelten sich und sagten kein Wort, lächelten, umarmten sich erneut, küßten sich und sahen sich wieder an. Dann liefen sie aus dem Dorf hinaus, einen Feldweg hinunter, kletterten über ein Wiesengatter, überquerten die Wiese und erreichten schließlich das Fluß-

ufer. Hier lag, im Schilf verborgen, Otto Löllholz' alter Kahn. Hans ruderte Ellen hinaus auf den Fluß, zog die Riemen ein, balancierte zu ihr hinüber und setzte sich neben sie. Nun endlich begannen sie miteinander zu reden; leise und zärtlich sagten sie alles, was sie sich längst hatten sagen wollen und sich so oft in Gedanken gesagt hatten. Das Boot trieb immer weiter von Neumühlen weg, drehte sich ein paarmal um seine Achse und geriet schließlich ins dichte Schilf.

Über den Festplatz dröhnte jetzt Sievers' Stimme. Er redete laut und fuhr mit den Armen in der Luft herum, führte sich auf wie ein Volksredner auf dem Jahrmarkt, lobte und verteidigte den Gemeinderatsbeschluß und hob schreiend hervor, wie großartig dieser sei und wie wichtig für Neumühlens Zukunft. Arbeitsplätze würden geschaffen, Steuern würden eingenommen, neue Siedlungen würden gebaut werden. Das Dorf sehe einer herrlichen Zukunft entgegen ...!
Niemand wagte Sievers zu unterbrechen, man war beeindruckt von seiner Redekunst, die eigentlich gar nicht in den Norden paßte. Was er sagte, war im Grunde gleichgültig, er hätte auch irgendwelchen Unsinn reden können. Wie er es sagte, gefiel den Leuten. Auf dem Höhepunkt eines langen Satzes, als er gerade drohend die Faust hob und dabei auf und nieder hüpfte, betraten Jacobsen und Anton Podizat den Festplatz. Der Pastor war nicht zu übersehen mit seinem kugelrunden Glatzkopf, der leuchtenden Narbe und dem langen, schwarzen Mantel, den er trotz der Hitze trug. Er blickte Sievers unentwegt an. Dieser hielt den langen Rest seiner Rede nur noch für ihn. Durch kein Wimperzucken verriet Jacobsen, was er über Sievers' schreiendes Herumgeturne dachte. Aber Sievers wollte ihn überzeugen – nur ihn, er war der wichtigste von allen.
Er begann seine Rede noch einmal von vorn, als Enno Frahm volltrunken herantorkelte. Er trug einen speckigen, dunkelblauen Arbeitsanzug und einen zerfaserten, löchrigen Strohhut. Seine Augen waren blutunterlaufen, sein Gesicht gedunsen. Zwischen den Fingern hielt er eine zerknautschte Zigarre. Er konnte nur mühsam einen Fuß vor den anderen setzen

und drohte fortwährend umzufallen. Wie ein Hilfesuchender stelzte er auf Anton zu und lehnte sich schwer auf dessen Schulter. Während Sievers langsam zum Ende seiner Rede kam, hob Enno Frahm fahrig die Hand und lallte: »Recht hat er, unser Bürgermeister, recht hat er! Er hat verdammt recht, daß er die Fabrik bauen läßt. Hoch, unser Bürgermeister! Hoch Sievers!«
Die Neumühlener waren ziemlich verwundert über Enno Frahms merkwürdiges Betragen, obwohl man mittlerweile wußte, daß er von Sievers einen hohen Kredit erhalten hatte und praktisch gekauft worden war.
»Glotzt nicht so!« rief Frahm in die Runde. »Mir habt ihr die Fabrik genauso zu verdanken wie dem Bürgermeister! Hoch unser Bürgermeister! Hoch Sievers!!!« rief er noch einmal und sackte dann langsam zusammen.
Sievers winkte leutselig vom Podest herunter, leuchtender Stolz überzog sein Gesicht. Dr. Schwarz drückte ihm die Hand. Mit dieser Rede wäre der offizielle Teil der Feier eigentlich beendet gewesen, aber da geschah, was Sievers befürchtet hatte: Jacobsen drängte sich nach vorn. Seine riesige Gestalt war von überall gut zu sehen, so daß er nicht auf das Podest zu steigen brauchte. Er wartete, bis alle ruhig waren. Sievers funkelte ihn böse an und mußte Dr. Schwarz erklären, wer dieser respektheischende Mann war. Dr. Schwarz blickte resigniert zum Himmel, über den dichtgeballte schwarze Wolken trieben. Möchte es doch einen Wolkenbruch geben, bevor er anfangen kann zu reden, dachte er.
»Liebe Brüder«, sagte Jacobsen leise, aber dennoch verstand ihn jeder auf dem weiten Platz. Man wunderte sich über diese merkwürdige Anrede, die er sonst nur in der Kirche gebrauchte. Er machte eine längere Pause, sah sich um und schien jedem einzelnen ins Gesicht zu sehen.
»Liebe Brüder«, wiederholte er nach einer Weile, »ihr werdet sicher verstehen, daß ich als euer Pastor an diesem Tage auch ein paar Worte an euch richte ...«
»Klar doch«, rief jemand, »gib's dem Sievers!«
Jacobsen fuhr mit zunehmender Lautstärke fort: »Es ist sogar meine Pflicht, zu euch zu sprechen, mein Amt gebietet es mir.

Ich halte die Fabrik für Unsinn, sie nützt niemandem außer sich selbst. Unser Dorf wird an ihr Schaden erleiden! Ich bin bestimmt kein Konservativer, der jeden Fortschritt von vornherein verwirft. Ich sage nur, daß es verantwortungslos ist, mitten in ein in Jahrhunderten gewachsenes Dorf einen Industriebetrieb zu setzen. Er wird die sozialen Strukturen verändern, weil er Arbeiter braucht. Er wird die Ökonomie verändern, weil manche von euch ihre Höfe aufgeben und in der Fabrik arbeiten werden. Er wird die Ökologie verändern, weil er Luft und Wasser verpesten wird, und er wird die Infrastruktur beeinflussen, weil Siedlungen für die Arbeiter gebaut werden müssen. Das einmal vorweg!«

Diese gewichtigen Sätze mit den vielen Fremdwörtern verstanden die meisten Neumühlener nicht. Sie wunderten sich, daß der Pastor so reden konnte. Dr. Schwarz aber verstand sehr gut, von was Jacobsen da sprach. Er flüsterte Sievers heftig ins Ohr. Der zuckte mit den Schultern. Langsam war Dr. Schwarz überzeugt, daß die Fabrikleitung einen Fehler gemacht hatte, Neumühlen als Standort für ein Zweigwerk ausgesucht zu haben.

»Und dann möchte ich daran erinnern, daß einer von uns mit seiner Frau aus seinem Häuschen vertrieben wurde, um dem Fortschritt Platz zu machen. Für mich ein eindeutiges Symbol!«

Dr. Schwarz redete noch heftiger auf Sievers ein, doch der zuckte weiterhin nur mit den Schultern.

»Ich werde«, schloß Jacobsen plötzlich wieder leise sprechend, »mich dagegen empören, solange ich es noch kann, daß eines fragwürdigen Fortschritts wegen das Glück des einzelnen geopfert wird. Und ihr, die ihr für die Fabrik seid, werdet diese Empörung zu spüren bekommen!«

Es war still geworden auf dem Platz. Die Leute standen da, sahen zu Jacobsen hin und waren betroffen von der Ernsthaftigkeit seiner Rede. Auch die Befürworter bekamen plötzlich Zweifel, ob die Fabrik tatsächlich für alle notwendig war oder doch nur für wenige. Jacobsen ging in die Gastwirtschaft, wo er sich auf einen Stuhl fallen ließ und von seiner Anstrengung verschnaufte. Sein Sohn Peter eilte zu ihm, gefolgt von anderen, denen er aus dem Herzen gesprochen hatte.

»Mein Gott, das ist ja schrecklich«, rief Dr. Schwarz. »Lebt man denn in diesem Kaff hinter dem Mond? Saufen könnt ihr, und Bratwürste fressen könnt ihr! Alles von unserem Geld! Aber Vertrag ist Vertrag, Sievers. Ab Montag wird gebaut! Ist das klar?«

»Ja«, murmelte Sievers, »natürlich.«

»Warum haben Sie mir von der breiten Opposition gegen die Fabrik nichts gesagt? Warum nur nicht? Hier ist ja niemand darauf vorbereitet. Wenn wir das gewußt hätten, hätten wir doch eine breite Aufklärungskampagne abrollen lassen. Warum haben Sie mir nicht gesagt, daß der Pastor etwas gegen die Fabrik hat? Eine Unterredung mit ihm, und er hätte nicht solchen Unsinn gefaselt!« Dr. Schwarz redete sich in hellsten Zorn.

»Er sollte eigentlich in Kur sein«, sagte Sievers und fügt plötzlich wütend hinzu: »Das ist alles Schuld von Anton Podizat!«

»Wessen Schuld?«

»Von dem da!« rief Sievers und deutete auf den Briefträger, der immer noch Mühe mit dem lallend umhertorkelnden Enno Frahm hatte. Dieser Mann mit dem einfachen sonnenbraunen Gesicht, der da stand und darauf achtgab, daß ein Betrunkener nirgends gegenlief oder umfiel, sollte der wahre Schuldige sein? Dr. Schwarz winkte ab. Er wandte sich zu seiner Frau, die die gesamte Zeit verständnislos lächelnd neben ihm gestanden hatte, sagte ihr ein paar abfällige Worte über Neumühlen und wollte aufbrechen, doch war Wiebke, seine Tochter, nirgendwo zu sehen.

Die Neumühlener waren von der Rede ihres Pastors so beeindruckt, daß sie in aller Eile ein drittes Faß Bier leertranken und die restlichen, reichlich lauen Bratwürste aufaßen. Überall standen Gruppen und Grüppchen heftig diskutierender Männer, Frauen und Jugendlicher zusammen und schrien sich an. Die Rede des Pastors hatte alle beunruhigt. Es widerte Dr. Schwarz an, sich unter den biertrinkenden Dörflern bewegen und völlig unsinnige Diskussionen anhören zu müssen. Wir werden euch die Fabrik vor die Nase setzen, ob ihr wollt oder nicht, dachte er. Ihr werdet euch noch wundern! Hinter einem schiefen Schuppen am Ende des Platzes sah er seine Tochter in enger Umarmung mit einem dieser Dorflümmel. Er lief zu ihnen hin und riß sie auseinander. Klaus Schicke taumelte zurück und stand betreten da. Dr. Schwarz blickte ihn voller Verachtung an und zerrte Wiebke zum Mercedes, in dem der dösende Fahrer hochschreckte, verfrachtete sie neben seine Frau auf den Rücksitz und fuhr ab. Klaus sah dem Wagen nach. Er war so glücklich, wie er es noch nie gewesen war . . .

Enno Frahm torkelte gröhlend über den Platz, stolperte und wäre lang hingeschlagen, hätte Anton ihn nicht wieder aufgefangen. Er schleppte ihn zu einer Eiche und lehnte ihn gegen den Stamm. So konnte er nicht sehen, wie Sievers auf ihn zueilte: Er ruderte mit den Armen, sein Kopf zuckte vor und zurück, seine Augen quollen vor, der Mund war halb geöffnet und stieß wütende Schnaufer aus. Anton half Enno Frahm, sich zu setzen, und hörte ihn seltsame Dinge murmeln, die er aber nicht recht zusammenbringen konnte.

Da stand Sievers auch schon vor ihm: »Anton Podizat«, zischte er, atemlos vor Wut, »das ist alles deine Schuld! Du hast den Pastor aufgehetzt. Du, der einen Sohn hat, der fast ein Mörder ist. Für vierzig Mark hast du jahrelang in meinem Häuschen wohnen dürfen. Ja, es war mein Haus«, rief er in die Runde der einen engen Kreis bildenden Neumühlener, »mein Haus war es, und ich konnte damit machen, was ich wollte. Du bist undankbar, Anton Podizat, und gerissen, genauso gerissen wie dein Sohn.« Er spuckte in seiner unbändigen Wut vor Anton aus, wandte sich ab und verließ fluchtartig den Festplatz.

Einen Moment lang waren alle still. Sie mußten darüber nachdenken, was ihr Bürgermeister da gesagt hatte, mußten es abwägen und prüfen. Rektor Herbig trat auf Anton zu, hielt ihm seinen Bierkrug hin und lächelte aufmunternd. Anton nahm den Krug und trank. Er sagte nichts, wußte auch gar nicht, was er hätte sagen sollen. Zur Hälfte hatte Sievers mit seinen Beschuldigungen ja recht. Er hatte ja wirklich für

vierzig Mark im Monat in dem Häuschen gewohnt. Oder hatte Sievers etwa ganz und gar recht? Hatte er den Pastor wirklich aufgehetzt?
Fräulein Regensburg trat zu Anton, lächelte und sagte, er solle sich das alles nicht so zu Herzen nehmen. Und plötzlich waren auch Herr und Frau Scheller bei Anton, dann kam Jungmann mit seinen Söhnen, sogar Schuster Tetens, der eigentlich für die Fabrik war, Hilde Borrmann und ihr Konrad, der junge Kock, Hans Renz, Klaus Schicke und viele andere traten zu Anton, griffen seine Hände und schüttelten sie. Niemand sagte etwas. Sie lächelten, tranken, schlugen Anton auf die Schulter und nickten ihm aufmunternd zu. Mehr brauchten sie nicht zu tun, um zu zeigen, daß sie ihn mochten.

4

In den nächsten Wochen war das Gedröhn der schweren Baumaschinen überall im Dorf zu hören, es klang wie fernes Gewittergrollen. Die Neumühlener lauschten den ungewohnten Geräuschen, hielten die Köpfe schief und zogen nachdenkliche Gesichter. Erst gegen Abend wurde es leiser und verstummte schließlich ganz, doch da kehrten die fremden Bauarbeiter bei Lafrenz ein und schlugen skatspielend ihre Fäuste auf die Tische. Es waren junge, kräftige Männer, die ihre Arbeit verrichteten und denen egal war, wo sie es taten, in Neumühlen oder anderswo. Sie kümmerten sich nicht um die Stirnfalten der Dorfbewohner, waren gewohnt, als Fremde zu kommen und als Fremde zu gehen. Sie mußten ihre Arbeit tun und sonst nichts: eine Fabrik sollte gebaut werden.
Katharina Stamp bewohnte mit ihrer Schwester Annegret ein ehemaliges Gasthaus am Ende des Dorfs, dort, wo die Straße eine Biegung macht. Nach dem Tode ihres Mannes vor einigen Jahren hatte sie es geschlossen, da sie es allein nicht bewirtschaften konnte. Als sie hörte, daß die Fabrik gebaut

werden sollte und viele Arbeiter nach Neumühlen kommen würden, machte sie nicht nur das Gasthaus wieder auf, sondern richtete einige Fremdenzimmer ein. Nun konnte sie den Arbeitern eine billige Unterkunft bieten, worüber sich Lafrenz erst maßlos ärgerte, dann jedoch gleichfalls Zimmer herrichtete und Katharina Stamp preislich unterbot.
So verteilten sich die Arbeiter auf beide Gasthäuser und vertrieben sich die Zeit, so gut es ging, mit Trinken, Skatspielen und Fernsehen. Einige von ihnen begannen den Mädchen nachzustellen, manche meist sehr kurze Liebschaft begann. Den meisten Erfolg bei den Bauarbeitern hatte Frauke Ohm, die Tochter eines Breitenfelder Bauern. Sie stand abends am Tor, ließ ihre Haare rot leuchten, schwenkte ein kleines Täschchen und grinste herausfordernd. Die Bauarbeiter überboten sich gegenseitig in dem Betrag, der für einen Gang mit Frauke in einen alten Schuppen anzulegen war. Sie verdiente sehr gut bei ihrem Geschäft und hatte bald so viel Geld zusammen, daß sie sich einen großen Wagen kaufen konnte. Mit dem wartete sie sogar in der Mittagspause am Baugelände.
Man regte sich auf über Fraukes Tätigkeit. Man regte sich auch auf über den Lärm, über die Staubwolken, die durch das Dorf zogen und sich auf Dächer, Türen und Fensterbretter niederschlugen, sowie über die schweren Lastwagen, die die Wege mit ihren dicken Rädern durchfurchten und die Straßen mit Lehmklumpen verdreckten. Manchmal schien es, als sei das ganze Dorf eine einzige Baustelle.
Wenn die Fabrik erst stehe, werde sich alles wieder zum Guten wenden, in der gegenwärtigen Zeit des Übergangs müßten Opfer gebracht werden, dafür sei es später um so schöner, sagte Sievers mindestens zehnmal am Tag. Er hatte sich diesen Satz zurechtgelegt und fand ihn sehr gut. Wenn er ihn aussprach, kam er sich vor wie ein Politiker in Krisenzeiten. Doch sicher fühlte er sich nicht. So einfach würden der Pastor und Adolf Sick sich nicht geschlagen geben. Gerade daß er von ihnen nichts hörte, machte ihn mißtrauisch. Einmal ging er zu Adolf Sick, um mit ihm zu sprechen, aber er wurde an der Tür abgewiesen. Magda Stender schickte ihn

mit der Bemerkung weg, er solle ein anderes Mal wiederkommen, Adolf gehe es nicht gut.
Sick hatte sich von dem Sturz auf dem Festplatz während der Fabrikfeier nicht recht erholt. Er wußte, daß er sich wohl nie mehr erholen würde, ja, er ahnte manchmal, daß er nicht mehr allzu lange zu leben hätte. Ein dauernder Kopfschmerz war geblieben, sein Beinstumpf drückte und brannte und mußte mit Salben behandelt werden. Verwundert nahm er wahr, daß seine Kräfte schwanden, seine Hände zitterten und sein Appetit nachließ.
Seit seinem Sturz auf dem Festplatz lebte Magda Stender bei ihm. Ihren kleinen Kaufmannsladen hatte sie für die Zeit, die sie bei Adolf sein würde, ihrer Schwester übergeben. Sie war, als wäre es die selbstverständlichste Sache der Welt, zu Adolf gezogen und hatte sich eine der vielen Kammern in dem großen Bauernhaus eingerichtet. Von morgens bis abends sorgte sie aufopfernd für ihn. Sick fragte nie, warum sie plötzlich gekommen war und nun tat, als wäre sie immer dagewesen. Die wenige Zeit, die ihr mit Adolf noch blieb, füllte sie mit all der Liebe und Fürsorge, die sie gern schon dreißig Jahre früher gegeben hätte, denn so lange liebte sie Adolf schon, aber er hatte dies nie wahrgenommen. Sie sprachen nicht über die vielen Jahre, in denen sie aneinander vorbeigelebt hatten. Was sollten sie auch über eine Vergangenheit reden, die sie versäumt hatten. Was allein noch zählte, waren die Gegenwart und die knapp bemessene Zukunft. Sie saßen oft zusammen im Wohnraum. Sie redeten nicht viel, es genügte ihnen, daß sie beieinander waren.
An einem regnerischen Sommerabend, als sie von der in den Raum fallenden Dunkelheit langsam umschlossen wurden, daß einer den anderen schließlich nicht mehr erkennen konnte, sagte Adolf nach langem Schweigen: »Ich werde bald tot sein.«
Magda blieb still, weil es darauf nichts zu antworten gab.
»Wenn ich tot bin«, fuhr Adolf Sick fort, »dann schreibst du einem Werner Heske nach Klein-Flottbek, daß er hierherkommen soll.«
»Ja«, versprach Magda.

»Er wird meinen Hof bekommen.«
»Ja«, sagte Magda.
»Dieser Werner Heske ist mein Sohn – wohl der einzige, den ich habe«, fügte Adolf leise hinzu.
»Ja«, sagte Magda einfach, »ich mach' es, wie du willst.«
»Er studiert in Hamburg Landwirtschaft. Ich bezahle sein Studium.« Adolf sinnierte einige Minuten, als ob er die Vergangenheit heraufbeschwören wollte, und fuhr dann fort: »Es gibt nur eine Liebe im Leben. Seine Mutter war meine. Aber sie hat damals einen anderen geheiratet, weil sie nicht Bäuerin werden wollte.«
Seine Sätze taten Magda weh; diese in Neumühlen unbekannte Liebesgeschichte war also der Grund, weshalb Adolf Sick nie geheiratet hatte. Dabei hätte er viele Frauen haben können, obwohl er nur mit einem Bein aus dem Krieg zurückgekommen war.
An anderen Abenden sprach er über die Aufbauzeit nach dem großen Krieg: über die Flüchtlinge, für die er gesorgt hatte, über die Straße von Rendenstedt an die Nordseeküste. Er war stolz, damals erreicht zu haben, daß sie mitten durch Neumühlen geführt wurde. Er hatte die Brücke über den Fluß nach Breitenfeld errichten lassen, hatte den Bau einer Meierei veranlaßt, hatte dafür gesorgt, daß das Dorf wieder einen Doktor bekam, nachdem der alte gestorben war. Dieses alles und vieles mehr hatte er für sein Dorf tun können, und das befriedigte ihn, denn er hatte Neumühlen zu dem gemacht, was es war: zu einem Dorf, in dem jeder gern lebte.
Vor zehn Jahren war er von seinem Amt zurückgetreten und hatte für seine Verdienste sogar einen Orden bekommen. Er hatte Sievers als Nachfolger vorgeschlagen, und der war auch gewählt worden. Heute glaubte er, damit einen Fehler gemacht zu haben, denn es schien, daß Sievers für das Dorf ein Unglück war.
Auch wenn sich Adolf noch so krank fühlte – jeden Morgen stand er auf, ging über seinen Hof, wies Arbeiter und Mägde an, betrachtete mit fachmännischem Blick das Wachstum der Tiere und fuhr auf die Felder hinaus, wo er die Arbeiten überwachte. Er saß am Feldrand auf einem Stuhl, die Hände

auf einen Stock gestützt, und rief seine Anweisungen hinüber, obgleich seine Leute seit Jahren wußten, was sie zu tun hatten.
Jetzt hatte er auch Zeit für Gespräche. Es waren merkwürdige Gespräche, die er mit allen Leuten führte, die ihn aufsuchten und sich nach seinem Befinden erkundigten. Besonders oft und lange sprach er mit dem Pastor, der regelmäßig zu ihm kam. Sie stritten sich zwar immer noch über die Religion, aber Adolfs Meinungen waren weniger hartnäckig, als sie es früher gewesen waren. Jacobsen kam es so vor, als wollte sein alter Freund Dinge lernen, über die er früher nicht nachgedacht hatte. Manchmal brachte er ihn mit neugierigen Fragen in große Verlegenheit. Adolf ließ sich von Magda aus Büchern vorlesen, die er früher nicht angerührt hatte. Oft sprach Rektor Herbig mit ihm über die Nachkriegszeit, und eines Tages forderte er Adolf auf, für seine »Chronik über Neumühlen von der Steinzeit bis zur Gegenwart« das Kapitel über die Jahre seiner Bürgermeister-Tätigkeit zu verfassen. Aber Sick lehnte lächelnd ab.
Auch Anton nahm die Wandlung wahr, die sich in Adolf Sick vollzogen hatte. Als er eines Morgens das Haus des Bauern betrat, stand dieser in der Diele; er trug Arbeitskleidung und die blaue Schirmmütze, die er zeit seines Lebens aufgehabt hatte, aber wie er dastand: nach vorn gebeugt, mit der Hand einen Stockknauf umklammernd, mit blinzelnden Augen, mühsam ein Zittern unterdrückend, jagte er Anton einen Schrecken ein. Aber der ließ sich nichts anmerken, sondern folgte Adolf und Magda in den Wohnraum. Eine Weile blickte Adolf Sick Anton an. Sein Gesicht war aufmerksam, seine Augen weit geöffnet. Plötzlich sagte er: »Er ist dumm, daß er nicht zurückkommt.«
Anton war sofort klar, daß von Jürgen die Rede war. Adolf Sick mochte ihn, das wußte Anton. Jürgen hatte ihm früher manchmal auf dem Hof geholfen, und der alte Bauer hatte sich seit Jürgens Verschwinden einige Male nach ihm erkundigt, aber Anton hatte nie Auskunft geben können.
»Ich würde mich freuen, wenn ich noch mal mit ihm reden könnte, denn er ist ein guter Junge«, sagte Adolf Sick.

Anton nickte. Magda Stender lächelte.
»Wenn du weißt, wo er ist, so sag ihm, er soll zurückkommen.«
Anton versprach es. Er konnte sich nicht erklären, was Adolf Sick von Jürgen wollte.
Es entstand eine lange Pause. Magda saß mit einem winzigen Lächeln da und hielt ihre Hände auf dem Schoß gefaltet. Adolf Sick blickte aus dem Fenster, aber er schien von dem weichen Licht des Sommertages nichts zu bemerken.
»Bin ich froh«, sagte Adolf Sick plötzlich und lachte ein wenig, »daß ich diese verdammte neue Zeit mit der Fabrik und allem Drumherum nicht mehr erleben muß. Bin ich froh ...«
Er hob den Kopf und lauschte den fernen Fabrikbau-Geräuschen: »Verrückt sind sie alle«, sagte er, »alle sind verrückt ...« Aber er sagte es nicht böse, sondern mit dem Verständnis eines Mannes, der schon nicht mehr am Leben teilnehmen konnte und es auch nicht wollte ...

5

Drei leuchtend grüne Tanksäulen unter einem kleinen Dach, darüber ein großes, gleichfalls grünes Schild mit der Benzinmarke: Schellers Tankstelle. Das Geschäft mit Super, Benzin und Diesel hatte sich sehr gut angelassen. Halb Neumühlen tankte bei ihm, die andere Hälfte tankte bei Röllner, denn auch dessen Tankstelle war mittlerweile fertig geworden. Ihre drei Säulen waren blau wie das Markenschild. Zwischen den beiden Männern war es zu keinem Streit mehr gekommen, denn sie hatten ihr Auskommen und waren zufrieden.
Am glücklichsten aber war Scheller darüber, daß sein Sohn Hans die Tankstelle bedienen konnte. Er hatte schnell begriffen, wo bei den verschiedenen Autos der Tankverschluß war, konnte den Schlauch von der Zapfsäule nehmen und seine Spitze in den Tank einführen, die eingefüllte Literzahl lesen und den Preis nennen. Nur das Geld händigten die Kunden

lieber seinem Vater aus, mit dem Wechseln haperte es bei Hans. Er konnte die Scheine und Münzen nicht auseinanderhalten. Scheller aber war überzeugt, daß Hans das auch noch lernen würde. Seitdem die Tankstelle errichtet war, saß er von morgens bis abends neben den Säulen auf einem Campingstuhl, blickte einmal nach rechts, einmal nach links die Straße hinunter und sah jedem Wagen, der vorüberfuhr, mißmutig nach. Hielt aber einer, stieß Hans einen Freudenschrei aus und bediente ihn.

In seinen dumpfen Gedanken hatte er mitbekommen, daß es auf der Welt noch eine zweite Tankstelle gab, bei der eine andere Marke als bei ihm verkauft wurde, doch konnte er nicht glauben, daß jemand es wagte, an dieser anderen Tankstelle und nicht an seiner zu tanken. So gewöhnte er sich daran, an den Tankverschlüssen zu riechen, um festzustellen, ob im Tank ein anderes Benzin war als dasjenige, das er verkaufte. Zunächst waren die Kunden über dieses seltsame Gebaren verwundert, dann gewöhnten sie sich daran. Sie wußten ja, daß Hans nicht richtig im Kopf war.

Manchmal wurde er von einer unbegreiflichen Unruhe gepackt; dann ging er plötzlich durch das Dorf, kümmerte sich nicht darum, daß Kinder hinter ihm herrannten und ›Doofkopp‹ riefen, und eilte mit weiten Schritten und schlenkernden Armen die Straße entlang, als wenn er ein Ziel hätte. Unvermittelt drehte er dann um und eilte wieder nach Hause.

Eines Mittags marschierte er wieder los. Sein Blick war starr nach vorn gerichtet, als wenn er irgend etwas in der Ferne fixierte. Die Leute guckten ihm nach und grinsten. Enno Frahm, der mit seinem Trecker vorüberfuhr, rief: »He, Hans, wo willst du hin?«

Hans drohte mit der Faust und ging weiter. Einige Kinder folgten ihm wie üblich. Als er Thömings Hof passierte, stand Elisabeth da. Ihre langen blonden Haare wurden vom Wind durchweht. Sie hielt einen Korb in die Seite gestützt und lächelte freundlich, als sie Hans vorübergehen sah. Da geschah, was Dr. Renz schon lange befürchtet hatte. Hans sah Elisabeth lächeln, blieb abrupt stehen, wandte sich ihr zu, eilte über die Straße, so daß ein Wagen hart bremsen mußte, schwang die Arme und schob den Kopf vor und zurück wie ein Automat. Elisabeth wußte nicht, ob sie stehenbleiben oder weglaufen sollte. Da stand Hans schon vor ihr, stieß einige freundliche Laute aus, griff nach ihren Haaren und ließ sie durch seine Finger gleiten. Eilsabeth trat einen Schritt zurück. Hans folgte.

»Bist ein guter Junge . . .«, beschwichtigte sie ihn, drehte sich um und lief davon. Hans folgte ihr aufschreiend. Er rannte um das Haus herum und warf sich gegen eine Tür, hinter der er Elisabeth vermutete, doch die hatte sich schweratmend hinter eine Regentonne gehockt.

Röllner kam in seinem Taxi vorbei und sah, wie Hans immer wieder gegen die Tür anrannte. Er bremste seinen Wagen, stieg aus, griff einen riesigen Schraubenschlüssel und schlich sich hinter ihn. Dann schlug er zu, Hans brach sofort zusammen. Röllner schleppte ihn in seinen Wagen und lud ihn bei Scheller aus. Der Doktor kam und gab Hans eine Spritze. Er riet, ihn umgehend wegzuschaffen, bevor noch mehr geschähe, denn er werde sicher immer wieder zu Elisabeth gehen. Herr Scheller weigerte sich entschieden, und Frau Scheller begann zu schluchzen: Sie werde nicht zulassen, daß Hans in eine Gummizelle gesperrt werde.

Einige Tage später hockte Hans Scheller wie immer auf seinem Campingstuhl und beobachtete die vorüberfahrenden Wagen. Dieter Wittke fuhr mit einem Lieferwagen vor, stieg aus und begrüßte Hans. Der öffnete den Tankverschluß und roch, wie es seine Gewohnheit war, am Deckel. Kein Zweifel, das war nicht seine Benzinmarke, deren Geruch er da wahrnahm, das war Röllners Marke. Hans ließ sich zunächst nichts anmerken, nahm den Schlauch aus der Zapfsäule und führte ihn in den Tank ein. Dieter Wittke säuberte die Scheinwerfer. Ein wilder Schrei ließ ihn herumfahren. Hans stand da und schleuderte den Tankdeckel zu Boden, daß er sirrend davonflog. Dann stieß er einen zweiten Schrei aus, klammerte sich an den Wagen und rüttelte, als wollte er ihn umwerfen. Vorsichtshalber trat Dieter einige Schritte zurück. Hans ließ vom Wagen ab und stürzte sich auf ihn. Dieter rannte los, und Hans hinter ihm her. Sie liefen die Straße

entlang, Dieter mit kleinen Schritten voran und Hans mit raumgreifenden hinterdrein. Dabei schrie er, daß die Neumühlener in ihren Häusern vor Schreck zusammenfuhren. Herr Scheller eilte aus seiner Werkstatt und sah voller Entsetzen, was sich da zutrug. Auch Enno Frahm und Klaus Henningsen sahen es und eilten hinterdrein. Dieter lief über Thömings Hof, um eine Hausecke, um die Scheune, auf die Wiese hinter dem Haus. Bauer Thöming erblickte den keuchenden Dieter Wittke und den schreienden Hans Scheller. Kurz darauf trafen Vater Scheller, Klaus Henningsen und Enno Frahm auf seinem Hof ein. Gemeinsam eilten sie zur Wiese. Dieter Wittke rannte kreuz und quer zwischen den Zäunen herum, und Hans Scheller folgte wenige Schritte hinter ihm. Dieters Beine wurden schwer, er begann um Hilfe zu brüllen. Hans lief wie ein Automat und schien nicht müde zu werden. Enno Frahm und Klaus Hennigsen hatten nach Knüppeln gegriffen, waren gleichfalls auf die Wiese gelaufen und versuchten Hans aufzuhalten, aber der schnaufte auf sie zu, daß sie zur Seite springen mußten. Immer näher kam Hans dem verzweifelt brüllenden Dieter. Dieser versuchte über einen Zaun zu springen, riß sich dabei sein Bein auf und lief humpelnd, blutend und noch lauter schreiend weiter. Immer kleiner wurde der Abstand zu seinem nicht müde werdenden Verfolger. Enno Frahm warf sich mutig zwischen die beiden, Hans stolperte, und Dieter konnte noch einmal entwischen. Scheller schlug die Hände vor sein Gesicht, und Thöming, vorsichtshalber hinter dem Zaun stehend, schwang seinen Knüppel und wartete, daß Hans an ihm vorüberrennen würde. Da trat Elisabeth ans Wiesengatter. In dem Moment, als Hans Dieter erreichte und seine Hände nach ihm ausstreckte, rief sie etwas, Hans blieb abrupt stehen, ein breites Grinsen legte sich über sein Gesicht, und er trottete auf Elisabeth zu. Sie lächelte ihn an, und er griff nach ihren Haaren.
»Bist ein guter Junge«, sagte sie leise, »bist ein braver Junge ...« Sie entfernte sich zum Hof hin, und er folgte. Henningsen wollte Hans seinen Knüppel ins Genick schlagen, doch Scheller fiel ihm in den Arm: »Nicht schlagen, bitte nicht schlagen«, bat er leise.

Elisabeth ging langsam zu Schellers Werkstatt zurück, hinter ihr trottete Hans, grunzte zufrieden und ließ keinen Blick von Elisabeths blonden Haaren; dann folgten Enno Frahm und Thöming, ihre Knüppel fest in den Händen und bereit, jeden Augenblick zuzuschlagen, Klaus Henningsen und Herr Scheller stützten den wimmernden Dieter Wittke. Sie erreichten Schellers Haus, wo schon der Doktor mit einer Spritze wartete. Frau Scheller hatte ihn in der Zwischenzeit angerufen.
Elisabeth drehte sich um und blicke Hans lächelnd an. Der murmelte etwas und umarmte sie plötzlich. Hans fuhr ihr mit seinen ölverschmierten Fingern den Rücken entlang, streichelte ihren Kopf und legte schließlich seine wulstigen Lippen auf ihren Nacken. Immer fester klammerte er sich an sie, sein breites Gesicht strahlte, er schien etwas sagen zu wollen, lächelte jedoch nur. Und Elisabeth lächelte gleichfalls. Keiner der Umstehenden sagte ein Wort.
Der Doktor jagte Hans durch die Kleidung eine Spritze in den Arm. Hans zuckte zusammen und sah Elisabeth noch einmal mit einem von weit herkommenden Blick an, den keiner der Anwesenden jemals vergaß.
»Jetzt muß Hans weg«, sagte der Doktor.
»Ja«, antwortete Scheller leise.
Elisabeth ging langsam nach Hause. Sie hielt ihren Kopf gesenkt. Die Männer blickten ihr stirnrunzelnd nach.
Ein Krankenwagen wurde gerufen. Frau Scheller packte einige Sachen für ihren Sohn zusammen, ihr Mann stand regungslos da und blickte auf seinen Sohn. Der Doktor telefonierte mit der Anstalt in Schleswig, in die Hans gebracht werden sollte. Enno Frahm, Klaus Henningsen und Thöming sprachen über das Geschehene. Sie verstanden Elisabeths Verhalten nicht, sie hätten Hans lieber ihre Knüppel ins Genick geschlagen.
Der Krankenwagen fuhr vor, Hans wurde von zwei Sanitätern auf eine Trage gelegt und eingeladen, der Doktor und Herr Scheller setzten sich neben ihn.
Frau Scheller blickte dem abfahrenden Wagen unbewegt nach, trat ins Haus, setzte sich auf einen Stuhl und war den

Tag über nicht mehr ansprechbar. Niemand in Neumühlen sah Hans Scheller jemals wieder.

Elisabeth hatte sich tapfer verhalten; dennoch spürte sie plötzlich, wie die Neumühlener ihr aus dem Weg gingen. Sie waren zwar höflich, wenn sich ein Zusammentreffen nicht vermeiden ließ, aber sonst sprach kaum jemand mit ihr. Trat sie in einen Laden, verstummte jedes Gespräch. Sie wußte nicht, was das merkwürdige Verhalten der Neumühlener zu bedeuten hatte.
Klaus Henningsen, der sie gern geheiratet hätte, erzählte ihr eines Tages von den im Dorf umlaufenden Gerüchten: Sie sei die Geliebte von Hans Scheller gewesen. Er erzählte es ihr, weil er selbst ein wenig daran glaubte und Gewißheit haben wollte. Elisabeth sah ihn voller Verachtung an und ließ ihn ohne Antwort stehen.
Anton erfuhr dieses Gerücht vom Drogisten Schulte: »Ja, weißt du denn nicht, daß der Hans die Elisabeth jeden Abend besucht hat?«
Das glaube er nicht, erwiderte Anton.
»Doch«, bestätigte Schulte und nickte eifrig, »jeden Abend ist er zu ihr gegangen, und dann sind sie zusammen ins Stroh!«
Anton wiederholte, daß er das nicht glauben könne.
»Es war aber so«, sagte der Drogist beharrlich, »viele haben sie dabei gesehen. Er war ja auch ein starker Kerl, ein Bär von einem Mann. Und wenn es ›darum‹ geht, dann ist es ja egal, ob einer alle Sinne im Kopf hat oder nicht. Er hat es ihr sicher anständig besorgt, das kannst du mir glauben.«
Anton schüttelte unentwegt seinen Kopf. Er kannte Hans Scheller, er kannte auch Elisabeth und hielt dieses Gerücht für eine gemeine Erfindung.
»Und warum will sie den Henningsen nicht? Kannst du mir das sagen?«
Anton konnte es nicht.
»Siehst du«, rief Schulte triumphierend, »sie will ihn nicht, weil sie den Hans nicht vergessen kann! Deswegen nicht!«
Eines Abends kam es auch in der Gastwirtschaft Lafrenz zu

einem Gespräch über Hans und Elisabeth. Wieder stellte man Vermutungen an, wann sie sich wo getroffen und wie sie es miteinander getrieben hätten. Hans habe nicht mehr Verstand als sein Eber Erwin, sagte Röder und lachte; er habe sich sicher mit der gleichen Gewalt auf Elisabeth gestürzt, wie sich sein Erwin auf die Säue stürze. Man lachte, machte Hans nach, grunzte, jemand kroch auf allen vieren, während ein anderer tat, als wäre er Elisabeth oder eine Sau in einem Stall – das war nicht zu unterscheiden. Man brüllte und schlug sich auf die Schenkel. Ordinäre und böswillige Zoten flogen hin und her, schließlich machte einer den Vorschlag, Röder solle doch mit Erwin zu Elisabeth gehen, sicher sei der Eber der einzige, der es ihr anständig besorgen könne, nachdem Hans endgültig verrückt geworden sei.
Da sagte Peter Jacobsen, als es einen Moment still war und man sich vom Lachen erholte: »Hat er sich nicht nur an sie angelehnt und ihr die Haare gestreichelt?« Er erhob sich von seinem Stuhl und stand da, wie sein Vater einstmals dagestanden war, groß, mit funkelnden Augen und aufgerecktem Kinn: »Was wißt ihr von der Liebe, wenn ihr nur von Ebern und Säuen sprecht? Dem Hans hat es für sein ganzes Leben gereicht, daß er zärtlich sein konnte, sanft und gefühlvoll, wie ihr es nie sein könnt. Hans hat mehr erlebt, als ihr jemals ahnen könnt!« Damit setzte er sich wieder.
Waltraut Sievers, die gerade in die Gaststätte getreten war, um für ihren Vater einige Flaschen Bier zu holen, blickte den Pastorsohn voller Verwunderung an. Solche Sätze hatte sie in Neumühlen noch nie gehört. Peter warf ihr einen Blick zu und lächelte verlegen. Waltraud ging schnell wieder hinaus. Auf dem Heimweg mußte sie darüber nachdenken, was Peter Jacobsen gerade gesagt hatte. Ihr schien, als hätte er seine Sätze auch für sie gesprochen. Sie dachte an Jürgen, den sie immer noch zu lieben glaubte, obgleich sein Bild langsam vor ihren Augen verschwamm und sie sich kaum noch an ihn und seine Liebe erinnern konnte. Und sie dachte an Bodo Thede aus Breitenfeld, der viermal in der Woche mit Feldblumen kam, im Büro ihres Vaters auf der Vorderkante eines Stuhls hockte, ergeben und mit gefalteten Händen.

Auf dem Hof angekommen, blieb sie einen Augenblick lang stehen und sah zum erleuchteten Fenster ihres Vaters hinauf. Sie fühlte sich leicht und glücklich. Zum ersten Mal seit dem Vorfall in der Scheune, ihrer Flucht und ihrer Rückkehr fühlte sie sich wieder gut. Sie wußte nicht warum; ihr war nur schlagartig klar, daß sie Bodo Thede nicht heiraten, daß sie aber auch nicht auf Jürgen Podizats Rückkehr warten würde.

Am nächsten Tag sprach Anton mit Anne und Christian über die im Dorfe umlaufenden Gerüchte, die er bei Lafrenz und von Schulte erfahren hatte.
»Das ist die größte Lüge, die ich in meinem Leben gehört habe!«, rief Christian. Er wurde richtiggehend zornig, was Anton und Anne an ihm sonst nicht kannten.
»Weißt du es besser?« fragte Anne.
»Ja«, sagte Christian.
»Woher?«
»Das sag' ich nicht.«
»Warum willst du es nicht sagen?«
»Weil sie mich darum gebeten haben.«
»Wer?«
»Elisabeth Thöming. Und ihr Freund.«
»Klaus Hennigsen?«
Christian machte eine wegwerfende Handbewegung: »Der doch nicht!«
»Wer denn?« fragte Anne neugierig.
»Das darf ich nicht sagen.«
»Schade.«
»Ich hab' die beiden einmal gesehen, als ich von Neumühlen nach Breitenfeld ging. Das ist jetzt schon einige Wochen her. Ihr wart noch nicht zu mir gezogen.« Christian schwieg einen Moment und sagte dann lächelnd: »Damals bin ich oft mitten in der Nacht aufgestanden und durch die Wiesen gegangen, weil ich nicht schlafen konnte und viel nachdenken mußte. Aber das ist jetzt vorbei.«
»Und da hast du die beiden gesehen?« hakte Anton ein.
»Ja. Und ich habe mit ihnen gesprochen. Mit allen beiden.

Und sie haben mich gebeten, daß ich nichts verrate. Keinem Menschen. Denn wenn die Neumühlener erfahren, wer Elisabeths Freund wirklich ist, werden sie sich noch mehr das Maul zerreißen.«

Die Gerüchte nahmen trotz Peter Jacobsens mutiger Rede an Heftigkeit zu. Einige nannten Elisabeth unverhohlen eine Hure. Drogist Schulte und ›Grabschmatzer‹ Greve taten sich besonders hervor. Überall im Dorf erzählten sie, wo sie Elisabeth und Hans angeblich gesehen hätten, und verstiegen sich zu Einzelheiten, als wären sie dabeigewesen. Die Neumühlener glaubten ihre Schilderungen mit großer Bereitwilligkeit. Grund dafür war auch, daß Elisabeth im Dorf ziemlich unbeliebt war. Sie war den Neumühlenern zu stolz, trug den Kopf zu hoch, wollte Klaus Henningsen nicht heiraten, obwohl er ein braver und fleißiger Bauer war, ließ sich aber auch mit keinem der anderen jungen Männer ein.
Selbst Herr Scheller glaubte mittlerweise, daß Hans ein Verhältnis mit Elisabeth gehabt hatte. Er fragte den Doktor, ob Hans fähig gewesen sei, mit einem Mädchen ins Stroh zu gehen. Dr. Renz dachte eine Weile nach und nickte: Ja, wahrscheinlich sei er dazu in der Lage gewesen, sagte er. Herr Scheller war ein wenig stolz auf Hans.
Eines Tages hatte Anton einen Brief bei Thöming abzugeben. Er traf Elisabeth allein in der Küche, legte den Brief auf den Tisch, Elisabeth bedankte sich mit einem knappen Nicken und sah von ihrer Arbeit nicht auf. Anton blieb stehen.
»Ist noch was?« fragte Elisabeth.
»Ich weiß es besser«, sagte Anton leise.
»Was weißt du besser?« Sie blitzte ihn mit ihren hellen Augen an und pustete sich eine Haarsträhne aus dem Gesicht.
»Ich weiß es besser, daß du mit dem Hans Scheller nichts hattest.«
»Ach«, erwiderte sie, »und woher weißt du das?«
»Von Christian Czychowski.«
»Hat er geschwatzt?«
»Nein, nein, das nicht. Er hat mir nur gesagt, daß du einen anderen zum Freund hast.«

»Stimmt«, sagte sie, nahm den Brief auf, hielt ihn Anton vors Gesicht und sagte: »Der ist von ihm.«
»Aus Esbjerg«, sagte Anton, der natürlich den Poststempel betrachtet hatte.
»Ja, aus Esbjerg!« wiederholte Elisabeth.
»Weit weg«, bemerkte Anton.
»Er kommt zurück«, sagte Elisabeth, »dann werden es alle wissen!« Sie lächelte: »Sollen die Neumühlener reden, was sie wollen. Das interessiert mich nicht!«

6

Trotz der vielfältigen Ereignisse in Neumühlen nahmen die Dorfbewohner allgemein Notiz davon, daß im Breitenfelder Hafen, der im Grunde nur aus einem breiten Steg bestand, in wenigen Tagen Kapitän Röckendorf mit seinem Küstenfrachter »Helena II« und fünf Mann Besatzung anlegen würde. Das Dorf Breitenfeld liegt zwischen dem Nord-Ostsee-Kanal, der die beiden Weltmeere miteinander verbindet, und dem Fluß, praktisch also auf einer Insel. Viele Breitenfelder hatten daher den Beruf des Seemanns oder Fischers ergriffen. Der bekannteste von ihnen war Kapitän Röckendorf, denn er besaß ein eigenes Schiff. Alle zwei, drei Monate kam er von großer Fahrt zurück, ent- und belud seine »Helena II«, zog durch die Kneipen, erzählte dramatische Begebenheiten aus der weiten Welt und tuckerte wieder hinaus, um nach zwei, drei Monaten abermals zurückzukehren. Man mochte Kapitän Röckendorf sowohl in Breitenfeld und Neumühlen als auch in den anderen Dörfern. Wenn er zurückgekehrt war, suchte man ihn zu treffen, denn von ihm erfuhr man aus erster Hand, wie es auf der Welt zuging.
Am sehnsuchtsvollsten wartete dieses Mal Elisabeth Thöming auf die Rückkehr der »Helena II«. Sie zählte die Tage, dann die Stunden. Endlich war es soweit. An einem Freitagabend gegen sechs Uhr näherte sich das Schiff seinem Breiten-

felder Heimatsteg. Schon aus der Ferne tutete es fröhliche Grüße. Röckendorfs alte Mutter stand auf dem Steg und weinte in ein großes kariertes Tuch, wie jedesmal, wenn ihr Sohn zurückkehrte. Eine Frau hatte der Kapitän nicht, das heißt, er hatte keine, mit der er verheiratet war. Sonst hatte er in jedem Hafen eine. Es sei für ihn schwer, treu zu bleiben, sagte er, und da der größte Teil der Geschichten, die er zum besten gab, von Frauen handelte, konnte er unmöglich verheiratet sein wie ein normaler Mann.

Auch die Frauen und Bräute der anderen Besatzungsmitglieder warteten mit Mutter Röckendorf auf ihre Männer. Ganz hinten, hinter einem Strauch versteckt, stand Elisabeth Thöming. Sie wollte nicht gesehen werden.

Das Schiff kam immer näher. Schon hörte man Röckendorfs gewaltige Stimme, die ihre Befehle gab. Das Schiff setzte stöhnend vor und zurück und wieder vor und noch einmal, in seinen Grundfugen zitternd, zurück, schließlich legte es an. Röckendorf ließ diese Vor- und Zurückmanöver jedesmal ausführen, obgleich sie völlig unnötig waren. Breitbeinig, die Hände auf die Reling gestützt, eine goldbetreßte Schirmmütze auf dem riesigen Schädel, so stand er da. Sein schwarzer Vollbart leuchtete schon von weitem, und mittendrin blitzten die Reihen weißer Zähne, die er nun, als er seine Mutter erkannte, strahlend entblößte.

Das Schiff wurde an zwei dicken Tauen festgemacht, ein schmales Brett wurde von Land hinübergelegt, dann liefen die Männer zu ihren Frauen und Bräuten. Während sie sich weinend und lachend in den Armen lagen, schritt der Kapitän langsam von der Brücke und salutierte – wem und warum, wußte man nicht. Mit schweren Schritten schaukelte er massig an Land, nahm die Mütze ab, salutierte erneut vor seiner Mutter und sank ihr in die Arme. Es war ein Anblick, der alle rührte: Der riesige Mann schrumpfte gleichsam auf die Größe seiner Mutter zusammen, damit sie ihre feuchte Wange an seine feuchte Wange drücken konnte. Schließlich salutierte der Kapitän ein drittes Mal, nun vor seinen Männern, nahm seine Mutter an die Hand und tippelte neben ihr her mit Schaukelschritten ins Dorf hinein. Überall und jeden mußte er grüßen,

lachte, sagte etwas und schob die Mütze ins Genick. So kehrte er wieder einmal heim.
Morgen abend, das wußten die Breitenfelder, würde er in der Gastwirtschaft Zimmermann auftauchen, um von seinen Erlebnissen in der weiten Welt zu berichten. Was davon wahr war und was nicht, konnten nur seine Besatzungsmitglieder wissen, aber die schwiegen lieber und ließen ihren Kapitän erzählen.
Hatte Röckendorf dann drei Abende hintereinander in der Gastwirtschaft Zimmermann seine neuesten Erlebnisse berichtet, fuhr er hinüber nach Neumühlen und wiederholte sie hier in der Gastwirtschaft Lafrenz. An solchen Abenden waren die Gaststube und der angrenzende Clubraum dicht gefüllt. Dann fuhr Röckendorf weiter nach Elsendorf und zuletzt nach Karlsmoor. Wenn er durch alle Gasthäuser gezogen und sicher war, daß jeder von seinen Erlebnissen erfahren hatte, kehrte er nach Breitenfeld zurück und bereitete seine nächste Reise vor. Das alles wiederholte sich drei-, viermal im Jahr.
Als alle Männer mit ihren Frauen und Bräuten an diesem Sommerabend nach Breitenfeld hineingegangen waren und der Steg verlassen dalag in der einbrechenden Dunkelheit, trat Elisabeth hinter dem Busch hervor. Sie hatte sich ein großes buntes Tuch um die Schultern geschlagen, denn der Wind war frisch, und starrte zum Schiff hinüber, auf dem ein Matrose die Lichter löschte. Elisabeth sah den Mann jetzt an die Reling treten und sich noch einmal umsehen, ob auch alles in Ordnung sei. Dann ging er von Bord und erblickte Elisabeth. Einen winzigen Augenblick standen sie sich wie erstarrt gegenüber, dann breitete der Mann auch schon seine Arme aus, und Elisabeth rannte mit einem Aufschrei in sie hinein. Der Mann, der jetzt sein Gesicht in ihren Haaren verbarg, war Mitte dreißig, groß, kräftig, hatte schwarzes, dichtes Haar, einen Schnauzbart unter der mächtig vorspringenden Nase und eine dunkelbraune Gesichtsfarbe. Er hieß Gazi Erkal und stammte aus der türkischen Hafenstadt Izmir. Auf seiner vorletzten Fahrt hatte Kapitän Röckendorf ihn dort als Bootsmann an Bord genommen, so einen kräftigen Burschen

brauchte er gerade. So war Gazi vor über einem halben Jahr zum ersten Male in Breitenfeld an Land gegangen. Zunächst waren die Leute ein wenig erstaunt darüber, wen Röckendorf da mitgebracht hatte. Aber, so sagten sie, wenn der Kapitän ihn als seinen Bootsmann akzeptierte, dann mußte an ihm viel dran sein. Damit hatten sie recht. Gazi lebte sich schnell in Breitenfeld ein, war zuvorkommend und höflich, lernte Deutsch zu sprechen, und half hier und dort aus, wo eine kräftige Hand benötigt wurde. Die meiste Zeit aber blieb er auf dem Schiff, klopfte Rost und schob Wache.

Eines Sonnabends war Tanz im Gasthaus Zimmermann. Gazi stand abseits an einen Pfosten gelehnt und betrachtete die Menge, die nach schlichten Rhythmen einer Zweimannkapelle herumhüpfte. Da erblickte er Elisabeth, und sie erblickte ihn. Sie sah ihn erstaunt an und schaute sogleich wieder weg. Er ließ kein Auge von ihr. Sie tat, als bemerkte sie seine Blicke nicht, tanzte mit einem rothaarigen Dorfjungen, machte am Ende des Tanzes ›Puh‹, sagte, sie müsse an die frische Luft, und ging so nah an Gazi vorbei, daß sie ihn fast berührte. Gazi atmete tief durch, nahm allen Mut zusammen und folgte ihr. Sie erwartete ihn. Ohne ein Wort zu sagen, gingen sie nebeneinander her zum Anlegesteg. Das Schiff dümpelte friedlich auf dem Wasser und zog an den Tauen wie ein Tier, das im Schlaf träumt. Gazi setzte sich und ließ die Beine baumeln. Elisabeth hockte sich neben ihn. Sie blickten zum Himmel, an dem ein dünner Sichelmond über dahinsegelnden Wolken stand. Elisabeth fröstelte, Gazi legte behutsam seinen Arm um ihre Schultern. Dann erzählte er in lustig-verdrehten Wendungen von seiner Heimat, seinen Eltern, seiner Jugend, von der Seefahrt. Elisabeth lachte, wenn er sich allzu komisch ausdrückte, und verbesserte ihn ernst.

Von da an trafen sie sich heimlich jeden Abend, gingen die halbe Nacht am Fluß entlang, wanderten über die knarrende Holzbrücke hinüber nach Neumühlen, erzählten und erzählten, blieben stehen, küßten sich und erzählten wieder. Sie hatten sich so viel zu sagen, als hätten sie alles füreinander aufgespart.

In einer dieser Nächte trafen sie auf Christian Czychowski,

der nicht schlafen konnte und unruhig, leise vor sich hin redend, umherwanderte. Im ersten Schrecken glaubte er, der dunkle, fast unsichtbare Mann und die blonde Frau wären Gespenster. Gazi und Elisabeth hatten sich gleichfalls über die murmelnde Gestalt erschreckt. Schließlich rief Elisabeth: »Hallo, wer ist da?«, und alles klärte sich auf. Christian mußte versprechen, niemand von ihrer Begegnung zu berichten.

Drei Wochen später brach Gazi mit Kapitän Röckendorf nach Oslo auf, kam nach drei Monaten zurück, und ihrer beider Liebe festigte sich. Nun war Gazi zum dritten Mal nach Breitenfeld zurückgekehrt.

Während sie Arm in Arm durch Felder gingen, berichtete Elisabeth, was in den letzten Wochen alles geschehen war. Sie erzählte von den Gerüchten, die ihr ein Verhältnis mit dem verrückten Hans Scheller andichteten, sie sagte, daß ihr Vater sie immer nachdrücklicher dränge, Klaus Henningsen zu heiraten, und daß Klaus Henningsen immer heftiger um sie werbe. Daher habe sie sich in den letzten Tagen entschlossen, allen zu zeigen, zu wem sie gehöre, mochten sich die Neumühlener und Breitenfelder ihre Mäuler zerreißen. Gazi war einverstanden. Er tat sowieso nichts lieber, als Elisabeths Wünsche zu erfüllen. Sie kannte sich ja in ihrer Heimat aus, in der fast alles anders war als bei ihm zu Hause in der Türkei. Eigentlich hätte Elisabeth ihrem Vater als erstem sagen müssen, daß er nicht länger mit Klaus Henningsen als Schwiegersohn zu rechnen brauche, aber er sprach nach den Gerüchten über sie und Hans Scheller kaum noch mit ihr, und wenn, dann nur in befehlendem Ton. So hatte sie sich einen anderen Plan zurechtgelegt.

Sie klopften an das Häuschen, in dem Kapitän Röckendorf mit seiner Mutter Wiedersehen feierte. Es lag direkt am Kanal, war weiß gestrichen, hatte ein dickes Reetdach und war vollgestellt mit Erinnerungsstücken aus der ganzen Welt. Elisabeth und Gazi wurden eingelassen. Sie mußten sich setzen, und Elisabeth erzählte von ihrem Plan. Darauf mußten sie Grog trinken, denn Röckendorf war gerührt, wie immer, wenn er Liebesgeschichten zu hören bekam.

Mutter Röckendorf, die schon weit über achtzig war, blickte Gazi und Elisabeth unentwegt an und murmelte: »Sind die ein schönes Paar, mein Gott ...«
Röckendorf war von Elisabeths Plan begeistert. Mehrere Male schlug er sich auf die Schenkel. Gazi lächelte die ganze Zeit versonnen.
In voller Uniform eines Kapitäns auf Großer Fahrt trat Röckendorf am nächsten Abend in Zimmermanns Gasthaus. Der Saal war voll, die meisten mußten stehen. Zimmermann machte ein gutes Geschäft. Röckendorf trank erstmal zwei Grogs, das war er seinem Ruf schuldig. Einer der Anwesenden hielt es nicht mehr aus und rief, er solle endlich anfangen. Röckendorf tat, als wenn ihm jetzt erst einfiel, weshalb er überhaupt hier war, wischte sich über den schwarzen, glänzenden Vollbart und sagte: »Jungs und Mädels, Männer und Frauen. Ich will euch von meiner letzten Fahrt erzählen. So zum Beispiel, wie wir an den Faröer-Inseln in eine riesige Herde von Walen gerieten und gekentert wären, wenn ich nicht eine Idee gehabt hätte, fast in letzter Sekunde ... Aber bevor ich euch davon erzähle, will ich euch etwas zeigen, etwas, Leute, das wichtiger ist als jedes Abenteuer auf See. Ich will euch ein glückliches Paar zeigen. Denn die Liebe währet immerdar und ist das Größte auf dieser manchmal verflucht traurigen Welt, Leute!«
Gerührt trank er einen weiteren Grog und fuhr dann fort: »Mein Freund, mein Bootsmann, der großartige Seemann Gazi Erkal aus Izmir, ihr kennt ihn alle, Leute, hat sich eine Frau fürs Leben erwählt, die ihr auch alle kennt, Leute. Es ist Elisabeth Thöming aus Neumühlen.«
Elisabeth und Gazi betraten auf dieses Stichwort hin den Gastraum. Röckendorf umfing sie mit seinen mächtigen Armen, links stand Gazi, rechts Elisabeth. Beide lächelten verlegen. Die Breitenfelder murmelten und schauten mit unverhohlener Neugier auf den dunkelhaarigen Gazi und die blonde Elisabeth. Röckendorf drückte die beiden an sich und sagte: »Da staunt ihr, was! Ja, heutzutage ist es so, daß eine Frau sich nicht einen von hier nehmen muß. Nicht mal einen aus Schleswig-Holstein, nicht mal einen aus Deutschland,

nicht mal einen aus Europa! Heute kann sich eine Frau den nehmen, den sie liebt. Und ein Mann kann sich die nehmen, die er liebt. Das ist gut so. Davon könnt ihr alle etwas lernen, Leute, nämlich, daß die Welt klein geworden ist. Winzig ist sie geworden. Ich weiß das, denn ich kenne sie!«

Darauf begann er von der gefährlichen Begegnung mit der Wal-Herde zu erzählen, was die Breitenfelder nicht weniger faszinierte als die Liebesgeschichte zwischen Elisabeth Thöming und Gazi Erkal aus Izmir.

Noch zur selben Stunde eilte die Neuigkeit von Breitenfeld nach Neumühlen. Zwar arrangierte Kapitän Röckendorf am nächsten Abend in der Gastwirtschaft Lafrenz einen ähnlichen Auftritt für Elisabeth und Gazi, doch der war schon keine Überraschung mehr, denn man wußte längst Bescheid. Obgleich niemand widersprach, solange Kapitän Röckendorf dabei war, war diese Liebesgeschichte keineswegs eine Selbstverständlichkeit für die Neumühlener. So einfach konnte ein Bauernmädchen nicht mit den Konventionen brechen. Wenn nun auch niemand mehr an Elisabeths Beziehungen zu Hans Scheller glaubte, so wurde diese neue Überraschung, die Thömings widerspenstige Tochter bereit hatte, genauso ausführlich in Neumühlen diskutiert. Solange man zurückdenken konnte, hatte noch niemals jemand aus Neumühlen einen Ausländer oder eine Ausländerin geheiratet. Und einen ›halben Schwarzen‹ schon gar nicht. Nein, so einfach konnte man sich mit dieser Geschichte nicht abfinden. Die Breitenfelder konnten es schon eher, sie wohnten ja am Nord-Ostsee-Kanal und waren der großen Welt ein Stückchen näher als die Neumühlener.

Aus einem anderen Grund noch fanden sich die Neumühlener nicht mit Elisabeths neuem Freund ab: Ihr Vater konnte und wollte ihn nicht akzeptieren. Er war ein Mann von sechzig, den die Arbeit früh gebeugt hatte. Vor zehn Jahren war seine Frau gestorben, seitdem bewirtschaftete er den Hof mit einem Gehilfen und seiner Tochter. Er hätte es gern gesehen, wenn sie Klaus Henningsen geheiratet hätte. Beide Höfe hätten zusammengelegt werden können, Henningsen wäre einer der größten Bauern des Dorfs geworden. Dann hätte Thöming sich zur Ruhe setzen und die Arbeit seinem Schwiegersohn überlassen können. Und jetzt kam ihm dieser Türke dazwischen. Thöming verstand die Welt nicht mehr. Es wollte nicht in seinen Kopf, daß sich seine Tochter mit einem ›halben Neger‹ eingelassen hatte. Er versteifte sich auf die Idee, daß sie es nur tat, um ihm weh zu tun. Das erzählte er überall im Dorf, und man hatte Mitleid mit ihm.

Thöming saß oft vor dem Scheunentor auf einem Stuhl, hatte die Hände über einen grob geschnitzten Stock gefaltet und sah in die Ferne. Anton hatte ihm eines Morgens einen Brief zu bringen.

»Was hältst du denn davon, Anton? Von diesem Türken? Du hast doch deine Sinne beisammen.«

Anton zuckte mit den Schultern und wollte weitergehen, aber Thöming bestand darauf, daß er ihm seine Meinung mitteile.

»Wenn sie sich lieben«, sagte Anton, »dann sollen sie.«

»Ein Türke«, antwortete Thöming verächtlich, »glaubst du, daß der was von Landwirtschaft versteht? Ein Türke?«

»Mußt ihn fragen.«

»Ein Seemann, ein Seemann aus der Türkei . . .«

Anton schwieg. Zorn stieg in ihm hoch, als er das verbitterte Gesicht des uneinsichtigen Alten sah.

»Es ist in mir alles leer«, begann Thöming sein Klagelied, das er auch abends in der Gastwirtschaft Lafrenz hören ließ, »alles leer. Es war schon immer so, daß ein Bauer weiter denkt. Nicht nur von heute bis morgen oder von Winter bis Sommer. Nein, er denkt weiter. Er denkt, was aus seinem Hof wird, was aus den Tieren, den Feldern, den Wiesen. Mein Großvater hat es gedacht, mein Vater hat es, und ich tue es auch.«

Anton wollte einwenden, daß das Glück seiner Tochter wohl wichtiger sei als ein Bauernhof, aber er sagte nichts. Thöming war wirklich verzweifelt, er schauspielerte nicht nur, wie Bauern es im Allgemeinen lieben, deren Wille nicht befolgt wird.

Anton freute sich über die Liebesgeschichte zwischen Elisabeth und Gazi. Er hatte gelernt, daß man sich als Vater in die Belange der Kinder nicht einmischen soll. Niemand hatte dazu ein Recht. Sie mußten ihre eigenen Wege gehen, daran durfte man sie nicht hindern. Wenn er damals schon gewußt hätte, was ihm jetzt klar war, wäre er rechtzeitig zu Sievers gegangen und hätte alles berichtet. Dann wäre es nicht zu dem schlimmen Vorfall gekommen, dann müßte er sich nicht andauernd Vorwürfe machen . . .

Anton war plötzlich leicht zumute. Früher hätte er nicht gewagt, einem Bauern seine Meinung zu sagen. Jetzt tat er es: »Thöming«, sagte er und hielt dem überraschten Blick des Alten stand, »ich will dir sagen, daß du etwas lernen mußt, nämlich, daß die Jungen heut' tun und lassen können, was sie wollen. Alle! Auch deine Elisabeth. Sie will einen Türken, und Waltraut Sievers wollte meinen Jürgen. Das ist ihr Recht, das sage ich dir. Wir dürfen uns nicht einmischen, wir, die alten Väter. Wenn unsere Kinder erwachsen sind und ihre eigenen Wege gehen und sich ihre eigenen Gedanken machen, dann sollen sie es tun. Sie tun es doch nicht gegen uns, sondern für sich! Das merk dir gefälligst! Ich habe mein Häuschen verloren, und Jürgen ist geflohen. Wenn ich jetzt sehe, wie glücklich Elisabeth und Gazi sind, dann freue ich mich darüber . . .« Er holte tief Luft und sagte noch bestimmter als zuvor: »Jawohl, ich freue mich darüber. Die beiden und ihre Liebe sind wichtiger als dein Hof!«

Thöming hatte ihm mit unbewegtem Gesicht zugehört. Als Anton mit seiner ungewohnt langen Rede fertig war, schickte Thöming ihn mit einer Handbewegung fort, so wie man eine lästige Fliege verscheucht. Anton ging. Er war stolz und glücklich und nahm sich vor, allen Neumühlenern, die ihn auf Elisabeth und Gazi ansprechen würden, seine Meinung zu sagen.

Einer litt besonders unter der Liebesgeschichte zwischen den beiden: Klaus Henningsen. Elisabeth hatte ihm bislang zwar keinerlei Hoffnung gemacht, daß sie ihn heiraten würde, aber dennoch hatte er immer gehofft, sie würde eines Tages seinem stillen Werben nachgeben. Doch als er an jenem Abend in der Gastwirtschaft Lafrenz Elisabeth und Gazi in Kapitän Röckendorfs Armen sah, begriff er, daß er sie wohl verloren hatte.

Er ging nach Hause, legte sich zu Bett und starrte an die Dekke. Seine alte Mutter trat zu ihm und fragte, was er denn habe. Als Klaus sich nicht rührte, schickte sie ihre Magd zum Doktor. Der kam, maß Fieber, fühlte den Puls, war ratlos und verschrieb Tabletten. Doch auch am nächsten Morgen stand Klaus nicht auf, sondern starrte nur weiter an die Decke. Seine Mutter rang klagend die Hände und schickte wieder nach dem Doktor. Der gab Klaus eine Spritze.
Renz ahnte, woher Klaus Henningsens Krankheit rührte. Er hatte in den über fünfundzwanzig Jahren, die er in Neumühlen war, viel erlebt an ungewöhnlichen Krankheiten, so daß er schnell wußte, daß ärztliche Kunst hier nichts ausrichten könnte. Einzig Elisabeth Thöming hätte Klaus gesundmachen können, aber daran war wohl nicht zu denken.
Klaus Henningsens Zustand wurde immer ernster. Er lag im Bett, starrte an die Decke, aß und trank kaum und sprach auch nicht. Er hatte nie viel gesprochen, aber jetzt sprach er überhaupt nicht mehr. Seine alte Mutter konnte den Hof unmöglich allein bewirtschaften. Sie war zwar eine zähe, hagere Frau, die zeit ihres Lebens zwölf Stunden am Tag gearbeitet hatte, doch jetzt schaffte sie es nicht mehr. Je länger Klaus schweigend dalag, um so hinfälliger wurde auch sie.
Die Tragödie, die sich im Hause Henningsen zutrug, sprach sich schnell in Neumühlen herum. Hatte man bislang schon kaum Verständnis für Elisabeth gehabt, so gab man ihr jetzt die Schuld an Klaus Henningsens Krankheit. Er war im Dorf beliebt und der beste Feuerwehrhauptmann, den Neumühlen jemals gehabt hatte. Es ging ganz einfach nicht an, daß er an seinem Kummer noch verrückt würde.
Die Feuerwehrkapelle versuchte ihn aufzuheitern. Sechs Männer bauten sich vor seinem Fenster auf und spielten einige Märsche und den Walzer »Wo de Nordseewellen trecken an den Strand«, den Klaus so liebte. Suhr hatte die Leitung der Kapelle übernommen, und sie schien besser zu spielen als früher. Das machte Klaus Henningsen noch trauriger. Dann traten die Männer an sein Bett, standen herum und wußten nicht, was sie reden sollten. Klaus lächelte kein einziges Mal, und sie zogen bekümmert wieder davon.

Auch Scheller, Enno Frahm und der alte Thöming besuchten ihn. Frau Scheller und Frau Frahm hatten ihm einen dicken, gelben Rosinenkuchen gebacken, der nun duftend auf einem Hocker neben Klaus' Bett stand. Scheller erzählte von seiner Tankstelle, Thöming erzählte von der Fabrik, deren Bau Fortschritte machte, und Enno Frahm sagte merkwürdige Sätze, die niemand begriff: Was es denn noch wert sei, heutzutage Bauer zu sein, das gute alte Bauernleben sei so und so vorbei, am besten, man verkaufe den ganzen Plunder und wandere aus. Thöming stimmte ihm trübsinnig zu. Scheller ließ sich von der düsteren Stimmung anstecken und berichtete vom letzten Besuch, den er seinem Sohn Hans abgestattet hatte.

Da wurde Klaus noch trauriger.

Der Doktor kam jeden Tag zweimal, morgens und abends. Er versuchte mit Klaus zu reden, bekam aber keine Antwort, verschrieb Tropfen und Stärkungstabletten, Klaus schluckte sie, aber sie bewirkten nichts. Seine Mutter stand dabei und rang weinend die Hände. Auch ihr mußte der Doktor Tabletten verschreiben.

Nach einer Woche hatte sich der Zustand von Klaus nicht gebessert. Da verlor der Doktor die Geduld und verkündete, daß er ihn ins Krankenhaus bringen lassen werde. Klaus runzelte die Stirn und sagte: »Da will ich nicht hin!« Es war der erste Satz, den er nach einer Woche sprach. Er setzte sich auf, wiederholte ihn, rief seine Mutter, verlangte seine Kleider, wiederholte den Satz ein drittes Mal, zog sich an, zog auch die klobigen Feldstiefel an, warf den Mantel über, wiederholte den Satz ein viertes Mal und verließ das Haus.

Es war Abend. Das Straßenpflaster glänzte vom frischen Regen, ein kühler Westwind hatte den Himmel freigefegt. Die Sterne standen weit und hoch. Klaus Henningsen stapfte mit festen Schritten durch das Dorf. Kaum jemand war auf der Straße. Er marschierte hinunter in die Flußebene, kürzte den Weg ab und trat auf einen schmalen Feldweg. Er ging über die dröhnende Holzbrücke, betrat Breitenfeld und eilte ohne Zögern zu dem Haus, in dem Gazi Erkal, wenn er an Land war, zur Untermiete wohnte. Er rüttelte an der Tür, drückte auf den Klingelknopf und wartete. Die Seemannswitwe Beate Ehlers öffnete. Klaus schob sie zur Seite. Die Frau schrie auf, als sie sein finsteres Gesicht sah. Er trat auf die links liegende Tür zu, öffnete sie, blickte in das Zimmer, sah niemanden und schloß sie wieder, öffnete eine zweite Tür, sah niemanden, schloß sie wieder, blickte in die Küche und die Toilette, sogar in den Keller. Als er die Treppe hinaufsteigen wollte, hielt Frau Ehlers ihn fest, doch er riß sich los und stapfte nach oben. Während er in sämtliche Zimmer sah, rief sie die Polizei an. Schließlich fand Klaus den Raum, in dem Gazi lebte. Er machte Licht, niemand war da. Systematisch begann er den Schrank auszuräumen, seinen Inhalt in die Luft zu werfen und darauf herumzutreten. Er zerfetzte Bücher, zerwühlte das Bett, zerriß ein Kissen, daß die Daunen wie Schneeflokken durch den Raum segelten, stieß den Nachttisch um, warf den Spiegel ein, preßte die Zahnpastatube aus, schmierte Seife an die Tapete, zerstörte die Lampe, warf schließlich unter Aufbietung aller Kräfte den Schrank um und schleuderte zum Schluß Tische und Stühle an die Wände. Nur Elisabeths Fotografie, die von der Wand herunterlächelte, rührte er nicht an. Als er das Haus wieder verlassen wollte, wurde er von dem Breitenfelder Polizisten festgehalten. Frau Ehlers kroch aus ihrem Versteck hinter dem Hühnerstall hervor und schrie wie am Spieß. Klaus ließ sich ohne jeden Widerstand zur Wache bringen, Frau Ehlers lief auf dem gesamten Weg schreiend und schimpfend um die beiden herum. Polizist Kuhnert wurde aus Neumühlen gerufen und kam nach einer halben Stunde atemlos an. Zu zweit machten sie sich an die Vernehmung, doch was man Klaus auch fragte, er gab keine Antwort, saß vor dem Schreibtisch, hatte die Beine ausgestreckt, die Arme hingen schlaff herab. Sein Gesicht war dumpf und leer. Hin und wieder nur zuckten seine Augen, wenn Elisabeths Name fiel. Viel hätten die Polizisten nicht zu fragen brauchen, der Fall lag ja klar. Aber sie fragten trotzdem, immer eifriger, denn so eine Tat war in Neumühlen und Breitenfeld noch nie begangen worden. Als Klaus nicht antwortete, begannen die beiden Beamten sich zu streiten. Kuhnert war dafür, die Rendenstedter Kriminalpolizei zu holen, sein Breitenfelder Kollege lehnte es ab, das sei kein Fall für die Kripo. Kuhnert wollte Klaus wenigstens für eine Nacht ins Spritzenhaus sperren, aber auch das wurde abgelehnt. So gerieten die beiden sich immer mehr in die Haare und vergaßen Klaus eine Weile.

Nach einer Stunde betraten Gazi und Elisabeth die Polizeistation. Klaus sah Gazi lange an. Der wußte nicht, was das alles zu bedeuten hatte. Er hatte von Klaus' Liebe zu Elisabeth gehört, sich aber nie Gedanken darüber gemacht. Elisabeth hatte Mitleid mit Klaus. Jetzt bedauerte sie, früher über ihn gelächelt zu haben, wenn er ihr selbstgepflückte Blumen gebracht hatte. Sein Anblick schnürte ihr die Kehle zu. Gazi mißverstand ihre aufsteigenden Tränen und verließ hastig den Raum, Elisabeth folgte ihm, fand ihn aber nirgendwo.

Zwei Tage später legte die »Helena II« ab. Gazi war nicht wieder aufgetaucht. Kapitän Röckendorf war zornig auf seinen Bootsmann, konnte aber mit der Abfahrt nicht warten. Er, der die Welt kannte, verstand sie nun nicht mehr. Er begriff Gazi nicht, versuchte Elisabeth zu trösten, wußte aber nicht wie. Am ehesten verstand er noch Klaus Henningsen. Ein richtiger Mann gerate einer Frau wegen nicht selten in eine solche Verzweiflung, daß er in Raserei verfalle, erklärte er am Abend vor seiner Abfahrt in Zimmermanns Gasthaus. Er sei in seinem Leben mindestens hundertmal in Raserei gefallen, überall auf der Welt, am schlimmsten vor sieben Jahren in San Franzisko wegen einer Chinesin, der schönsten Frau der Welt. Deshalb dürfe er niemals wieder diese Stadt betreten, der dortige Bürgermeister habe ihm Stadtverbot erteilt ...

Klaus Henningsen bezahlte den angerichteten Schaden und legte noch hundert Mark extra für Frau Ehlers drauf. Damit war die kriminalistische Seite des Falles, zum Leidwesen von Kuhnert, abgeschlossen.

Elisabeth arbeitete auf dem Hof ihres Vaters wie zuvor. Sie weinte viel. Der alte Thöming sah es mit Befriedigung.

7

Eines Abends geschah es, daß jugendliche Neumühlener unter Führung von Peter Jacobsen bei Arbeitsschluß vor der Fabrikbaustelle warteten, bis die Arbeiter heraustraten. Sie riefen ihnen Schimpfworte zu, und die Arbeiter riefen welche zurück. Das ging eine Weile so hin und her, bis an der Straßenbiegung vor dem Gasthaus Lafrenz einem der Arbeiter mit einem Knüppel ein Bein gestellt wurde und er unter dem Gejohle der Neumühlener lang hinschlug. Darauf begann man sich zu prügeln. An den folgenden Abenden kam es erneut zu Schlägereien, die immer heftiger wurden. Warum man sich eigentlich schlug, wußte niemand genau. Die Neumühlener, die gegen die Fabrik waren, empfanden eine stolze Genugtuung. Das seien alte Neumühlener Tugenden, sagten die Älteren unter ihnen und erzählten von riesigen Schlägereien, die sie vor vielen, vielen Jahren mit den Elsendorfern und Breitenfeldern gehabt hatten. Auch damals habe es eigentlich keine Gründe gegeben, warum man plötzlich wie wild übereinander hergefallen sei, es habe schon gelangt, wenn ein Elsendorfer ein Neumühlener Mädchen zum Tanz aufforderte. Im Grunde habe es schon immer ausgereicht, daß ein Elsendorfer eben ein Elsendorfer und kein Neumühlener sei . . .

Sievers, der in jugendlichem Alter einer der wüstesten Schläger gewesen war, hatte ein gewisses Verständnis für die andauernden Auseinandersetzungen mit den Fremden. Ein Bauarbeiter, der von irgendwo herkam, war nämlich noch viel schlimmer als ein Elsendorfer oder Breitenfelder; aber mochte er auch tausendmal schlimmer sein, hier ging es um Politik, hier ging es darum, daß eine Fabrik gebaut werden mußte und daß er als Neumühlens Bürgermeister letztlich für die Bauarbeiten verantwortlich war. So konnte er nur versuchen, die Schlägereien zu unterbinden. Auch wenn ihm sein Gefühl sagte, daß das praktisch nicht möglich war – sein Verstand sagte ihm, daß es sein mußte, und zwar möglichst schnell. Er sprach mit Kuhnert, auf den jedoch keinerlei Verlaß war. Der Breitenfelder Polizist erklärte, er sei nicht zuständig. Jacobsen, mit dem er am Telefon sprach, hielt eine Predigt, die auch nichts bewirkte. Und mit Adolf Sick konnte er schon überhaupt nicht rechnen, der saß, wie ihm berichtet wurde, zu Hause und freute sich über seine tapferen Jungs. Noch weigerte sich Sievers, die Rendenstedter Polizei zu Hilfe zu holen; sollten die Gewalttätigkeiten aber fortgesetzt werden, dann bliebe ihm keine andere Wahl, denn schließlich ging es hier um Neumühlens glückliche Zukunft.

Eines Mittags kam Anton früher als gewöhnlich nach Hause. Er lehnte sein Fahrrad an die Hausmauer und trat ein. Anne saß am Tisch, schrieb einen Brief und versuchte nun, ihn vor ihrem Mann zu verbergen. Anton kannte niemanden, an den Anne hätte schreiben können . . . So ging er erst einmal in die Küche und gab ihr Gelegenheit, den Brief zu verstecken. Anton berichtete von seinem Dienst und wartete darauf, daß sie ihm erzählen würde, an wen sie geschrieben hatte. Aber sie sagte nichts. Anton dachte an den Brief, und Anne wußte, daß er daran dachte. So redeten sie den Nachmittag über aneinander vorbei. Gegen Abend, als sie am Tisch saßen und Radio hörten, hielt Anne es nicht länger aus: »Ich habe an Jürgen geschrieben«, sagte sie.
Anton nahm die Brille ab und blickte sie überrascht an.
»Den Brief, den ich geschrieben habe, will ich an Jürgen schicken«, wiederholte sie.
»Du weißt doch gar nicht, wo er ist.«
»Nein, das weiß ich nicht. Ich will ihn an die Polizei nach Hamburg schicken. Vielleicht ist Jürgen in Hamburg, und sie geben den Brief weiter, wenn sie ihn treffen.«
Anton erhob sich und trat hinter sie. Er legte seine Hände auf ihre Schultern und sah auf ihre Haare. Sie waren grau geworden in den letzten Monaten. »Wieviel Briefe hast du schon geschrieben?« fragte er vorsichtig.
»Viele«, antwortete sie und umfing Antons Hände. Ihre Handflächen waren rauh von der Garten- und Hausarbeit.
»Wieviel?«
»Das weiß ich nicht mehr.«

»Er hat nicht geantwortet?«
»Nein.«
Anton setzte sich ihr gegenüber hin und nahm ihre Hand: »Wie soll er denn die Briefe bekommen?« fragte er. »Glaubst du, die Polizei trägt sie ihm hinterher?«
»Vielleicht«, sagte sie.
»Du weißt doch nicht einmal, ob er in Hamburg ist. Vielleicht ist er ganz woanders.«
»Er hat immer von Hamburg geredet. Er hat gesagt, daß er da mal hin will. Und Waltraut hat es auch erzählt.«
»Ja, vielleicht ist er da. Vielleicht aber auch nicht.«
»Ich glaube, er ist da«, sagte Anne fest, »und wenn er einen Brief bekommt, nur einen einzigen, dann wird er sich melden ...«
»Was schreibst du ihm denn?« fragte Anton.
»Immer dasselbe«, erwiderte sie, »willst du es lesen?«
»Nein, es reicht, wenn du es mir sagst.«
»Ich schreibe, daß er zurückkommen soll. Und wenn er das nicht will, daß er schreiben soll, wo er ist und wie es ihm geht. Daß er nichts Böses getan hat, sondern alles ein Versehen war. Daß du ihm nicht böse bist und ich auch nicht und keiner mehr im Dorf. Das schreibe ich ihm.«
Sie blickte Anton voller Hoffnung an: »Mache ich was falsch?«
»Nein, nein«, entgegnete er schnell, »sicher nicht. Vielleicht bekommt er tatsächlich eines Tages einen der Briefe.«
»Ich bete darum«, sagte sie.
Anton nickte. Er sah zu, wie sie den Tisch deckte, in den Töpfen rührte, Brot schnitt und Eier aufschlug. Den ganzen Abend über, auch als Christian heimgekommen war und von seiner einfachen Arbeit auf dem Fabrikbauplatz erzählte, die er angenommen hatte, weil er wieder unter Menschen sein wollte, ließ er kein Auge von ihr. Er bemerkte, daß sie alt geworden war. Alle Veränderungen, die im Verlauf ihrer gemeinsamen Jahre mit ihr vorgegangen waren, hatte er kaum wahrgenommen. Jetzt konnte er seine Rührung nicht unterdrücken. Er zog heftig an seiner Abendpfeife, achtete nicht darauf, was Christian zu berichten hatte, und verfolgte

jede ihrer Tätigkeiten. Er bemerkte, daß ihre Schritte schwer geworden waren, daß ihr das Heben des rechten Arms offensichtlich Schmerzen bereitete, daß ihre Augen eine merkwürdig helle Farbe angenommen hatten und kurzsichtig blinzelten. Er stellte fest, daß ihre Brüste schlaff geworden waren, ihr Gesicht Falten bekommen hatte und ihre Hände eine pergamentene Durchsichtigkeit. Sie hatte ihr Haar streng nach hinten gekämmt, daß es sich wie eine Haube um ihren Kopf legte. Ihr Mund erschreckte ihn: Um seine Winkel hatten sich zwei scharfe Falten gebildet. Dennoch: Er liebte sie. Anton spürte einen Kloß in seiner Kehle aufsteigen, zog an seiner Pfeife und schimpfte ein wenig, weil sie nicht brennen wollte, und tat das alles, um sie ja nichts merken zu lassen von seinen plötzlichen, ihn überwältigenden Gefühlen.

Die beiden Tankstellenbesitzer Röllner und Scheller hatten durch den Fabrikbau ihr gutes Auskommen, denn die Last-, Bau- und Lieferwagen brauchten viel Benzin. Sie tankten einmal bei Scheller und einmal bei Röllner, wie es ihnen gerade paßte. Bürgermeister Sievers hatte Bauleiter Kruse darauf aufmerksam gemacht, daß es in seinem Sinn wäre, wenn beide Tankstellen gleichmäßig bedient würden. So hatten die beiden Männer keinerlei Grund, in diesem Punkt ihren jahrealten Streit fortzusetzen, ja es schien sogar, daß sie sich näherkamen, denn eines Abends sah man sie zusammen Skat spielen, doch da Röllner fortwährend betrog, endete das Spiel mit lauten gegenseitigen Beschimpfungen.
Eines frühen Morgens näherte sich eine gewaltige Baumaschine Röllners Tankstelle. Sie konnte mit einer Schaufel Löcher ausheben und den Sand über eine Gleitvorrichtung in einen Kasten laufen lassen, wo er durchgesiebt wurde, um hinten wieder ausgestreut zu werden. An diesem Morgen brauchte sie Benzin. Der Fahrer hätte nichts anderes zu tun gehabt, als das Benzin aus einem Faß in den Tank zu füllen, er mißverstand die Anweisung des Vorarbeiters jedoch, setzte sich ins Führerhäuschen und fuhr zu Röllner. Vorsichtig versuchte er vor eine der Tanksäulen zu gelangen, bekam jedoch die Kurve nicht, mußte zurücksetzen und nahm einen neuen

Anlauf. Röllner sprang auf, rannte vor die Tür und sah mit wachsendem Entsetzen, wie die Maschine sich von neuem auf seine Tankstelle zu bewegte. Röllner hüpfte auf und ab und gestikulierte. Endlich kam die Maschine mit lautem Aufheulen zum Stehen. Röllner kletterte auf das Treppchen des Führerhäuschens, öffnete die Tür und schrie, der Fahrer solle gefälligst mit seinem Monstrum verschwinden, von ihm werde er nicht einen Tropfen Benzin erhalten. Er solle doch zu Scheller fahren, vielleicht bekomme er da etwas!

Der Fahrer zuckte mit den Schultern, blinzelte vertrant, legte krachend den Rückwärtsgang ein und ratterte von dannen. Röllner blickte dem Ungeheuer nach, dann kamen ihm Bedenken ...

Scheller legte sich gerade einen Plan zurecht, was er heute alles zu erledigen hätte, als er plötzlich hochschreckte. Im ersten Moment glaubte er seinen Augen nicht zu trauen: Da kam eine riesige gelbe Maschine auf sechs mannshohen Rädern mit großer Geschwindigkeit auf sein Haus zugerast, der schemenhafte Mann im Führerhäuschen gestikulierte, rief etwas, drehte verzweifelt das Lenkrad und fegte mit seinem Monstrum die kleine Umrandungsmauer weg; eines der Räder überrollte zuerst die Normalbenzin-Tanksäule und dann auch die anderen beiden, das mittlere Rad erfaßte eine der Dachstreben. Dann fuhr das Monstrum auf den Schuppen neben dem Haus zu, wühlte sich hindurch, ratterte durch den Garten, pflügte Bäume und Sträucher unter, nahm Suhrs Misthaufen mit und kam kurz vor der Scheunenmauer halb umgekippt zum Stillstand. Der Fahrer sprang heraus, riß sich die Mütze vom Kopf, schleuderte sie zu Boden, stampfte darauf herum und brüllte: »Du verdammtes Mistvieh, du! Du gottverdammtes Mistvieh!« Und trat gegen eines der Räder.

Scheller stand fassungslos da und starrte auf die angerichtete Zerstörung. Dr. Renz kam im weißen Kittel über die Straße gerannt, gefolgt von Frau und Sohn. Suhr, Jungmann und Enno Frahm eilten herbei, und schließlich stand halb Neumühlen um die Maschine herum und staunte. Man gab Scheller gute Ratschläge, demonstrierte den Neuankömmlingen, was und wie es passiert war, und fragte den Fahrer nach dem

Hergang des Unglücks, doch der hatte keine Erklärung. Röllner erfuhr sehr schnell, welchem Schicksal seine Tankstelle entgangen war. Er sprang in seinen Wagen und fuhr zu Scheller; diesen Anblick konnte er sich nicht entgehen lassen. Unterwegs überholte er den tief über das Lankrad gebeugten Polizisten Kuhnert.
Als Röllner die Maschine halb auf der Seite liegen sah, verziert mit Suhrs Misthaufen, Schuppenbrettern, zwei Apfelbäumen, einem Stück Normalbenzin-Tanksäule und Umrandungsmauer-Steinen, durchzuckte ein gewaltiges Lachen seinen Leib. Es stieg ihm in die Kehle und platzte aus ihm heraus wie eine Explosion. Er lachte und lachte, beugte seinen Oberkörper, schlug sich auf die Schenkel, bekam keine Luft mehr, lief blau an und wischte die Tränen fort.
Scheller wurde kalkweiß im Gesicht, krempelte die Ärmel seiner Arbeitsjacke auf und rannte auf Röllner los. Weder Jüngmann noch Enno Frahm konnten ihn festhalten. Röllner ergriff, immer noch lachend, die Flucht. Die Jagd ging einmal um das Haus herum, dann über die Straße, quer über Suhrs Hof und zurück zu Schellers Haus.
Ein wilder Schrei ließ Scheller zur Besinnung kommen. Er blickte hoch und sah, wie hinter dem Schlafzimmerfenster seine Frau sich den Kopf hielt, als wollte er platzen. Scheller lief ins Haus, der Doktor folgte. Sie fanden Frau Scheller auf dem Boden liegen. Ihr Gesicht war verzerrt, Schaum stand vor ihrem Mund, ihr Schreien wollte nicht enden. Der Doktor ließ seine Tasche holen und gab ihr eine Spritze. Sie wurde die Treppe hinuntergetragen und in Röllners Wagen gelegt. Röllner zögerte keinen Moment, setzte sich ans Steuer, der Doktor und Scheller stiegen hinzu.
Im Rendenstedter Krankenhaus wagte man die Operation nicht, so daß Frau Scheller weiter nach Kiel gefahren werden mußte. Dort wurde sie stundenlang operiert, aber es war zu spät: Der Tumor hatte sich zu weit in ihrem Kopf fortgefressen. Nach einer Woche kehrte sie zurück, wachte aus ihrem Dämmerzustand kaum noch auf und starb nach vier Tagen. Innerhalb eines halben Jahres hatte Scheller seine Familie verloren. Man fühlte im Dorf mit ihm. Oft standen Leute in sei-

nem Laden, erzählten Belanglosigkeiten, machten Witze und gingen ihm zur Hand. Scheller wußte das allgemeine Mitgefühl zu schätzen, es tat ihm gut, wenn es ihn auch nicht tröstete. Seine Schwägerin kam einmal in der Woche aus Laboe, um ihm den Haushalt zu führen. Eines Abends trat Röllner in seinen Laden. Er zündete sich eine Zigarre an, und Scheller schob ihm einen Aschenbecher hin. Er merkte, daß Röllner etwas auf dem Herzen hatte, wollte das Gespräch aber nicht beginnen. Doch was Röllner dann vorbrachte, überraschte ihn.

»Ich vergrößere meinen Taxibetrieb«, sagte dieser.

»Wenn du meinst«, antwortete Scheller und setzte die Reparatur eines Heizkissens fort.

»Es lohnt sich. Da kommen oft Ingenieure zum Fabrikplatz mit einem Taxi. Das Geschäft muß man doch nicht den Rendenstedter Taxis überlassen!«

»Stimmt«, sagte Scheller.

»Ich brauch' einen Partner«, meinte Röllner.

»Such dir einen.«

»Weißt du keinen?«

»Nein.«

»Aber ich.«

Scheller schwieg. Er wußte, was Röllner jetzt sagen würde und tatsächlich sagte, nachdem er seine Zigarre wieder in Brand gesetzt hatte: »Ich weiß einen. Dich!«

Kurz darauf gaben sie sich die Hand. Von da an waren sie die besten Freunde.

Zu der Zeit, als Frau Scheller im Sterben lag, traf Anton eines Vormittags mitten im Dorf den Bauern Enno Frahm. Er trug einen schwarzen Anzug, einen schwarzen Hut und blitzende Schuhe, und beinahe hätte Anton ihn nicht erkannt. Als er dann sah, wer da in so vornehmer Verkleidung vor ihm stand, wunderte er sich, daß Enno Frahm Zeit hatte, um diese Stunde durch das Dorf zu spazieren, als hätte er nichts zu tun.

»Ich habe auch nichts mehr zu tun«, entgegnete Enno auf Antons spaßhafte Frage, »ich werde in meinem Leben nichts mehr zu tun haben. Wenigstens nicht als Bauer.«

Da wußte Anton, daß das eingetreten war, was in Neumühlen schon lange vorausgesehen worden war: Enno Frahm war pleite.
»Ja, ich bin pleite. Es ist aus«, sagte er leise und bleckte sein großes gelbes Gebiß, schob seinen Hut in den Nacken, wie er sonst nur seine speckige Bauernmütze in den Nacken schob, und versuchte ein Lächeln, aber es kam kein Lächeln heraus, sondern nur eine traurige Grimasse: »Sag ihnen allen, daß es nicht plötzlich gekommen ist. Es ist gekommen wie eine schleichende Krankheit, gegen die man sich wehren will, sich aber nicht wehren kann. Erst habe ich es nicht ernst genommen, als ich plötzlich Schulden hatte, und habe Vieh verkauft. Aber die Schulden wurden nicht kleiner, sie wurden größer. Da habe ich ein Feld verkauft. An Kock. Dann wieder Vieh ...« Enno Frahm bleckte wieder sein Gebiß, als wollte er lachen. Anton sah, wie er seine Hände in den Manteltaschen zu Fäusten ballte.
»Das Schlimmste war«, fuhr Frahm leise fort, »als ich zu Sievers ging und er mir einen Kredit gab. Für diesen Kredit, der nichts mehr genützt hat und den er jetzt zurückhaben will, habe ich meine Stimme für die Fabrik verkauft. Damit habe ich mich selbst verkauft. Meine Ehre!« Er nahm die Fäuste aus den Taschen und schlug die Knöchel aufeinander. Das knackende Geräusch erschreckte Anton.
»Kein Bauer mehr und keine Ehre mehr«, sagte Enno Frahm, nahm den Hut herunter und betrachtete ihn, als sähe er ihn zum ersten Mal. »Vielleicht muß ich jetzt alles verkaufen, um die Schulden zu begleichen. Das Haus auch. Vielleicht müssen meine Frau und die Kinder woanders hinziehen. Vielleicht in eins meiner eigenen Armenhäuser.« Er schwieg, blickte Anton an, sah sich um, ob ihm vielleicht jemand zuhörte, und fuhr leise fort: »Es ist schlimm, wenn man kein Bauer mehr ist. Das ist, wie wenn man tot ist und doch noch lebt. Bauer sein ist ja mehr, als nur einen Beruf haben und Geld verdienen. Bauer sein ist ein Stück Leben.«
»Wer bekommt deine Felder?« fragte Anton.
»Sievers«, antwortete Enno Frahm.
»Dann ist er wohl jetzt der Größte?«

»Ja. Er ist der Größte. Vielleicht ist Kock größer, vielleicht ist er größer. Was weiß ich ...«
Er setzte den Hut auf, zog ihn tief in die Stirn, steckte die Hände in die Manteltaschen, ballte sie zu Fäusten und sagte: »Kock hat mir nicht geholfen. Er hätte es tun können, wenn er mir damals, als ich ihn darum bat, eine Wiese abgekauft hätte. Sievers hat mir den Kredit gegeben, doch nur die Hälfte von dem, was ich hätte gebrauchen können. Aber ich habe ihm meine ganze Stimme für die Fabrik gegeben. Und Lafrenz«, schloß Enno Frahm mit einem Auflachen, »wollte mit mir kein Geschäft machen. Ich wollte ihm Fleisch und Milch liefern, aber er wollte nichts von mir. Er läßt es lieber aus Rendenstedt kommen. So ist das!«
Unvermittelt wandte Enno Frahm sich ab, ging ein paar Schritte dorfauswärts, drehte sich aber noch einmal um und kehrte zu Anton zurück: »Geh hin zu allen, die du heute noch triffst, und sage ihnen, Enno Frahm ist kein Bauer mehr. Und sage ihnen auch, daß sie noch von mir hören werden! Ja, sie werden noch von mir hören! Sie werden mich kennenlernen!«
Anton stand eine ganze Weile da und dachte über die merkwürdigen letzten Sätze Enno Frahms nach. Waren sie nun eine Drohung oder waren sie nur so dahingesprochen? Da er sich nicht entscheiden konnte, erzählte er nur weiter, daß Enno Frahm pleite gegangen war. Mehr nicht.
Vier Wochen später, nach dem Tode von Frau Scheller, war Enno Frahm Taxifahrer beim Taxiunternehmen Scheller-Röllner. Scheller hatte ihm diesen Posten angeboten, da er nicht länger zusehen konnte, wie sehr Enno Frahm unter seiner Situation litt und fast nur noch trank. Er machte seine Sache gut und reagierte auf keine der Spötteleien, die die Neumühlener ihm zuriefen. Bald aber hatten sie sich daran gewöhnt, daß einer ihrer früheren Bauern jetzt Taxi fuhr. Zudem gefiel ihnen, daß sie zu jeder Tages- und Nachtzeit einen Wagen rufen konnten, der sie irgendwohin brachte. Frauen ließen sich nach Rendenstedt zum Einkaufen fahren, Betrunkene wurden bei Lafrenz abgeholt, Sievers fuhr zur Besichtigung der Bauarbeiten, obgleich er nur fünf Minuten zu laufen

hatte, und Pastor Jacobsen fuhr zu Kranken und Ratsuchenden.
Das Unternehmen florierte, so daß Scheller und Röllner einen zweiten Fahrer einstellen mußten. Auf ihr Inserat in der »Rendenstedter Zeitung« meldete sich Friedrich Moll. Er war ein düsterer, schweigsamer Mann mit schütteren, hellblonden Haaren, einem roten Backenbart im breiten Gesicht und riesigen, sommersprossigen Händen. Er trug stets eine dunkelgrüne Lederjacke und helle Cordhosen. Niemand wußte Genaueres über ihn. Wenn man ihn fragte, woher er komme, antwortete er ausweichend. Da er seine Arbeit ordentlich tat, pünktlich war und exakt abrechnete, kümmerten Röllner und Scheller sich nicht weiter um ihn.
Enno Frahm bemühte sich schon bald um Molls Freundschaft. Es dauerte aber lange, bis er das Vertrauen des schweigsamen Mannes gewonnen hatte. Von da an waren sie unzertrennlich, Moll bezog sogar eine Dachkammer in Frahms Haus. Man sah sie morgens zusammen zur Arbeit gehen und die Wagen besteigen, in den Pausen standen sie neben Schellers Haus und sprachen miteinander, abends hockten sie in der neuen Gastwirtschaft von Katharina Stamp, denn Enno wollte bei Lafrenz nicht den Bauern des Dorfs begegnen. Sie setzten sich zu den Bauarbeitern, tranken und sprachen mit ihnen. Das taten sonst nicht viele Neumühlener.
Frau Frahm war froh über Molls Anwesenheit in ihrem Haus. Er war hilfsbereit und tat ihr manchen Gefallen. Auch ihre Kinder mochten ihn, denn er ließ sie geduldig auf seinem Rücken reiten, las ihnen vor und schnitzte ihnen Flöten aus Weidenstöcken. Es dauerte nicht lange, da hatten die Neumühlener ihn als einen der ihren akzeptiert.
Eines Abends ging Christian Czychowski nach Arbeitsschluß mit einigen Bauarbeitern in Katharina Stamps Gasthaus, um noch ein Bier zu trinken. Sie hatten einen erfolgreichen Tag hinter sich gebracht, das Fundament für die Fabrik war halb gelegt, bald würde mit dem Aufbau der Wände begonnen werden. Dr. Schwarz war aus Rendenstedt gekommen, hatte alles in Augenschein genommen und hatte, da er sehr zufrieden war, zwei Faß Bier für jede Gastwirtschaft

spendiert. So ging es hoch her in der Gaststube, die Freibiergläser wurden gefüllt und unter Gejohle weitergereicht, man trank, war fröhlich und begann zu singen.
Christian stand, wie immer, etwas abseits, sein Blick fiel auf Friedrich Moll. Wo hatte er diesen Mann schon einmal gesehen? Woher kannte er seine Art, den Kopf zu senken und die Schultern emporzuziehen? Und diese riesigen Hände mit den Sommersprossen und den rötlichen Härchen, woher kannte er sie nur? Christian dachte nach und ließ kein Auge von ihm. Um ihn herum johlten und lachten seine Arbeitskollegen, erzählten sich Witze und begrüßten die Dorfhure Frauke Ohm mit anzüglichen Bemerkungen. Das alles kümmerte Christian nicht. Er blickte unentwegt auf Friedrich Moll.
Auch als Frauke auf einem Tisch zu tanzen begann und die Männer in die Hände klatschten, blickte Christian weiter zu Friedrich Moll hinüber. Als dieser sich umdrehte, um einen Schnaps zu bestellen, und plötzlich Christian ansah, die Brauen zusammenzog und sich schnell wieder abwandte, da wußte Christian, woher er diesen Mann kannte. Siedendheiß fiel es ihm ein. Nein, es gab keinen Zweifel: Er kannte ihn aus dem Gefängnis. Und war es auch lange Jahre her und hatte Moll sich auch verändert, es gab keinen Zweifel, er war es: Friedrich Moll, der ›Totschläger‹, wie er genannt wurde, denn er war wegen eines Banküberfalls, bei dem ein Passant getötet worden war, verurteilt worden. Zwar war es nicht Moll, der ihn erschossen hatte, sondern dessen Freund, aber Moll hatte gleichfalls zwölf Jahre bekommen. Fast zur gleichen Zeit, als Christian seine Strafe für den Einbruch bei Wittke verbüßt hatte, war auch Moll entlassen worden. Das war nun zehn Jahre her.
Christian trank sein Glas hastig aus, verließ den Gastraum und wollte nach Hause radeln. Da trat auch Friedrich Moll ins Freie und sah sich suchend um. Ihm folgten Frauke Ohm und ein riesiger Bauarbeiter, der ›Kran‹ genannt wurde, sie bestiegen Fraukes eleganten Wagen und fuhren schnell davon.
Moll näherte sich Christian. Er hatte seine Hände in die Taschen gesteckt. Christian konnte ihm nicht in die Augen se-

hen. Er machte sich an seinem Fahrrad zu schaffen, drehte an der Lampe, spielte mit der Handbremse, prüfte den Reifendruck.
»Sie wissen, wer ich bin?« fragte Moll.
»Ja«, antwortete Christian leise.
»Und?«
»Was und?«
»Was werden Sie tun?«
Christian schwieg, wischte über den Sattel, nahm die Klammer des Gepäckträgers hoch und ließ sie niederschnappen.
»Wenn Sie etwas sagen, bin ich erledigt. Ich bin schon hundertmal erledigt worden. Irgendwann ist es immer herausgekommen.« Molls Stimme klang müde.
»Ich habe Sie sofort wiedererkannt«, stellte Christian fest.
»Ich Sie auch«, sagte Moll, »mit wem man einmal zusammen im Knast war, den vergißt man nicht.«
Christian schwieg. Er wollte nicht an diese Zeit erinnert werden.
»Also«, sagte Moll, »bitte kein Wort zu irgendeinem. Ich bitte Sie ...«
Enno Frahm fuhr mit einem Taxi vor und forderte Moll auf, mit ihm nach Hause zu fahren. Christian sah dem Wagen nach, bis seine Rückleuchten um die Ecke gebogen waren, er stand noch lange tief in Gedanken und kam spät nach Hause.

Elisabeth erhielt von Gazi Erkal einen Brief aus Dover in England. Er schrieb ihr, er habe sich dumm benommen, er liebe sie und könne ohne sie nicht leben. Nach seinem überstürzten Weggang aus Breitenfeld neulich sei er nach Cuxhaven gefahren und habe dort Kapitän Röckendorfs Schiff erwischt. Nun sei er auf der Fahrt nach Edinburgh und würde bald zurückkehren. Elisabeth war außer sich vor Glück, als sie Gazis Nachricht in Händen hielt. Zunächst wollte sie ihm nachreisen. Dann fiel ihr ein, daß sie unmöglich ihren verbittert schweigenden Vater allein lassen konnte. Und zudem konnte sie sich keinen anderen Platz auf der Welt außer Neumühlen vorstellen, wo sie leben mochte. Sie schrieb an

Gazi nach Edinburgh, sie warte auf seine Rückkehr, sie wolle mit ihm zusammen leben und ihn so schnell wie möglich heiraten. Ja, das hatte sie vor. Mochte sich ihr Vater auch dagegenstellen, mochte man sie in Neumühlen für verrückt halten und ›Türkenflittchen‹ nennen, das war ihr gleichgültig. Sie war fest entschlossen, ihren Willen durchzusetzen.
Elisabeth ging zu Pastor Jacobsen, um dessen Rat einzuholen. Er war der einzige Mensch im Dorf, mit dem sie über alles reden konnte, er würde, sollte es notwendig werden, für sie Partei ergreifen gegen die Neumühlener. Sie hatte in ihrem Leben noch nie mit Jacobsen gesprochen, außer über Nebensächlichkeiten, so war dieser Besuch für sie etwas Besonderes. Und auch für Jacobsen war Elisabeths Besuch etwas Besonderes, zeigte er doch, daß man seinen Rat noch immer benötigte, daß man seiner Autorität nach wie vor vertraute. Er war glücklich, als Elisabeth vor ihm stand, verlegen lächelte, ihm die Hand reichte und einen Knicks machte. Sie braucht meinen Rat gar nicht, dachte er und musterte sie verstohlen, während sie sich auf den gemeinsamen Spazierweg hinunter in die Flußauen machten, sie tut sowieso, was sie will. Ich werde vorsichtig sein müssen und nicht den lebenserfahrenen Seelenhirten herauskehren, ich werde zu ihr reden müssen wie ein Freund.
Es war Juli geworden, ein kühler, unfreundlicher Juli mit vielen Regentagen und Weststürmen. Ein herber Geruch nach nasser Erde und faulendem Laub lag über dem Land. Die Kühe standen mit gesenkten, triefenden Häuptern eng aneinandergedrängt an den Gattern. Am Himmel zogen schwere, triumphierende Wolkenbastionen landeinwärts, wie wenn sie schon den Sieg über den Sommer verkündeten.
Der Pastor wanderte langsam die Kieswege des Friedhofs entlang, hatte seine Arme auf den Rücken verschränkt und sog erhobenen Kopfes die Gerüche ein, die eine Ahnung des kommenden Herbstes mit sich trugen. Elisabeth ging neben Jacobsen her und mühte sich, ihre Schritte den seinen anzupassen.
»Wie heißt er?« fragte der Pastor, nachdem sie ein gutes Stück des Weges schweigend nebeneinander hergegangen waren.

»Gazi Erkal.«
»Gazi Erkal«, wiederholte Jacobsen und prüfte jede Silbe, »klingt schon merkwürdig für die Leute hier im Norden.«
»Meine Mutter hieß Babette Sölchhuber; das war damals, als mein Vater sie aus Bayern mitbrachte, genauso merkwürdig für die Leute hier im Norden!« entgegnete Elisabeth.
»Stimmt«, lachte Jacobsen, »und dein Vater hat sie sicher genauso geliebt, wie du deinen Gazi liebst.«
Elisabeth nickte.
»Und dich kümmert auch nicht, was die Neumühlener denken?«
»Nein«, erwiderte Elisabeth fest.
»Aber für deinen Vater ist die Türkei weiter entfernt als es zu seiner Zeit Bayern war.«
»Er redet nicht mit mir.«
»Trotzdem willst du Gazi heiraten?«
»Auf jeden Fall.«
»Er dich auch?«
»Ja!«
»Und ihr wollt hier leben?«
»Ja.«
»Egal, was man über euch redet?«
»Ja!«
»Sehr gut«, erwiderte Jacobsen, »sehr gut, daß ihr hier leben wollt. Sehr gut, daß ihr Neumühlen nicht verlassen wollt. Das nämlich geht mich an. Verstehst du?«
Elisabeth wunderte sich, daß der Pastor plötzlich mit erhobener Stimme sprach.
»Ja«, fuhr er fort, »das geht mich an. Sollen sie doch kommen, die Neumühlener, und versuchen, euch das Leben schwerzumachen. Ich werde da sein und ihnen ins Gewissen reden, daß ihnen die Ohren sausen!«
Sie überquerten den Sportplatz und wanderten weiter auf einem aufgeweichten Feldweg dem Fluß entgegen, dessen braunes Wasser durch die Zweige der Sträucher schimmerte.
»Du willst meinen Rat, also will ich ihn dir geben. Wenn ich euch beide trauen soll, müßte dein Gazi Christ werden...«

»Er ist Christ«, unterbrach ihn Elisabeth.
Jacobsen blieb abrupt stehen und wandte ihr sein überraschtes Gesicht zu: »Er ist Christ?«
»Ja. Sein Vater hat an einer deutschen Schule unterrichtet.«
»Also, so was«, sagte der Pastor und lachte einige Male auf, »dann kommt doch! Kommt so schnell wie möglich in meine Kirche . . .!«
»Aber mein Vater . . .«, wandte Elisabeth leise ein.
»Und Klaus Henningsen . . .« ergänzte Jacobsen.
»Den heirate ich nie!« rief Elisabeth. »Nie, nie, nie!« Sie blieb stehen und stampfte mit dem Fuß auf.
»Nun, Klaus Henningsen kann ich kaum helfen«, erwiderte Jacobsen, »er muß mit seiner Liebe zu dir allein fertig werden. Vielleicht gehe ich mal zu ihm. Aber was deinen Vater betrifft, mit dem werde ich wohl reden müssen.«
»Sie sind der einzige, der ihn zur Vernunft bringen kann«, erwiderte Elisabeth. Jacobsen war erstaunt über das Vertrauen, das Thömings eigenwillige Tochter ihm entgegenbrachte. Warum ihm? Warum nicht irgendeinem anderen? Womit hatte er sich ihr Zutrauen verdient? Verhielt er sich zur Zeit nicht schwächlich und abwartend? War es nicht so, daß er, der doch jede Form von Gewalt verabscheute, die Gewalttätigkeiten, die zwischen den jungen Neumühlenern und den Bauarbeitern ausgebrochen waren, im stillen billigte? Warum aber sagte er das nicht laut und deutlich? Warum drückte er sich vor einem klaren Wort dazu und redete in seinen Predigten über alles andere, nur nicht darüber? Der Grund war folgender. Ihn irritierte, daß es die Jugendlichen waren, die gegen den Fabrikbau vorgingen, denn die hatten doch eigentlich nicht das geringste Interesse daran, daß die alte Ordnung des Bauerndorfes erhalten blieb. Wenn sie sich also mit den Bauarbeitern prügelten, besorgten sie da nicht die Geschäfte der Alten, zumindest jener, die um ihr Dorf fürchteten?
Zweimal hatte Jacobsen schon versucht, mit seinem Sohn Peter über diese merkwürdige Diskrepanz zu sprechen. Peter aber war ihm eine befriedigende Antwort schuldig geblieben. Vielleicht, so dachte er, während er neben Elisabeth zwischen den aufgeschütteten Wällen, die den Feldweg auf beiden Sei-

ten einschlossen, zum Fluß wanderte, vielleicht weiß sie eine Antwort:
»Merkwürdig«, sagte er und beobachtete seine Begleiterin aus den Augenwinkeln, »oberflächlich scheint es, als kämpft ihr jungen Leute für die alte Dorfordnung. Aber in Wirklichkeit muß es doch ganz anders sein. Ihr habt doch am ehesten ein Interesse daran, daß sich hier baldmöglich manches verändert. Daß eine Zeit anbricht, in der es keine Vorurteile mehr gibt, eine Zeit, in der du, Elisabeth, zum Beispiel deinen Gazi heiraten kannst, ohne daß die Neumühlener dir Schwierigkeiten bereiten. Erkläre mir das!«
Elisabeth sah den Pastor von der Seite an und dachte lange über diese schwierige Frage nach. Dann sagte sie:
»Ich glaube, das ist so. Man kann es nicht ändern, daß die Fabrik hierher kommt. Sie wird nun mal gebaut und vielleicht ist es auch gut so. Wenn die Jungs abends den Arbeitern auflauern, dann geht es nicht darum, daß die Arbeiten eingestellt werden, und es geht auch gar nicht um die Arbeiter persönlich, es geht um etwas ganz anderes . . .«
»Nämlich?« fragte Jacobsen gespannt.
»Nun«, erwiderte Elisabeth, »ich glaube, wir wollen nur unseren Anteil . . .«
»Was für einen Anteil?«
»An dem, was kommt.«
»Und was ist es?« fragte Jacobsen ungeduldig.
»Ich weiß es nicht. Aber Ihr Sohn Peter weiß es. Er hat irgend etwas vor. Deswegen trommelt er die Jungs dauernd zusammen.«
»Was kann es denn sein?« fragte Jacobsen heftig.
»Ich sagte schon, daß ich es nicht weiß. Wenigstens nicht genau. Aber«, fügte sie schnell hinzu, als sie Jacobsens unwilliges Gesicht sah, »wir haben doch immer gehorcht. Zum Beispiel haben Mädchen wie ich früher fast immer den geheiratet, den die Väter ausgesucht haben. Damit Land zu Land und Geld zu Geld kommt, wie man sagt . . .«
»Das ist doch kein Grund, sich mit den Bauarbeitern zu prügeln!« warf Jacobsen ein.
»Doch«, beharrte Elisabeth, »das gehört dazu. Ihr Sohn Peter

hat neulich, als wir uns alle trafen, gesagt, wir haben eine große Macht. Und ich finde, er hat recht. Denn wir werden eines Tages hier leben müssen, und das wollen wir in einer anderen Ordnung.«

»Freieren Ordnung?« fragte Jacobsen.

Elisabeth lächelte und zuckte mit den Schultern: »Das kann man wohl noch nicht sagen.«

»Gut«, erwiderte Jacobsen wenig befriedigt, »warum aber kommst du ausgerechnet zu mir, um meine Hilfe zu erbitten, daß du Gazi Erkal heiraten kannst?«

»Weil ich glaube, daß Sie so ähnlich denken wie wir, weil Sie auch dafür sind, daß manches geändert wird.«

»Ich habe mich immer gegen die Fabrik ausgesprochen, das weißt du!« erwiderte Jacobsen.

»Ich finde, das ist nicht genug«, sagte sie leise und lächelte entschuldigend, »die Fabrik ist nicht mehr wegzukriegen. Man muß wohl mit ihr leben ...«

»Ich verstehe«, rief Jacobsen plötzlich, »jetzt verstehe ich, was du meinst ...«

»Was alle meinen«, ergänzte Elisabeth.

»Gut, was alle Jugendlichen meinen«, bestätigte der Pastor, »mein Fehler war, nach rückwärts, statt nach vorwärts geblickt zu haben. Nach vorwärts, in die Zukunft unseres Dorfes mit der Fabrik!«

»Ja«, meinte Elisabeth, »das ist es wohl.«

»Das ist es also!« rief Jacobsen und lachte laut auf, »angesichts dessen, was kommt, habe ich nach rückwärts geblickt und die Vergangenheit verklärt, obgleich sie alles andere als schön war. Aber in Wirklichkeit geht es um die Zeit, die kommen wird. Die Fabrikzeit. Die Parole muß also lauten: Mit der Fabrik für die neue Zeit!«

»Genau das hat Peter auch gesagt!«

»Und indem ich deinen Vater überzeugen soll, daß es für ihn gut ist, wenn du deinen Gazi heiratest, tue ich auch etwas für diese neue Zeit ...«

»So ist es«, sagte Elisabeth fest.

»Also, wenn dein Gazi zurück ist, werde ich mit deinem Vater sprechen.«

»Danke«, erwiderte Thömings Tochter.
Jacobsen sprach am Abend mit seinem Sohn Peter und erwähnte nebenher, was Elisabeth ihm berichtet hatte. Peter lächelte seinen Vater an: »Ich habe es dir einige Male versucht zu erklären«, sagte er, »aber du wolltest nicht zuhören. Wenn du von der Zerstörung des Bauerndorfes sprachst, dann hörte sich das an, als würde ein Paradies zerstört.«
»Ehrlich?« fragte Jacobsen.
»Na ja, so ähnlich klang es wenigstens«, meinte Peter.
»Du bist also der Meinung ...«
»Laß es mich sagen«, meinte Peter, »ich bin der Meinung, daß die Fabrikzeit, die in einem Jahr anbricht, eine bessere Zeit werden kann als die vergangene. Die alte Ordnung wird nicht zerstört werden. Neumühlen wird auch dann noch ein Bauerndorf sein. Auch mit der Fabrik. Was wir wollen, ist, unseren Einfluß geltend machen. Denn wir haben schließlich die Zukunft zu bestimmen.«
»Und ich bin immer davon ausgegangen«, erwiderte Jacobsen, »daß das Chaos ausbrechen wird, wenn die Fabrik erst steht.«
»Nein, das Chaos wird nicht ausbrechen. Viel wird sich nicht ändern, viel weniger, als wir heute meinen. Die Neumühlener sind viel zu opportunistisch, als daß sie sich nicht einzurichten wüßten. Aber wir wollen unseren Anteil, denn wir wollen auch künftig hier leben.«
»Du auch?«
»Ja, ich auch. Ich hoffe, eines Tages dein Nachfolger zu werden«, erwiderte Peter wie selbstverständlich.
»Das gebe Gott«, sagte Jacobsen, fügte aber schnell hinzu, um seine Rührung zu verbergen, »müssen denn die Schlägereien wirklich sein?«
»Ja, sie müssen sein. Keine Sorge, es wird schon niemand ernstlich verletzt werden.«
»Und wenn ich am nächsten Sonntag in meiner Predigt diese Schlägereien verdamme?« fragte Jacobsen.
»Ich finde, das hättest du schon früher tun sollen«, erwiderte Peter zur großen Überraschung seines Vaters.
»Ich verstehe überhaupt nichts mehr«, sagte Jacobsen bitter,

»ihr schlagt euch mit den Arbeitern, jedoch nicht für die alte Dorfordnung . . .«
»Ich will den Bürgermeister zu einer Einsicht bringen.«
»Und die wäre?«
»Das kann ich dir noch nicht sagen . . .«
»Ich finde das alles äußerst kompliziert«, meinte der Pastor nachdenklich.
»Und doch ist es ganz einfach. Wir prügeln uns für unser Dorf und für unsere Zukunft.«
»Ich weiß, ich weiß«, erwiderte Jacobsen ungeduldig, »das sagte Elisabeth Thöming schon, »ich hoffe nur, ihr habt Erfolg!«
»Ich hoffe es auch.«

8

Seit über einem Jahr kämpfte die energische Frau von Dr. Renz nun schon für eine zweite Omnibushaltestelle direkt vor ihrem Haus, damit die Patienten es bequemer hätten und nicht durch das halbe Dorf gehen müßten, um in die Sprechstunden zu gelangen. Aber wie viele Briefe sie auch geschrieben, wie oft sie auch bei der Postbehörde in Rendenstedt persönlich vorgesprochen hatte, immer wieder war ihr mitgeteilt worden, daß eine Bushaltestelle für ein Dorf der Größe Neumühlens vollkommen ausreichend sei. In Elsendorf, Breitenfeld und Karlsmoor halte der Bus auch nur einmal, sie solle jetzt endlich Ruhe geben.
Da versuchte Frau Renz, den Neumühlener Gemeinderat für ihre Pläne zu gewinnen, aber sosehr sie auch auf Sievers, Tetens, Herbig, Schicke und Wittke, der den kranken Adolf Sick vertrat, einredete, sie fand kaum Gehör. Die Herren mußten sich mit wichtigeren Projekten befassen, eine neue Meierei sollte gebaut werden, das alte Gebäude war recht baufällig. Was war dagegen vergleichsweise eine Omnibushaltestelle?
Der Doktor hatte sich längst damit abgefunden, daß die Hal-

testelle vor seinem Haus nicht eingerichtet werden würde, obwohl er sie nicht weniger als seine Frau herbeiwünschte, denn nicht selten mußte er Patienten mit seinem Wagen von Breitenfeld oder Elsendorf abholen, da er ihnen den langen Fußmarsch durch das halbe Dorf nicht zumuten konnte. Und Taxifahrten waren für die meisten zu teuer. Er hatte sich also mit der Situation abgefunden, nicht jedoch seine Frau. Ihr kam nach einigem Nachdenken eine Idee. Als erstes besprach sie sich mit Fräulein Regensburg, der Lehrerin und Mitarbeiterin der »Rendenstedter Zeitung«. Kein Wunder, meinte die Lehrerin, daß sich die Mitglieder des Gemeinderats nicht für die Haltestelle einsetzten, sie führen ja nie mit dem Omnibus. Wenn sie in die Doktorpraxis müßten, bestiegen sie ihren eigenen Wagen. Nein, wenn man etwas erreichen wolle, müsse man sich mit den Armen des Dorfes zusammensetzen. Und mit den Frauen. Die seien auf den Omnibus angewiesen.
Frau Renz stimmte zu, beide überlegten noch eine Weile, dann hatte Fräulein Regensburg eine wehleidige Geschichte zusammen. Sie beschrieb das Schicksal einer alten, gebrechlichen Frau aus Breitenfeld, die von der bestehenden Bushaltestelle mitten im Dorf drei Kilometer zum Doktorhaus gehen mußte, dafür einen halben Tag benötigte, und als sie schließlich ankam und kaum noch atmen konnte, war sie noch um einiges kränker geworden, als sie es sowieso schon war.
Geringfügig gekürzt erschien dieser Bericht wenige Tage später in der »Rendenstedter Zeitung«. Er erregte in Neumühlen großes Aufsehen, denn niemand kannte diese alte gebrechliche Frau, von der da die Rede war. Der Doktor war zornig auf seine Frau, denn er durchschaute, welches Spiel sie trieb. Bürgermeister Sievers meldete sich telefonisch bei Frau Renz und machte ihr Vorwürfe. Es sehe ja so aus, als sei Neumühlen ein Dorf hinter dem Mond, als habe man kein Herz für alte, kranke Menschen, dabei sei es genau umgekehrt: Dadurch, daß die Fabrik hier gebaut würde, sei der Beweis erbracht, daß er als Bürgermeister und der Gemeinderat schlechthin etwas für die Armen und Alten tue, denn von den zu erwartenden Steuereinnahmen würden alle profitieren. Frau Renz solle sich unterstehen, nochmals so etwas Ver-

leumderisches in die Zeitung setzen zu lassen! Damit knallte er den Hörer auf die Gabel.
Da wußte Frau Renz, daß sie richtig handelte, wenn sie sich auf den Bürgermeister nicht verließ. Sie tat sich als nächstes mit der Pastorfrau zusammen. Dieses Mal saßen sie zu dritt bis kurz vor Mitternacht zusammen. Niemand durfte die Konferenz stören. Nur Peter Jacobsen steckte hin und wieder seinen Kopf herein und wurde schließlich gebeten, seine Meinung zu den Plänen zu sagen. Er fand sie sehr gut. Die drei Frauen reichten sich wie Verschwörerinnen die Hände und gingen am nächsten Abend zur Gastwirtschaft Lafrenz. Sie baten Frau Lafrenz zur Seite und weihten sie in ihre Pläne ein. Frau Lafrenz war sofort Feuer und Flamme. Zu viert marschierten sie zu Magda Stender und zu fünft schließlich zur Frau des Bürgermeisters. Dann begannen sie ihre Pläne in die Tat umzusetzen.
Zwei Vormittage später kam es im Omnibus, der von Breitenfeld über Neumühlen nach Rendenstedt fuhr, zu einem Zwischenfall, über den Fräulein Regensburg sofort einen Artikel verfaßte. Magda Stender und Frau Lafrenz saßen in einer der hinteren Sitzbankreihen und taten, als wollten sie nach Rendenstedt fahren. Wenige hundert Meter vor dem Doktorhaus faßte Frau Lafrenz sich plötzlich an ihren Leib und schrie schrecklich auf. Magda eilte zum Busfahrer und zwang ihn, direkt vor dem Doktorhaus anzuhalten. Die beiden Frauen stiegen aus, Magda schleppte die laut wimmernde Gastwirtsfrau in die Praxis, wo sie von Frau Renz fröhlich empfangen wurden.
Am nächsten Vormittag brach Fräulein Regensburg an der gleichen Stelle zusammen, am übernächsten Vormittag war es Frau Sievers, die ein ähnliches Schicksal erleiden mußte. Dann traf es Magda Stender, dann Frau Jacobsen, dann wieder Frau Lafrenz, dann Frau Tetens, dann Elisabeth Thöming, dann Frau Jacobsen ... Mittlerweile hatte sich nämlich unter den Neumühlener Frauen herumgesprochen, was Frau Renz vorhatte, und diese mußte sogar eine Liste anlegen, welche Frau an welchem Tag zusammenbrechen durfte.
Die Männer durchschauten das Spiel und waren empört. Sie

stellten ihre Frauen zur Rede, und es kam zu erheblichen Auseinandersetzungen. Aber kaum eine der Frauen und Mädchen sprang ab: Jeden Vormittag, zwei Wochen lang, brach eine von ihnen mit lautem Geschrei wenige hundert Meter vor dem Doktorhaus im Omnibus zusammen.

Sievers tobte. Er werde die Verantwortlichen zur Rechenschaft ziehen, er lasse sein Dorf nicht veralbern, schrie er, das sei ein Aufstand, eine Revolution! Ihm reiche es, wenn die Jungen verrückt spielten und sich mit den Bauarbeitern prügelten, er brauche nicht auch noch aufmüpfige Frauen!

Nach der zweiten Woche wurden Frau Renz und Fräulein Regensburg, die über alle Zwischenfälle Artikel geschrieben hatte, die jedoch nicht mehr veröffentlicht wurden, von der Postbehörde nach Rendenstedt gebeten. Ein älterer Herr, mit dem Frau Renz schon früher schlechte Erfahrungen gemacht hatte, sagte ihr auf den Kopf zu, daß sie sich diese makabren Spielereien ausgedacht habe, um gegen behördliche Entscheidungen zu opponieren.

Frau Renz blickte den aufgeregten Mann herausfordernd an und erwiderte: Sie als Doktorsfrau könne wohl eher als er beurteilen, ob jemand krank sei oder nicht. Sie wollte noch weitere Beschimpfungen loslassen, als sie bemerkte, wie Fräulein Regensburg ihren Kopf senkte und so heftig ihre Nase putzte, als müßte sie gleich weinen. Das fand Frau Renz sehr gut, und sie putzte sich gleichfalls heftig ihre Nase.

Der Herr wußte mit den beiden schniefenden Damen aus Neumühlen nichts anzufangen, eilte aus dem Büro und holte seinen Vorgesetzten zu Hilfe. Der trat mit schnellen Schritten zornig ein und stutzte: Frau Renz und Fräulein Regensburg hielten noch immer ihre Köpfe gesenkt und wischten sich über die Augen. Er durchschaue alles, brüllte der Vorgesetzte, da er mit weinenden Frauen überhaupt nicht umzugehen wußte: So könne man mit einer Behörde nicht umspringen. Er werde dem Omnibusfahrer Anweisung geben, auf keinen Fall anzuhalten, egal, was geschehe!

Frau Renz wäre zu gern aufgesprungen und hätte dem Schreihals etwas Zorniges erwidert, aber sie tat es nicht, denn Fräulein Regensburg begann jetzt wirklich zu weinen, und

das war viel klüger, als sich auf eine Diskussion einzulassen. So ließ auch sie ihren Tränen freien Lauf. Die beiden Männer sahen sich an, sahen die Frauen an und wußten vor lauter Verlegenheit nicht ein noch aus.
Der Vorgesetzte stellte sich auf seine Zehenspitzen und schrie seinen Untergebenen an: »Warum gibt es in diesem verdammten Dorf eigentlich keine zweite Haltestelle?«
»Weil keine Notwendigkeit besteht ...«
»Und warum besteht keine Notwendigkeit?«
»Weil wir alles geprüft haben und zu dem Ergebnis gekommen sind ...« hauchte der Untergebene und wurde abwechselnd weiß und rot im Gesicht.
»Offensichtlich ist das Ergebnis wohl nicht mit ausreichender Sorgfalt ermittelt worden, oder ...?«
Der Untergebene wurde sichtlich kleiner.
»Prüfen Sie gefälligst alles und veranlassen Sie das Notwendige ...!«
»Jawohl!« hauchte der Untergebene.
Der Vorgesetzte machte eine knappe Verbeugung zu den beiden Neumühlener Frauen hin und eilte hinaus.
Jetzt hoben Frau Renz und Fräulein Regensburg ihre Köpfe und strahlten den Untergebenen an. Der verkniff sich eine beleidigende Bemerkung, verabschiedete die beiden und trommelte, als sie gegangen waren, wütend mit beiden Fäusten auf dem Schreibtisch herum.
Drei Tage später wurde vor dem Doktorhaus ein Omnibushalteschild aufgestellt. Frau Renz hatte ihr Ziel erreicht. Für alle Frauen und Mädchen, die sie unterstützt hatten, gab sie in der Gastwirtschaft Lafrenz ein großes und fröhliches Fest, zu dem Männer nicht zugelassen waren. Die saßen zu der Zeit draußen vor der Tür und waren verstört. Sie ahnten, daß sie sich da etwas eingebrockt hatten, denn von nun an würden die Frauen von Neumühlen sich nicht mehr alles von ihnen gefallen lassen. Das war sicher.

An einem Sonnabend Mitte August fuhr ein großer Wagen durch Neumühlen. Er war glänzend schwarz und hatte silberne Zierleisten an den Seiten. Am Rückfenster schaukelte ein Wimpel mit dem verschnörkelten Emblem der Fabrik, die eine Niederlassung in Neumühlen baute. Am Steuer des Wagens saß Dr. Schwarz. Dieses Mal machte er keinen offiziellen Besuch bei Bürgermeister Sievers, sondern einen privaten, einen sehr privaten: er fuhr zu Lehrer Schicke, denn dessen Sohn Klaus war seit dem Fabrikfest mit seiner Tochter Wiebke befreundet. Jetzt erwartete sie ein Kind. Sie hatte ihrem Vater ihren Zustand gebeichtet in der Hoffnung, er werde ihr irgendwie helfen. Er aber war außer sich vor Wut auf diesen ›Dorflümmel‹, beschimpfte sie, nannte sie eine Dorfhure, setzte sich in seinen Wagen und raste nach Neumühlen.

Lehrer Schicke war, wie immer am frühen Abend, ziemlich betrunken. Wie durch einen Schleier sah er Dr. Schwarz im Zimmer stehen, mit dem Zeigefinger auf ihn deuten und herumbrüllen. Langsam begriff Schicke, um was es ging. Sein Sohn hatte offensichtlich diese rotznäsige Göre aus Rendenstedt geschwängert. Und nun machte der Vater ihm Vorwürfe deswegen. Schicke lächelte. Plötzlich war er stolz auf seinen Sohn.

Er solle sich ja nicht soviel auf seine dämliche Tochter einbilden, sagte Schicke, die sei auch nicht mehr wert als jedes andere Mädchen. Da nahm Dr. Schwarz einen Stuhl hoch und krachte ihn so gewaltig auf den Boden, daß er in der Mitte auseinanderbrach. Schicke sah das zwar nur durch einen Nebel, aber er konnte gut erkennen, daß dieser Rendenstedter Laffe dabei war, seine Einrichtung zu demolieren. Er erhob sich taumelnd und wollte, wie er es gewöhnlich bei seinem Sohn tat, einfach zuschlagen, doch Schwarz wich zurück; Schicke fiel hin, stand aber sogleich wieder auf. Schwarz flüchtete zur Tür zurück und huschte hinaus. Schicke eilte hinterher und holte erneut aus, doch traf seine Faust nur die geschlossene Tür. Klaus hörte den Krach, den sein Vater unten im Wohnzimmer machte, blickte aus dem Fenster und sah gerade noch, wie Dr. Schwarz auf den leeren Schulhof hinauslief und wüste Flüche ausstieß. Klaus eilte umgehend zu Peter Jacobsen, berichtete, was sich zutrug, und der rief seine anderen Freunde an.

Währenddessen war Dr. Schwarz in seinen Wagen gestiegen und wollte gerade starten, als ein riesiger Stein durch die Rückscheibe klirrte und wenige Zentimeter neben ihm die Frontscheibe zerschmetterte. Schicke brüllte triumphierend über seinen Meisterwurf. Dr. Schwarz saß fassungslos und zu Tode erschrocken da und rührte sich nicht.
Auf Fahrrädern und Mopeds sowie zu Fuß kamen die Neumühlener Jungen und Mädchen herangeeilt, vornweg Peter Jacobsen und Hans Renz, die Jungmann-Söhne Harm und Heinrich, Konrad Borrmann, Waltraut Sievers und Ellen Bandholz, ja sogar Elisabeth Thöming war mitgekommen. Sie sahen, wie Lehrer Schicke mit weiten Schritten auf dem Schulhof umherstolzierte, mit seinen langen Armen in der Luft herumfuchtelte und eine laute Rede gegen die Fabrik und Dr. Schwarz hielt: Nur dieses Bauwerk sei schuld, schrie er, daß jemand wie dieser feine Rendenstedter Pinkel sich so aufführen dürfe! In seiner Wohnung einen Stuhl zerbrechen! Er werde jetzt sofort Maßnahmen gegen diesen Herrn ergreifen! So könne man mit ihm, einem Neumühlener Lehrer, nicht umspringen!
Dabei drohte er fortwährend mit der Faust in Richtung von Dr. Schwarz. Der versuchte erneut, seinen Wagen zu starten, aber da umstanden die jungen Neumühlener schon das vornehme Gefährt des Fabrikmenschen, verschränkten ihre Arme und blickten drohend. Dr. Schwarz bekam es mit der Angst zu tun.
Atemlos kam Bürgermeister Sievers angerannt, fuchtelte schon von weitem mit den Armen und brüllte aus vollem Hals mit rotem Gesicht: »Aufhören! Sofort aufhören!«
»Wir machen doch gar nichts«, entgegnete Peter Jacobsen, »wir stehen doch nur hier und begucken uns das schöne Auto!«
»Er hat einen meiner Stühle zerschlagen!« schrie Schicke und suchte nach einem weiteren Stein, fand auf dem sauber gefegten Hof jedoch keinen mehr. Da senkte er seinen Kopf wie ein zorniger Bulle und rannte schnaubend auf den Wagen zu. Die Jungen öffneten ihm bereitwillig eine Gasse. Er stieß Sievers zur Seite, öffnete die Wagentür, griff nach Schwarz, um-

klammerte dessen Arm und zog ihn mit übermächtigen Kräften ins Freie. Schwarz schrie wie am Spieß. Schicke schleifte ihn ein Stück über den Boden, zerrte ihn empor und brüllte: »Bezahl meinen Stuhl!«

Unverzüglich begann Schwarz nach seiner Brieftasche zu suchen. Sievers ging dazwischen, wurde jedoch von einigen Neumühlener Jungen abgedrängt und schlug so um sich, daß man ihn festhalten mußte. Schicke entnahm Schwarz' Brieftasche zwei Hundertmarkscheine, schwenkte sie wie Trophäen und gab einen Peter Jacobsen: »Für Bier . . .«, murmelte er, »das ist für Bier . . .«

Dann winkte er seinen Sohn Klaus näher zu sich heran, der dem Treiben aus einiger Entfernung zugesehen hatte und tätschelte ihm die Wange, was er in seinem Leben noch nie getan hatte; Klaus stand verlegen da und blickte seinen Vater an, und der lächelte mit einem Ausdruck großer Zärtlichkeit auf seinen Sohn herunter.

Jetzt gab man Dr. Schwarz den Weg frei, mit aufheulendem Motor raste er von dannen und wurde in Neumühlen niemals wieder gesehen. Sievers stand immer noch da und wurde von zwei Jungen festgehalten. Als Dr. Schwarz entschwunden war, ließ man ihn los. Unter wüsten Flüchen, Tränen in den Augen, hinter sich das triumphierende Gebrüll der Jungen, schlich er von dannen.

Am Abend desselben Tages kam Wiebke Schwarz mit dem Omnibus aus Rendenstedt in Neumühlen an; Klaus, der sie erwartet hatte, nahm ihr die schwere Reisetasche ab, zusammen traten sie ins Haus. Von da an lebte Wiebke bei Vater und Sohn Schicke, führte ihnen den Haushalt und kehrte nicht nach Rendenstedt zurück. Oft sah man sie zusammen wie eine unzertrennliche Familie durch das Dorf gehen.

Schicke trank nicht mehr, tobte nicht mehr herum und schlug seinen Sohn nicht mehr. Das Verhältnis zu ihm kehrte sich um: Klaus wurde so eine Art Vater, und Vater Schicke wurde so eine Art Sohn. Klaus schien wegen der großen Verantwortung, die er für seinen Vater und für seine Freundin übernommen hatte, in wenigen Wochen älter geworden zu sein, als er es in Wirklichkeit mit seinen achtzehn Jahren war. Er

lebte mit Wiebke Schwarz zusammen wie Mann und Frau. Jeden Morgen fuhren sie gemeinsam zum Gymnasium nach Rendenstedt, um ihr Abitur zu machen. Einmal versuchte Dr. Schwarz seine Tochter in seinen Wagen zu zerren, doch Wiebke riß sich los und lief mit Klaus davon.
Die Veränderungen, die sich im Haus des Lehrers zugetragen hatten, waren so erstaunlich, daß sie eine Zeitlang für die Neumühlener Gesprächsthema Nummer eins waren. Böse Stimmen gegen die drei gab es kaum, obgleich sich so etwas noch nie in ihrem Dorf zugetragen hatte und nach Meinung aller sehr ungewöhnlich war.
Die Neumühlener waren stolz auf ihren Lehrer. Er hatte sich mit seinem energischen Auftreten gegen Dr. Schwarz für die Ehre des ganzen Dorfes eingesetzt. Wenn es die Fabrik mit sich bringen sollte, so hörte man die Leute oft sprechen, daß sich die Städter gegenüber den Dörflern so aufführten wie Dr. Schwarz gegenüber Lehrer Schicke, dann sei irgend etwas nicht in Ordnung. Schließlich seien sie keine Menschen zweiter Klasse, sondern genausoviel, wenn nicht mehr wert als diese hochnäsigen Städter.
Peter Jacobsen war es vor allem, der die Stimmung gegen die Fabrik schürte, immer häufiger kam es nun zu Auseinandersetzungen mit den Bauarbeitern. Der Bürgermeister hatte in diesen Tagen einen schweren Stand. Fast das ganze Dorf hatte Partei gegen ihn und gegen die Fabrik genommen. Man warf ihm unwürdige Kumpanei mit Dr. Schwarz vor und gab ihm auch die Schuld an dem schlechten Gesundheitszustand seines Vorgängers Adolf Sick, der sich von dem Sturz auf dem Fabrikfestplatz vor einigen Wochen nicht mehr erholte.
Sievers redete, wenn er mit derartigen Vorwürfen konfrontiert wurde, von der großen Zukunft Neumühlens nach Fertigstellung der Fabrik. Aber nach dieser großen Zukunft sah es im Augenblick ganz und gar nicht aus: Immer noch dröhnte der Baulärm durch das Dorf, biß sich der helle Staub überall fest, verdreckten Lastwagen und Baumaschinen die Straßen, saßen die Arbeiter abends in den Gasthäusern, machten Lärm und nahmen den Neumühlenern die Plätze weg.

Sievers wußte, daß Peter Jacobsen der eigentliche Anführer der Opposition war. Zweimal versuchte er vergeblich mit ihm zu reden. Er wollte ihn nach seinen Motiven für die andauernde Unruhe befragen, aber Peter war nie zu erreichen. Er sei in Kiel auf der Universität, sagte seine Mutter. Sievers wußte, daß sie die Unwahrheit sprach, und tatsächlich: kaum wurde es Abend, da stand er mit seinen Freunden wieder am Bauplatz und wartete auf die Arbeiter, um sie mit höhnischen Zurufen zu empfangen.
Um so verwunderter war der Bürgermeister, als Peter Jacobsen ihn eines Abends anrief und ihm vorschlug, zur Versöhnung zwischen dem Dorf und den Arbeitern ein Fußballspiel stattfinden zu lassen. Sievers war sogleich Feuer und Flamme und wollte sich bei Peter bedanken, aber der hatte schon wieder aufgelegt. Dennoch, das war eine gute Idee. Sievers ärgerte sich nur, daß er nicht daraufgekommen war. Trotzdem machte er sich unverzüglich an die Vorbereitungen.

9

Ende August ließ endlich der Baulärm ein wenig nach. Das Fabrikfundament war gegossen, nun wurden schwere Eisenpfeiler in tiefe viereckige Löcher eingefügt. Die Pfeiler erreichten Neumühlen auf riesigen Transportern. Um zum Bauplatz zu gelangen, mußten diese hinter dem Haus von Herrn Scheller auf die Dorfstraße abbiegen, ein Stück geradeaus fahren und nach wenigen hundert Metern eine zweite, sehr enge Kurve nehmen. Die Scheller-Kurve passierten sie ohne größere Probleme. Zwar mußten sie manchmal vor- und zurücksetzen und blockierten so den Durchgangsverkehr von Rendenstedt an die Nordseeküste, aber das ging immer ohne größeren Schaden ab. Die zweite Kurve jedoch machte Schwierigkeiten, und nur erfahrene Transportfahrer waren imstande, das Hindernis mit vorsichtigem Rangieren zu passieren.

Der Fahrer jedoch, der an diesem Morgen gegen sechs Uhr die Kurve nehmen wollte, hatte keinerlei Erfahrungen mit Dorfstraßen. Er verhaspelte sich mit seinem gewaltigen Gefährt so sehr, daß er schließlich weder vor- noch zurücksetzen konnte. Mit seiner gewaltigen Motorschnauze stand es vor Röders Gartenzaun, das rotbeflaggte Ende ragte in den Hof des Trödlers Johannsen.
Vor dem Transporter stand kurz darauf der ehemalige Briefträger Röder und gestikulierte, hinten stand Johannsen mit seiner Familie, wippte auf seinen schmutzigen Zehenspitzen auf und nieder und schrie dem verschwitzten Fahrer Ratschläge zu. Wollte der sein Gefährt auch nur zwei Zentimeter nach vorn setzen, hob Röder beide Arme und gebot Halt, wollte er darauf zurücksetzen, schrie die gesamte Familie Johannsen los. Die Kinder liefen um den Transporter herum, kletterten hinauf, hangelten sich an dem Eisenpfeiler empor, jauchzten und kreischten.
Irgend etwas mußte geschehen, der Transporter konnte unmöglich den ganzen Tag hier herumstehen, man benötigte ihn an der Baustelle. Johannsen und Röder trafen sich auf halbem Wege, denn jeder wollte nachsehen, wie die Lage am anderen Ende war. Einen Moment lang standen sie sich feindlich gegenüber: der ehemalige Briefträger in seinem Eber-Ausgehanzug und der schmuddelige Trödler in einem schwarzen Pelzmantel, den er seit Jahren trug und dessen Herkunft nur er kannte. Sie starrten sich an, maßen sich von oben bis unten, gingen einmal umeinander herum und starrten sich wieder an. Jeder wußte, daß einer von ihnen ein Opfer zu bringen hatte: Entweder fuhr das Gefährt durch Röders Garten, oder es setzte zurück in Johannsens Hof. Und jeder wußte, daß der andere nicht bereit war, dieses Opfer zu bringen. Der völlig entnervte Fahrer stieg aus, setzte sich auf die Stoßstange, rauchte erst einmal eine Zigarette und wartete auf das Ende der Verhandlung.
Röder galt in Neumühlen etwas, und das wußte er. Sein Eber Erwin hatte ihm viel Geld eingebracht und war mittlerweile hundertfacher Vater. Ja, jeder Bauer, der etwas auf sich hielt, ließ Erwin kommen, wenn Säue geschwängert werden muß-

ten. Johannsen dagegen galt nichts in Neumühlen. Er war immer noch der schmutzige, sich von jedem Dorfereignis fernhaltende Trödler, hatte immer noch zahllose Kinder, seine Frau war schon wieder schwanger.
So war es eigentlich keine Frage, wer in dieser schwierigen Situation hätte nachgeben müssen, aber dazu war Johannsen nicht bereit. Um nichts in der Welt wollte er zulassen, den Zaun vor seinem Hof umfahren zu lassen. Und Röder war dazu noch weniger bereit. Aufgrund seiner angesehenen Stellung glaubte er sich im Recht. Als beide Männer nicht mehr länger lauernd umeinander herumgehen konnten, sondern zu einer Entscheidung kommen mußten, stellten sie sich einander gegenüber und begannen ihre Verhandlungen. Röder steckte seine Hände in die Taschen seines Eber-Ausgehanzugs, reckte sich, zog seinen Bauch ein, runzelte seine Stirn und sagte mit finsterem Blick: »Er fährt natürlich rückwärts.«
Johannsen grinste unverschämt und antwortete: »Vorwärts.«
»Rückwärts!« erwiderte Röder ein wenig lauter und stellte sich auf die Zehenspitzen, denn er war etwas kleiner als Johannsen.
»Vorwärts!« meinte Johannsen und stellte sich gleichfalls auf die Zehenspitzen. So war er wieder größer als Röder.
»Rückwärts!« zischte Röder und trat einen Schritt auf Johannsen zu.
»Vorwärts!« wiederholte Johannsen und grinste wie zuvor.
»Ich werde dir gleich . . .«, sagte Röder und nahm die Hände aus den Taschen.
»Was willst du mir?« fragte Johannsen und trat gleichfalls einen Schritt auf Röder zu.
So standen sie sich Auge in Auge gegenüber, und jeder, der sie sah, wartete darauf, daß sie gleich prügelnd im Straßendreck liegen würden.
Doch Johannsen war der bessere Diplomat. Er trat wieder einen Schritt zurück und fragte: »Wie geht's Erwin?«
Röder lächelte versonnen, wie er es immer tat, wenn er auf seinen stattlichen Freund angesprochen wurde. »Gut!« sagte er.

Johannsen nickte, dann fragte er, plötzlich ganz ernst, fast ein wenig traurig: »Siehst du es nicht?«
»Was sehe ich nicht?«
»Er ist schlappbeinig.«
»Er ist was?« fragte Röder.
»Schlappbeinig! Er ist schlappbeinig. Er knickt mit den Hinterbeinen ein.«
»Wie kannst du behaupten, er sei schlappbeinig? Er ist der stattlichste Eber im ganzen Dorf!« Röder schrie diese Sätze mit wachsendem Entsetzen heraus.
»Tut mit leid«, sagte Johannsen.
»Du lügst doch!« schrie Röder.
»Du mußt ihn schonen«, erwiderte Johannsen, »du darfst ihn nicht überfordern. Auch der kräftigste Eber läßt einmal nach, wenn er überfordert wird. Schlappbeinigkeit ist das erste Zeichen ...«
Röder biß sich auf die Lippen. Er wußte nicht, ob er Johannsen trauen sollte, doch der machte ein sehr betrübtes Gesicht.
»Was soll ich machen?« fragte Röder.
»Nichts, gar nichts«, riet ihm Johannsen, »da kannst du nichts machen. Die Schlappbeinigkeit muß von allein aufhören.«
»Aber wir haben Aufträge, hier ...« Röder zog ein Notizbüchlein aus der Jackentasche und las die Namen der Bauern vor, die Erwins Dienste angefordert hatten.
»Wenn er es so weitertreibt, knickt er hinten völlig weg«, sagte Johannsen kopfschüttelnd.
»Was soll ich denn nun machen?« Röder konnte nur noch flüstern. Er war kalkweiß geworden im Gesicht.
»Kauf dir einen zweiten!«
»Einen zweiten?«
Röder blickte Johannsen lange an. Johannsen blickte Röder an. Sie sahen sich tief in die Augen.
»Was ist denn jetzt?« rief der Fahrer, der seine Zigarettenpause beendet hatte, und Johannsens Kinder von seinem Riesengefährt scheuchte.
»Gleich«, sagte Johannsen, lächelte und fragte Röder: »Machen wir ein Geschäft?«

»Was für ein Geschäft?«
»Ich verkauf' dir einen jungen, guten Eber – dafür darf er zurücksetzen in meinen Hof!«
Röder dachte nach. Das Angebot schien ihm verlockend. Einmal fürchtete er wirklich, seinen Freund in letzter Zeit überfordert zu haben. Hatte Erwin ihn nicht schon wehklagend angesehen, wenn er in Sauställe geführt wurde? Und zum anderen glaubte er, daß Johannsen ihm einen guten Preis machen würde. Er verstand etwas von Schweinen, das wußte Röder.
»Gut«, sagte er, »machen wir ein Geschäft!«
Johannsen watschelte, gefolgt von seinen kreischenden Kindern, in den Schweinestall und trieb kurz darauf ein wirklich stattliches Jungtier auf die Straße.
»Eigentlich wollte ich mit dem hier mein eigenes Ebergeschäft aufmachen«, sagte er, »aber ich verkauf' ihn lieber dir. Du hast die besseren Beziehungen zu den Bauern.«
Röder sah auf den ersten Blick, daß der Eber ein gutes Tier war. Er kraulte ihm die Ohren und nickte zufrieden. Es dauerte eine ganze Weile, bis die beiden Männer sich auf einen Preis geeinigt hatten. Das junge Tier schien irgendwie zu ahnen, daß es jetzt bei Röder wohnen sollte, und lief von allein auf dessen Haus zu, so gewannen Johannsens Preisvorstellungen schließlich die Oberhand. Er gab Röder noch einen alten Kerzenleuchter als Freundschaftsgeschenk dazu. Der Transporter mit dem Eisenpfeiler für die Fabrik konnte zurücksetzen, riß Johannsens Zaun ein, nahm nun die Kurve und fuhr weiter zum Bauplatz.
Röder nannte seinen neuen Eber Stefan, nach dem Helden einer Kriminalserie, von der er keine Folge ausließ. Später erfuhr er, daß es Schlappbeinigkeit bei Ebern gar nicht gibt. Aber da hatte er sich schon so an seinen neuen Hausgenossen gewöhnt, daß er Johannsen nichts nachtrug. Johannsen konnte von dem Geld die Entbindung seiner vierten Tochter bezahlen und alten Trödel von den Bauern kaufen. Den Zaun reparierte er nicht. Das tat nicht not.

Die Wochen vor dem Fußballspiel war es in Neumühlen himmlisch ruhig. Kein Jugendlicher wartete abends am Bauplatz auf die Arbeiter, niemand nahm ihnen ihre angestammten Plätze in der Gastwirtschaft Lafrenz oder der Gastwirtschaft Stamp weg, ja es schien, als hätte das Dorf mit den Arbeitern Frieden geschlossen. Manchmal sah man die Jungen in Grüppchen zusammensitzen und das Fußballspiel besprechen, Wetten wurden abgeschlossen, die Mannschaftsaufstellung festgelegt, die Vorbereitungen liefen auf Hochtouren. Bürgermeister Sievers war glücklich. Er rechnete es sich als persönliches Verdienst an, daß endlich Ruhe eingekehrt war. Sogar die Omnibushaltestelle vor dem Doktorhaus, gegen die er sich aus prinzipiellen Überlegungen gewehrt hatte, war seiner Meinung nach letztlich ihm zu verdanken. Ein großer Politiker, so sagte er zu sich, muß nicht immer selbst gute Einfälle haben; vielmehr zeichnet ihn aus, daß er sich die Einfälle und Ideen anderer zunutze macht. Hatte er nicht verstanden, die Fabrik gegen allergrößte Widerstände durchzusetzen? Hatte er dadurch nicht bewiesen, daß er die Zukunft einschätzen konnte? Hatte er sein Dorf nicht in das nächste Jahrhundert geführt?
Wenn er in den Spiegel sah und ein ernstes Gesicht aufsetzte, fand er, daß er ein stattlicher Mann war, dessen Talente für größere Aufgaben genutzt werden müßten. Er beschloß, Landtagsabgeordneter zu werden. Als erstes schrieb er einen langen Brief an die Zentrale der konservativen Partei nach Kiel, die seit Jahren im Norden die Regierung stellt. Selbstverständlich war Sievers seit ihrer Gründung nach dem Krieg ihr Mitglied. Er schrieb den Brief viermal, vier Tage lang, dann war er zufrieden. Er hatte alle seine Verdienste aufnotiert, sich selbst über den grünen Klee gelobt und sein Weltbild erläutert. Unruhig wartete er auf die Antwort.
Eines Morgens brachte ihm Anton Podizat ein eingeschriebenes Schreiben. Sievers öffnete es mit zittrigen Fingern. Anton mußte warten, denn Sievers hatte ihm die Empfangsbestätigung noch nicht unterschrieben, und wurde so Zeuge einer bewegten Szene: Der Bürgermeister überflog mit aufgerissenen Augen das engbeschriebene Papier, stieß einen

Freudenschrei aus, erhob sich, stolzierte im Raum auf und ab, schob die Schultern vor und blickte Anton an, als wollte er ihm eine Lebenserkenntnis mitteilen.
»Ich werde Politiker«, sagte er mit tiefer Stimme.
Anton konnte mit dieser Nachricht nicht viel anfangen.
»Ich werde Abgeordneter im Landtag«, erklärte Sievers, »man teilt mir gerade mit, daß ich mich bereithalten soll. Man weiß in Kiel, welche Verdienste ich mir in Neumühlen erworben habe.«
Anton ließ sich nicht anmerken, was er von dieser Nachricht hielt. Seit ihrem Zusammenstoß auf dem Festplatz hatten sie nicht mehr miteinander gesprochen. Anton hatte es vorgezogen, dem Bürgermeister aus dem Weg zu gehen. Sievers schenkte zwei Gläser Schnaps ein und stieß mit Anton an.
»Ich werde, wenn ich erst im Landtag sitze, eine Menge für Neumühlen tun können«, sagte er mit hochgezogenen Augenbrauen, »zur Zeit haben wir ja keinen Abgeordneten im Landtag, der unmittelbar aus dieser Gegend kommt. Aber da nach Fertigstellung der Fabrik unser Dorf einen herausragenden Platz in unserem Lande einnehmen wird, ist es recht und billig, wenn es einen gewichtigen Vertreter im Landtag hat. Dazu bin ich ausgewählt.«
Anton nickte.
»Geh also durch das Dorf und erzähle allen, was man mir geschrieben hat.«
Anton versprach, es zu tun. Sievers reichte ihm die Hand.
Diese Nachricht wurde jedoch kaum beachtet, denn es gab ein anderes, viel erregenderes Gesprächsthema, das alle Neumühlener anging: Bei Bauer Kock war eingebrochen worden.
Kock bemerkte an diesem Morgen, daß die Lade seines Schreibtischs sachkundig aufgebrochen war. Als er sie mit zitternden Händen aufzog, sah er, daß eine Kassette mit über fünftausend Mark fehlte. Kock telefonierte sofort den Polizisten Kuhnert herbei. Wenig später kam dieser angeradelt, zog seine Uniformjacke straff, rief alle Bediensteten des Hauses im Wohnraum zusammen, holte sein schmuddeliges Büchlein heraus, hauchte den Bleistift an und stolzierte wichtig auf

und ab. An der Wand standen die Mägde und Knechte, auf einem Stuhl saß die junge, hübsche Frau Kock, hinter dem Schreibtisch hockte Bauer Kock und schlug vor Wut regelmäßig seine Fäuste auf die Tischplatte. Ab und zu ließ er auch einen unterdrückten Verzweiflungsseufzer hören.
Kuhnert fragte alle Anwesenden, was sie gehört oder gesehen hätten. Doch niemand hatte etwas gehört und gesehen. Das schrieb er in sein Büchlein. Als Polizist ist man verpflichtet, zunächst einmal jeden Menschen auf der Welt für verdächtig zu halten. So fragte er weiter, wann wer zu Bett gegangen sei, wer Zugang zum Büro habe und anderes Wichtige mehr.
Kocks Seufzer und Schreibtischschläge ließen die Anwesenden jedes Mal zusammenfahren, doch Kuhnert war nicht zu unterbrechen. Als er alle Anwesenden einmal befragt hatte, begann er wieder von vorn. Er war sich nämlich ganz sicher, daß einer von Kocks Angestellten den Diebstahl begangen haben mußte. Zu gern hätte er das gesamte Haus durchsucht wie ein richtiger Kriminalist, aber dazu war er nicht befugt, und dazu hatte er auch nicht die notwendigen Erfahrungen. Kuhnert war eben nur ein Dorfpolizist und kein Kriminalist, obgleich er in jungen Jahren gern zur Kripo gegangen wäre. Er war es mittlerweile auch leid, sich in diesem Dorf andauernd nur mit Schlägereien und anderen winzigen Delikten befassen zu müssen, während überall ›richtige‹ Verbrechen geschahen. Hier endlich bot sich ihm die Chance, durch genaues Kombinieren auf den Täter zu kommen. Das ist alles eine Sache der Logik, dachte er, man muß nur angestrengt nachdenken, kein Detail auslassen, sich alles zusammenreimen, dann geht es von allein. So begann er, als auch bei der zweiten Runde nichts Konkretes herausgekommen war, seine sinnlosen Befragungen zum dritten Mal, denn einer fiel ihm auf, der Knecht Fritz Mumm. Der kräftige junge Mann mit den langen blonden Haaren und leuchtend blauen Augen konnte sich nämlich nicht erinnern, wann er ins Bett gegangen war. Er konnte sich an überhaupt nichts erinnern. Und außerdem schien er nervös zu sein. Seine Hände zitterten ein wenig, er blickte den Polizisten nie direkt an. Andauernd sah er zu Frau Kock hinüber.

Ja, dachte Kuhnert und fühlte einen stillen Triumph, den er sich jedoch nicht anmerken ließ, so sieht ein Dieb aus. Warum zittern seine Hände? Warum guckt er mich nicht an? Warum sagt er nicht, wo er gestern abend war und wann er ins Bett gegangen ist? Er muß der Dieb sein, denn er hat ein schlechtes Gewissen, das ist deutlich zu erkennen. So und nicht anders hatte damals auch Christian Czychowski ausgesehen, der einzige richtige Einbrecher, den Kuhnert während seiner Amtszeit jemals überführt hatte. Das heißt, so richtig hatte er ihn natürlich nicht überführt, das hatte eigentlich Wittke ganz allein bewerkstelligt, aber immerhin wußte Kuhnert seit damals, wie Diebe aussahen und wie sie sich verhielten. Er erinnerte sich, daß er einmal gehört hatte, Verdächtige solle man allein verhören. Das wollte er jetzt mit Fritz Mumm auch tun. Er bat die Anwesenden, hinauszugehen. Kock schlug nochmals auf den Schreibtisch und seufzte verzweifelt auf. Dann ging auch er, tief gebeugt und mit schlurfenden Schritten. Er war um Jahre gealtert an diesem Vormittag, und nahm nicht wahr, wie Frau Kock Fritz Mumm einen bedeutungsvollen Blick zuwarf. Kuhnert aber sah es, denn er ließ Fritz Mumm keinen Moment aus den Augen.

Der hatte sich umgedreht und blickte aus dem Fenster auf den Hof hinunter. Kuhnert beobachtete seinen Hinterkopf mit den blonden Strähnen, die ihm lockig auf den Kragen fielen. Er atmete tief durch und sagte: »Ich hab' dich in Verdacht.«

Mumm drehte sich um und grinste. Er war jetzt gar nicht mehr unsicher und sah auch nicht mehr aus wie ein Dieb, im Gegenteil: Er setzte sich auf den Schreibtisch, baumelte mit den Beinen, und blickte Kuhnert frech an. Ja, er steckte sich sogar eine Zigarette an!

»Womit haben Sie mich in Verdacht?« fragte er.

»Du hast das Geld geklaut.«

Mumm zog die Brauen hoch und lächelte.

»Ja«, sagte Kuhnert bestimmt, »und wenn gleich die Polizisten aus Rendenstedt kommen, wirst du sehen, wohin du mit deiner Frechheit kommst.«

Er ärgerte sich maßlos über Mumms Grinsen.

»Mann, machen Sie bloß keinen Mist«, sagte Mumm ganz ruhig, »machen Sie bloß keinen Mist . . .!«
»Ich bin überzeugt, daß du es warst«, erwiderte Kuhnert und schrieb etwas in sein Büchlein.
»Ich war es nicht«, sagte Mumm.
»Wer denn?« fragte Kuhnert.
»Weiß ich?« erwiderte Mumm und lachte auf.
»Du benimmst dich aber verdammt verdächtig, Mumm!« Obwohl er das sagte, war er sich plötzlich ganz und gar nicht mehr sicher, ob er mit seinem Verdacht richtig lag.
»Hören Sie zu«, sagte Mumm, »ich kann Ihnen nicht sagen, wo ich letzte Nacht war. Verstehen Sie? Ich kann es Ihnen nicht sagen . . .«
»Und warum nicht?«
»Weil ich es nicht kann, verdammt . . .!«
Da ahnte Kuhnert etwas. Er blickte Mumm an. Mumm grinste. So unverschämt konnte nur einer grinsen, der unschuldig war. Zumindest nicht schuldig, einen Diebstahl begangen zu haben. Nein, Mumm hatte sich etwas ganz anderes zuschulden kommen lassen, aber daran wollte Kuhnert nicht denken, obgleich es alltäglich war und immer wieder vorkam. Frau Kock war ja auch eine hübsche Person, groß, schlank und hellblond. Sie war die zweite Frau des Bauern Kock, die erste war vor vielen Jahren gestorben. Und Mumm war ein junger Kerl, viel jünger als Kock. Kuhnert war sich plötzlich ganz sicher, daß die beiden etwas miteinander hatten. Das wenigstens hatte er herausgefunden, aber für die Aufklärung des Diebstahls war es unwichtig. Kuhnert klappte sein Büchlein zu und ärgerte sich. Mumm schob sich grinsend an ihm vorbei nach draußen.
Wenig später trafen die Beamten aus Rendenstedt ein. Kuhnert gab ihnen einen langen Bericht, mit dem sie überhaupt nichts anfangen konnten. Er erzählte, daß niemand aus dem Bauernhaus der Dieb sein könne, kein Knecht und keine Magd, auch Mumm nicht. Dem gab Kuhnert in einem langen Nebensatz ein eindeutiges Alibi.
Der Inspektor war wütend auf seinen Dorfkollegen, denn der hatte wichtige Zeit mit Nebensächlichkeiten verplempert,

statt nach Spuren zu suchen. Unter dem Bürofenster waren die Eindrücke einer Leiter zu sehen, die Leiter selbst lehnte an einem Baum. Der Inspektor untersuchte das Fenster und fand, daß es mit großem Geschick geöffnet worden war. Um das alles hatte Kuhnert sich nicht gekümmert; statt dessen hatte er sinnlose Verhöre abgehalten.

»Warum haben Sie sich nicht um das Nächstliegende gekümmert?« fragte der Inspektor zornig.

»Weil auf dem Dorf manches anders ist als in der Stadt«, erwiderte Kuhnert.

»Hätten Sie die Güte, mir das zu erklären?«

»Jawohl!« sagte Kuhnert und schlug die Hacken zusammen. »Das will ich gern tun. In einem Dorf ist es so, daß jeder jeden kennt, oder fast jeder fast jeden. Wenn da ein Diebstahl vorkommt, ist es besser, mit den Leuten zu reden. So findet man den Dieb eher . . .«

»Und? Haben Sie ihn gefunden?« fragte der Inspektor höhnisch.

»Nein«, erwiderte Kuhnert ernst, »aber ich weiß, wer es nicht ist.«

»Wunderbar«, rief der Insepktor aufgebracht.

»Und ich werde ihn finden«, beharrte Kuhnert.

Der Inspektor winkte ab. Er wußte aus Erfahrung, daß Diebe, die so geschickt vorgingen wie in diesem Fall, nur schwer zu fassen waren.

Kuhnert ließ sich nicht beirren: »Ich werde ihn fangen, weil ich aus diesem Dorf bin«, sagte er und blickte dem Inspektor fest in die Augen.

Vorerst aber fand er den Dieb nicht, so eifrig er sich auch im Dorf umhörte und mit allen möglichen Leuten sprach.

Für die Neumühlener war dieser Einbruch einige Tage lang Gesprächsthema Nummer eins. Man rätselte herum, stellte allerlei Vermutungen über den Täter an, kam jedoch auf niemanden, dem solch eine Tat zuzutrauen war. Zunächst dachte man, einer der Bauarbeiter wäre es gewesen, aber keiner von ihnen konnte sich so gut in Kocks Haus auskennen, wie offensichtlich der Einbrecher. Also mußte es ein Neumühlener gewesen sein. Aber wer?

Als Christian Czychowski von dem Einbruch bei Kock erfuhr, stand er einen Moment wie versteinert da. Am nächsten Morgen ging er nicht zur Arbeit. Gründe für sein Verhalten nannte er nicht. Sprach man ihn darauf an, antwortete er einsilbig oder überhaupt nicht. Er nahm seine nächtlichen Wanderungen durch das Dorf, die Flußebene und nach Breitenfeld wieder auf, kam erst am frühen Morgen nach Hause, und fragten Anton und Anne ihn, was ihn bedrücke, sagte er barsch: »Nichts!«

Zunächst brachte Anton das seltsame Benehmen seines Freundes in keinerlei Zusammenhang mit dem Einbruch bei Kock, doch dann kamen ihm Zweifel. Ihm schien, als wüßte Christian mehr als die anderen Neumühlener. Anton stellte ihn zur Rede. Christian fuhr ihn an, man solle ihn in Ruhe lassen!

Da hatte Anton plötzlich einen schlimmen Verdacht, den auch andere Neumühlener bereits äußerten: War Christian etwa der Einbrecher?

Nein, unmöglich, Anton schämte sich: In der Nacht, als der Einbruch geschehen war, war Christian zu Hause gewesen. Warum aber benahm er sich so merkwürdig, warum war er nicht ansprechbar, warum wanderte er nachts umher, warum ging er nicht mehr zur Arbeit? Anton und Anne beschlossen, ihn nicht weiter zu befragen. Irgendwann würde er wieder der alte sein, eines Tages würde er schon sagen, was ihn so bedrückte.

Sie mußten jedoch noch einige Zeit warten.

10

Mitte September fand endlich das Versöhnungsfußballspiel zwischen einer Auswahl Neumühlens und einer Auswahl der Bauarbeiter auf dem Sportplatz statt. Aus nah und fern waren die Zuschauer herbeigeströmt, aus Elsendorf, Breitenfeld, Karlsmoor, ja sogar aus Rendenstedt waren einige gekommen. Jetzt drängten sie bis an die brüchige hölzerne Spielfeldumrandung heran, übten ihre Anfeuerungsrufe und warteten ungeduldig auf den Beginn des größten Sportereignisses, das das Dorf seit Jahren erlebt hatte. Früher hatte Neumühlen einmal einen Handballverein gehabt, doch das war lange her. Jetzt wurde der Sportplatz nur noch von Schülern während der Sportstunden und von Jugendlichen benutzt, die sich einmal austoben wollten.

Als gegen zwei Uhr endlich die beiden Mannschaften auf den Platz liefen, steigerte sich der Lärm so sehr, daß die Raben auf den umliegenden Feldern entsetzt aufflatterten und lange über dem Platz kreisten. Die Neumühlener Mannschaft trug wunderschöne grüne Hosen und lila Hemden. Wittke hatte sie gestiftet. Die Bauarbeiter trugen rote Hosen und grüne Hemden. Vorarbeiter Kruse hatte sie in Rendenstedt besorgt. Nur den Dreß für den Schiedsrichter, Junglehrer Blunck, hatte man vergessen, er mußte in einem alten Jeansanzug einlaufen. Beide Mannschaften standen aufgereiht in der Mitte des Platzes und hüpften auf und nieder, um sich warm zu halten, denn es war ein kalter Tag. Bürgermeister Sievers drückte jedem Spieler die Hand. Das ließ er sich nicht entgehen. Er hatte überall verbreitet, daß das Fußballspiel seine Idee war. Blunck warf ein Markstück in die Luft, die Neumühlener hatten Anstoß.

Es zeigte sich von der ersten Minute des Spiels an, daß die Bauarbeiter die Besseren waren. Sie trieben den Ball äußerst geschickt durch die Reihen der durcheinanderlaufenden Neumühlener, und Torwart Borrmann hatte einige brenzlige Situationen zu bestehen. Er flog von einer Ecke in die andere und hielt jeden Schuß. Er allein war es, dem die Neumühlener zu verdanken hatten, daß sie nicht schon nach wenigen Minuten in Rückstand gerieten. Vor allem der dicke Vorarbeiter Kruse war so gut wie überhaupt nicht vom Ball zu trennen. Die Neumühlener gaben sich alle Mühe, aber sie kamen nur selten über die Mittellinie. Und wenn Hans Renz, der Mittelstürmer, und Harm Junge, der Rechtsaußen, doch einmal auf das Bauarbeiter-Tor zuliefen, stand ihnen bestimmt irgendeiner von denen im Weg und nahm ihnen den Ball ab. Nach

einer Viertelstunde schoß Kruse dann das erste Tor für seine Mannschaft, es war hoch verdient.
Auch danach blieb das Spiel eine recht einseitige Angelegenheit. Das Publikum begann sich über die schwache Leistung seiner Mannschaft zu ärgern. Man pfiff und schrie ›Buh‹. Da begannen die Neumühlener Spieler, sich unerlaubter Mittel zu bedienen. Einige Male stellten sie den Bauarbeitern einfach ein Bein oder schubsten sie zur Seite. Schiedsrichter Blunck bekam eine Menge zu tun.
Etwa in der fünfundzwanzigsten Minute lief der Bauarbeiter Henning Voss mit dem Ball die Außenlinie entlang. Vier Neumühlener stellten sich ihm entgegen, Voss spielte sich geschickt an ihnen vorbei und gelangte in den Strafraum. Er wollte gerade auf das Tor schießen, als Heiner Tetens ihn von hinten rempelte. Voss flog vier Meter durch die Luft und schlug lang hin, doch er sprang sogleich wieder auf und ging auf Heiner Tetens los. Schiedsrichter Blunck aber hatte alles gesehen, sein schriller Pfiff ertönte, er zeigte auf den Elfmeterpunkt. Eigentlich hätte es keine Diskussion darüber geben dürfen, aber dennoch gab es eine, denn Hans Renz, Harm Junge, Klaus Schicke, Helmut Kock und Peter Jacobsen waren so verärgert, daß sie Blunck bedrängten und wider besseres Wissen behaupteten, Voss habe sich einfach fallen lassen, das sei kein Elfmeter gewesen. Aber Blunck blieb hartnäckig, blies die Backen auf, pfiff zornig auf seiner Trillerpfeife und zeigte immer wieder auf den Elfmeterpunkt. Bauer Kock und Bäcker Hammer rannten auf das Spielfeld und mußten zurückgeschickt werden. Die Bauarbeiter und die Neumühlener begannen, sich anzuschreien und zu schubsen. Blunck aber stand wie ein Denkmal auf dem Elfmeterpunkt. Während sich die Mannschaften noch beschimpften, legte Kruse sich den Ball zurecht. Konrad Borrmann duckte sich ganz tief und fixierte seinen Gegner. Kruse lief an. Da kam Hans Renz von der Seite herangestürmt und trat mit solch einer Wucht gegen den Ball, daß er weit über die Platzbegrenzung hinaus bis in das Schilf des Flußufers flog, wo kaum Aussicht bestand, ihn wiederzufinden.
An alles hatte man vor dem Spiel gedacht, an Trikots, an Tor-

netze, an die Markierung des Spielfeldes, an Eintrittskarten, an einen Schiedsrichter, nur an einen zweiten Ball hatte niemand gedacht. So standen zweiundzwanzig Spieler, ein Schiedsrichter und tausend Menschen an der Spielfeldumrandung und blickten stumm in die Richtung, in die der Ball geflogen war. Das Spiel schien abgebrochen werden zu müssen, da das Wichtigste, der Ball, fehlte. Einige machten sich auf die vergebliche Suche nach ihm.
Da rang sich Hilde Borrmann zu einem großen Entschluß durch. Sie eilte nach Hause und holte aus dem untersten Fach ihres Schlafzimmerschranks einen funkelnagelneuen Fußball hervor, den sie ihrem Sohn Konrad zu Weihnachten schenken wollte. Lange hatte sie dafür gespart. Es war wirklich ein schöner Ball. Er hatte rote und weiße Flecken und nicht nur gewöhnliche schwarze und weiße. Mit rotem Kopf überreichte sie Bürgermeister Sievers den Ball. Der betrachtete ihn von allen Seiten, tippte ihn fachmännisch auf und lobte Hilde, die verlegen die Augen niederschlug. Konrad aber war ein wenig enttäuscht darüber, daß er nun einen bereits benutzten Fußball zu Weihnachten bekommen würde. Aber als seine Spielkameraden ihm dankbar die Hand drückten, überzog ein breites Grinsen sein einfaches Gesicht.
Schiedsrichter Blunck nahm den Ball in Empfang, einer Fortsetzung des Spiels stand nichts mehr im Wege: Und so blies er die Backen auf, um kräftig loszupfeifen; es fehlte jedoch die Bauarbeitermannschaft, die es vorgezogen hatte, das Spielfeld zu verlassen, weil sie zu Recht fürchtete, daß sich die Fouls der Neumühlener Spieler noch vermehren und schließlich zu Tätlichkeiten führen würden. Während sie sich ins Gasthaus Katharina Stamp zurückzog, erklärte Blunck die Neumühlener Fußballmannschaft kurzerhand zum Sieger, aber dieser Sieg freute niemanden, im Gegenteil, er machte wütend. Nur einer war froh, daß das Spiel nicht fortgesetzt wurde: Konrad Borrmann. Er nahm seinen Ball an sich, legte einen Arm um die Schultern seiner Mutter und ging zufrieden heim. Die Neumühlener Fußballmannschaft aber eilte zornig zum Gasthaus Katharina Stamp, baute sich vor ihm auf und forderte die Bauarbeiter mit höhnischen Rufen auf, heraus-

zukommen und sich zu stellen. Die aber dachten gar nicht daran, zeigten sich nicht einmal am Fenster, sondern hockten wie angeleimt auf ihren Stühlen und tranken Bier.
Sievers war wütend, daß das Fußballspiel so geendet hatte. Es bewirkte überhaupt nichts Gutes, wie er erhofft hatte, es hatte schlimme Folgen, denn der Zorn gegen die Bauarbeiter steigerte sich und auch der Zorn gegen seine Person. In der folgenden Nacht warf jemand einen Stein durch ein Fenster seines Hauses. An ihm klebte ein Zettel, darauf stand nur ein Wort: Zurücktreten!
Was sich in den Tagen nach dem Fußballspiel in Neumühlen zutrug, hatte es dort noch nie gegeben. Die Bauarbeiter wurden, wo immer man auf sie traf, verprügelt, es herrschte, wie Sievers ausnahmsweise einmal zu Recht sagte, offener Aufruhr, ja ›Revolution‹.
Pastor Jacobsen hielt sich zur Überraschung aller aus den Ereignissen heraus und war zu keiner Stellungnahme zu bewegen. Einerseits verachtete er jede Form von Gewalt, andererseits aber überzeugte ihn sein Sohn Peter nochmals, daß die Prügeleien notwendig seien, um den Bürgermeister zur Einsicht kommen zu lassen, einer Einsicht, die für Neumühlens Zukunft wichtig war. Der Bürgermeister wurde immer unverhohlener zum Rücktritt aufgefordert, und wäre Altbürgermeister Adolf Sick gesünder gewesen, wäre er sicher Sievers' Nachfolger geworden. So aber gab es keinen Kandidaten, auf den man sich einigen konnte. Pastor Jacobsen, der von einer Abordnung vieler Dorfbewohner unter Führung von Lehrer Schicke aufgesucht wurde, lehnte lachend ab: solch einer Aufgabe sei er nicht gewachsen. Auch Rektor Herbig, zu dem die Abordnung weiterzog, lehnte dankend ab. Er habe an seiner ›Chronik‹ zu arbeiten. So blieb Sievers vorerst Bürgermeister, aber er hatte einen schweren Stand und durchlebte die schwierigste Zeit seines Lebens. Er wußte nicht, was er unternehmen sollte. Sollte er die Rendenstedter Polizei zur Hilfe holen, damit sie für den ungehinderten Zutritt zur Baustelle sorgte? Sollte er sich mit Adolf Sick und Pastor Jacobsen, seinen entschiedensten Gegnern, zusammensetzen und nach einem Kompromiß suchen? Er wußte beim besten Wil-

len nicht, was er tun sollte. Er wußte nur eins: Er mußte im Amt bleiben, denn träte er zurück, wäre seine politische Laufbahn am Ende, ehe sie recht begonnen hatte. Einen zurückgetretenen Bürgermeister würde seine Partei nicht als Landtagskandidaten aufstellen.

Eines Morgens weigerten sich die Arbeiter, die Baustelle zu betreten. Sie bestiegen den Bus und fuhren nach Rendenstedt zurück. Sie hatten genug von diesem Dorf. Sollten doch andere ihre Arbeit tun. Was ging sie denn überhaupt diese Fabrik an? Sie taten doch nur ihre Pflicht. Lange genug hatten sie deswegen Prügel eingesteckt und verteilt. Jetzt reichte es. So kam es, daß der Bauplatz plötzlich öd und leer dalag. Dr. Schwarz rief den Bürgermeister an und gab ihm die Schuld. Sollte der Bau nicht rechtzeitig fertig werden, würde er zur Rechenschaft gezogen werden.

Sievers trottete mitten in der Nacht mutterseelenallein durch sein Dorf. Es regnete in Strömen, ein kalter Sturm peitschte ihm ins Gesicht. Auf wen, überlegte er, konnte er sich eigentlich noch verlassen? Nur noch auf wenige, die sich Vorteile von der Fabrik versprachen. So Schuster Tetens, der neben seiner Werkstatt einen Schuhladen aufmachen wollte, denn die Fabrikarbeiter, die bald nach Neumühlen ziehen würden, brauchten bestimmt Schuhe und wollten nicht für jeden Kauf nach Rendenstedt fahren. Und auf Lafrenz, den Wirt, konnte er sich verlassen. Der wollte sein Gasthaus in ein Hotel umbauen, denn sicher würden viele Vertreter nach Neumühlen kommen. Auch Bäcker Hammer gehörte zweifellos zu seinen Anhängern, er versprach sich einen höheren Absatz seiner Backwaren nach Fertigstellung der Fabrik. Und Wittke war sein Parteigänger. Er hatte jetzt schon ein großes Lager für Arbeitskleidung eingerichtet. Und Ehlers, der Schlachtermeister, war auf seiner Seite, denn er wollte Wurstfabrikant werden. Aber von denjenigen, die keinen direkten Vorteil von der Fabrik zu erwarten hatten, stand niemand auf Sievers' Seite, nicht Pastor Jacobsen, nicht Dr. Renz, nicht Rektor Herbig, nicht Adolf Sick. Und gerade einen von ihnen hätte Sievers jetzt so gern neben sich gehabt, mit einem von ihnen würde sich alles zum Guten wenden . . .

Lange stand der Bürgermeister in dieser Nacht auf Adolf Sicks Hof. Er wollte eintreten und mit seinem Vorgänger alles besprechen, was ihn bedrückte, aber er wagte nicht an die Tür zu pochen, denn er war sicher, daß Adolf Sick ihn hinauswerfen würde.
Sievers resignierte plötzlich in dieser tiefschwarzen Herbstnacht, da ihm der Regen in den Kragen lief und ihn frösteln ließ. Er ging nach Hause, setzte sich in sein Büro, zog ein Stück Papier aus der Schreibtischschublade und schrieb: »Liebe Neumühlener! Ich kann nicht länger euer Bürgermeister sein. Ich habe viele Fehler gemacht, aber ich habe es nicht gemerkt. Sucht euch einen anderen ...«
Über diesen Zeilen schlief er ein. Seine Tochter Waltraut fand ihn am nächsten Morgen im Sessel liegen und mit offenem Mund schnarchen. Sie entdeckte das Papier, überlegte einen Moment, nahm es an sich und eilte zu Jacobsen. Der Pastor wollte sich gerade auf seinen Morgenspaziergang begeben, las den Zettel, lächelte, ging in sein Büro und rief Adolf Sick, Rektor Herbig und den Doktor an. Waltraut schaffte es gerade noch, den Zettel wieder auf den Schreibtisch zu legen, bevor Sievers erwachte. Er tat, als sei nichts gewesen, zerknüllte das Papier und machte sich an seine täglichen Geschäfte. Gegen neun Uhr rief Jacobsen an und teilte ihm kurz mit, Sievers solle sich am Abend gegen sieben Uhr bei Adolf Sick einfinden, man müsse mit ihm reden. »Wer muß mit mir reden?« fragte Sievers beunruhigt, aber Jacobsen hatte schon aufgelegt, wandte sich an Peter und sagte: »Jetzt ist es soweit.«
Kurz vor sieben Uhr wurde er von Magda Stender eingelassen. Sie war ein wenig schnippisch, ließ ihn im Wohnraum Platz nehmen und ging wieder hinaus. Er setzte sich auf einen gepolsterten Stuhl und sah sich um. Vor vielen Jahren, als er mit Adolf Sick befreundet gewesen war, hatte man oft in diesem Zimmer zusammen gegessen und den Lauf der Welt besprochen. Dann aber war er Bürgermeister geworden, und zahlreiche seiner Entschlüsse hatten Adolf Sicks Mißfallen erregt, so daß er nicht mehr eingeladen worden war. Er sehnte sich nach dieser vergangenen Zeit zurück, als die Welt noch

in Ordnung war und er richtige Freunde hatte. Ohne es zu merken, seufzte er schwer auf. Dann aber erwachte sein Mißtrauen. Warum hatte der Pastor ihn hier herbestellt? Warum ließ man ihn so lange allein in diesem Raum sitzen, an den so viele gute Erinnerungen geknüpft waren? Und wer wollte mit ihm reden? Der Pastor? Oder Adolf Sick? Und worüber wollte man mit ihm reden?

Er stand auf, ging einige Schritte hin und her, blickte immer wieder zur Tür und wurde plötzlich wütend, weil man einen Bürgermeister nicht einfach warten läßt wie einen Schuljungen, als Peter Jacobsen eintrat. Er reichte Sievers die Hand und forderte ihn auf, sich wieder zu setzen. Sievers setzte sich, ließ den jungen Mann jedoch keinen Moment aus den Augen. Peter zog einen Stuhl heran und setzte sich ihm gegenüber. Sievers runzelte die Stirn, zog ein blaukariertes Taschentuch hervor, schneuzte sich und betrachtete das Ergebnis. Auf keinen Fall wollte er das erste Wort sagen, das hatte er, der Bürgermeister, nicht nötig. Peter sah ihn unentwegt an. Sievers ertrug Peters Schweigen nicht länger: »Kommen die anderen auch noch?« fragte er.

»Sie haben mich vorgeschickt«, antwortete Peter, »ich soll mit Ihnen sprechen.«

Sievers sprang auf, trat hinter seinen Stuhl und setzte ihn dicht an den Tisch: »Ich rede nicht mit dir!« sagte er heftig. »Es ist deine Schuld, daß zur Zeit nicht gearbeitet wird auf dem Bauplatz.«

»Wenn Sie mit mir nicht reden wollen, werde ich allen Neumühlenern sagen, daß Sie zurücktreten wollen.«

Sievers' Augen weiteten sich, unverzüglich zog er den Stuhl unter dem Tisch hervor und nahm wieder Platz: »Wer hat dir das gesagt?«

»Ich weiß es, und mein Vater, Herbig und der Doktor wissen es auch.«

»Woher?« fragte Sievers und dachte einen Moment an Zauberei.

»Das ist doch gleichgültig«, entgegnete Peter, »wichtig ist, daß ich es weiß und daß ich es im Dorf herumerzählen werde, wenn Sie nicht mit mir sprechen.«

»Wie komme ich dazu, mit solch einem Schnösel wie dir zu sprechen?«
»Ganz einfach. Ich spreche für das Dorf!« sagte Peter, als wäre das die selbstverständlichste Sache der Welt.
»Ungeheuerlich!« schrie Sievers. »Wenn einer für das Dorf sprechen kann, dann bin ich es, ich, der Bürgermeister!«
»Ehemaliger Bürgermeister, wenn Sie nicht mit mir reden wollen.«
»Seid froh, daß ich nicht die Polizei geholt habe, dann wärt ihr allesamt eingelocht worden«, brüllte Sievers, »ihr Schläger!«
»Dann wären Sie schon längst nicht mehr Bürgermeister. Oder glauben Sie, die Neumühlener hätten es sich gefallen lassen, wenn ihre Söhne und Töchter von der Rendenstedter Polizei eingesperrt worden wären?«
»Weiß ich selbst«, gab Sievers zu und schneuzte sich erneut.
Das war das Vorgeplänkel, das sein mußte, damit beide Achtung voreinander gewannen. Nach kurzem Schweigen traten sie in richtige Verhandlungen ein.
»Was willst du also?« fragte Sievers, legte seine Hände auf die Tischplatte und trommelte mit den Fingern.
»Sie haben viel Geld verdient durch den Verkauf der Wiesen für die Fabrik.«
»Hab' ich das?« lächelte Sievers.
»Von diesem Geld spenden Sie ein Sportlerheim!« sagte Peter ungerührt.
»Was spende ich?« fragte Sievers, als habe er nicht richtig verstanden, und legte sogar wie ein Schwerhöriger eine Hand hinter ein Ohr.
Als Peter seine Forderung wiederholte, lehnte Sievers sich zurück und lachte aus vollem Halse, als hätte sein Gegenüber einen Witz von sich gegeben. Peter blieb ernst: »Von den Steuereinnahmen, die die Fabrik abwirft, fordern wir weiterhin einen neuen Kirchturm.«
»Einen neuen Kirchturm?« staunte Sievers mit offenem Mund.
»Ja, der alte ist baufällig, das wissen Sie.«

»Darüber kann man reden«, sagte Sievers.
»Sie kennen jetzt unsere Forderungen. Sie stiften ein Sportlerheim und leiten den Kirchturmneubau in die Wege. Kapiert?«
»Bin ja nicht blöd. Meine Antwort: Über den Kirchturm können wir reden, über das Sportlerheim nicht«, erwiderte Sievers, lehnte sich zurück und verschränkte die Arme vor der Brust.
»Entweder beides oder gar nichts.«
»Unter diesen Umständen gar nichts.«
»Dann können Sie zurücktreten.«
»Das ist Erpressung!« schrie Sievers.
»Sie haben damals Enno Frahm auch erpreßt: Entweder du stimmst für die Fabrik, oder du bekommst keinen Kredit!«
»Lüge!« widersprach Sievers, obgleich es die Wahrheit war.
»Also?« fragte Peter.
»Das hat sich dein Vater ausgedacht!« schrie Sievers.
»Nein, ich. Beides ich!«
»Du Halunke!«
»Geldschneider!«
»Schläger!«
»Exbürgermeister!« sagte Peter grinsend.
Sievers sah ihn unter halbgeschlossenen Augenlidern an. Sein Respekt vor dem jungen Mann wuchs. Mit dieser zweifachen Forderung hatte Peter Jacobsen sich als ein ungemein geschickter Diplomat erwiesen, der ihm beinahe ebenbürtig war. Das Sportlerheim allein war einfach abzulehnen, ein neuer Kirchturm nicht. Ein unmerkliches Lächeln überzog das breite rote Gesicht des Bürgermeisters. Ja, dachte er, hätte er solch eine Verhandlung zu führen gehabt, er wäre auch nicht anders vorgegangen als Peter Jacobsen. So fragte er vorsichtig: »Wissen die anderen davon?«
»Ja, es ist alles vorher abgesprochen. Sie warten nebenan.«
»Dumm bist du nicht«, stellte Sievers fest.
»Ich hoffe, Sie auch nicht.«
Sievers versuchte zu retten, was noch zu retten war. »Also, das Sportlerheim kommt nicht in Frage, dafür stifte ich aus eigener Tasche eine hohe Summe für den Kirchturm.«

Peter schüttelte den Kopf: »Das Sportlerheim bezahlen Sie aus eigener Tasche!«
»Auf keinen Fall!«
»Dann können Sie zurücktreten.«
Sievers schluckte: »Ich stifte fünftausend für das Sportlerheim, den Rest besorge ich in der Gemeindeversammlung.«
»Sie zahlen alles.«
»Wie kommst du Lümmel dazu ...«, schrie Sievers und schlug beide Hände auf den Tisch.
»Ja oder nein?«
»Nein!«
»Es muß kein großes Heim sein«, sagte Peter, der nun dazu überging, eine neue Taktik einzuschlagen, weil er mit seinen absoluten Forderungen nicht weiterkam.
»Von mir kriegt ihr keinen Pfennig ...«
»Es reicht eine einfache Baracke mit Umkleideräumen, Duschen und einem Gemeinschaftsraum.«
»Nein!«
»Das Mobiliar werden wir selbst beschaffen.«
»Nein«
»Wir werden sogar selbst mitbauen.«
»Nein.«
Peter schwieg einen Moment, dann holte er seinen letzten Trumpf aus dem Ärmel, denn er wußte, wie eitel der Bürgermeister war: »Wir nennen es Otto-Sievers-Heim!«
Da begann der Bürgermeister zu grinsen, und Peter grinste zurück, denn er wußte nun, daß er gewonnen hatte. Für Sievers gab es nichts Bedeutenderes, als daß das Heim seinen Namen erhielt. So willigte er schließlich ein. Peter zog aus seiner Jackett-Tasche einen vorbereiteten Vertrag, und Sievers unterschrieb ihn ohne langes Zögern.
»Das alles, lieber Bürgermeister, hätten Sie eher haben können.«
Sievers blickte Peter mit gerunzelter Stirn an: »Was heißt das?«
»Ihnen selbst hätten diese Dinge einfallen müssen, dann wäre es zu den Schlägereien gar nicht erst gekommen.«
»Ach«, sagte Sievers, »und wann ist dir das eingefallen?«

»Vor der ersten Schlägerei mit den Bauarbeitern.«
»Dann war das alles dein Plan?«
»Ja«, gab Peter zu, »das alles war mein Plan, um Sie zu dieser Einsicht zu bewegen.«
»Das ist ungeheuerlich!« rief Sievers.
»Möglich«, entgegnete Peter, »jedoch hätten Sie mit ein wenig Nachdenken von selbst drauf kommen können.«
»Du bist mir vielleicht einer«, Sievers sah Peter voller Respekt an, erhob sich und ging durch den Raum: »Wie wäre es, wenn du mich ab und zu besuchen würdest, um mit mir zusammen an die Zukunft zu denken?«
»Mach ich ...«, versprach Peter.
Zwei Tage später wurden die Arbeiten an der Fabrik wiederaufgenommen. Peter Jacobsen hatte einige Mühe, die Jungen und Mädchen davon zu überzeugen, daß sie sich von nun an nicht mehr mit den Bauarbeitern zu prügeln brauchten, sie hätten ihr Ziel erreicht, sie bekämen ein Sportlerheim. Dennoch kam es hin und wieder zu einigen Auseinandersetzungen, doch waren diese eher privater Natur, und aus privaten Gründen hatten sich die Neumühlener schon immer gern geprügelt. Dafür waren sie seit Jahrzehnten überall bekannt und gefürchtet. Aber im ganzen gesehen schien sich alles zum Besseren zu wenden.
Sievers rätselte noch einige Zeit herum, wer Peter Jacobsen die Nachricht von seiner Rücktrittsabsicht übermittelt haben konnte. Er hatte zwar seine Tochter Waltraut in Verdacht, aber die stritt energisch alles ab. Merkwürdig war nur, daß sie einen roten Kopf bekam, als der Name Peter Jacobsen fiel ...

Sehr schnell mußte der Bürgermeister sich wieder mit alltäglichen Problemen herumschlagen, noch dazu unangenehmen, denn es war wiederum eingebrochen worden, dieses Mal in die Gastwirtschaft Lafrenz: Die Diebe hatten sich nicht damit begnügt, einfach nur Geld zu stehlen, sondern hatten einige Flaschen kostbaren Cognac mitgenommen, den Lafrenz sehr selten ausschenkte. Dann hatten sie eine halbe Flasche schottischen Whiskey ausgetrunken und alle möglichen anderen Getränke probiert. Dazu hatten sie eine halbe Mettwurst, et-

was Leberwurst und zwei halbe Hähnchen verspeist. Sie waren dabei sehr penibel vorgegangen, hatten die leeren Flaschen in die Abfalleimer geworfen, die Gläser gespült und die Krumen vom Tisch gefegt, ja sogar die Teller in den Ausguß gestellt, wo Frau Lafrenz sie am nächsten Morgen abwaschen konnte. So gestärkt waren sie zur Kegelbahn hinübergegangen und hatten sie in Gang gesetzt. Von dem Geräusch der fallenden Kegel war Lafrenz geweckt worden. Er war nach unten gelaufen, außer sich vor Wut, wie er am nächsten Morgen sagte, und ohne Rücksicht auf seine Gesundheit, und hatte die Tür aufgerissen; da war er von einem harten Gegenstand am Kopf getroffen worden, hatte das Bewußtsein verloren.
Der Kommissar des Rendenstedter Diebstahldezernats, der dieses Mal höchstpersönlich gekommen war, schrieb Lafrenz' Aussagen in ein Notizbüchlein. Kuhnert saß mit ihm am Tisch und ahmte die Haltung des Kommissars nach. Er nickte, wenn der Kriminalist nickte, schüttelte den Kopf zusammen mit ihm und verzog die Stirn, wenn dieser sie verzog. Man kam zu dem Schluß, daß die Einbrecher aus Neumühlen stammten, daß sie oft bei Lafrenz zu Gast und wahrscheinlich Mitglieder des Kegelclubs waren und daß sie als gefährlich eingestuft werden mußten. Sicher waren es dieselben, die schon bei Kock eingebrochen hatten. Kuhnert nickte zu den logischen Schlüssen seines Kollegen. Er begriff nicht alles, was dieser sagte, aber er tat wenigstens so.
»Können Sie mir sagen«, fragte der Kommissar den Polizisten Kuhnert, »auf wen in Neumühlen diese drei Tatbestände zutreffen?«
»Welche drei Tatbestände?« Kuhnert schreckte hoch.
»Oft hier Gast, starker Trinker, Mitglied des Kegelclubs?« wiederholte der Kommissar nachsichtig.
»Gast sind hier alle, ich meine, fast das ganze Dorf«, sagte Kuhnert nach längerem Nachdenken.
»Und?«
»Trinken tun sie auch alle viel ...«
»Und?«
»Im Kegelclub sind nicht alle ...«

Kuhnert nickte langsam und bedächtig, wie er es eben vom Kommissar abgeguckt hatte. Er legte seine flache, gerötete Stirn in Falten und schielte leicht, was immer vorkam, wenn er angestrengt nachdenken mußte.
»Also, wie groß ist Ihrer Meinung nach der Kreis der Verdächtigen?«
Kuhnert dachte lange nach, er wollte auf keinen Fall etwas Falsches antworten: »Hundert vielleicht«, sagte er.
»Hundert?« fragte der Kommissar verwundert.
»Ja ...« Kuhnert blickte ihn stolz an.
»Hat der Kegelclub hundert Mitglieder?«
»Dreißig«, sagte Lafrenz leise stöhnend, denn sein Kopf dröhnte immer noch, »genau zweiunddreißig.«
»Zweiunddreißig«, wiederholte Kuhnert.
Der Kommissar wandte sich an Lafrenz: »Gibt es Leute, denen Sie diesen Einbruch zutrauen?«
Lafrenz schüttelte den Kopf.
»Sind in der letzten Zeit Mitglieder ausgetreten oder hinausgeworfen worden?«
Lafrenz verneinte.
In diesem Moment trat Anton Podizat mit der Posttasche und dem Paketkarren ein und legte die Briefe für Lafrenz auf die Theke. Dabei ging er sehr bedächtig vor, um einiges von dem Gespräch der drei mitzubekommen. Kuhnert war der einzige, der Antons Kommen wahrnahm. Er warf ihm einen hilfesuchenden Blick zu. Anton trat näher.
Der Kommissar merkte, daß er mit seinen Nachforschungen nicht weiterkam. Lafrenz schüttelte immer nur seinen schmerzenden Kopf, und von Kuhnert war sowieso nicht viel zu erwarten. Er steckte sein Büchlein ein und erhob sich. Anton grüßte.
»Der ist unser Briefträger«, sagte Kuhnert, »vielleicht weiß der was.«
»Warum?« fragte der Kommissar.
»Er kommt herum ...«
»Ah so ...« Der Kommissar verstand.
»Vielleicht kann er sich umhören«, schlug Kuhnert vor.
»Das hoffe ich von Ihnen«, erwiderte der Kommissar gereizt,

»von Ihnen in erster Linie.« Damit ging er hinaus. Kuhnert trank auf den Schreck hin erst einmal einige Biere, danach konnte er klarer denken. Er kam zu dem Ergebnis, auf die Aufforderung des Kommissars stolz sein zu können. Schließlich sollte er einen oder mehrere Diebe fangen. Das wollte er auch tun. Er erhob sich, zog seine Uniform zurecht, trat vor die Tür, blinzelte in die kalte Luft und wollte sich an die Arbeit machen, aber was er unternehmen sollte, wußte er nicht recht. So kehrte er um, setzte sich wieder hin, trank noch einige Biere und verfiel in tiefes Nachdenken. Er dachte den halben Tag lang nach, kam aber zu keiner Lösung.

Am Abend dieses Tages stürzte Bauer Kock in die Gastwirtschaft Lafrenz und schrie, seine Frau sei mit dem Knecht Fritz Mumm durchgebrannt. Dann warf er sich auf einen Stuhl und weinte. Man tröstete ihn, und gab ihm allerlei unnütze Ratschläge. Im Grunde hatte man es so kommen sehen, denn alle hatten sich gewundert, daß die junge lebenslustige Frau es so lange bei dem alten Bauern ausgehalten hatte. Für den Polizisten Kuhnert war mit Mumms Flucht aus Neumühlen klar, daß er doch der Einbrecher war. Hatte er nicht damals schon einen Verdacht gefaßt? Er eilte unverzüglich nach Hause und teilte seinen Rendenstedter Kollegen mit, sie sollten nach Mumm Ausschau halten.

Noch einer war äußerst betroffen von Frau Kocks Weggang: Hermann Röder. Wie oft war er zu ihr gegangen, wenn der Bauer nicht da war, wie oft hatte sie ihn, wenn Erwin sein Geschäft im Saustall verrichtete, mit ins Stroh genommen. Ja, Röder hatte sich regelrecht in Frau Kock verliebt und geglaubt, sie liebe ihn auch. Und jetzt war sie mit einem anderen auf und davon gegangen.

11

In diesen Herbsttagen vollbrachte Klaus Henningsen seine bäuerliche Arbeit mit der gleichen Gewissenhaftigkeit, wie er es früher auch getan hatte. Er brachte die Ernte ein, trieb die

Kühe in die Ställe zurück, kaufte und verkaufte Vieh, ließ Säue schwängern, Schweine zu Schlachtermeister Ehlers bringen und besuchte den Rendenstedter Viehmarkt. Jeden Morgen brachte er die Milch zur Meierei, sprach mit niemandem, tat, als höre er die spöttischen Bemerkungen nicht, und kehrte auf seinen Hof zurück. Er beschnitt die Bäume und Sträucher und pflasterte den Hof. Er arbeitete von morgens bis abends und manchmal die halbe Nacht hindurch. Oft sah er zu Thömings Hof hinüber. Zu seiner Zufriedenheit stellte er fest, daß Vater und Tochter sich immer noch aus dem Weg gingen.

Klaus Henningsen wäre kein Norddeutscher gewesen, dessen Vorfahren seit zweihundert Jahren denselben Hof bewirtschaftet hatten, hätte er Elisabeth einfach aufgegeben. Das konnte er nicht, und das wollte er nicht. Er dachte morgens an sie, wenn er erwachte, und er dachte nachts an sie, wenn er endlich einschlief. Er gab sie nicht verloren und hoffte immer noch, sie werde eines Tages ihren Türken wegschicken. Er wollte Elisabeths Liebe gewinnen, koste es, was es wolle, doch wie er das anstellen sollte, wußte er nicht. Da kam ihm jemand zu Hilfe, nämlich ›Grabschmatzer‹ Greve. Eines Morgens schlenderte er betont unauffällig an Henningsens Hof vorüber, immer hin und her, bis Klaus ihn bemerkte. Da hatte er einen Einfall und winkte Greve zu sich. Sie sprachen kurz miteinander, gingen zusammen in die Scheune und schlossen das große grüne Holztor, damit niemand sie beobachtete.

»Ich weiß, wie es mit dir steht«, sagte Greve und strich seinen grauen struppigen Bart. »Ich habe dich schon lange beobachtet. Ich weiß alles.«

Klaus antwortete nichts darauf.

»Du bist krank von der Liebe«, sagte Greve. Klaus antwortete immer noch nichts.

»Soll ich dir helfen?«

»Du?«

»Ja. Ich. Niemand sonst kann dir helfen. Nur ich.«

Greve hatte nach Hans Schellers Weggang aus Neumühlen keinen richtigen Freund mehr. Niemand wollte etwas von

ihm wissen. Seine Sprüche, seine Weisheiten, seine Zaubermittel wurden von niemandem mehr benötigt, denn die Zeiten hatten sich auch für Greve geändert. Doch so recht wollte er das nicht wahrhaben. Er war ja kein böswilliger Mensch, der die Leute nur mit seiner Zauberei belästigte, er glaubte wirklich an seine Mittel und die ›Grabschmatzerei‹.
Er zog eine gewöhnliche Astgabel aus der Hosentasche und reichte sie Klaus.
»Die mußt du einmal an Elisabeths Herz halten. Dann gehen die Ströme in sie hinein. Und wenn du sie lange genug mit dir herumträgst, dann wird sie eines Tages anfangen, dich zu lieben. Du mußt nur Geduld haben.«
»Wie lange?« fragte Klaus und betrachtete verwundert das Stück Holz.
»Schwer zu sagen ...«, erwiderte Greve, der sich lieber nicht festlegen wollte.
»Hast du nichts anderes?«
»Warum?«
»Weil es schon so lange dauert ...«
Greve nickte, griff erneut in seine Tasche und zog ein kleines Fläschchen hervor. In ihm befand sich ein gelbliches Pulver.
»Ich habe es aus den Herzen von Nachtigallen zubereitet«, erklärte Greve. Klaus griff nach der Flasche, aber Greve zog sie zurück. »Es ist teuer.«
»Wie teuer?«
»Hundert Mark.«
»Viel ...«, sagte Klaus nach einigem Nachdenken.
»Aber wirksam«, erwiderte Greve schnell, »äußerst wirksam. Und einfach in der Anwendung. Du mußt nur nachts um zwölf in Elisabeths Stube gehen, dort das Pulver verstreuen und sagen: ›Herz, Herz, werde mein ...‹; dreimal mußt du das sagen ...«
»Herz, Herz, werde mein ...«, flüsterte Klaus andächtig. Greve reichte ihm das Fläschchen und steckte dafür einen Hundertmarkschein ein.
»Und das nützt?« fragte Klaus.
»Todsicher.«
»Und wie lange wird es dauern?«

»Das weiß ich nicht. Aber es nützt.«
»Dann will ich es machen«, entschied Klaus.
Greve ging davon. In seiner Hosentasche knisterte der Geldschein, endlich konnte er sich wieder etwas Ordentliches zu essen leisten.
In der folgenden Nacht stand Klaus Henningsen tatsächlich kurz vor Mitternacht auf, zog sich an, beruhigte seine alte Mutter und schlich, das Fläschchen mit dem Zauberpulver fest in der Hand, hinüber zu Thömings Hof. Eine finstere, stürmische Neumondnacht lag über dem Land. Klaus ging behutsam um Thömings stattliches Bauernhaus herum. Alle Türen waren verschlossen. Beim zweiten Rundgang entdeckte er, daß das Küchenfenster nur angelehnt war. Klaus schwang sich auf den Fenstersims, drückte den knarrenden Flügel nach innen und kletterte hindurch. In der Küche war es stockdunkel. Vorsichtig tastete er sich vorwärts, gelangte an die Flurtür, öffnete sie, spürte plötzlich einen brennenden Schmerz am Bein und schrie auf. Thömings mißmutiger Dakkelpinscher hatte sich an ihm festgebissen. Klaus versuchte vergeblich, den knurrenden Hund abzuschütteln. Da wurde eine Tür aufgestoßen, Licht flammte auf, der alte Thöming stand im Schlafanzug da mit einem Gewehr im Anschlag.
»Was machst du denn hier?« rief er verwundert.
Klaus konnte nichts antworten, der Hund zerrte immer noch an seinem Bein. Thöming pfiff ihn zurück. Da trat Elisabeth ein. Klaus riß den Korken vom Fläschchen und schüttete ihr das beizende Pulver ins Gesicht, nicht ohne dreimal den Spruch zu rufen. Dann wandte er sich blitzschnell um, hinkte durch die Küche, krabbelte aus dem Fenster und eilte nach Hause. Er verband sein blutendes Bein, legte sich zu Bett und war glücklich.
Bauer Thöming und Elisabeth wischten sich das stinkende Pulver ab und waren sprachlos. Schließlich sagte Thöming: »Der hat wohl nicht mehr alle ...« Das war der erste Satz, den er seit langer Zeit zu seiner Tochter sprach.
Am nächsten Morgen stand Klaus hinter dem Wohnzimmerfenster und ließ kein Auge von Thömings Hof. Endlich sah er Elisabeth aus dem Tor treten, doch sie war überhaupt nicht

verändert und blickte nicht einmal zu seinem Haus herüber. Ihr Vater eilte um die Ecke, und es kam zu einem heftigen Wortwechsel. Klaus öffnete ein wenig das Fenster, um verstehen zu können, was sie sich zuschrien.

»Heirate ihn endlich!« rief der Alte.

»Niemals!« schrie Elisabeth zurück. »Ich heirate doch keinen Verrückten!«

»Ein verfluchter Türke ist genauso verrückt, weil er ein anderer Mensch ist!«

»Ich heirate Klaus Henningsen trotzdem nicht!« rief Elisabeth und rannte ins Haus zurück. Der Alte folgte.

Klaus war betroffen. Am Abend ging er zu Greve. Zum ersten Mal betrat er dessen seltsame Behausung. Sie war eingerichtet wie eine Hexenküche. Überall lagen merkwürdig geformte Steine, Astgabeln und Wurzelmännchen, waren Flaschen gestapelt mit allerlei Flüssigkeiten, lagen aufgeschlagene Bücher auf einem schweren Holztisch und dem Fußboden. Sogar ein uralter Grabstein mit einer unleserlichen Schrift stand in einer Ecke. Klaus Henningsen war äußerst unwohl zumute in dieser Zauberwelt. Greve vertröstete ihn. So schnell wirkten die Mittel nicht, man müsse Geduld haben, viel Geduld, denn Elisabeths Herz sei verhärtet. Aber wenn es wirklich zu lange dauern sollte, dann müßte Klaus ein anderes Mittel anwenden, eines, zu dem schon die alten Etrusker in solchen Fällen gegriffen hätten. Aber damit sollte er noch warten, denn dieses Mittel sei ein sehr schweres.

Klaus wußte nicht, wer die alten Etrusker waren. Dennoch ging er getröstet nach Hause. Jeden Tag wartete er, daß Elisabeths Verhalten sich ändern würde. Stundenlang stand er hinter dem Wohnzimmerfenster und blickte hinüber zu Thömings Hof, doch was er erwartete, traf nicht ein.

Kapitän Röckendorf legte wieder mit seiner »Helena II« in Breitenfeld an, und mit ihm kam auch Gazi Erkal zurück. Elisabeth erwartete ihn am Anlegesteg und schloß ihn vor den Augen der anderen wartenden Frauen in ihre Arme. Unverzüglich begaben sie sich zu Pastor Jacobsen, um das Aufgebot zu bestellen.

Der Pastor war glücklich, als er den beiden gegenübersaß. Er

ließ eine Flasche Wein aus dem Keller holen, schenkte drei Gläser ein und stieß mit den beiden auf ihre Zukunft an. Seine Frau und Peter wurden nach Erledigung der Formalitäten hinzugeholt, man ging hinüber in den Wohnraum, und Gazi mußte von der Türkei erzählen. Der Pastor war aufgeräumt wie lange nicht mehr. Begierig lauschte er Gazis Schilderungen und stellte immer wieder interessierte Zwischenfragen. Von Izmir und Pergamon, von Ankara und Ephesus erzählte Gazi, und Jacobsen kramte einen abgegriffenen Atlas hervor, um sich zeigen zu lassen, wo diese alten und neuen Städte liegen. Aus Spaß maß er mit einem Lineal die Entfernung von Izmir nach Neumühlen aus und fand lachend, sie sei gar nicht so groß. Man müsse einen Blick für die Welt haben, sagte er wenig später nachdenklich, nur dann könne man beurteilen, wie wichtig oder unwichtig manche Ereignisse in der nächsten Umgebung seien. Und noch später sagte er zur Überraschung von Frau und Sohn, er werde demnächst in die Türkei reisen, er wolle das alles mit eigenen Augen sehen. Gazi saß eng an Elisabeth gelehnt und wunderte sich immer wieder, welch seltsame Wege sein Leben genommen hatte, seit er damals auf Kapitän Röckendorfs Schiff geklettert war, um sich die Welt anzusehen. Jetzt würde er bald Ehemann sein, dann Deutscher, Schleswig-Holsteiner und Neumühlener und, wenn alles gutging, sogar Bauer und Nachfolger des alten Thöming.
»Ich werde mit ihm reden«, verkündete der Pastor. Er spürte das unerschütterliche Vertrauen, das die beiden jungen Menschen in ihn setzten, alles zum Guten wenden zu können. Und Jacobsen fühlte sich stark wie lange nicht mehr. Er wollte es mit dem alten Thöming aufnehmen.
An diesem Abend nahm er sich noch viel mehr vor für die Zukunft. Er wollte mit Tischler Jungmann reden, damit dieser endlich wieder eine Frau und seine beiden Söhne eine Mutter bekämen. Er wollte mit Herrn Scheller reden, der trotz des florierenden Taxiunternehmens, das er mit seinem Freunde Röllner betrieb, schweigsam und verbittert geworden war wie alle Einsamen. Mit Klaus Henningsen wollte er reden, über den man sich im Dorf lächerliche Dinge erzählte. Enno

Frahm machte ihm Sorgen, der wieder zu trinken begonnen hatte und in Gefahr war, seine Stellung als Taxifahrer zu verlieren. Und Adolf Sick, der immer wunderlicher wurde, brauchte seinen Zuspruch, wie Sterbende ihn brauchen. Dann nahm er sich vor, Klaus Schicke zu drängen, endlich seine Freundin Wiebke Schwarz zu heiraten, denn ihr Zustand war nicht mehr zu verbergen.

Er wollte energisch und weise zugleich sein, damit die Kirche sonntags wieder gefüllt wäre. Ja, es gab viel zu tun für ihn. Aber er fühlte sich allen Aufgaben gewachsen. Und sollten ihn die Kräfte einmal verlassen, wollte er seinen Sohn Peter vorschicken, der seinen Teil dazu beigetragen hatte, daß es wieder einigermaßen friedlich zuging im Dorf. Als erstes aber mußte er seine neugewonnenen Kräfte an Thöming erproben.

Am nächsten Morgen schon traf er sich mit Elisabeth und Gazi und ging mit ihnen zum Hof des alten Bauern. Der saß in der Küche und blätterte in einer alten Zeitung. Er sah auf, verzog aber keine Miene, als die drei eintraten. Jacobsen griff sich einen Stuhl und setzte sich zu Thöming an den Tisch. Sie musterten sich lange wie zwei feindliche Feldherren kurz vor Beginn der Schlacht.

»Was ist mit dir?« fragte der Pastor.

»Geht dich nichts an«, murmelte Thöming.

»Was wird aus deinem Hof?« beharrte Jacobsen.

»Mir egal.«

»Und aus deiner Tochter?«

»Eine Türkenschlampe!«

Elisabeth wollte dazwischengehen, aber der Pastor reagierte überhaupt nicht auf dieses böse Wort, und Gazi hatte es nicht verstanden.

»Und was wird aus dir?« fragte Jacobsen.

»Mir egal!«

»Hartnäckig wie ein Esel!« rief der Pastor.

»He, he!« machte Thöming. »Was kümmerst du dich um meine Angelegenheiten, alter Kanzelschwätzer!«

»Du Holzkopf!« ereiferte sich der Pastor und schlug mit der Faust kräftig auf den Tisch. »Was ist dir eigentlich nicht egal?

Dein Hof ist dir egal, deine Tochter ist dir egal, selbst dein Leben ist dir egal! Guck dir wenigstens deinen Schwiegersohn an!« Jacobsen deutete auf Gazi, der neben Elisabeth stand und zu lächeln versuchte. »Hat er nicht zwei Beine wie du und zwei Arme wie du und einen Kopf wie du? Ist er nicht genauso ein Mensch wie du? Er ist kein Affe! Du verstockter Esel!«
Thöming blickte Gazi lange an, so, als wunderte er sich, daß da wirklich kein Affe stand. Zwar war er schwarzhaarig und nicht blond wie die meisten hier, hatte eine dunklere Gesichtsfarbe als alle hier, aber sonst hatte er nichts von dem, was er sich unter einem ›Türken‹ vorgestellt hatte. Doch Thöming hatte sich all die Monate hindurch zu fest in seinen Trotz verbissen, als daß er sich seine Überraschung anmerken lassen konnte.
Jacobsen schlug erneut auf den Tisch und rief, so laut er konnte: »Du kannst anstellen, was du willst, Thöming! Deine Tochter wird ihn heiraten! Aber sie will sich auch mit dir aussöhnen! Und weißt du, warum sie das will? Weil sie dich liebt! Genauso wie sie ihren Gazi liebt!«
Thöming schlug die Augen nieder und tat, als läse er in der Zeitung.
Jacobsen fuhr fort: »Und denk auch an deinen Hof! Du hast keinen Nachfolger! Du mußt jemanden haben, der deinen Hof übernimmt . . .!«
»Ein Türke und ein Seemann«, murmelte Thöming.
»Er wird's lernen«, sagte Elisabeth leise.
»Ein Türke«, wiederholte Thöming, als wäre das das Schlimmste, was ein Mensch sein kann.
»Du hast nur eine Wahl«, sagte der Pastor fest, »nämlich die zwischen Borniertheit und Einsamkeit . . .« Jacobsen brach ab, denn was er sagen wollte, war allzu klar und bedurfte keiner Worte. Aber Thöming schwieg immer noch. Er starrte auf die vor ihm liegende Zeitung, als wollte er die Artikel auswendig lernen.
Da tat Gazi etwas, was ein Neumühlener niemals getan hätte. Er löste sich von Elisabeth, trat an Thöming heran, legte ihm die Hand auf die Schulter, sagte etwas Türkisches, legte ihm

dann die Hand auf das schüttere Haar, sagte wieder etwas Türkisches, in dem das Wort ›Ata‹ vorkam, was der Pastor verstand, denn es bedeutete ›Vater‹, blickte zur Decke, griff die Hand des Alten und sank vor ihm auf die Knie. Thöming hatte mit immer größer werdenden Augen dieser merkwürdigen Zeremonie zugesehen. Jetzt, als Gazi vor ihm kniete, legte er ihm die Hand auf die schwarzen dichten Haare. Er wunderte sich zutiefst, daß er das tat. Irgend etwas, so schien ihm, führte seine Hand.
Da tat auch Elisabeth etwas, was eine Neumühlenerin sonst nicht tut. Sie flog ihrem Vater um den Hals, küßte sein wetterbraunes Gesicht und begann zu weinen. Und dann weinte auch der Alte, und schließlich weinte auch Gazi. So etwas hatte der Pastor noch nie erlebt. Thöming schämte sich sichtlich und fuhr Jacobsen an: »Was machst du denn noch hier, du Sabbelkönig!« brüllte er im Spaß, um seine Rührung zu überspielen. »Scher dich weg!«
Als Jacobsen an der Tür stand, sagte Thöming: »Danke!«
Jacobsen ging. Seine Schritte waren beschwingt. Er sah zum trüben Nachmittagshimmel empor, über den die diesigen Vorboten der Nacht zogen, und lächelte. »Die zum Frieden raten, machen Freude«, sagte er laut, einen Spruch des Königs Salomo zitierend.
Klaus Henningsen hörte sehr bald von der für ihn endgültig schlechten Wendung. Außer sich vor Wut, rannte er zu Greve, traf ihn aber nicht an. Am liebsten hätte er Greves Behausung demoliert, wagte aber nicht einzutreten. Voll finsterer Gedanken lief er ziellos durch das Dorf. Es war eine kalte Nacht, der Vollmond stand am sternenklaren Himmel. Er passierte den Friedhof. Der Kirchturm stand düster und schwarz gegen den Himmel gelehnt. Die Bäume streckten ihre Äste, als wären sie in der Kälte erstarrt. Plötzlich blieb Klaus Henningsen wie angewurzelt stehen, und sein Herz machte ein paar heftige Hüpfer, solch einen Schrecken bekam er. Er rieb seine Augen, blickte auf, rieb sie nochmals. Aber sosehr er sie auch rieb, es half nichts: Über den Friedhof ging tatsächlich eine Gestalt in einem langen weißen Hemd, wie sie die Toten zu tragen pflegen. Nein, die Gestalt ging nicht, sie

schwebte, besser noch, sie hüpfte, schwebte und hüpfte einfach so dahin um Grabsteine und dunkle Büsche, an den Bäumen vorüber, um dann hinter dem Kirchturm zu verschwinden. Klaus wartete nicht, bis sie wieder auftauchte, sondern rannte, was seine Beine hergaben und ohne sich noch einmal umzusehen, nach Hause. Er sagte zu niemandem ein Wort über die Erscheinung, auch nicht zu seiner Mutter, denn er fürchtete, man würde ihn für verrückt erklären und fortschaffen, wie man damals Hans Scheller fortgeschafft hatte.

Am nächsten Abend kurz nach Mitternacht klopfte es heftig an Jacobsens Haustür. Der Pastor, der noch zu arbeiten hatte, öffnete. Vor ihm stand die Totenwäscherin des Dorfs, Frau Hendriksen, und war außer sich. Jacobsen bat sie herein, und es dauerte eine ganze Weile, bis die alte Frau sich gefaßt hatte. Dann berichtete sie: Sie sei auf dem Wege nach Hause gewesen, als sie plötzlich von einem schrecklichen Wehklagen aufgeschreckt worden sei. Eine weiße Gestalt sei über den Friedhof geschwebt und habe in einer Tour gerufen: ›Oh, oh, oh, was macht ein Türk' in unserm Dorf!‹ Darauf habe die Gestalt noch mehrere hohle Rufe ausgestoßen, habe an die Kirchentür gepocht und sei dann in den dunklen Teil des Friedhofs zurückgeflattert. Doch ehe sie habe fortlaufen können, sei der Geist nochmals aufgetaucht und habe gerufen: ›Anton, Anton, Anton, gib mir meine Ruhe!‹ Es könne sich bei der Gestalt nur um einen handeln, schloß Frau Hendriksen, um Opa Suhrs Geist.

Jacobsen blickte sie lange an. Gut geschauspielert, dachte er, sehr gut, meine Hochachtung. Aber er sagte es nicht, sondern dankte der alten Frau und schickte sie nach Hause. Lange dachte er darüber nach, wem diese Geistererscheinung nützen konnte. Steckte Bürgermeister Sievers dahinter? Nein, das glaubte er nicht, dessen Geschäfte liefen nach der Aussprache mit Peter ausgezeichnet, und er war wieder angesehen wie in alten Tagen. Nein, es mußte sich um eine kleine, alltägliche, dafür aber nicht minder wichtige Sache handeln. Ja, eigentlich gab es nur einen, der einen Nutzen von dieser Erscheinung hatte: Klaus Henningsen. Ihm lag daran, daß

der Türke aus Neumühlen verschwand. Aber warum forderte der Geist ausgerechnet von Anton Podizat die ewige Ruhe? Jacobsen konnte sich darauf keinen Reim machen.
Die Antwort erhielt er am nächsten Tag, denn ›Grabschmatzer‹ Greve rannte im Dorf herum und erzählte allen, was sich auf dem Friedhof zugetragen hatte. Frau Hendriksen hatte es ihm noch in der Nacht berichtet. Und so erfuhr Jacobsen, daß Anton damals, am Tage vor der Beerdigung des alten Suhr, Streit mit Greve bekommen hatte, weil er dessen Zaubermittel gegen ›Grabschmatzerei‹ aus dem Grab entfernt hatte. Er beschloß, umgehend etwas gegen den Geist zu unternehmen, denn er traute den Neumühlenern nicht. Zwar hatte der Aberglaube der ›Grabschmatzerei‹ nicht mehr die Bedeutung, die er einmal besessen hatte, als die Zeiten schlechter waren, aber konnte man sicher sein, daß er nicht wiederaufflammte? Das einfache Volk möchte betrogen sein, um sich seine Vorurteile bestätigen zu lassen. Und Vorurteile gegen Gazi Erkal gab es im Dorf genug. So bescheiden er sich gab, sosehr er sich bemühte, Neumühlener Sitten und Gebräuche zu erlernen, er blieb immer noch der ›Türke‹. Der Friedhofsgeist sprach also nur das aus, was viele Neumühlener im stillen dachten. Jacobsen fürchtete, daß sie sehr bereitwillig glauben könnten, Gazi Erkal bringe Unglück über ihr Dorf. Das mußte unbedingt verhindert werden, doch mit Vernunft allein konnte er nichts ausrichten, er mußte mit den gleichen Mitteln, wie der Geist sie anwandte, gegen die Unvernunft zu Felde ziehen.
Als Anton von der Geistererscheinung erfuhr, mußte er lachen. Noch mehr mußte er lachen, als er hörte, daß der Geist seinen Namen gerufen und ausgerechnet von ihm die ewige Ruhe gefordert hatte. Doch als er immer wieder auf dieses Ereignis angesprochen wurde und manche Neumühlener bei der Schilderung und den Mutmaßungen darüber ein ernstes, ja besorgtes Gesicht zeigten, begann Anton, genau dieselben Überlegungen anzustellen wie der Pastor. Unverzüglich suchte er ihn auf.
Er solle sich keine Sorgen machen, sagte Jacobsen, man werde den Geist sozusagen mit seinen eigenen Waffen schla-

gen. Ob er mitmachen wolle? Nach kurzem Nachdenken erklärte Anton sich dazu bereit.
Eine Woche lang wurde er jeden Abend von Peter Jacobsen zu Hause abgeholt. Anne und Christian fragten, was er denn so spät noch zu tun habe, aber Anton durfte ihre Fragen nicht beantworten. Wenn die Kirchturmuhr zehnmal geschlagen hatte, begaben die beiden Männer sich zum Friedhof, verbargen sich in einer Nische und warteten. Sieben Nächte lang warteten sie vergeblich auf das Wiedererscheinen des Geistes. Anton war unheimlich zumute. Je mehr Stunden er an diesem unheimlichen Ort verbringen mußte, um so größer wurde sein Unbehagen. Manchmal schien ihm, als ob tatsächlich eine Gestalt um die Grabsteine herumschwebte und Rufe ausstieß. Wenn er genauer hinsah, erkannte er zu seiner Erleichterung, daß der von Wolken überzogene Mond Schatten warf, und hörte, wie der kalte Wind sich in den Zweigen brach. Peter Jacobsen ging es nicht anders, auch er fühlte sich nicht besonders wohl. Mit jeder Nacht, die sie fast ohne Bewegung verbrachten, kamen ihnen stärkere Zweifel, ob der Geist jemals wiederauftauchen würde.
Endlich, nach einer Woche vergeblichen Wartens, hatten sie Erfolg. Kaum schlug die Kirchturmuhr den letzten der zwölf Glockenschläge über das kältestarrende Dorf, da sahen sie, wie sich am Friedhofstor einige Gestalten einfanden, denen der Geist offensichtlich Bescheid gesagt hatte, daß er heute wieder erscheinen werde. Unter ihnen war auch Klaus Henningsen. Und dann erblickten sie auch schon eine weißgekleidete Gestalt, die unter furchterregendem Geheul hinter einem Grabstein hervorhüpfte. Sie schwang die Arme auf und nieder, als wollte sie fliegen, und stieß Verwünschungen gegen Gazi Erkal und Anton aus. Die Zuschauer am Zaun hätten sicher ein Kreuz geschlagen, wären sie katholisch und nicht evangelisch gewesen.
Peter und Anton ließen den Geist einige Zeit gewähren. Er hüpfte um Grabsteine, tauchte nieder, kroch ein Stück, tauchte an anderer Stelle wieder auf und setzte sein Klagen und Flehen fort.
»Jetzt los«, flüsterte Peter Jacobsen. Anton zog sich ein Bett-

laken über, in das ein Loch für den Kopf geschnitten war, und setzte sich eine scheußliche Maske auf. Peter tat dasselbe. Dann brüllten beide auf Kommando los, hoben die Arme, tänzelten, schrien, flehten, johlten und hüpften über den Friedhof.
Der andere Geist erstarrte und blickte die Konkurrenz entsetzt an. Zwei-, dreimal hob er noch die Arme und stieß seine Schreie aus, aber das nützte nichts mehr. Mit einem lauten Fluch raffte er sein Gewand zusammen und lief davon, Peter und Anton heulend hinterdrein. Die Jagd ging den Hauptweg hinunter, um die Kirche herum, über Gräber. Die Zuschauer am Zaun waren erst verblüfft, dann fing einer an zu lachen, und bald lachten alle. So etwas hatten sie in ihrem Leben noch nie gesehen: ein Geist auf der Flucht mit gerafftem Gewand, zwei Geister heulend hinter ihm her. Schließlich gab der erste Geist schwer atmend auf. Er konnte ganz einfach nicht mehr, und mit dem Fliegen und Flattern wollte es auch nicht mehr klappen. Peter und Anton näherten sich ihm und zogen ihm das Tuch vom Kopf: Greve blickte sie entsetzt an und flehte, ihm ja nichts zu tun. Nun entkleideten sich auch Peter und Anton, nahmen Greve in ihre Mitte, gingen mit ihm zum Portal und zeigten den Leuten, wer sich da als Geist aufgeführt hatte. Die Zuschauer waren zornig auf Greve, vor allem Klaus Henningsen, der sich von dem ›Grabschmatzer‹ nach Strich und Faden betrogen fühlte und es ja auch war.
Wenig später saßen Anton, Peter und Greve dem Pastor gegenüber. Der vergoß Tränen vor Lachen und konnte sich überhaupt nicht beruhigen. Immer wieder wollte er Einzelheiten der wilden Verfolgungsjagd erfahren. Anton und Peter mußten sie dreimal erzählen. Dann wurde der Pastor ernst, denn Greve saß zerknirscht vor ihm und wagte nicht aufzublicken.
»Warum hast du das gemacht, Greve?«
Greve druckste herum, dann sagte er leise: »Ich hatte Hunger.«
Niemand verstand die Antwort. Greve erklärte: »Vor einem Jahr noch wurde ich oft gebeten, Zaubermittel zu besorgen: gegen Rotlauf bei den Schweinen, gegen Gewitter und Blitz-

schlag, für die Liebe, für eine gute Ernte und so ... Aber seit einiger Zeit will man mich nicht mehr. Man glaubt mir nichts. Nicht die Grabschmatzerei, nicht die Pülverchen, gar nichts. Klaus Henningsen war der einzige, der ein Liebespülverchen von mir wollte. Wegen Elisabeth. Aber es hat nicht funktioniert. Da mußte ich den Geist erfinden, der schuld hat, daß nichts funktioniert.«
Die drei Männer schwiegen und sahen den bedauernswert dahockenden Greve an.
»Findest du keine normale Arbeit?« fragte Peter.
»Nein. Bin zu alt.«
»Wovon lebst du?«
Greve zuckte mit den Schultern. Da reckte der Pastor sich, sah Greve fest in die Augen und sagte: »Willst du arbeiten?«
Greve nickte.
»Eine normale Arbeit?«
Greve nickte erneut.
»Ab morgen bist du Kirchendiener. Was du zu tun hast, werde ich dir morgen früh sagen. Einverstanden?«
Greve nickte.
Der Pastor erhob sich und reichte ihm die Hand. Damit war Greves Zukunft besiegelt. Als er gehen wollte, sagte der Pastor: »Du wirst ab jetzt auch die Gräber ausheben. Aber wehe, wenn ich einmal irgendein Zauberzeugs darin finde ...«
»Werden Sie nicht«, erwiderte Greve hastig und ging. Als auch Anton gegangen war, sprachen Jacobsen und sein Sohn lange miteinander. »Eigentlich schade, daß man den Hexenmeister als Scharlatan entlarvt hat«, meinte Peter.
»Das sagst du!« rief der Pastor erstaunt, »ausgerechnet du, der du gerade Dorfpolitik gemacht hast, du, dem etwas gelungen ist, was unmöglich schien, nämlich den Bürgermeister zu einer Änderung seines Verhaltens zu zwingen? Ausgerechnet du redest jetzt der abergläubischen Unvernunft das Wort?«
Peter lächelte: »So gesehen hast du natürlich recht, Vater. Aber gehört eine bestimmte Portion Irrationalität nicht zum Leben einer Dorfgemeinschaft?«

»Nein, nein«, wehrte Jacobsen energisch ab, »ich bin froh, daß dieses lächerliche ›Grabschmatzerkapitel‹ ein für allemal der Vergangenheit angehört. Und zudem, mein lieber Sohn, für Irrationalität sind wir zuständig, ich, der gegenwärtige Pastor, und du, der hoffentlich zukünftige.«

»Du hast eine merkwürdige Meinung von deinem Beruf«, erwiderte Peter.

»Keineswegs«, sagte Jacobsen, »ich vertrete das höchste Prinzip, das so vernünftig ausschauende Prinzip des Nächstenliebegebots, das sich, wird es mit der Realität konfrontiert, immer wieder als irrational erweist.«

»Du hast ja recht«, meinte Peter, »ich wollte nur sagen, daß Typen wie Greve in der Stadt eben kaum vorkommen, daß sie typisch sind für ein Dorf ...«

Jacobsen unterbrach ihn: »Diese Art von scheußlicher Unvernunft ist ausgerottet, und ich hoffe nicht, sie wird jemals wiederauferstehen.«

»Doch wenn du glaubst, damit ist die Unvernunft schlechthin verschwunden ...«, meinte Peter.

»Das habe ich nicht gesagt ...«, unterbrach ihn sein Vater erneut, »es wird noch so viel Unvernünftiges und Widersprüchliches geschehen, daß wir unsere liebe Last haben werden.«

Peter antwortete lachend: »Und wie wenig Mittel haben wir doch, dagegen anzugehen ...«

12

Es war Ruhe eingekehrt in Neumühlen, jedoch nur eine oberflächliche Ruhe, denn Mitte November geschah etwas Spektakuläres: Die Politik hielt Einzug im Dorf.

Adolf Sick, Enno Frahm und Lehrer Schicke waren aus dem Gemeinderat ausgeschieden: Adolf Sick, weil er krank war, Enno Frahm, weil er als pleite gegangener Bauer keine Autorität mehr besaß, und Schicke, weil er sich nur noch seinem

Sohn und seiner künftigen Schwiegertochter widmete. Eine Zeitlang hatten Sievers' Parteigänger Wittke, Lafrenz und Schlachtermeister Ehlers, dann auch mal wieder Röllner, Kaufmann Martens, Bauer Damm und andere die Ausgeschiedenen vertreten, doch das war auf Dauer keine demokratische Lösung, und so wurde beschlossen, drei neue Mitglieder von der Dorfgemeinschaft in den Gemeinderat wählen zu lassen. Es sollte, wäre es nach dem Bürgermeister gegangen, eine unauffällige Zwischenwahl sein, aber dann geschah das Unerwartete: Es meldeten sich Kandidaten, die von Sievers nicht für diese Posten ausersehen worden waren.

Eine Parteizugehörigkeit hatte bei den vergangenen Gemeinderatswahlen nie eine besondere Rolle gespielt. Man wählte Männer mit Verstand, die bei den Sitzungen ihre Meinung sagten und auf ihre Partei, wenn sie überhaupt in einer waren, keinerlei Rücksicht nahmen. So stand meist schon vor der Wahl fest, wer Gemeinderatsmitglied werden würde, und alle waren es bisher zufrieden gewesen.

Bei dieser Wahl aber, die eigentlich nichts anderes als eine Formalität sein sollte, meldete sich unerwartet Frau Renz bei Sievers und forderte, daß mindestens eine, besser noch zwei Frauen in den Gemeinderat einziehen müßten. Sievers lehnte lachend ab. Da besprach sie sich mit Fräulein Regensburg, Waltraut Sievers, Frau Lafrenz und Frau Jacobsen, und gemeinsam gründeten sie eine ›Neumühlener Frauenliste‹. Sievers war fassungslos. Das habe es noch nie gegeben, Frauen hätten in der Politik nichts zu suchen, sagte er und fügte drohend hinzu: Das werde es in Neumühlen auch nicht geben!

»Und ob es das geben wird«, erwiderte Frau Renz, »Sie werden sich wundern!«

»Weibergewäsch!« meinte Sievers.

»Übrigens unterstützen Ihre Frau und Ihre Tochter unsere Bestrebungen.« Frau Renz lachte, als sie Sievers' entsetztes Gesicht sah.

Sievers' Lieblingswort in Situationen, denen er sich nicht gewachsen fühlte, war ›Revolution‹. Und dieses war seiner Meinung nach eine. Daß seine Frau und seine Tochter da mittaten, erschütterte sein Selbstvertrauen erheblich. Er stellte die beiden umgehend zur Rede: Das gehe nun wirklich nicht, daß sie sich gegen ihn stellten, sagte er zunächst noch freundlich, er habe doch in Neumühlen genug Probleme, er könne sich nicht noch mit seiner eigenen Familie auseinandersetzen. Das komme überhaupt nicht in Frage, schrie er abschließend zornig. Frau Sievers sah die Argumente ihres Mannes ein und verzichtete, Waltraut aber blieb hartnäckig: »Wir werden eine Frauenliste aufstellen, da kannst du dich auf den Kopf stellen!« sagte sie zu ihrem Vater und ging hinaus zur Versammlung.

Seit der Auseinandersetzung um die zweite Omnibushaltestelle war nicht nur ihr klargeworden, daß die Neumühlener Frauen bislang keinerlei Einfluß auf die dörflichen Geschehnisse gehabt hatten. Und sie hatte erfahren, welche Macht sie hatten, wenn sie nur zusammenhielten. Auch als einige Frauen, die zunächst mitgemacht hatten, unter dem Druck ihrer Männer absprangen, blieb Waltraut Sievers neben Fräulein Regensburg und Frau Renz, die energischste Verfechterin der ›Frauenliste‹.

Sievers war empört über die politischen Ambitionen seiner Tochter. Er versuchte, sie mit gutem Zureden davon abzubringen. Als das nichts nützte, beschimpfte er sie und sagte schließlich, sie solle endlich den Bauernsohn Bodo Thede aus Breitenfeld heiraten, dann käme sie von ganz allein wieder zur Vernunft.

Bodo Thede kam, wie schon vor einem halben Jahr, immer noch regelmäßig zweimal in der Woche von Breitenfeld herübergefahren und gab einen riesigen Blumenstrauß ab. Seine Werbung um Waltraut war fast schon zur Routine geworden, seine Worte waren immer dieselben: »Ich möchte dich sehr bald heiraten, Waltraut, denn du bist für mich die schönste Frau der Welt«, begann er und fuhr fort, indem er die Größe des väterlichen Hofs schilderte und die Anzahl der Kühe, Schweine, Hühner und Gänse aufzählte. Und Waltraut antwortete jedesmal: »Bitte, Bodo, laß mir noch ein wenig Zeit. Ich muß mich erst noch besinnen. Ich fühle mich noch nicht reif für die Ehe.« Dann fragte Bodo: »Und wie lange soll ich

noch warten?« Und Waltraut antwortete: »Ich werde dir rechtzeitig Bescheid sagen.«
Bodo war geduldig wie ein Schaf und hätte sich sicher noch jahrelang vertrösten lassen, doch nun erfuhr er von Waltrauts politischen Ambitionen und schrieb ihrem Vater einen Brief: ›Sehr geehrter Herr Sievers‹, schrieb er, ›ich habe gehört, daß Ihre Tochter in den Gemeinderat will. Dafür habe ich kein Verständnis. Meine künftige Frau soll sich um Haus und Kinder kümmern und ihren Mann lieben. Sie soll sich nicht in Männersachen einmischen. Deshalb werde ich Ihre Tochter nicht heiraten, sondern eine andere suchen. Mit freundlichen Grüßen, Bodo Thede, Bauernsohn aus Breitenfeld.‹
Sievers zerknüllte das Absageschreiben und warf es voller Wut in den Papierkorb. Er hatte sich nämlich vorgestellt, daß sein und Thedes Hof später einmal zusammengelegt werden würden, wenn er sich zur Ruhe gesetzt hätte. Jetzt machte Waltraut mit ihrem unbedachten Verhalten alles zunichte. Er versuchte noch einmal, sie umzustimmen, aber sie hatte längst eigene Vorstellungen von ihrem künftigen Leben. Sie war froh, daß Bodo Thede von sich aus die Werbung eingestellt hatte. Sie mochte nämlich einen ganz anderen, mit dem sie sich manchmal traf, spazieren ging und lange Gespräche führte, aber dieser andere hatte ihr noch nicht gezeigt, daß er sie auch mochte. Es war Peter Jacobsen, der Pastorsohn.
Er unterstützte sie in ihren politischen Ambitionen, ja, er hielt es für unbedingt notwendig, daß Frauen in den Gemeinderat gewählt würden. Aber mit dieser Meinung stand er fast allein in Neumühlen, die anderen Männer leisteten nach wie vor erheblichen Widerstand. Sogar Dr. Renz hatte Bedenken. Er fürchtete, seine Frau könnte sich, sollte sie gewählt werden, nicht mehr genug um die Praxis kümmern. Er war aber auf ihre Hilfe angewiesen. Da versprach sie, sich nicht wählen zu lassen, sondern die ›Frauenliste‹ nur tätig zu unterstützen. Aber auch der Pastor, Adolf Sick, Lehrer Schicke und andere waren gegen die ›Frauenliste‹. Man könne doch Politik nicht nach Geschlechtern machen, argumentierten sie. Je größer der Widerstand der Männer wurde, um so enger schlossen die Frauen sich zusammen. Da überredete der Bürgermeister die

Männer, eine Männerliste aufzustellen, auf der die Parteizugehörigkeit der Kandidaten keine Rolle spielte, denn nur eine einheitliche ›Männerliste‹ verkündete er, habe die Chance, gegen die Frauen etwas auszurichten. So geschah es. Die ›Männerliste‹ wurde von Wittke und Bäcker Hammer angeführt, die Frauenliste von Fräulein Regensburg und Waltraut Sievers.
Der Wahlkampf war ausgesprochen heftig, so heftig, wie noch nie einer in Neumühlen gewesen war. Man störte die Versammlungen der anderen Gruppierung, beleidigte einander und schleuderte sich die gegenseitigen Parolen entgegen. Die der Männer lautete: ›Mit uns für den Fortschritt wie seit Hunderten von Jahren.‹ Dagegen setzten die Frauen: ›Eine Frauenliste – für unser Dorf das Beste.‹
Montags, mittwochs und freitags hielten die Frauen ihre Versammlungen ab, dienstags, donnerstags und sonnabends waren die Männer an der Reihe. Sonntags ruhte der Wahlkampf, da ging man zusammen in die Kirche, um zu erfahren, was der Pastor von dieser neuen Situation hielt. Wenn er in privaten Gesprächen auch keinen Hehl daraus machte, daß er gegen diese ›Konfrontation der Geschlechter‹ war – in seinen Predigten hielt er sich wohlweislich zurück und wählte seine Worte so geschickt, daß beide Parteien sie für sich auslegen konnten, was sie auch taten. In ihren Versammlungen stellten die Frauen einige Forderungen auf, die geradezu revolutionär waren. So forderten sie unter anderem Zutritt zum Kegelclub und Schützenverein. Über manches andere hätten die Männer mit sich reden lassen. Dagegen jedoch wehrten sie sich energisch. Das komme überhaupt nicht in Frage; einmal in der Woche hätten sie ein Recht darauf, unter sich zu sein.
Sie seien viel zu oft und viel zu lange unter sich, antworteten die Frauen und beschlossen, einen eigenen Kegelclub zu gründen. Aber dabei wollte Gastwirt Lafrenz nicht mitspielen.
Wenige Tage, bevor die Listen bei der Wahlleitung abgegeben werden mußten, geschah erneut etwas Unerwartetes. Sievers bekam überraschend hohen Besuch aus Kiel, ein Parteivertreter wollte mit ihm seine Landtagskandidatur besprechen. Als

dieser erfuhr, welch merkwürdiger Wahlkampf zur Zeit gerade in Neumühlen stattfand, schüttelte er stirnrunzelnd seinen Kopf. Das gehe doch nun wirklich nicht, daß Sievers sich als künftiger Landtagskandidat gegen die überall propagierte Forderung stelle, Frauen an der Politik teilhaben zu lassen. Gerade in der Kommunalpolitik sei Frauenrat manchmal enorm wichtig. Als Sievers verstockt widersprach, sagte der Besucher: »Bedenken Sie bitte, daß Sie bei den Landtagswahlen im nächsten Jahr auch auf die Stimmen der Frauen in diesem Wahlkreis angewiesen sind. Wollen Sie als Weiberfeind in den Wahlkampf ziehen?«

Das leuchtete Sievers ein, plötzlich kam es ihm dumm vor, nicht eher daran gedacht zu haben. Immer wieder mußte er feststellen, daß andere bessere Ideen hatten als er selbst. Aber er hatte in den letzten Monaten immerhin gelernt, sie sich zunutze zu machen! Das war schon viel!

So erschien er unerwartet auf einer Kundgebung der Frauenliste in der Gastwirtschaft Lafrenz, bat bescheiden ums Wort und verkündete zur Überraschung aller: Im Grunde habe er gar nichts dagegen, daß eine oder zwei Frauen in den Neumühlener Gemeinderat gewählt würden, schließlich bestehe die Hälfte der Bevölkerung aus Frauen, sie seien im politischen Leben sicher unterrepräsentiert und es wäre doch schön, wenn Neumühlen mit gutem Beispiel voranginge. Er schlage vor, eine einheitliche Liste aufzustellen, angeführt von Wittke, Fräulein Regensburg und – bei dieser Mitteilung mußte er schlucken – seiner Tochter Waltraut.

Woher denn dieser plötzliche Sinneswandel komme, fragte Frau Renz spitz. Aus höherer Einsicht, antwortete Sievers, bescheiden zu Boden blickend, er habe in den letzten Wochen gespürt, daß die politischen Ambitionen der Neumühlener Frauen ernst zu nehmen seien. Da applaudierte man ihm, und seine Tochter gab ihm in aller Öffentlichkeit einen Kuß. So kam es, daß Wittke, Fräulein Regensburg und Waltraut Sievers als neue Mitglieder in den Gemeinderat gewählt wurden.

Sievers teilte dieses Ergebnis der Zentrale seiner Partei mit. Daraufhin wurde er endgültig zum Landtagskandidaten erkoren, besonders hoch angerechnet wurde ihm, daß er seine eigene Tochter im Gemeinderat duldete. Man hielt ihn plötzlich, was er wirklich nicht war, für fortschrittlich.

Anton, Anne und Christian feierten Weihnachten, das erste Weihnachten in ihrer neuen Behausung. Der kleine Baum, den Christian im Garten geschlagen und in einen Ständer gestellt hatte, war über und über mit Äpfeln, Nüssen und silbernen Sternen geschmückt. Während die Kerzen niederbrannten, schenkte Anne ihrem Anton und Christian je einen dicken Wollpullover, die sie seit dem Frühjahr gestrickt hatte. Christians Pullover war eigentlich für Jürgen bestimmt gewesen, und eine Zeitlang hatte Anne überlegt, ob sie ihn nach Hamburg schicken sollte, nun aber überreichte sie ihn ihrem Freund. Anton schenkte Anne ein silbernes Armband, das er vor einiger Zeit bei Wittke gekauft hatte, von Christian bekam sie Briefpapier, damit sie weiterhin an Jürgen schreiben konnte.
Es war ein stilles Weihnachtsfest; jeder der drei hing seinen Gedanken nach. Anton und Anne dachten an Jürgen und an die früheren Weihnachtsfeste, die sie gemeinsam in ihrem alten Häuschen gefeiert hatten. Das waren ausgelassene, fröhliche Feste gewesen; von diesem wünschten sie, es möge möglichst schnell vorübergehen.
»Vielleicht sollte ich von hier weggehen«, sagte Christian plötzlich.
»Wohin denn?« fragten Anne und Anton gleichzeitig.
»Vielleicht nach Hamburg. Vielleicht ist es eine gute Idee, wenn ich nach Hamburg gehe. Ich könnte dort nach Jürgen suchen.«
Anton und Anne erwiderten nichts. Sie wußten, daß Christian einer Riesenstadt wie Hamburg nicht gewachsen sein würde. Einige Male waren sie in den vergangenen Monaten in Rendenstedt gewesen, hatten eingekauft, waren ins Kino gegangen und hatten in einem Café gesessen. Wie ein Kind hatte Christian jedesmal verwundert auf den Autoverkehr, die vorüberströmenden Menschen, die großen Häuser und bunten Reklameschilder geblickt und war froh gewesen, wenn er wieder nach Neumühlen zurückkehren konnte.

»Nein«, sagte Anton energisch, während er sich eine Pfeife anzündete, »du wirst hübsch hierbleiben, hier gehörst du hin. Hamburg ist nichts für dich.«
»Und wenn ich es hier nicht länger aushalte?«
»Warum kannst du es hier nicht aushalten?«
»Ja, warum nicht?« schloß Anne sich Antons Frage an.
Christian druckste herum, schwieg jedoch. Die Kerzen waren niedergebrannt, flackerten nochmals auf und erloschen. Der Wind strich über das kalte Land, flüsterte in den Fensterrahmen, rauschte in den kahlen Zweigen und brach sich aufheulend an den Hausecken.
»Ich will jetzt endlich wissen, warum du dich seit einiger Zeit so merkwürdig benimmst«, sagte Anton bestimmt und knipste das Deckenlicht an. Christian blinzelte geblendet, erhob sich, trat an das Büffet, griff den ›Moluchusstein‹, der dort immer noch seinen Ehrenplatz hatte, tat, als wollte er ihn irgendwohin schleudern, legte ihn jedoch zurück und steckte die Hände in seine Hosentaschen.
»Einem Einbrecher glaubt man nicht«, sagte er leise.
»Für uns bist du kein Einbrecher, für uns bist du unser bester Freund«, erklärte Anton, was eigentlich selbstverständlich war und keiner Erklärung bedurfte.
»Aber für die Neumühlener bin ich der Einbrecher und sonst nichts!«
»Das ist Unsinn!« sagte Anne.
»Das ist kein Unsinn!« erwiderte Christian und funkelte sie zornig an.
»Sag endlich, was dich bedrückt«, forderte Anton erneut.
»Und ihr werdet es glauben?«
»Ja.«
Christian atmete tief durch: »Ich kenne den Einbrecher«, sagte er kaum hörbar.
»Wir auch, es ist Fritz Mumm, der mit Frau Kock weggegangen ist«, antwortete Anton.
»Nein, es ist nicht Fritz Mumm, es ist Friedrich Moll, den sie im Gefängnis nur den ›Totschläger‹ nannten.«
»Friedrich Moll, der Taxifahrer?« fragte Anne und legte erschreckt ihre Hand auf den Mund.

»Ja«, bestätigte Christian und erzählte nun in gewundenen Sätzen von seiner Begegnung mit Friedrich Moll vor einiger Zeit und von dessen Bitte, ja nichts über seine Vergangenheit in Neumühlen verlauten zu lassen.
»Hast du gesehen, wie er bei Kock eingebrochen hat?« fragte Anton.
Christian schüttelte seinen Kopf.
»Hast du gesehen, wie er bei Lafrenz eingebrochen hat?«
Wieder verneinte Christian.
»Wie kommst du denn darauf, daß er es gewesen ist?«
»Ich weiß es.«
»Du hast eine Vermutung!«
»Nein, ich weiß es.«
»Hat Moll es dir gesagt?«
»Nein, aber ich weiß es trotzdem.«
»Woher, um alles in der Welt, willst du das denn wissen?«
»Weil er mit mir im Knast saß und weil er mir gesagt hat, ich soll keinem sagen, wer er ist!«
»Was ist denn das für ein Blödsinn!« schimpfte Anton zornig.
»Warum gehst du nicht zu Kuhnert und sagst ihm alles?« fragte Anne.
»Kuhnert! Kuhnert!« rief Christian. »Der würde mir doch nicht glauben, mir, einem Einbrecher!«
»Und deswegen benimmst du dich seit Wochen so komisch, wanderst nachts umher, arbeitest nicht mehr am Fabrikbauplatz? Deswegen?« fragte Anton.
Wortlos zog Christian seinen Mantel über und ging hinaus in die kalte Nacht.
Nein, ihm war nicht zu helfen, dachte Anton, er war für die Neumühlener immer noch ›der Einbrecher‹, sosehr er sich auch bemühte, normal und unauffällig zu leben. Und ebenso wie die Neumühlener ihn für einen Einbrecher hielten, so hielt er Friedrich Moll für einen Totschläger, der, weil er einmal im Gefängnis gesessen hatte, weiterhin Verbrechen beging. Die Meinung, die die Neumühlener von ihm hatten, die hatte auch er von Friedrich Moll. Dafür hatte er zu lange hier gelebt, als daß er ihre Art zu denken nicht übernommen hätte. Anton überlegte, wie er seinem Freund helfen könnte.

Sollte er zu Kuhnert gehen und ihm von Christians Verdacht gegen Friedrich Moll berichten? Nein, das konnte er unmöglich tun, er würde Friedrich Molls Leben zerstören. Aber wenn Moll nun wirklich der Einbrecher war, war es dann nicht sogar seine Pflicht, Kuhnert Bescheid zu geben? Unsinn, widersprach Anton sich selbst, es gibt keinerlei Beweise, daß Moll die Einbrüche begangen hat.
Er überlegte hin und her und kam schließlich zu dem Ergebnis, überhaupt nichts zu sagen, sondern abzuwarten, was geschehen würde. Wenn der Einbrecher noch in Neumühlen ist, wird er sicher noch ein drittes Mal einbrechen, dachte er.

Kurz nach Neujahr heirateten Klaus Schicke und Wiebke Schwarz. Es wurde eine große Hochzeit, obgleich Dr. Schwarz nicht gekommen war. Lehrer Schicke lächelte die ganze Zeit und konnte es nicht lassen, seine Schwiegertochter immer und immer wieder in die Arme zu nehmen und seinen Sohn in die Seite zu knuffen.
Wenige Tage später heirateten auch Elisabeth Thöming und Gazi Erkal. Der alte Thöming geleitete seine weiß geschmückte Tochter stolz wie ein Hahn in die Kirche. Als Jacobsen das Brautpaar segnete, wurde plötzlich das Portal aufgerissen, und Klaus Henningsen stapfte herein. Er trat hinter die beiden, zog ein kleines Fläschchen hervor, bekam den Korken aber nicht ab und schleuderte es wütend hinter den Altar. Die Leute lachten und schlugen sich auf die Schenkel. Klaus stapfte wieder hinaus ins Freie. Woher er die Flasche hatte, wußte niemand. Greve versicherte hoch und heilig, sie ihm nicht gegeben zu haben. Wahrscheinlich hatte Klaus sie auf der Müllhalde gefunden, auf die Greve seine Zaubersachen geworfen hatte. Nach dieser Hochzeit aber, die mit großem Aufwand gefeiert wurde, war Klaus Henningsen plötzlich wieder normal. Er wußte, daß er Elisabeth ein für allemal verloren hatte. Damit galt es sich abzufinden. Er nahm wieder an den Ereignissen, die sich im Dorfe zutrugen, teil und übernahm auch wieder die Leitung der Feuerwehrkapelle.

13

Eines Abends Anfang Februar spürte Adolf Sick, daß es nun mit ihm zu Ende ging, aber das war für ihn kein Anlaß, in Verzweiflung und Trauer zu fallen. Er hatte in den letzten Monaten seit dem Sturz auf dem Fabrikfestplatz so viele Erkenntnisse gesammelt, so viel gelesen und so viele Gespräche geführt, daß er den Tod nicht fürchtete. Auf einer Tasse, die er beim Aufräumen tief unten im Keller aufgestöbert hatte, fand er einen einfachen Spruch in kaum mehr lesbaren goldenen Schriftzeichen: ›Nur wer wohl gelebt, kann wohl sterben.‹ Darüber hatte er nachdenken müssen, hatte mit seinen Freunden Herbig und Jacobsen darüber gesprochen und sich vorgenommen, sich daran zu halten, wenn es soweit war. Gut gelebt hatte er, nun wollte er auch gut sterben. Er lud Herbig, Jacobsen und den Doktor ein. Die drei setzten sich. Sie waren sich der Feierlichkeit des Moments bewußt, aber Adolf wollte ihn alles andere als feierlich gestalten, er wollte reden und zuhören. Magda setzte sich neben ihn und hielt seine Hand. Ihr Gesicht war weich und fast schön geworden in den letzten Monaten.

»Ich will reden und ihr sollt zuhören«, sagte Adolf Sick, »das ist wohl richtig so. Ich will von Neumühlen reden, von meinem Dorf. Wißt ihr, warum ein Dorf ›Dorf‹ heißt? Ich habe es herausgefunden. Ein Dorf heißt ›Dorf‹, weil in ihm ›Bedürftigkeit‹ herrscht. Das sage ich euch. Damals, nach dem Krieg, als ich Bürgermeister war, da gab es diese Bedürftigkeit noch, heute gibt es sie nicht mehr. Aber die Bedürftigkeit war niemals so groß, wie sie in der Stadt ist. Jeder hat hier sein Auskommen, der eine mehr, der andere weniger. Verhungert ist niemals einer, wie man es aus der Stadt hört. Das sage ich euch. Ich habe mein Neumühlen immer geliebt, und ich liebe es noch, denn es ist meine Heimat. Ich habe mir da etwas aufgeschrieben«, sagte er ein wenig verschämt und ließ sich von Magda ein Notizbuch bringen, blätterte darin herum und sah dann auf seine verwunderten Freunde, denn sie waren nicht gewohnt, daß Adolf Sick sich zeit seines Lebens etwas ande-

res aufgeschrieben hatte als Einkaufs- und Verkaufszahlen. Jetzt las er: »›Himmel leitet die deutsche Sprache von dem alten Wort Heime, Heimat ab, und des Menschen Heimat ist im Glück.‹ Versteht ihr, was ich meine?«
Seine Freunde nickten.
»Also gut, wenn ihr versteht, was ich sagen will, dann will ich euch erzählen, daß ich einmal über Neumühlen rübergeflogen bin, vor vielen Jahren, als man auf der Landwirtschaftsausstellung in Rendenstedt mit einem Flugzeug fliegen konnte. Da habe ich dem Piloten hundert Mark mehr gegeben und bin über Neumühlen geflogen. Ich konnte alles genau erkennen: Häuser und Straßen, Wiesen, Felder, den Wald und den Bogen, den der Fluß macht. Das war schön. Das sage ich euch.« Er machte eine kleine Pause, blickte einen nach dem anderen an und fuhr fort: »Ich habe genau gesehen, wie sich meine Straße von Rendenstedt durch das Dorf hindurchschlängelt. Wie sie zuerst eine Kurve macht, dort, wo dein Haus steht, Doktor. Wie sie danach genau die entgegengesetzte Kurve macht, dort, wo Thömings Hof steht. Und wie sie dann wieder eine Kurve macht, dort, wo die Post ist und der Gasthof von Katharina Stamp. Drei Kurven macht sie, als wenn sie gar nicht aus dem Dorf hinaus will. Habt ihr das mal bedacht? Das ist meine Straße!« sagte er und fuhr sogleich fort: »Damals, als ich jung war, bin ich mit einer Kutsche durch das Dorf gefahren, mit einer Kutsche und zwei Pferden. Ja, das ist mein Leben gewesen: mit der Kutsche fahren und drüberweg fliegen. Aber ich sage euch, das Fliegen war schöner.« Er wandte sich an Jacobsen und fragte lächelnd: »Sieht so dein Herrgott auf unser Dorf herunter?«
»Deiner auch«, sagte der Pastor.
»Na ja«, erwiderte Adolf Sick, »meiner ist wohl ein bißchen weiter weg als deiner ...«
Es sah so aus, als wollte Adolf Sick die Gespräche wiederaufnehmen, die er dutzende Male mit dem Pastor über die Religion geführt hatte, aber das schien ihm nun doch nicht der richtige Moment zu sein. So wandte er sich an Herbig: »Was macht deine Chronik von Neumühlen? Wie weit bist du?«
»Noch nicht sehr weit«, gab Herbig Auskunft, »gerade bei

den frühen Volksstämmen, die hier gelebt haben. Aber auch da muß ich noch lange forschen.«

»Weißt du, was die frühen Menschen über diesen Platz gedacht haben?« fragte Sick. Herbig verstand die Frage nicht und zog die Brauen hoch. »Ich kann es dir sagen, ich kann es euch allen sagen«, sagte er, »sie haben auch nichts anderes gedacht als ich und ihr. Daß es nämlich die Heimat ist. Das sage ich euch.« Der alte Bauer sah triumphierend in die Runde und lächelte.

Der Doktor überlegte, ob es nicht besser wäre, Adolf Sick nach Rendenstedt ins Krankenhaus bringen zu lassen, denn er machte wirklich nicht den Eindruck, als wollte er demnächst sterben. Vielleicht konnte man ihm helfen. Adolf Sick schien die Gedanken des Doktors zu erraten, denn er drohte ihm unvermittelt mit dem Finger. »Doktor«, sagte er, »komm mir ja nicht mit deiner Medizin. Kuriere die, die es nötig haben. Mich kuriert ein anderer . . .« Wie er das meinte, ob er doch noch religiös geworden war oder nur schlicht vom Tode sprach, verriet er nicht.

»Wißt ihr«, fuhr er fort, »das jetzige Neumühlen ist nicht mehr mein Neumühlen. Das muß es auch nicht sein. Jede Generation muß sich ihr eigenes schaffen. Ich habe geglaubt, ich kann alles aufhalten. Das war Quatsch. Nichts kann ich aufhalten. Und vielleicht ist es ganz gut, daß sich jetzt alles schnell ändert. Das ist nicht mehr meine Sache. Ich will euch«, fuhr er mit erhobener Stimme fort, »erzählen, wie es früher war. Ich will es euch erzählen, damit ihr es weitererzählen könnt. Damals, wenn das Frühjahr kam, habe ich meine Kühe hinausgetrieben auf die fetten Wiesen am Wald. Das war ein lautes Gebimmel im Dorf, wenn meine Kühe hinauszogen, denn sie hatten alle eine Glocke um den Hals, die mir der Uhrmacher angefertigt hatte. Wenn meine Kühe durch das Dorf zogen, dann wußte man in Neumühlen, jetzt ist es Frühling. Nicht die Stürme von der Nordsee, die manchmal Bäume ausreißen und Dächer wegwehen, oder die Sonne sagte es ihnen, sondern meine Kühe . . .« Er schwieg, lehnte sich zurück und faltete die Hände. Magda faßte seinen Arm.

»Dann wurde gedüngt. Mit Mist. Ein guter Geruch. Nach Tieren und nach Leben. Dann wurde gesät und gepflanzt. Und dann bin ich fast jeden Tag hinausgefahren und habe nachgesehen, wie es wächst. Ich habe zur Sonne geblickt und ihr gedroht, wenn sie zu stark schien, und ich habe dem Regen gesagt, er solle ja nicht frech werden, wenn es zu sehr regnete. Das hat genützt. Das sage ich euch ...« Er lachte ein stilles, vergnügtes Lachen, das die anderen ansteckte.

»Na, Pastor«, wandte er sich an Jacobsen, »bin ich nun ein verdammter Heide oder was?« Jacobsen lächelte.

Dann wurde Sick plötzlich ernst: »Das hier ist ein gesegnetes Land«, sagte er, »das sage ich euch. Und ich will, daß du, Herbig, es in deine Chronik schreibst, daß du, Pastor, es immer wieder predigst, und daß du, Doktor, es spürst. Die Menschen sind so wie die Erde, auf der sie wachsen. Das ist kein Land für Fabriken und solchen Humbug. Das hier ist ein Bauernland!«

Magda erhob sich und flüsterte dem Doktor etwas zu. Sick zog sie am Rockzipfel zurück: »Hier wird nicht geflüstert«, sagte er böse, »vor allem nichts Medizinisches. Der Doktor ist hier, weil er mein Freund ist und nicht wegen seiner Spritzen. Verstanden?«

Dr. Renz nickte. Er sah jetzt, daß dem alten Sick wirklich nicht mehr zu helfen war, nein, daß ihm auch nicht mehr geholfen werden mußte. Eine seltsame Verklärung lag über allen. Es kam ihnen vor, als seien sie allein auf der Welt, ganz allein und eingefangen in irgend etwas Großes, ihnen Unbekanntes.

»Jetzt will ich über den Herbst etwas sagen«, fuhr Sick nach langem Schweigen fort, »denn der ist die wichtigste Zeit für einen Bauern. Da muß geerntet werden. Und es gibt nichts Schöneres als einen vollgepackten Erntewagen mit zwei Pferden davor. Nichts ist schöner auf der Welt. Das sage ich euch ...«

Seine Stimme war kaum noch zu hören. Er schloß für einen Moment die Augen. Als er sie wieder öffnete, lag in ihnen ein heller Glanz.

»Und dann der Winter«, sagte er leise, »der Winter, so wie

jetzt... Es ist gut, im Winter zu sterben, wenn das Frühjahr noch weit weg ist...«
Unvermittelt setzt er sich auf, sah seine Gäste lächelnd der Reihe nach an und sagte: »Jetzt ist aber wirklich Schluß mit dem Gerede!« Langsam glitt er zurück und fand den Frieden, nach dem er sich gesehnt hatte.
Vier Tage später sollte er beerdigt werden, doch fiel so viel Schnee, daß der Leichenwagen nicht durch das Dorf fahren konnte, die Pferde fanden keinen Halt auf dem rutschigen Untergrund. Am fünften Tag taute es überraschend und fror zur selben Stunde, alle Straßen waren spiegelblank. Wieder mußte man die Beerdigung verschieben. Und als sie zwei Tage später dann endlich stattfand, blitzte und donnerte es, wie es im Winter noch nie geblitzt und gedonnert hatte. Diese Naturereignisse wurden von den Neumühlenern als Zeichen dafür genommen, daß sie da einen wirklich großen Mann zu Grabe trugen, der sich an seinem letzten Tag auf dieser Welt mit der Natur zusammengetan hatte, um es allen schwerzumachen, so, wie er es in seinem Leben allen schwergemacht hatte.
Und auch das ahnten sie, die sich in der Kirche versammelt hatten und dann zum offenen Grab hinauszogen: Man begrub mit Adolf Sick, dem ersten Bürgermeister nach dem Krieg, endgültig die alte Zeit. Die neue würde ohne ihn einkehren, ja sie war schon längst eingekehrt.
In seinem Testament hatte Adolf Sick alle Freunde gut bedacht. Der Doktor bekam zehntausend Mark. Dafür sollte er sich einen neuen Hauseingang bauen lassen, der alte war recht baufällig. Herbig bekam zehntausend Mark für seine heimatkundlichen Forschungen, der Pastor bekam dieselbe Summe für den Kirchturmbau. Sicks Hof übernahm sein unehelicher Sohn Werner Heske, ein energischer Mann von Anfang dreißig, der sogleich einige Neuerungen einführte. Magda Stender erhielt lebenslanges Wohnrecht auf dem Hof und eine hohe Summe, über die sie niemals sprach. Außerdem erbte sie als Dank für ihre Fürsorge den gesamten Schmuck von Adolf Sticks Mutter. So fühlte sie sich als rechtmäßige Witwe Adolf Sicks, auch wenn sie nie mit ihm verheiratet gewesen war.

Und auch Anton Podizat bekam zehntausend Mark, das heißt: nicht er persönlich, sondern sein Sohn Jürgen.
Als Anton die Nachricht von dieser Erbschaft erhielt, war er sprachlos vor Staunen. Er ahnte beim besten Willen nicht, was Adolf Sick veranlaßt hatte, seinem Sohn so viel Geld zu vermachen. Er wußte zwar, daß Adolf Sick Jürgen gemocht hatte, aber das war noch lange kein Grund, ihm Geld zu vererben, fand er. Anne schwieg, als sie davon erfuhr, so, als hätte sie etwas Ähnliches erwartet. Eines Abends, als Anton immer noch darüber nachdachte, setzte sie sich zu ihm, griff seine Hand und sagte: »Ich weiß, warum Adolf dem Jürgen so viel Geld vererbt hat.«
»Ja?«
»Ja. Ich weiß es.«
»Dann sag es!«
Anne schwieg einen Moment, dann sagte sie: »Bevor du damals ins Dorf kamst, da hatte ich was mit Sick.«
Anton war so überrascht, daß er ihre Hand fortstieß, sich erhob und auf und ab zu gehen begann. Er sah seine Frau nicht an, aber er spürte ihr Lächeln in seinem Rücken. Als er sie nach einer Weile doch anblickte, schien sie verjüngt. Ihr Gesicht ähnelte wieder dem des jungen Mädchens, das er damals so sehr geliebt hatte und auch jetzt noch, da es alt geworden war, liebte.
»Du hattest was mit Adolf Sick?« fragte Anton leise.
»Ja ...«
Er konnte es nicht fassen. Über dreißig Jahre lebten sie zusammen, und all die Zeit hatte sie dieses Geheimnis für sich bewahrt. Anton war eifersüchtig. Und zugleich kam er sich lächerlich vor, eifersüchtig zu sein auf ein so lange zurückliegendes Verhältnis und auf einen Toten! Anne nahm wahr, wie Antons Züge sich verzerrten. Da lachte sie auf.
»Und warum hat er dich nicht geheiratet?« fragte er heiser.
Anne lächelte immer noch.
»Wollte er dich nicht?«
»Doch, er hätte mich schon gewollt.«
»Aber ...?«
»Ich hab' ihn nicht gewollt.«

»Und warum hast du ihn nicht gewollt? Einen Bauern, einen der größten im Dorf?«
»Kannst du dir das nicht denken?« fragte Anne ernst.
»Nein, das kann ich mir nicht denken«, erwiderte Anton heftig.
»Ich hab' ihn nicht gewollt, weil ich dich gewollt hab'.«
»Mich?«
»Ja. Dich!« Das sagte sie so einfach, daß sämtliche Wut, die in ihm hochgekommen war, verrauchte.
»Du bist doch ein Holzkopf«, sagte sie zärtlich, und dann fielen sie sich in die Arme, wie sie sich lange nicht in die Arme gefallen waren.

14

An diesem Abend gegen zehn Uhr gingen Lehrer Blunck und sein neuer Freund, der taubstumme Helmut Sievers wie schon oft in den letzten Wochen, spazieren, denn Blunck hatte, bevor er nach Neumühlen gekommen war, an einer Taubstummen-Schule in Schleswig unterrichtet und brachte Helmut jetzt das Sprechen bei. Helmut hatte schon erhebliche Fortschritte gemacht und konnte sich ganz gut unterhalten.
Da schnüffelte Helmut plötzlich, sah sich um und wies auf die Scheune seines Vaters. Blunck begriff sofort. Während Helmut ins Haus lief und aufgeregt seinem Vater einige Zeichen machte, eilte Blunck hinüber zur Scheune und versuchte, die aus dem Tor schlagenden Flammen mit seiner Jacke zu erstikken. Da sah er, als er sich umwandte, weil seine Augen tränten, eine Gestalt davonlaufen ...
Sievers blickte aus der Haustür, lief zum Telefon und alarmierte Kuhnert und die Feuerwehr. Das heißt, die Feuerwehr wurde dadurch alarmiert, daß Kuhnert auf einen Knopf drückte und so die Sirene auf dem Spritzenhaus in Gang setzte. Ihr wehklagendes Auf und Ab schreckte das ganze Dorf hoch. Die Männer der Freiwilligen Feuerwehr, die seit langer

Zeit nichts Richtiges mehr zu löschen gehabt hatten, sprangen aus Betten und von Stühlen hoch, zogen ihre Uniformen an, die sie in letzter Zeit nur zum Musikmachen benötigt hatten, zurrten die Helme fest und radelten, liefen und fuhren mit Wagen und Mopeds zum Spritzenhaus. Im Umsehen war das hellrote Feuerwehrauto in Gang gesetzt, und mit Sirenengeheul und quietschenden Reifen ging es zu Sievers' Scheune. Suhr saß am Steuer, Hauptmann Henningsen hatte die metallene Spritze fest umklammert, der junge Kock, Harm und Heinrich Jungmann, Konrad Borrmann, Dieter Wittke und Bäcker Hammers Sohn Otto hatten die Rolle gefaßt, um sogleich den Schlauch in die Länge ziehen und in den Feuerwehrteich, hundert Meter von Sievers' Haus entfernt, eintauchen zu können. Mittlerweile stand die Scheune in hellen Flammen. Das Feuerwehrauto hielt kreischend, die hintere Tür wurde aufgerissen, und unter lauten Kommandos von Hauptmann Henningsen zerrte die Schlauchbesatzung ihre schwere Last zum Teich. Plumpsend fiel das Ende in das trübe Wasser. Henningsen ergriff die Spritze, und nachdem Dieter Wittke und Suhr den Pumpmotor angeworfen hatten, schleuderte sie das Wasser in einem schönen Bogen mitten hinein in die Flammen. Henningsen konnte dem Druck allein nicht standhalten, Wittke und Konrad Borrmann griffen auf seinen Befehl mit zu, und so konnten sie sich den prasselnden Flammen vorsichtig nähern. Auf dem Wagen hockte Harm Jungmann und regulierte den Strahl. Er mußte voll aufdrehen, denn das Wasser zeigte keinerlei Wirkung. Das Feuer züngelte, zuckte und zischte, fraß sich durch das Winterheu, schnappte nach den Balken, nach der Holzverkleidung im ersten Stock, drückte die Bodenluke auf, daß sie unter großem Gepolter herunterkrachte, schlug gegen das Blechdach und verbog es. Die tapferen Männer mußten zurückweichen. Die größer werdende Hitze brannte auf ihren Gesichtern, so tief sie auch die glänzenden Helme herabzogen. Henningsen befahl, einige Schritte zurückzutreten.

Fast das ganze Dorf war auf den Beinen. Da standen sie mit ihren erregten Gesichtern, blickten in das Flammenmeer, hörten die Balken krachen und stießen einen lauten Schrei

aus, als das große Tor herausgeschlagen wurde, daß die Funken nur so aufwirbelten.
Klaus Henningsen befahl, die Feuerwehrleiter auszufahren, er wollte den Flammenherd von oben bekämpfen. Sausend glitt sie auseinander. Mit großen Schritten, den Schlauch in der Hand, eilte Klaus an den höchsten Punkt und ließ den Wasserstrahl in die Flammen hineinschießen. Er hörte unter sich das Prasseln und Knacken, sah, wie die Wände einstürzten, wie glühende Heuballen sich in die Luft erhoben und weit entfernt niedersanken. Und er hörte das beifällige Gemurmel und die aufmunternden Zurufe zu seinen Füßen. Ja, das war der stolzeste Moment seines Lebens! Nach dieser Nacht würden die Neumühlener es niemals wieder wagen, über ihn zu lachen!
Sosehr er aber den Wasserstrahl hin und her schwenkte, alle seine Bemühungen waren vergeblich. Das Wasser verdampfte, wenn es auf die Glut traf, neben der schwarzen Rauchsäule stiegen kleine lustig aussehende Dampfwölkchen in den nächtlichen Himmel. Es wurde ihm oben auf der Leiterspitze immer heißer. Einmal sah er sich um und blickte über das Dorf hinweg, schaute hinunter und bemerkte die roten Gesichter, die zu ihm heraufsahen. Ja, er war stolz.
Sievers rannte aufgeregt hin und her und rief einige sinnlose Befehle, gestikulierte und stand immer wieder plötzlich erstarrt da und bestaunte die Flammen. Er war froh, daß die Scheune nicht direkt an sein Wohnhaus grenzte, sonst würde er morgen vielleicht nicht mehr wissen, wo er wohnen sollte. Die Scheune aber war versichert, ihren Verlust und den des eingelagerten Heus und Strohs würde er verwinden.
Mit lautem Geschrei drängte Kuhnert die Neumühlener zurück und schwenkte sogar einige Male seinen Gummiknüppel, wenn sich jemand zu weit vorwagte.
Und dann krachte sie auch schon mit lautem Getöse in sich zusammen, nochmals zuckten die Flammen meterhoch, Funken sprühten auf und leuchteten eine Weile wie ein riesiger Schwarm Sternschnuppen in der Dunkelheit. Die Feuerwehrleute rückten vor und schlugen mit blanken Äxten auf die glühenden Balken ein. Bald war die schöne Scheune nur

noch ein qualmender Haufen aus Brettern, Balken, Blech und Steinen. Die Neumühlener drängten wieder nach vorn, denn ihnen war kalt. Die meisten waren nur unzulänglich bekleidet, manche trugen sogar nur Hausschuhe oder hatten in der Eile über die Schlafanzüge Mäntel geworfen. Hauptmann Henningsen kam mit langsamen, würdevollen Schritten wieder auf den Erdboden zurück, senkte den Kopf ein wenig und zuckte mit den Schultern, weil er nichts gegen das Feuer hatte ausrichten können. Für die Neumühlener aber, die ihn sogleich umringten, hatte er einen tapferen Kampf geführt, den ihm die meisten eigentlich nicht zugetraut hatten. Man schlug ihm auf die Schulter, ließ ihn hochleben und geleitete ihn im Triumphzug zur Gaststätte Lafrenz. Sievers trat auf ihn zu, reichte ihm seine Hand und sah ihm fest in die Augen. Schnell war die Gaststube gedrängt voll, Lafrenz machte ein gutes Geschäft. Sievers spendierte eine Lokalrunde, man fühlte mit ihm und trank bereitwillig das gespendete Bier. Mitten unter den Männern stand Klaus Henningsen und leerte seinen Krug mit einem Zug. Er hatte sich ihn redlich verdient.
Man begann zu überlegen, wie das Feuer entstanden sein könnte. Die einen meinten, das Heu habe sich von selbst entzündet. Unmöglich, antwortete Sievers, es sei sachgerecht gelagert gewesen.
»Vielleicht hat sich deine Waltraut wieder mit einem getroffen«, rief jemand. Alle lachten und überhörten so Kocks Vermutung, ein Brandstifter habe das Feuer gelegt.
»Das war ein Brandstifter!« rief Kock ein zweites Mal.
»Wie kommst du darauf?« fragte Sievers erschreckt.
»Ich glaube es eben.«
»So was tut keiner!« warf Bauer Damm ein.
»Es muß alles untersucht werden!« rief ein anderer.
»Es wird auch alles untersucht!« antwortete Sievers.
Kock machte ein geheimnisvolles Gesicht und nahm Sievers zur Seite: »Hör zu«, sagte er, »ich hab' das Gefühl, als wenn der Fritz Mumm wieder hier ist. Dem traue ich so was zu . . .«
»Warum soll der wieder hier sein?«
»Hat er etwa nicht bei mir eingebrochen und fünftausend Mark geklaut? Und hat er nicht auch bei Lafrenz eingebro-

chen? Und ist er nicht mit meiner Frau auf und davon? Dem traue ich so was zu. Jeder Verbrecher kommt an den Ort seines Verbrechens zurück.«
»Aber warum sollte er meine Scheune anzünden?« fragte Sievers.
»Das wird er uns sagen, wenn man ihn gefangen hat.«
Währenddessen inspizierte Polizist Kuhnert die rauchenden Trümmer, obgleich ihn der Lärm aus der Gastwirtschaft irritierte und er lieber ein paar Bier getrunken hätte. Aber er hielt es für seine Pflicht, noch ein wenig hier draußen zu warten, um seinen Redenstedter Kollegen mitteilen zu können, daß er die Untersuchung schon eingeleitet habe. Während er mit einem Stock in den Trümmern herumstocherte, trat Lehrer Blunck zu ihm.
»Ich muß Sie sprechen«, sagte er leise.
»Was gibt's?« fragte Kuhnert in dienstlichem Tonfall, sein quälender Durst bereitete ihm schlechte Laune.
»Ich weiß nicht, ob es wichtig ist«, sagte Blunck leise.
»Alles ist wichtig«, antwortete Kuhnert mürrisch, »nach einem Brand ist alles wichtig. Also?«
Blunck berichtete von seiner Beobachtung, die er kurz nach dem Ausbruch des Brandes gemacht hatte: Eine Gestalt sei davongelaufen. »Und?« fragte Kuhnert und blickte den jungen Lehrer herausfordernd an.
»Vielleicht ist es nicht mit rechten Dingen zugegangen«, meinte Blunck.
»Sie behaupten ...«
»Vielleicht war es Brandstiftung.«
Kuhnert nahm seine Mütze ab, wischte ihren Rand mit einem Taschentuch aus, setzte sie wieder auf und murmelte: »Das sagen Sie mal den Bauern, dann ist die Hölle los in Neumühlen. Denn Brandstiftung ist das schlimmste Verbrechen, das man begehen kann ...«
»Ich dachte nur, es sei vielleicht wichtig«, entgegnete Blunck.
»Das beste ist, Sie vergessen es sofort ...« Doch kaum hatte Kuhnert das gesagt, erblickte er einen Mann, der neben einigen verkohlten Balken stand, als suchte er irgend etwas. Kuhnert beobachtete, wie er jetzt mit einem Stock gegen

einen Mauerrest stieß, als wollte er ihn zum Einsturz bringen. Da war der Polizist sich plötzlich ganz sicher, daß er den Brandstifter vor sich hatte. Greif zu, Kuhnert! sagte ihm sein sechster kriminalistischer Sinn, greif sofort zu! Er duckte sich also wie eine Katze und sprang mit einem geradezu jugendlichen Satz auf den Mann zu, es war Christian Czychowski, der ›Einbrecher‹.

»Was machst du denn hier?«, fragte Kuhnert lauernd und versuchte unauffällig seine Dienstpistole aus dem Halfter zu ziehen.

»Nichts«, antwortete Christian.

»Auch nicht dein Werk betrachten?«

»Was für ein Werk?«

»Das du angerichtet hast?«

Christian starrte den Polizisten fassungslos an, der trat einen Schritt auf ihn zu und versuchte erneut, die Pistole in die Hand zu bekommen. Da wandte Christian sich um und verschwand in der Dunkelheit. »Bleib stehen!« rief Kuhnert, »willst du wohl stehenbleiben!« Aber Christian blieb nicht stehen, sondern lief, was seine alten Beine hergaben, davon. Er hatte Angst vor Kuhnert, vor Verhören, vor einem Prozeß, vor dem Gefängnis. Er hatte nichts als Angst ...

Kuhnert hatte seine Pistole endlich in der Hand, aber was sollte er hinter dem Fliehenden herschießen. Er eilte umgehend zur Gastwirtschaft Lafrenz, wo die Männer immer noch diskutierten. Er schlug mit der Faust auf die Theke, aber niemand achtete auf ihn. Da brüllte er, so laut er konnte: »Ich weiß, wer es war! Christian Czychowski!«

Alle Gesichter wandten sich ihm zu, und Kuhnert wiederholte seine Meldung. Dann telefonierte er mit seinem Breitenfelder Kollegen.

Zwei Dörfer suchten kurz darauf nach dem Brandstifter Christian Czychowski und fanden ihn nach einer Stunde friedlich auf einer Bank am Kanal sitzen, so, als wollte er gefangen werden. Im Triumphzug wurde er nach Neumühlen zurückgebracht und ins Spritzenhaus gesperrt. Dann wurde Anton geholt, denn Christian wollte nur mit ihm reden.

Bürgermeister Sievers, Kuhnert, sein Breitenfelder Kollege

und Hauptmann Henningsen umstanden Christian, der auf dem nackten Boden hockte, seine Knie unter das Kinn gezogen hatte und vor sich hin starrte. Anton setzte sich neben ihn: »Sag, daß du es nicht warst«, bat er leise, und als Christian schwieg, wiederholte er: »Sag ihnen, daß du es nicht warst!«
»Er war es aber«, schrie Sievers.
»Warum wäre er sonst weggerannt?« fragte Kuhnert.
»Es war Brandstiftung«, ergänzte Hauptmann Henningsen, »das steht wohl fest!«, obgleich das noch gar nicht feststand.
»Aber warum soll er die Scheune angezündet haben, warum?« fragte Anton eindringlich.
»Weil er ein Einbrecher ist!« sagte Kuhnert.
»Er wird uns schon sagen, warum!« meinte Henningsen.
»Red' endlich!« befahl Sievers und trat Christian plötzlich in die Seite; der schrie vor Schmerz auf.
»Willst du endlich gestehen!« schrie Kuhnert und schlug Christian ins Gesicht.
Anton versuchte ihm in den Arm zu fallen, wurde jedoch zurückgestoßen. Er fürchtete Schlimmes, denn auch Henningsen begann nun, nach Christian zu treten. Und draußen standen die anderen Neumühlener und schrien, man solle ihnen Christian herausgeben, sie wüßten schon, wie man ihn behandeln müßte ...
Anton wurde von Panik ergriffen, er sah in den Gesichtern der Männer einen tiefen Haß, ja er glaubte noch mehr sehen zu können, er fürchtete plötzlich, man würde seinen Freund umbringen. Kuhnert, Sievers und auch der sonst so friedliche Feuerwehrhauptmann drangen erneut auf Christian ein, der sich immer mehr zusammenkauerte und zu stöhnen begann. Anton ging dazwischen und riß die Männer auseinander.
»Er war es nicht«, sagte er schwer atmend, »er war es wirklich nicht. Ich weiß, wer es war ...«
Sievers trat einen Schritt auf ihn zu: »Du willst deinem Freund helfen«, sagte er höhnisch lächelnd, »dabei bist du auch so einer ...«
»Genau so einer wie dieser hier!« schrie Kuhnert und schlug Christian erneut ins Gesicht.

»Hört auf!« schrie Anton in höchster Not, »hört auf damit! Ihr wollt ihn umbringen! So wie ihr damals auch meinen Sohn umgebracht hättet, wäre er nicht vor euch davongerannt!«
Kuhnert packte Anton am Jackenaufschlag: »Was sagst du da?«
»Weißt du nicht, daß Brandstiftung das schlimmste Verbrechen ist, das es in einem Dorf gibt?« fügte Henningsen hinzu.
»Schlimmer als Mord!« schrie Kuhnert und zerrte an Anton herum.
Sievers trat Christian erneut in die Seite, da konnte Anton nicht anders, er schrie: »Es war Friedrich Moll!«
Kuhnert ließ Anton los und blickte ihn mit gerunzelter Stirn an, Sievers machte einen Schritt auf ihn zu, Henningsen kratzte sich am Kopf.
»Wie kommst du auf den?« fragte Sievers.
Da erzählte Anton hastig, was Christian ihm am Weihnachtsabend berichtet hatte, nämlich, daß Moll ein Totschläger war und schon einmal gesessen hatte ...
»Blödsinn!« rief Kuhnert und drang wieder auf Christian ein. Doch dieses Mal erwies sich der Bürgermeister als der Vernünftigste von allen: »Das werden wir überprüfen«, sagte er sachlich und sah Anton fest an: »Wenn du lügst, Anton Podizat, dann gnade dir Gott! Komm mit!« Sie traten ins Freie, wo die Menge aufschrie und auf sie eindrang, denn sie glaubte, man bringe den Brandstifter. Mit Mühe konnte Kuhnert sie zurückhalten, ins Spritzenhaus einzudringen. Er gab seinem Breitenfelder Kollegen den Auftrag, auf Christian achtzugeben.
»Er war es nicht!« schrie Anton noch, bevor sie loszogen.
Anton ging zwischen Sievers und Kuhnert durch das hellerleuchtete Dorf. Hinter sich hörte er die Stiefelschritte von Hauptmann Klaus Henningsen, er fühlte sich, als wäre er ein Gefangener. Er wußte, würde man bei Friedrich Moll keinen Beweis für die Brandstiftung finden, müßten Anne und er morgen das Dorf für immer verlassen. Die Beschuldigung eines Unschuldigen würden die Neumühlener ihm niemals verzeihen. Zugleich aber wußte er auch, daß Friedrich Molls Existenz vernichtet war. Denn, ob er nun der Brand-

stifter war oder nicht, er würde als ›Totschläger‹ hier nicht länger leben können. Jedes Verbrechen, das in Zukunft geschah, würde man ihm anrechnen, sei es ein Einbruch, sei es ein Viehdiebstahl. Wie immer die Sache also ausging, Anton hatte sich in eine schlimme Lage gebracht. Die erleuchteten Häuser zu beiden Seiten der Straße verschwammen, vor seinen Augen tanzten bunte Kringel, er spürte den jagenden Schlag seines Herzens. Er mußte tief durchatmen, um nicht die Besinnung zu verlieren. Keiner seiner drei Begleiter sprach ein Wort, Anton hörte nur ihren Atem und sah ihn vor ihren Mündern rasch verwehen. Er dachte an Anne, die von alledem nichts ahnte, was in diesen Minuten vor sich ging, dachte an Jürgen, der vielleicht demnächst zurückkehren wollte und seine Eltern nicht mehr finden würde, dachte an Christian, der im Spritzenhaus saß und um sein Leben fürchten mußte . . .

Und immer näher kamen sie Enno Frahms Haus, in dem Friedrich Moll lebte, seit er in Neumühlen war. Sie erreichten die Gartenpforte, Sievers öffnete sie, dann gingen sie auf dem mit Platten bedeckten Weg zur Haustür. Kuhnert klingelte, Frau Frahm öffnete. Sie hatte geweint. Ehe Sievers Erklärungen für ihr Kommen geben konnte, stieß sie die Tür zum Wohnraum auf. Enno Frahm lag mit verbundenen Händen auf dem Sofa, Moll saß in einem Sessel und rauchte hastig. Sievers stellte sich in die Mitte des Raums, bat um Entschuldigung, wandte sich höflich an Friedrich Moll und sagte: »Sie kennen Anton Podizat?«

Moll nickte.

»Er beschuldigt Sie, heute abend meine Scheune angezündet zu haben.«

Frau Frahm weinte auf und lief hinaus. Da erhob sich Enno Frahm, hielt den Männern seine verbundenen Hände entgegen und sagte: »Ich war's!«

»Du?« fragte Sievers tonlos.

»Ja, ich«, wiederholte Frahm, »nehmt mich mit!«

»Aber . . .«, sagte Kuhnert, der nichts begriff, »ich dachte . . .«

»Nein, ich war's, du Idiot!« schrie Frahm. »Hier ist der Be-

weis, ich habe mir meine Hände verbrannt. Bringt mich erst zum Doktor. Dann könnt ihr mich abholen lassen!«
Sievers setzte sich und starrte Frahm an. »Warum?« fragte er nach einer Weile. »Warum hast du das getan?«
»Weil ihr mir nicht geholfen habt, als es mir schlecht ging. Kock nicht, Lafrenz nicht, du nicht!«
»Ich habe dir einen Kredit gegeben«, flüsterte Sievers, der das alles nicht fassen konnte.
»Dafür habe ich meine Ehre verkauft, indem ich meine Stimme für die Fabrik gab.«
»Dann haben Sie auch bei Kock und Lafrenz eingebrochen?« fragte Kuhnert, der gerade einen lichten Moment hatte.
»Ja«, gestand Frahm.
Anton kamen die Tränen. Er hatte Mitleid mit Enno Frahm. Ihm fiel ein, daß er damals, als sie im Dorf zusammengetroffen waren, gedroht hatte, ›man werde noch von ihm hören‹. Hatte er da nicht auch die Namen Sievers, Kock und Lafrenz genannt? Hätte Anton nicht viel früher ahnen können, wer die Einbrüche bei Kock und Lafrenz begangen hatte? Hätte er vielleicht Enno Frahms Einbrüche und Brandstiftung verhindern können? Und Friedrich Moll, den er zu Unrecht beschuldigt hatte, hatte er nicht auch dessen Existenz auf dem Gewissen?
»Entschuldigen Sie«, sagte er leise zu Moll, während Kuhnert und Sievers Enno Frahm ins Verhör nahmen.
»Was gibts da zu entschuldigen?« fragte Moll und zündete sich eine Zigarette nach der anderen an.
»Ich hab' das nicht gewollt ...«
»Man gewöhnt sich dran«, erwiderte Moll bitter, »man gewöhnt sich dran: Einmal Verbrecher – immer Verbrecher ...«
Er machte Kuhnert eine knappe Aussage, daß er erst in dieser Nacht von Enno Frahms Vergehen erfahren hatte, ging nach oben, packte seine Sachen und verließ Neumühlen für immer. Frahm wurde von der Rendenstedter Polizei abgeholt und einige Wochen später zu vier Jahren Haft verurteilt. Frau Frahm verließ mit ihren fünf Kindern das Dorf und kehrte nie zurück.

Christian wurde aus dem Spritzenhaus befreit, nachdem Sievers die ausharrende Menge überzeugt hatte, daß er nicht der Brandstifter war.
Am nächsten Morgen suchte Anton den Pastor auf und beichtete gewissermaßen alles, was ihn so tief bewegte. Aber Jacobsen dachte gar nicht daran, ihn zu trösten, was er bislang immer getan hatte.

Am folgenden Sonntag war die Neumühlener Kirche bis auf den letzten Platz besetzt, denn der Pastor hatte überall im Dorf verkündet, er habe zu den Vorfällen etwas zu bemerken. Sievers, Kock, Lafrenz, Anton und Christian schauten nicht auf, als das Donnerwetter auf sie herniederging.
»›Bittet, so wird euch gegeben‹«, rief Jacobsen mit hochrotem Kopf, »›suchet, so werdet ihr findet, klopfet an, so wird euch aufgetan. Denn, wer da bittet, der empfängt, und wer da suchet, der findet, und wer da anklopft, dem wird aufgetan.‹ Nicht aber in Neumühlen! Denn wer da bittet, dem wird nicht gegeben, es sei denn, er gibt seine Stimme für die Fabrik. Wer da suchet, der findet nicht, es sei denn Gleichgültigkeit, und wer da anklopft in seiner Not, dem wird die Tür vor der Nase zugeschlagen. So seid ihr mit Enno Frahm umgegangen! Was zu verhindern gewesen wäre, wißt ihr selbst! Ja, es wäre manches zu verhindern gewesen!«
Er hob seine Stimme noch ein wenig, daß sie von den Kirchenwänden zurückdröhnte, und rief: »›Alles nun, was ihr wollt, daß euch die Leute tun sollen, das tut ihr ihnen auch!‹ Eben das hat sich hier zugetragen, denn da ihr Enno Frahm ausgestoßen habt, hat er euch etwas angetan. Ich entschuldige seine Taten nicht, aber ich weiß sie zu erklären.«
Er machte eine kleine Pause, wischte sich den Schweiß vom Gesicht und fuhr leiser fort: »›Richtet nicht, auf daß ihr nicht gerichtet werdet. Denn mit welcherlei Gericht ihr richtet, werdet ihr gerichtet werden, und mit welcherlei Maß ihr meßet, wird euch gemessen werden.‹ Enno Frahm ist schuldig geworden, verzeiht ihm! Christian Czychowski nennt ihr seit zehn Jahren einen ›Einbrecher‹, und ›werdet nicht gewahr des

Balkens in euren Augen. Zieht als erstes den Balken aus euren Augen!‹«
Und zum Schluß sagte er: »Ich habe Friedrich Moll, der zu Unrecht beschuldigt wurde, die Einbrüche begangen und den Brand gelegt zu haben, bitten wollen, in Neumühlen zu bleiben, daß ihr an ihm eure Nächstenliebe erproben könnt. Aber er war schon gegangen und wird sicher nicht zurückkehren. Ich wünsche euch in Zukunft ausreichend Gelegenheit, an anderen euren guten Willen zu beweisen! Amen ...«
Man betete und sang, ging schweigend heim und dachte noch lange über das nach, was Jacobsen ihnen gesagt hatte.

Ja, dachte der Pastor, das ist das alte Neumühlen. Das alte Neumühlen, das nach dem Fabrikbau keinerlei Veränderungen erfahren hat. Was mit Moll und Frahm in diesen Tagen geschehen ist, hätte auch vor zwanzig und zehn Jahren geschehen können. Ich habe mich geirrt, dachte er, mögen noch so viele äußerliche Veränderungen eintreten, unter der Oberfläche bleibt dieses Dorf, was es immer war ...
Sein Sohn Peter, dem er diese Gedanken mitteilte, widersprach energisch: »Was erwartest du denn? Plötzliche Einkehr der Vernunft? Woher soll sie kommen? Aus welcher Einsicht? Vater, was sich da zugetragen hat, wird sich immer wieder zutragen. Es ist ja auch nicht auf Neumühlen beschränkt ...«
»Ich habe geglaubt ...«, erwiderte Jacobsen.
»Doch genau das!« unterbrach ihn Peter, »du hast doch geglaubt, es werde durch den Fabrikbau das Chaos ausbrechen, und nun stehst du da und wunderst dich, daß dieses Ereignis mit der Fabrik gar nichts zu tun hat. Wenn du mich fragst, wird durch die Fabrik sogar ein wenig mehr Vernunft einkehren ...«
»Inwiefern das?«
»Wir werden etwas näher an die Welt heranrücken.«
»Und die Welt«, fragt Jacobsen heftig, »hat sie mehr Vernunft?«
Peter schwieg.
»Da versucht man den Leuten seit nunmehr fast dreißig Jah-

ren ein wenig Mitmenschlichkeit beizubringen ...«, sagte Jacobsen, ließ den Satz jedoch unvollendet.
»Und? Hattest du keinen Erfolg?«
Jacobsen lächelte: »Ein wenig vielleicht doch.«
»Eben«, erwiderte Peter, »und ein wenig ist da schon sehr viel.«

15

Der März kam mit den gewohnten Weststürmen. Anton, Christian und Anne hatten in Haus und Garten einiges zu tun, denn das Dach war beschädigt worden, Äste von Bäumen gerissen und ein Stück des Zauns umgefallen. Christian war wieder der alte und arbeitete auf dem Fabrikbauplatz. Anne schrieb ihre Briefe an Jürgen, erhielt jedoch keine Antwort, und Anton versah, wie nun seit fast einem Jahr, seinen Postdienst in Neumühlen.
Die Fabrik war nahezu fertiggestellt, die große, häßliche Halle mit dem flachen, blauen Dach wurde mit Maschinen vollgestellt. Ein Parkplatz wurde asphaltiert, ein hoher Zaun mit Stacheldrahtaufsatz um das Gelände gezogen.
Sievers war nun oft in Kiel bei der Parteizentrale, wo man ihn auf den kommenden Landtagswahlkampf vorbereitete. Er trug den Kopf wieder hoch und genoß den Respekt des Dorfes. Seine Freunde Tetens, Hammer, Lafrenz, Ehlers und Wittke bereiteten sich mit viel Eifer auf die Fabrikeröffnung vor. Viele Menschen hatten sich um Arbeit beworben und suchten Unterkünfte, rund um Neumühlen wurden Bauplätze erschlossen, Ein- und Mehrfamilienhäuser in ordentlichen Reihen sollten demnächst dort gebaut werden, wo jetzt noch Felder und Wiesen lagen.
Sievers ging alle Aufgaben mit großem Schwung an. Er ließ die zur Fabrik führende Straße verbreitern und das alte Pflaster durch eine Asphaltdecke ersetzen. Er plante für Neumühlen eine Straßenbeleuchtung und eine Kanalisation. Die Wasserleitungen sollten endlich an das Wasserwerk in Ren-

denstedt angeschlossen werden. Er verhandelte mit der Bundesbahn, aber die lehnte ab, eine neue Linie nach Neumühlen zu bauen. Das ganze Dorf war unruhig und geschäftig. Daß es aber Pläne bei der Regierung in Kiel gab, das alte Bauerndorf mit seinen Nachbardörfern zu einem größeren Verband zusammenzuschließen, wußte in diesem März selbst der Bürgermeister noch nicht ...

Obgleich es noch kalt war, hin und wieder Schnee fiel und auf dem Fluß Eisschollen trieben, fand in Rendenstedt der Frühjahrsmarkt statt. Hans Renz hatte gehört, daß Otto Löllholz dort auftreten würde, er wollte ihn wiedersehen, zugleich fürchtete er sich vor dem Zusammentreffen. Er spazierte Hand in Hand mit Ellen über den Jahrmarkt, kaufte Zuckerwatte und Lollies und fand schließlich jene unscheinbare Bude, die sie gesucht hatten. Über einem kleinen Podest stand ein Schild mit der Aufschrift: ›Die größte Monsterschau der Welt.‹ Es war eine armselige Bude. Hinter der leuchtenden Fassade waren einfache, verschlissene Zeltbahnen aufgerichtet. Die nächste Vorstellung sollte um drei Uhr nachmittags stattfinden. Hans und Ellen vertrieben sich bis dahin die Zeit, fuhren einige Runden mit dem Kettenkarussel, schwangen sich auf der Schiffsschaukel in die Höhe und kurvten mit dem Autoscooter herum.

Hans und Ellen hatten sich in den letzten Monaten fast jeden Tag gesehen, waren viel spazierengegangen, hatten gemeinsam Bücher gelesen und Schallplatten gehört, hatten sich auch mal über Nichtigkeiten gestritten und wieder vertragen. Ellen war für Hans immer noch das schönste Mädchen der Welt. Er war stolz auf sie. Wenn sie es einrichten konnten, fuhren sie sonnabends nach Rendenstedt, wo sie Diskotheken besuchten und manchmal auch eine Theatervorstellung. Hans war überzeugt, ohne Ellen nicht mehr leben zu können. Seine Eltern sahen diese Verbindung nicht gern, aber er hatte sich nie auf eine Diskussion mit ihnen eingelassen.

Ellen war nicht mehr das junge Mädchen, das sie noch vor einem Jahr gewesen war. Sie hatte sich, trotz Hans' Protest, ihre Zöpfe abgeschnitten, trug jetzt moderne Kleider und Jeans-Anzüge und erregte so nicht nur in Neumühlen, sondern auch in Rendenstedt Aufsehen. Hans war manchmal eifersüchtig, wenn sie mit einem anderen tanzte. Dann lachte sie und warf ihren schmalen Kopf zurück. Im Sommer sollte sie ihre Mittelschulprüfung ablegen. Ein Onkel, der in Hamburg ein kleines Hotel besaß, wollte sie als Lehrling aufnehmen. Ellen freute sich auf Hamburg, was Hans nicht verstand. Sie versprach, an jedem Wochenende nach Neumühlen zu kommen, wenn sie erst ein eigenes Auto hätte. Hans aber fürchtete sich vor dem Moment, da Ellen Neumühlen verlassen würde. Er wollte die Tage festhalten, die ihnen noch blieben, hatte Angst, ohne sie nicht leben zu können, und versicherte ihr dieses immer wieder. Ellen sagte dasselbe, aber er glaubte ihr nicht. Manchmal fühlte er sich richtig krank.

Gegen drei Uhr begaben sie sich zur ›Größten Monsterschau der Welt‹, lösten Eintrittskarten und setzten sich auf die letzte Bank, ein einfaches Brett, das über Holzklötze gelegt war. Die Bühne bestand aus einem roh gezimmerten Verschlag, einen Vorhang gab es nicht. Hans war deprimiert, er machte sich wieder Vorwürfe, seinerzeit nicht verhindert zu haben, daß Otto Löllholz hierher gegangen war, um als Clown zu arbeiten. Und er machte auch den Neumühlenern Vorwürfe, denn ihr Spott war es schließlich gewesen, der Otto vertrieben hatte. Als er sich umschaute, sah er in einer der vorderen Reihen Anton Podizat mit seiner Anne. Wenigstens noch jemand, der Otto nicht vergessen hat, dachte er.

Ein Tusch ertönte, ein jämmerlicher Tusch von einem rauschenden Tonband. Der fette Direktor mit dem riesigen Schnauzbart, bekleidet mit einem dunkelroten Frack, trat auf und verkündete, das geneigte Publikum werde in Kürze die größten und geheimnisvollsten Monster der Welt zu sehen bekommen. Das Publikum raunte. Es waren nicht sehr viele Leute gekommen, vielleicht zehn bis zwölf.

Als erstes sprang ein wilder Tigermensch auf die Bühne. Ein kleines Mädchen führte ihn an der Leine, die um seinen Hals geschlungen war. Sein Körper war in ein verschlissenes Tigerfell gehüllt, das nur den Kopf freiließ, ein graues, faltiges Gesicht mit traurigen Augen. In gebückter Haltung sprang er auf allen vieren auf und ab, fauchte ins Publikum und gebär-

dete sich nach besten Kräften wild und zornig. Das kleine Mädchen tat, als könne es ihn kaum halten. Der Direktor erklärte, daß er dieses Vieh eigenhändig auf Borneo gefangen habe, es handele sich um eine Mischung aus Mensch und Tiger, wie es sie auf dieser Insel sehr zahlreich gebe. Dann mußte der Tigermensch noch einige Male hin und her springen. Als er außer Atem geriet, piekte ihm der Direktor einen spitzen Stock in die Seite. Der Tigermensch hüpfte angestrengt noch ein paar Mal auf und ab, bis ihn ein fürchterlicher Hustenanfall überkam. Er hielt sich die Tatze vors Gesicht, sein Gericht lief blau an, das Mädchen führte ihn schnell hinaus. Die Leute lachten.
Darauf sprang ein wichtigtuerischer Hypnotiseur auf die Bühne, ein hagerer Mann mit dicker Brille. Mit ihm trat erneut das kleine Mädchen auf, das eben noch den Tigermenschen begleitet hatte. Er blickte die Kleine intensiv an, machte Zeichen, murmelte, und schon begann sie wie ein Huhn zu gackern. Während sie über die Bühne watschelte, sich hinhockte und tat, als müsse sie ein Ei legen, gab der Hypnotiseur wissenschaftliche Erklärungen. Er erlöste das Mädchen, verwandelte den Direktor, der tat, als betrete er zufällig in diesem Moment die Bühne, in einen Orang-Utan. Der spielte seine Rolle sehr gut, und die Leute applaudierten. Nach einigen weiteren Experimenten trat der Hypnotiseur ab, und eine Holzkiste wurde hereingetragen, in der sich das kleinste Pferd der Welt befand. Man hob es heraus und hielt es hoch: ein armseliges Wesen von der Größe eines Hundes.
Nun kündigte der Direktor den Höhepunkt der Schau an, ›Oswin, das Sprechwunder‹. Auf die Bühne trat Otto Löllholz. Er hatte sich seit seinem Weggang aus Neumühlen sehr verändert. Sein Gesicht war schmaler geworden, die Haare fielen ihm auf die Schultern. Seine Augen waren schwarz umrandet, sein schiefer Mund rot bemalt. Er trug einen häßlichen lila Zylinder, der beim besten Willen nicht zu seinem karierten, viel zu engen Clownsanzug paßte. Otto legte die Hände auf den Rücken und blickte mit unbewegtem Gesicht über das Publikum hinweg.
»Oswin«, fragte der Direktor, »wie heißt deine Frau?«

Ottos Gesicht verzog sich, wie es sich schon immer verzogen hatte, wurde zu einer zuckenden Grimasse, und er begann sich mit dem ›F‹ abzumühen. Hans schien es, als stotterte er mehr als je zuvor. Die Leute begannen zu lachen und applaudierten, als Otto endlich den Namen ›Felicitas‹ bruchstückweise hervorgestoßen hatte.

Dann fragte der Dircktor, was früher schon die Neumühlener gefragt hatten: »Womit fährst du denn am liebsten, Oswin?«

Ottos Gesicht wurde lang und länger, sein Mund wurde erst breit und dann schmal, was schrecklich aussah mit der roten Farbe, und nach längerem Grimassieren sagte er: »Mit dem Fahrrad!«

Die Leute schütteten sich aus vor Lachen und bekamen Tränen in die Augen.

Dann kam Ottos größte Nummer. Er mußte die ›Feuerwehr‹ anrufen, weil sein Haus in ›fürchterlichen Flammen‹ stand. Er quälte sich minutenlang mit diesem Satz ab, die Leute brüllten und hätten sich am liebsten auf dem Bretterboden gewälzt vor Lachen. Als Otto schließlich den Satz heraushatte, begannen ein paar Scheinwerfer rot aufzuflackern, und er mußte so tun, als käme er in den Flammen ums Leben, wobei er sich sehr gekonnt auf dem Boden wälzte. Riesiger Beifall begleitete seinen Abgang.

Hans und Ellen, aber auch Anton und Anne verzichteten auf den ›größten Magier der Welt‹, auch auf die ›Hundefrau‹ und die ›Dame ohne Unterleib‹. Sie verließen die Bude, traten ins Freie und sahen gerade noch, wie Otto in einem zweirädrigen Wohnwagen verschwand. Einen Moment lang berieten sie sich, dann gingen sie hinüber. Hans klopfte. Otto öffnete.

»Hans«, sang er, wie er früher schon gesungen hatte. Er ließ seine Gäste eintreten und strahlte über sein ganzes, immer noch dick geschminktes Gesicht. Der Wohnwagen war geräumig und liebevoll eingerichtet. Auf dem breiten Bett lagen bunte Kissen, an den Wänden hingen Bilder, die Otto mit einer jungen, sehr hübschen Frau zeigten. Alles war sauber und ordentlich. Die vier setzten sich nebeneinander auf das Bett. Otto holte eine Flasche Schnaps und Gläser. Glücklich blickte er einen nach dem anderen an.

»Ich habe gehofft«, sang er, »daß jemand aus Neumühlen mich besuchen kommt.«
Die vier lächelten. Ottos Wiedersehensfreude machte sie verlegen.
»Wie geht's Ihnen?« fragte Anton.
»Gut, sehr gut«, erwiderte Otto.
»Wie kannst du nur so leben?« entfuhr es Hans. Otto stutzte, setzte das Schnapsglas ab, das er gerade an seinen Mund führen wollte, und blickte ihn ernst an. »Wie meinst du das?« fragte er, und Hans stellte mit Verwunderung fest, daß Otto weniger stotterte als früher.
»So, als Clown, auf Jahrmärkten ...«, sagte Hans leise und schlug die Augen nieder.
»Mir geht es gut«, erwiderte Otto, langsam sprechend und auch ein wenig singend, »ich will euch sagen, daß ich mich als Künstler fühle. Manche können gut Bälle oder Keulen jonglieren, manche können in einen kleinen Kasten kriechen, manche können Stimmen nachmachen, manche können Löwen dressieren, und ich kann eben gut stottern!«
Er sagte das ganz ernst und blickte seine Gäste nacheinander an. »Und weil ich das kann«, fuhr er mit ein wenig Singsang fort, »bin ich wer. Ich bin die Attraktion unseres Unternehmens. Ich verdiene gut. Und ich bin verheiratet!«
»Du bist verheiratet?« riefen alle vier zugleich.
»Ja, ich bin verheiratet. Mit der schönsten Frau der Welt. Ihr habe ich zu verdanken, daß ich nicht mehr stottere, jedenfalls nicht mehr so schlimm wie früher. Wenn ich auf der Bühne stottere, dann spiele ich es, weil ich weiß, wie das geht. Das macht mir niemand auf der Welt nach.« Er lachte und strahlte über das ganze Gesicht, schenkte Schnaps nach und sagte: »Meine Frau ist die ›Dame ohne Unterleib‹. Aber natürlich hat sie einen. Sie spielt das auch nur ...« Er lachte erneut fröhlich auf. Dann erkundigte er sich danach, was in den letzten Monaten alles in Neumühlen geschehen war. Die vier hatten viel zu berichten.
Seine Frau, die ›Dame ohne Unterleib‹, trat ein. Sie gefiel Hans und Anton auf den ersten Blick. Sie war sehr hübsch, schlank, schwarzhaarig und hatte große dunkle Augen. Otto

stellte ihr seine Gäste vor, und während sie einige Brote schmierte und Tee kochte, erzählte Otto von seinem und ihrem Leben, von den Städten, in denen sie aufgetreten waren, vom Beifall, den er für seine Stotternummer erhalten hatte, und von ihrer Liebe.
Mitten in Ottos Schilderungen hinein fragte Anne, die bislang kaum ein Wort gesagt hatte: »Hast du Jürgen irgendwo getroffen?«
Otto blickte sie lange an, dann nickte er.
»Wo?« rief Anne und legte sich vor Schreck die rechte Hand auf ihren Mund.
»Wir haben uns vertragen«, sagte Otto.
»Wo, wo hast du ihn gesehen?« fragte Anne.
»Letzten Herbst in Hamburg.«
»Wie ging es ihm?«
»Gut, damals ging es ihm gut.«
»Und? Was macht er? Warum meldet er sich nicht?«
»Er ist nach Amerika gefahren. Auf einem Schiff.«
»Nach Amerika? Was will er denn in Amerika?«
»Das weiß ich nicht, das hat er mir nicht gesagt!«
»Und warum hat er sich nicht gemeldet?«
»Er hatte immer noch Angst vor der Polizei.«
»Er braucht keine Angst mehr zu haben«, sagte Anton. Anne stiegen Tränen in die Augen: »Er soll zurückkommen«, sagte sie leise.
»Er wird zurückkommen«, sagte Otto leise singend, »er hat es mir gesagt, daß er eines Tages zurückkommen wird.«
Sie tranken noch eine Weile, aßen die Brote, die Ottos Frau ihnen bereitet hatte, dann verabschiedeten sie sich, denn Otto hatte wieder Vorstellung. Vor der Tür nahm Anton Otto beiseite und fragte: »Ist noch etwas mit Jürgen?«
»Ja«, erwiderte Otto leise.
»Was?« fragte Anton und hielt den Atem an.
»Ich muß dir die Wahrheit sagen. Ihm ging es nicht gut. Er hatte keine Arbeit, kein Geld, keine Unterkunft: und er hatte Heimweh. Aber er wollte nicht zurückkehren. Jetzt noch nicht. Er wollte erst die Welt sehen. Deshalb ist er nach Amerika gefahren. Aber er wird zurückkommen, bestimmt . . .«

Dritter Teil

1

Anton Podizat umklammerte die Ruder, hob die Blätter aus der aufglitzernden Wasserfläche, beugte sich vor, senkte sie wieder tief in den Fluß ein und zog die Griffe mit aller Kraft dicht an seine Brust. Das Boot schnellte mit einem Satz vor, so daß Rektor Herbig, der auf der Rückbank saß, sich abstützen mußte, um nicht das Gleichgewicht zu verlieren. Er hielt seinen Strohhut fest, und erst, als das Boot wieder ruhig dahinglitt, griff er erneut zu einem Fernglas und setzte die Beobachtung des Neumühlener Ufers fort.

Hinter den sattgrünen Wiesen flirrten die Umrisse des Dorfs Neumühlen in der heißen Juniluft. Aber es sah anders aus als noch Monate zuvor, denn der Kirchturm war mittlerweile abgerissen worden und erst wieder einige Meter emporgewachsen. Anton kam es vor, als habe man dem liegenden Dorfgesicht die Nase entfernt, eine spitze, neugierige Nase, bald aber würde sie, schöner als zuvor, wieder in den Himmel ragen.

Das war nicht die einzige Veränderung, die mit Neumühlen vor sich gegangen war: Lastwagen brachten Tag für Tag Blech-, Stoff- und Eisenladungen zur Fabrik und verließen das Dorf mit Grillgeräten, Campingstühlen und -tischen sowie mit Zeltausrüstungen, denn diese Gegenstände wurden in der Fabrik seit zwei Jahren hergestellt.

Schon morgens um sechs fuhren Transporter dröhnend durch die Dorfstraßen und schreckten manchen Neumühlener aus dem Schlaf empor. In den ersten Wochen stellten sich einige den Wagen mutig in den Weg und zwangen sie anzuhalten, umzudrehen und eine andere Straße zu nehmen, doch auch da gab es Proteste der Anlieger.

So kam Breitenfeld-Neumühlens junger Bürgermeister Stange, ein ehemaliger Beamter aus einem Kieler Ministerium, auf die Idee, eine ganz neue Straße bauen zu lassen. Da er über gute Beziehungen zur Regierung verfügte, gelang es ihm, eine beträchtliche Geldsumme zu erhalten, und in Windeseile wurde eine Straße von Rendenstedt nach Breitenfeld gebaut, die die Entfernung zwischen den beiden Orten um fünf Kilometer verkürzte. Auf ihr fuhren nun die Lastwagen zur Fabrik, ohne den Neumühlener Ortskern durchqueren zu müssen.

Die alte Straße von Rendenstedt nach Neumühlen, die nach dem Krieg unter Adolf Sick gebaut worden war und in ihrem Neumühlener Teilstück ›Adolf-Sick-Straße‹ hieß, wurde zwar nach wie vor viel befahren, verlor aber einiges von ihrer früheren Bedeutung, ebenso wie Neumühlen einiges von seiner früheren Bedeutung verlor, wenn es sich auch in den letzten zwei Jahren erheblich vergrößert hatte, denn zahlreiche Arbeiter und Angestellte der Fabrik waren hierher gezogen. Siedlungen waren entstanden, hübsche, kleine, dicht nebeneinanderstehende Häuser mit spitzen Dächern an eilig asphaltierten Straßen. Sie sahen alle gleich aus, denn sie waren nicht gemauert, sondern aus fertigen Wänden errichtet. Mit offenen Mündern hatten die Neumühlener zugesehen, wie solch ein Haus in drei Tagen zusammengesetzt wurde, eine Arbeit, die früher Wochen und Monate gedauert hatte.

Den alten Neumühlenern schien es, als sähen die neuen Neumühlener sich genauso ähnlich, wie sich ihre Häuser ähnlich sahen. Morgens gingen und fuhren sie durch das Dorf, bekleidet mit blauen Arbeitsanzügen oder grauen Fabrikuniformen, und abends um fünf kehrten sie zurück, alle gleich erschöpft, mit gleichen müden Gesichtern, und verteilten sich in ihre gleich aussehenden Häuser.

Die Abteilungsleiter wohnten nicht im Dorf, sie kamen jeden Morgen mit ihren Autos von Rendenstedt und sie sahen auch nicht alle gleich aus, denn sie trugen vornehme Anzüge und umklammerten Aktenköfferchen, die sie so eng an sich preßten, als bewahrten sie darin große Geheimnisse.

»Anton, träume nicht!« rief Rektor Herbig. Anton schreckte aus seinen Gedanken hoch, stemmte sich wieder kräftig gegen die Ruder und brachte das Boot vorwärts. Herbig blickte unentwegt mit dem Fernglas zum Ufer, legte es nieder, murmelte etwas, machte sich Notizen und hob es wieder an die Augen. Gelegentlich seufzte er, nahm seinen Strohhut ab, wischte den Rand aus und setzte ihn wieder auf, wobei er ihn tief ins Gesicht zog, denn die Sonne stand brennend heiß am wolkenlosen, tiefblauen Himmel.

»Welch eine Schande!« rief der ehemalige Schulrektor aus. »Welch eine Schande!« Er schüttelte seinen Kopf und blickte voller Verachtung zum anderen Ufer nach Breitenfeld hinüber, wo zwei Männer dabei waren, das Reetdach einer alten Kate auszubessern. Einer stand auf der Leiter und stieß die Halme in das schwarz schimmernde Dach, der zweite reichte die Bündel hinauf.

»Welch eine Schande!« rief Herbig nun schon zum dritten Mal an diesem Nachmittag. Anton hatte sich an diese Ausrufe schon gewöhnt, sie kümmerten ihn nicht mehr. Denn seit sie vor zwei Wochen ihre Bootstouren begonnen hatten, rief Herbig mindestens zehnmal am Tag: »Welch eine Schande!« Und Anton nickte jedes Mal dazu.

»Breitenfeld-Neumühlen«, rief der Rektor und verzog sein sonnengerötetes Gesicht, »es ist wirklich eine Schande!«

Vor anderthalb Jahren hatte die Regierung in Kiel beschlossen, überall im Lande Ortschaften zu größeren Ortsverbänden zusammenzulegen. Diese Maßnahme war so überraschend gekommen, daß man kaum Zeit fand, dagegen zu protestieren. Dabei war es dem Dorf Neumühlen noch recht gut gegangen, es durfte seinen Namen behalten. Das winzige Karlsmoor war jetzt nur noch ein Ortsteil von Neumühlen und hatte seinen Namen aufgeben müssen.

Durch diese Maßnahme aber verlor Neumühlen seinen Bürgermeister, seinen Gemeinderat, seine Poststelle, seine Schule und seinen Polizeiposten. Dafür wurde das Dorf an das Rendenstedter Wasserwerk angeschlossen, erhielt eine Kanalisation und eine Straßenbeleuchtung. Wochenlang waren die Straßen aufgerissen gewesen, Rohre waren verlegt, Lichtmasten waren aufgestellt worden, und als man schließlich alles wieder herrichtete, belegte man die Straßen mit einer eintönigen grauen Asphaltdecke. Verschwunden waren die grob behauenen alten Steine, über die noch Pferdewagen gerumpelt waren. Viele Neumühlener hatten diese Monumente einer alten Zeit gesammelt und zu sich nach Hause genommen.

Wenn es Nacht wurde, flammten die Straßenlaternen auf und warfen ihr bläuliches Licht auf die alten Hausfassaden. In der ersten Zeit waren die Neumühlener bis spät in die Nacht durch ihr Dorf gegangen, als wäre es Tag, hatten die modernen Leuchten angestaunt und darüber vergessen, wie spät es war. Dann gewöhnten sie sich an sie und fanden es ganz angenehm, nun auch nach Einbruch der Dunkelheit spazierengehen zu können, ohne fürchten zu müssen, über ein Hindernis zu stolpern oder von einem Hund angefallen zu werden.

Ja, diese neue Errungenschaft war recht angenehm, auch wenn man jetzt von den Dorfstraßen aus nicht mehr den Sternenhimmel sehen konnte, weil die Lampen so hell strahlten, auch wenn man jetzt nicht mehr deutlich hörte, wenn ein Auto oder ein Radfahrer die Straßen herunterkam, weil es nicht mehr klapperte und schepperte wie noch auf dem alten Steinpflaster, auch wenn das Wasser nach Chlor schmeckte. Daß Neumühlen keinen eigenen Bürgermeister, keinen Gemeinderat, keine Poststelle, keine Schule und keine Polizeistation mehr hatte, ärgerte zwar manchen, aber auch daran gewöhnte man sich bald. Warum also rief Rektor Herbig auf den täglichen Bootstouren mit Anton in einem fort: »Welch eine Schande?«

Er hatte nur einen einzigen Grund, einen geschichtlichen. Herbig war überzeugt davon, daß die Namensgebung Breitenfeld-Neumühlen völlig falsch war, es mußte zweifellos Neumühlen-Breitenfeld heißen. Seiner Meinung nach war Neumühlen um Jahrtausende, ja um Jahrzehntausende älter als Breitenfeld, und diesen Beweis wollte er den Behörden liefern und sie dadurch zwingen, den Ortsverbandsnamen zu ändern. Anhand urzeitlicher Fundstücke wollte er einen unwiderlegbaren Beweis erbringen, deshalb fuhr er seit zwei Wochen jeden Tag mit Anton auf dem Fluß herum und beobachtete das Neumühlener Ufer. Irgendwo, davon war er fest überzeugt, würde er einen Hügel ausfindig machen, in dem er nur zu graben brauchte, um jahrtausendealte Topfscherben,

Steine oder Messerchen zu finden, die die Ur-Neumühlener verwendet hatten, als das Dorf Breitenfeld noch gar nicht existierte.
Am liebsten hätte Herbig das ganze Dorf umgegraben. Wurde irgendwo eine Baugrube ausgehoben, eine Straße erneuert oder ein Rohr verlegt, stand er dabei, hob alles auf, was irgendwie aussah, als könnte es vor Jahrzehntausenden von Menschenhand geschaffen worden sein, und wurde jedesmal enttäuscht. Auf dem Friedhof stand er neben dem Kirchendiener Greve, dem früheren ›Grabschmatzer‹, wenn dieser ein Grab aushob, sprang manchmal sogar in die Grube hinunter, suchte im Sand herum, fand aber nichts. Dann kam ihm beim Studium von Geschichtsbüchern die Idee, daß der Fluß in Urzeiten eine größere Bedeutung gehabt haben mußte, als er sie heute hatte. Plötzlich war der Rektor überzeugt, daß irgendwo an seinem Ufer Siedlungen gewesen sein mußten – natürlich nur auf dem Neumühlener Ufer. Er heuerte Anton Podizat an und begann mit den Bootstouren. Doch bislang hatte er auch hier nichts gefunden.
Anton hatte den Rektor einige hundert Meter weiter als am Vortage gerudert, jetzt taten ihm die Arme weh, sein Hemd klebte, und der Schweiß lief ihm in die Augen. Der Rektor legte das Fernglas neben sich, streckte die Beine aus und blinzelte in den Himmel, über den der erste Schatten der Nacht zog.
»Kehren wir um«, sagte er müde, »du kannst sicher nicht mehr.«
Anton wendete das Boot mit drei kräftigen Ruderschlägen.
»Möchtest du einen Moment ausruhen?«
Anton nickte. Herbig zog aus einer Tasche, die zu seinen Füßen neben einem kleinen Spaten stand, eine Thermosflasche und reichte ihm einen Becher heißen Tee.
»Zwei Pensionäre, was . . .«, sagte Herbig plötzlich und stieß ein freundlich glucksendes Lachen aus, »zwei Pensionäre rudern herum und suchen etwas, was es vielleicht gar nicht gibt . . .«
Anton grinste, er mochte es, wenn Herbig so mit ihm sprach, denn sie waren Freunde geworden in den letzten Wochen,

richtige Freunde, die sich aufeinander verlassen konnten. Der Rektor hatte vor zwei Jahren den Schuldienst aufgegeben, und Anton war, mit Verlegung der Poststelle nach Breitenfeld, in Ehren entlassen worden. Man hatte ihm zwar angeboten, in den Innendienst zu treten, um ein- und ausgehende Briefe zu sortieren, aber er hatte abgelehnt. Stubenhockerei lag ihm nicht.

Und Rektor Herbig, der über vierzig Jahre seines Lebens in stickigen Klassenräumen verbracht hatte, fand Gefallen daran, draußen herumzustreunen, um seinem Hobby nachzugehen. Zudem schrieb er nun eifrig an seiner ›Chronik‹, die fast fertiggestellt war, es fehlten nur noch die Kapitel über Neumühlens Vorgeschichte und vor allem das letzte Kapitel, in dem der Triumph, die Umbenennung von Breitenfeld-Neumühlen in Neumühlen-Breitenfeld, beschrieben werden sollte. Beide Kapitel standen in einem engen Zusammenhang, denn das letzte konnte nur fertiggestellt werden, wenn das erste geschrieben war. Dann erst war das Buch mit dem Titel ›Chronik des Dorfes Neumühlen und seiner näheren Umgebung von den steinzeitlichen Anfängen bis hin zur Gegenwart‹ vollendet und konnte einem heimatkundlichen Verlag in Rendenstedt angeboten werden.

»Findest du, daß ich spinne?« fragte Herbig den gemächlich heimrudernden Anton.

»Ja, ein wenig glaube ich schon . . .«, entgegnete Anton und lächelte seinem Freund zu. Für ihn war die Freundschaft mit dem Rektor ein Zeichen der neuen Zeit, die mit dem Fabrikbau angebrochen war und die viele alte Unterschiede zwischen den Menschen verwischt hatte. Vor einigen Jahren noch hätte man sich im Dorf das Maul über Herbig und Anton zerrissen. Ein Schulrektor und ein einfacher Mann mit einem ›Hilfs‹ vornweg, was Anton ja zeit seines Lebens gewesen war, konnten damals unmöglich richtige Freunde sein, jetzt war auch das möglich.

»Dir scheint es gleichgültig zu sein, wie dein Dorf heißt«, sagte der Rektor ein wenig unwillig.

»Nein, das ist es nicht«, entgegnete Anton, »es ist schon wichtig, ob man sagt, man kommt aus Breitenfeld-Neumüh-

len oder aus Neumühlen-Breitenfeld ...« Er machte eine kleine Pause.
»Aber?« fragte der Rektor.
»Ändern wird es auch nichts daran, daß Neumühlen nicht mehr das ist, was es einmal war, daß sämtliche Dienststellen nach Breitenfeld verlegt wurden.«
»Wir hätten damals mehr protestieren sollen«, sagte Herbig, »viel mehr. Es ist nicht gerecht, daß man uns alles weggenommen hat, die Schule, die Polizei, die Ortsverwaltung, die Post ... Aber«, fügte er hinzu, »seitdem haben wir auch etwas mehr Ruhe im Dorf.«
»Und das ist auch gut so«, erwiderte Anton.
Als die Verwaltungsmaßnahmen der Kieler Regierung die vier Dörfer zusammenlegte, als Breitenfeld an die erste Stelle rückte und Neumühlen zu einem Ortsteil degradiert wurde, war es tatsächlich nur zu unerheblichen Protesten gekommen. Landtagsabgeordneter Otto Sievers, Neumühlens früherer Bürgermeister, war zwar mit einer Unterschriftensammlung von Gegnern dieser Maßnahmen bei der Regierung vorstellig geworden, aber diese hatte wirklich Wichtigeres zu tun, als sich um lokale Querelen zu kümmern. Einige Ministerialbeamte waren froh, daß es in diesem Neumühlen nicht wieder zu Gewalttätigkeiten gekommen war wie damals, als die Fabrik gebaut wurde. Eine Unterschriftensammlung zählte überhaupt nicht, die wischte man einfach vom Tisch.
Die Dunkelheit brach ein und legte sich über das große Dorf zu beiden Seiten des Flusses. Anton befestigte das Boot am Steg, half dem Rektor hinaus und verabschiedete sich. Morgen früh schon wollten sie wieder losfahren und nach Beweisen suchen, daß die Regierung sich zumindest mit der Namensgebung geirrt hatte.
Anne und Christian warteten mit dem Abendessen auf Anton. Sie saßen nebeneinander auf der Holzbank im Garten, ganz umschlossen von Sommerblumen.
»Was Neues?« fragte Anton, bevor er sein Fahrrad in den Schuppen schob.
»Nein«, erwiderte Anne.

Christian stützte sich von der Bank hoch, seine Glieder und Gelenke waren ein wenig steif geworden in den letzten Monaten.
»Keine Neuigkeiten«, sagte auch er.
Sie traten in die Wohnstube und setzten sich an den gedeckten Tisch. Anton erzählte von seinem Ausflug mit dem Rektor, aber da an diesem Tage nichts Außergewöhnliches geschehen war, faßte er sich kurz. Er blickte zur Anrichte hinüber, auf der seit vier Wochen neben dem ›Moluchusstein‹ eine Postkarte lag. Sie stammte von Jürgen.
›Liebe Eltern‹, hatte er geschrieben, ›macht Euch keine Sorgen. Mir geht es gut. Ich bin in Amerika. Ich lebe im Yosemite NP. Hier gibt es ein Pioneer-Village. Das hat Ähnlichkeit mit den alten Dörfern bei Euch. Ich pflege die Pferde . . .‹
Und ganz klein, weil auf der Karte nicht viel Platz war, stand da noch: ›Wenn die Saison zu Ende ist, werde ich vielleicht zurückkommen, Jürgen‹.
Anton, Anne und Christian lasen die Karte immer wieder, sie kannten sie schon auswendig. In einem alten Atlas fanden sie den Yosemite-Nationalpark und bestaunten den grünen Fleck inmitten der braunen Farbe rundherum. Anton rechnete aus, wie weit er von Neumühlen entfernt war, und erschrak über die große Distanz. Seit vier Wochen warteten sie auf eine weitere Nachricht von Jürgen, aber bislang war keine eingetroffen.
Was bedeutete Jürgens Bemerkung ›Wenn die Saison zu Ende ist‹? Was wußte man denn, wie lange in Amerika eine Saison dauert? Und warum hatte er geschrieben, er werde ›vielleicht‹ zurückkommen?
Anton und Anne waren unruhig. Drei lange Jahre waren seit Jürgens Flucht aus Neumühlen vergangen, drei Jahre, in denen sie nichts von ihm gehört hatten. Manchmal hatten sie gezweifelt, ob sie ihren Sohn jemals wiedersehen würden. Jetzt wußten sie, daß er zurückkehren wollte, wenn auch nur ›vielleicht‹. Was bedeutete dieses ›vielleicht‹? Einen Monat, ein Jahr, nochmals drei Jahre? Trotz der Ungewißheit gab es eine Hoffnung, eine konkrete sogar, aber die war viel schwerer zu ertragen als die vage Hoffnung der letzten Jahre.

Christian hoffte ganz und gar nicht auf Jürgens Rückkehr, im Gegenteil, er fürchtete sie.
»Er ist vielleicht ein Ami geworden«, sagte er bissig.
»Was heißt das?«
»Er kaut Kaugummi und trägt einen Cowboyhut.«
Anton lachte: »Aber das macht doch nichts!«
»Vielleicht spricht er gar nicht mehr richtig deutsch.«
»So ein Quatsch. Wenn einer mal für zwei Jahre in Amerika ist, verlernt er doch seine Muttersprache nicht.«
»Die verlernt man schnell, wenn man nur Amerikanisch reden muß«, behauptete Christian.
»Deutsch verlernt man nie!« rief Anne empört.
»Oder doch!« antwortete Christian heftig. Er ärgerte sich, weil seine Freunde nicht begreifen wollten, daß so etwas möglich war. Vor einiger Zeit hatte er nämlich eine Geschichte im Fernsehen gesehen, in der geschildert worden war, wie jemand aus Australien in sein Heimatland zurückkehrte und kaum noch ein Wort Schwedisch sprach, denn es war ein schwedischer Film, den er gesehen hatte.
Er wußte, daß für vier Personen in diesem Haus nicht genug Raum war. Würde Jürgen zurückkehren, müßten Anton und Anne ausziehen, um sich eine andere Wohnung zu suchen, in der auch Jürgen Platz hätte.
Christian hatte sich schon oft durch sein unverständliches Schweigen in fast ausweglose Situationen gebracht, aus denen Anton ihm hatte heraushelfen müssen. Dieses Mal aber war Anton zu sehr mit seinen Gedanken an Jürgen beschäftigt, als daß er Verständnis hätte aufbringen können für die Bemerkungen seines Freundes. Und Anne merkte überhaupt nicht, was in Christian vorging. Sie malte sich aus, was sie Jürgen kochen wollte, wie sie mit ihm zusammen durch das Dorf gehen würde, um ihm alles zu zeigen, wie er von Amerika erzählen und wie sie ihm berichten würde, was sich in den vergangenen drei Jahren alles in Neumühlen zugetragen hatte. Je länger Jürgen aber ausblieb, um so unruhiger wurde sie. Vielleicht, so sagte sie eines Abends zu Anton, habe Jürgen die Postkarte gar nicht selbst geschrieben?
Christian stimmte ihr sofort zu und wiederholte seine Beden-

ken, Jürgen werde sich hier nicht wohl fühlen, weil er kein Deutsch mehr könne.
Da sprang Anton auf und schlug mit der Faust auf den Tisch: »Halt gefälligst dein Maul mit diesem Blödsinn!« schrie er. »Natürlich stammt die Karte von Jürgen, und er wird auch zurückkommen!«
Da ging Christian wortlos hinaus, marschierte durch Wiesen und Felder hinüber nach Breitenfeld, sprach mit sich selbst, wie er es früher oft getan hatte, und fühlte die tiefe Angst vor der kommenden Einsamkeit, die er nicht noch einmal würde ertragen können.

2

Durch den Zuzug der Fabrikarbeiter hatte sich die Zahl der Patienten so sehr vergrößert, daß Dr. Renz und seine Frau kaum noch Ruhe fanden. Sie warteten sehnsüchtig darauf, daß Breitenfeld einen eigenen Arzt bekäme. Die Stelle war schon lange ausgeschrieben.
Morgens hielt Dr. Renz von acht bis zwölf Sprechstunde, und nach dem Mittagessen und einer kurzen Pause fuhr er über die Dörfer, die jetzt eins geworden waren, und besuchte die Kranken. Seine Frau half ihm in der Sprechstunde, erledigte die Buchführung und die Abrechnungen, gab Spritzen und legte die Patienten unter die Bestrahlungsapparate. In diesem Sommer waren sie dreißig Jahre in Neumühlen, und in all der Zeit hatten sie kaum einmal Urlaub machen können. Sie spürten es an ihren schwindenden Kräften. Manchmal, wenn sie abends bei einem Glas Wein zusammensaßen, sprachen sie davon, sich bald zur Ruhe zu setzen und einem jüngeren Nachfolger die Praxis zu übergeben.
Am liebsten saßen sie abends in dem ›Gerümpelzimmer‹ zusammen, wie der Doktor jenen Raum nannte, den er mit alten Möbeln und Gegenständen vollgestopft hatte. Einmal im Monat kam nach Einbruch der Dunkelheit Trödler Johannsen und brachte irgendeinen mehr oder minder wertvollen

Gegenstand, den er dem Doktor zu einem günstigen Preis überließ. So häuften sich in diesem Raum Möbel, Bilder, Kaffeemühlen, Decken, Leuchter, Kissen, Gewehre, Spiegel, Stiche, Fotografien und vieles andere, was die Neumühlener Bauern nicht mehr brauchten. Nur mühsam konnten der Doktor und seine Frau sich einen Weg zu den beiden uralten Sesseln bahnen, doch wenn sie schließlich Platz genommen hatten, fühlten sie sich zurückversetzt in die Zeit ihres Anfangs in diesem Dorf, in das auch sie, wie viele andere, der Krieg vertrieben hatte.

Seitdem Adolf Sick in seiner letzten Stunde den Doktor auf dessen knarrende Tür aufmerksam gemacht und ihm zehntausend Mark für ihre Erneuerung vererbt hatte, war sie für ihn zum Symbol seiner Neumühlener Jahre geworden. Lange zögerte er, Adolf Sicks letzten Willen zu erfüllen und die Tür zu erneuern, jetzt aber war es wirklich an der Zeit. Sie knarrte und knirschte bei jedem Öffnen und Schließen, der Griff war abgenutzt, die Aufhängung hatte sich ein wenig gelöst, und eines Tages war sie nur noch mit einem heftigen Ruck zu öffnen, so daß Gefahr bestand, sie würde aus der Wand brechen. Der Doktor errechnete eines Abends, als er erschöpft am Schreibtisch saß und die Besuche des Tages in sein Abrechnungsbuch eintrug, daß die Tür bei mindestens zwanzig Patienten am Tage, und das sechsmal in der Woche, etwa zweimillionensechshunderttausendmal geöffnet und geschlossen worden war.

Angesichts dieser riesigen Zahl empfand er plötzlich Ehrfurcht. Der Doktor war sicher, daß es in ganz Neumühlen kaum eine zweite Tür gab, die so oft bewegt worden war wie die seine. Zumindest gab es keine wichtigere Tür, mochte auch manche Ladentür genausooft auf- und zugemacht worden sein. Das aber waren profane Türen; mit seiner waren Schicksale verknüpft. Wenn Dr. Renz an die dreißig Jahre zurückdachte, die er in diesem Dorf verbracht hatte, beschlich ihn ein merkwürdiges Gefühl. Zwar nahm er am gemeinsamen Leben teil, dennoch kam es ihm vor, als sähe er dieses Dorf und seine Bewohner von außen. Genau wie Adolf Sick damals in seiner letzten Stunde von seinem Flug über

Neumühlen erzählt hatte, so sah der Doktor die Menschen dieses Dorfes: jene, die schon lange verstorben waren, jene, denen er auf die Welt verholfen hatte, jene, die nun ins Leben traten, jene, die demnächst sterben, und jene, die demnächst geboren werden würden. So verschieden sie waren, er mochte sie alle, denn sie hatten ihn gelehrt, daß der Mensch angesichts des Lebens und des Todes, der Krankheit und der Furcht vor der Krankheit auf sich selbst zurückgeworfen ist. Da zählen keine Ämter und kein Ehrgeiz mehr, da zählt nur er selbst, ein einfaches, zerbrechliches Wesen.
Renz lächelte über seine Gedanken, die sich im Elementaren seines Berufs verloren hatten, stand auf und trat vor die alte Haustür. Er beschloß, sie nach Adolf Sicks letztem Willen endlich zu erneuern. Die Tür hatte dreißig Jahre lang ihren Dienst getan, die nächste sollte genauso lange Bestand haben, denn auch wenn er seine Praxis einem Nachfolger übergeben hatte, würden die Neumühlener noch durch diese Tür gehen, um Rat und Hilfe zu holen. Indem er die neue Tür bauen ließ, wollte er den Leuten zeigen, daß er der Zukunft vertraute. Es sollte eine stabile Tür sein, angefertigt aus dem besten verfügbaren Holz. Der Maurermeister und Tischler Jungmann rieten ihm, die gesamte Türumrandung durch bunte Glasbausteine zu ersetzen. Der Doktor stimmte zu.
Hans, der Sohn des Arztes, war im letzten Jahr sitzengeblieben, und es stand zu befürchten, daß er in diesem Jahr wegen mangelnder Leistungen von der Schule verwiesen würde. Seit Monaten sonderte er sich von allen ab und beantwortete keine Fragen. Seine Eltern waren ratlos. Sie bemühten sich um ihn mit großer Herzlichkeit, er aber saß stundenlang allein in seinem Zimmer, tat, als lerne er, und war zu keinem Gespräch bereit. Manchmal trat seine Mutter ein und legte ihren Arm um seine Schultern, aber sie konnte ihn nicht aufmuntern. Sie sprach über Nebensächlichkeiten und ging wieder.
Seit zwei Jahren lebte seine Freundin Ellen Bandholz in Hamburg, wo sie eine Hotellehre machte. In der ersten Zeit war Hans an jedem Wochenende zu ihr gefahren, später alle zwei Wochen. Zwischendurch schrieb er ihr lange Briefe, in der er ihre Liebe beschwor, ihr versicherte, wie sehr er sie

vermisse, und unentwegt wiederholte, daß er ohne sie nicht leben könne. Er schrieb von den gemeinsamen Stunden, die sie auf dem Ruderboot verbracht hatten unter dem blauen Sommerhimmel.

Ellens Antwortbriefe waren genauso lang wie seine. Sie beschrieb das Hotel ihres Onkels, charakterisierte merkwürdige Gäste, zu denen sie freundlich sein mußte, egal, wie wunderlich sie sich anstellten, schilderte die Stadt, den Hafen, den Zoo, den Fernsehturm. An den Schluß jedes Briefs malte sie ein Herz, das von einem Pfeil durchbohrt war.

Hans schrieb nicht nur von der gemeinsamen Vergangenheit, sondern versuchte eine gemeinsame Zukunft darzustellen. Jedesmal fügte er neue Einzelheiten hinzu. Er wollte zusammen mit ihr ein Haus haben und mindestens vier Kinder, zwei Mädchen und zwei Jungen. Er wußte auch schon ihre Namen: Katja und Anja sowie Swen und Erik. Jeden Morgen, so stellte er sich vor, würde er zu seiner Arbeitsstelle fahren, korrigierte diesen Punkt jedoch bald, er wollte zu Hause arbeiten, im Bürozimmer einer großen Villa. Einmal im Jahr wollte er mit Ellen eine Reise unternehmen, nach Amerika oder nach Japan, nach Hongkong oder nach Mexiko.

Zunächst ging Ellen mit der gleichen Ausführlichkeit auf seine Zukunftsvorstellungen ein. Sie verbesserte manches: So wollte sie lieber drei Jungen haben und nicht zwei Jungen und zwei Mädchen, auch gefielen ihr die von Hans gewählten Vornamen nicht, und dann wollte sie lieber in Hamburg wohnen und nicht in Rendenstedt. Sie komme nicht mehr los von Hamburg, schrieb sie, es sei eine so fantastische Stadt.

Nachdem das gut ein Jahr so gegangen war, wurde Ellen der Zukunftsbeschreibungen müde. Sie beschäftigte sich lieber mit der Gegenwart. Ihre Briefe wurden immer kürzer und endeten stets mit der Entschuldigung, sie habe zuviel zu tun, sie müsse manchmal auch nachts wachliegen, falls Gäste Sonderwünsche hätten. Hans ärgerte sich über ihren knappen, lieblosen Ton, er antwortete heftig, ausfallend und machte ihr Vorwürfe.

Am Anfang ihrer Trennung sahen sie sich sehr oft, nichts hatte sich zwischen ihnen verändert. Sie liebten sich, wie sie

sich in Neumühlen geliebt hatten und fanden jedes Mal auf Anhieb ihre gewohnte Leidenschaft zurück. Dann wurden die Abstände zwischen den Besuchen immer größer, denn Hans konnte sie auf die Dauer nicht finanzieren.
Wenn Hans dann doch einmal kam, holte Ellen ihn am Hauptbahnhof ab, hakte sich bei ihm unter und plauderte über Nebensächlichkeiten. Er konnte ihre Erlebnisse nicht nachvollziehen, und sie nicht die seinen. Er interessierte sich nicht für ihr Leben im Hotel, und sie interessierte sich nicht mehr für Neumühlen. So redeten sie aneinander vorbei. Hans saß dann oft im Hotel herum, blätterte in Zeitschriften und beobachtete, wie geschickt Ellen sich mit den Gästen unterhalten konnte. Er wurde eifersüchtig und stellte sie zur Rede. Sie sagte, er verstehe wohl nicht, daß es zu ihrem Beruf gehöre, zu jedem Gast freundlich zu sein. Er warf ihr vor, sie sei zu freundlich, vor allem den Männern gegenüber. Er bemerkte nämlich, daß sie den Männern gefiel.
Oft hatte Ellen auch Nachtdienst und mußte auf verspätete Gäste warten. Hans saß bei ihr, schlief ein und wachte auf, wenn es an der Tür läutete und zumeist angetrunkene Gäste zurückkamen. Einmal fiel Ellen ein großer blonder Mann mit einem Bart um den Hals und küßte sie. Sie wehrte ihn zwar ab, lachte aber dabei. Hans ging dazwischen, schrie den Fremden an, wurde von ihm niedergeschlagen und von Ellens Onkel ein für allemal vor die Tür gesetzt. Als er zwei Wochen später wiederkam, konnte er sich mit Ellen nur kurz treffen, sie hatte wieder Nachtdienst. Da betrank er sich.
Vor vier Wochen hatte er sie zum letzten Male gesehen. Sie war auf der Durchfahrt von Hamburg nach Kiel und machte in Rendenstedt Station. Er erwartete sie am Bahnhof und war enttäuscht, als ihr Onkel gleichfalls aus dem Zug stieg. Zu dritt saßen sie im Wartesaal, sahen sich an und konnten kaum miteinander sprechen. Ihr Abschied war kurz, sie reichten sich nur die Hand. Als der Zug abfuhr, sah er, wie der Onkel etwas sagte und dabei auf ihn deutete. Ellen antwortete etwas, und dann lachten beide. Hans sah dem davonfahrenden Zug voller Trauer nach; er wußte, daß er Ellen wohl verloren hatte, aber er wollte es nicht wahrhaben.

Sie schrieb ihm einen Brief, der ihm wieder Hoffnung machte: daß sie ihn liebe, und mit ihm zusammen leben wolle. Auf der zweiten Seite aber schilderte sie einen Engländer namens Jack, der sonderbare Angewohnheiten habe. Er komme einmal in vier Wochen, habe nie einen Koffer bei sich, frühstücke morgens um sieben geriebene Möhren und Joghurt und nehme abends zwei Flaschen Mineralwasser mit aufs Zimmer. Er sei ein komischer Kauz. Zudem spreche er ein ulkiges Deutsch und bringe die einfachsten Begriffe durcheinander. Er habe sie gebeten, ihm Unterrichtsstunden zu geben.

Hans war von dieser Schilderung verwirrt, obgleich sie ganz und gar unverfänglich war. Aber zwischen den Zeilen glaubte er Ellens Sympathie für diesen Briten herauslesen zu können. Er schrieb ihr einen langen, beschwörenden Brief. Ellens Antwort, die er vor einer Woche erhalten hatte, war kurz und bündig. Sie schrieb, sie habe sich mit ihrem Onkel überworfen und gehe mit Jack nach London, um die deutsche Korrespondenz seiner Pulloverfirma zu übernehmen. Alles sei harmlos, betonte sie. Dieses Wort war zweimal unterstrichen.

Hans war außer sich. Seine Angst, sie endgültig zu verlieren, wuchs ins Unermeßliche. Er rief sie an, flehte, sie solle nicht nach London gehen, doch sie antwortete nur, daß sie alt genug sei und tun könne, was sie wolle. Hans versuchte sich abzulenken, sich auf die Schule zu konzentrieren, hielt nach anderen Mädchen Ausschau, fand keine, die mit Ellen zu vergleichen war, trieb sich in Rendenstedt herum, wollte Selbstmord begehen, begann zu trinken und zu rauchen und konnte Ellen doch nicht aus seinen Gedanken vertreiben. Volltrunken, lallend und haltlos weinend wurde er eines Nachts von einem Streifenwagen aufgesammelt und nach Neumühlen gebracht.

Nachdem er wenig später die letzten beiden Arbeiten, die für seine Versetzung entscheidend waren, verhauen hatte, beschloß er, nach London zu fahren, um bei Ellen zu sein. Er wollte niemals zurückkehren.

3

Das Taxiunternehmen, das Scheller zusammen mit seinem Kompagnon und Freund Röllner betrieb, warf eine Menge Geld ab. Sie besaßen jetzt fünf Wagen und hatten drei Chauffeure angestellt. Dennoch war Scheller unglücklich. Er hatte das doppelte Leid, das vor zwei Jahren innerhalb kurzer Zeit über ihn gekommen war, immer noch nicht verwunden. Sein Sohn Hans dämmerte in der Schleswiger Anstalt vor sich hin, und seine Frau lag auf dem Friedhof unter einem schlichten Feldstein. An jedem Sonnabendnachmittag zog er seinen dunklen Anzug an und fuhr hinaus zu ihrem Grab, setzte sich auf einen mitgebrachten Campingstuhl und starrte auf den Grabstein. Er redete mit seiner Frau, als sei sie noch am Leben, und versuchte, jenes tiefe Gefühl, das er in fünfundzwanzig Jahren Ehe für sie empfunden hatte, auch diesem Stein und diesem Grab entgegenzubringen, stellte im Verlauf der Zeit aber irritiert fest, daß er das Grab in keinen Zusammenhang mit seiner Frau mehr zu bringen vermochte. Seine Trauer aber wurde dadurch noch größer, er fühlte sich noch einsamer als zuvor.

Oft traf er an solchen Nachmittagen mit Tischler Jungmann zusammen, der nun schon seit fünf Jahren einmal in der Woche zum Grab seiner Hannelore ging. Die beiden Witwer tauschten Gießkannen, säuberten gemeinsam die Gräber ihrer Frauen von welken Blumen und Laub, polierten die Inschriften der Grabsteine und beklagten gegenseitig ihr Schicksal. Im Gegensatz zu Scheller versuchte Jungmann immer noch, eine Frau zu finden, immer noch ließ er in alle möglichen Zeitungen Anzeigen setzen, doch immer noch hatte er niemanden gefunden, denn er hatte die Angewohnheit beibehalten, seine Ehekandidatinnen auf den Friedhof zu Hannelores Grab zu führen und ihnen von ihr vorzuschwärmen. Wenn Scheller ihn mit einer dieser Damen daherkommen sah, ging er ihm aus dem Weg.

Meistens aber war Jungmann allein, und dann sprach Scheller ihn an:

»Tag ...«
»Tag.«
»Wie geht's?«
»Schlecht. Und dir?«
»Auch schlecht ...«
»Tja ...«
»So ist das Leben.«
»Ja. So ist es.«
Dann seufzte Jungmann, und Scheller seufzte auch.
»Kommst du mal wieder vorbei?« fragte Scheller.
»Ja, gern.«
Sie besuchten einander sehr oft, saßen dann in Schellers Wohnraum zusammen und tranken Bier. Wenn sie die Tagesereignisse beredet hatten, sprachen sie von der Vergangenheit, nickten sich zu, hoben ihre Gläser, seufzten und hingen ihren Gedanken nach.
Zu den beiden gesellte sich öfter der Bauer und Feuerwehrhauptmann Klaus Henningsen, denn er war genauso einsam wie die beiden Witwer. Eines Abends saßen die drei in Schellers Wohnzimmer und spielten Skat. Scheller und Jungmann gewannen und waren fast gleichauf, während Klaus Henningsen tief im Minus steckte. Seine Gedanken waren für dieses Spiel zu langsam, er machte Fehler über Fehler, die von seinen Mitspielern erbarmungslos ausgenutzt wurden. Aber Klaus machte sich nichts daraus, vierzig bis fünfzig Mark zu verlieren, Hauptsache war, daß er nicht zu Hause sitzen und den Nörgeleien seiner alten Mutter zuhören mußte. Während sie die Karten auf den Tisch knallten, die Punkte zusammenzählten und in Geldbeträge umrechneten, dabei Bier und Schnaps tranken und sich zwischendurch über den Lauf der Welt beklagten, unterbrach Jungmann plötzlich seine blitzschnellen Mischbewegungen, legte die Karten auf den Tisch und lehnte sich zurück.
»Ich hab's«, sagte er und schob seine blaue Mütze, die er nie absetzte, ins Genick, steckte sich eine Pfeife an, blies den stinkenden Qualm in den Raum und begann zu grinsen. Das tat er sonst nur bei schwierigen geschäftlichen Verhandlungen.

»Was hast du?« fragte Scheller, ergriff die Karten und mischte weiter.
»Du suchst eine Frau«, sagte Jungmann zu Henningsen, »du suchst eine«, wiederholte er, auf Scheller deutend, »und ich suche eine ...«
»Ich suche keine«, erwiderte Scheller heftig, legte die Karten abrupt auf den Tisch und stand auf.
»Natürlich suchst du eine. Du kannst so nicht weiterleben. Ich kann es ja auch nicht.«
»Du hast in den letzten Jahren mindestens zwanzig kommen lassen und wolltest keine von ihnen«, entgegnete Scheller.
»Das ist richtig«, gab Jungmann zu, »deshalb müssen wir es anders machen.«
»Und wie?« fragte Klaus Henningsen, der sogleich Feuer und Flamme war.
»Ich suche keine!« wiederholte Scheller und ging in die Küche.
Er hörte, wie Jungmann im Wohnzimmer auf Klaus Henningsen einredete: »Du hast deine verloren, und unsere beiden sind tot. Alle drei wollen wir aber eine haben. Also müssen wir eine suchen. Mit Inseraten ist das nichts. Da melden sich meistens nur solche, die hinter unserm Geld her sind oder sonst irgendeinen Fehler haben. Wenn man eine Frau haben will, muß man sie sich erkämpfen!« Die letzten Sätze schrie Jungmann heraus, damit auch Scheller in der Küche sie hören konnte.
»Was bedeutet das: erkämpfen?« fragte Klaus Henningsen.
»Mensch«, schrie Jungmann, »wir müssen nicht Inserate aufgeben, sondern uns auf welche melden!«
»Ist das ein Unterschied?« fragte Klaus.
»Und ob«, erwiderte Jungmann, »und ob das einer ist. Wir müssen antworten und zu ihnen hinfahren. Dann können wir nämlich gleich sehen, wie sie leben. Ob sie ordentlich sind oder unordentlich.«
»Aha«, meinte Klaus.
Jungmann eilte in die Küche zu Scheller. »Wie sieht es denn hier aus?« rief er.
»Wie soll es hier aussehen?«

»So sah es bei mir auch aus, als Hannelore tot war.« Er trat neben Scheller und schlug ihm mit der Hand kräftig auf die Schulter. »Machen wir es so?«
»Ich weiß nicht«, meinte Scheller, »ich weiß nicht, ob das richtig ist. Was würde Erna ...«
»Dachte ich auch immer, jahrelang hab' ich so gedacht: ›Was würde Hannelore sagen, wenn ich fremde Frauen ins Haus hole?‹ Und dann bin ich mit ihnen auf den Friedhof gerannt, weil ich ein schlechtes Gewissen hatte. Das ist alles falsch. Sie sind tot, und wir leben!«
»Sag so was nicht ...«, flüsterte Scheller.
»Elisabeth ist nicht tot«, sagte Klaus Henningsen, der dazugetreten war.
»Aber für dich doch so gut wie!« antwortete Jungmann. »Oder glaubst du, sie läßt ihren Erkal noch sausen? Die beiden sind glücklich, mein Lieber!«
»Ich weiß«, sagte Klaus.
Jungmann hockte sich neben Scheller und blickte ihm von unten in die Augen. »Über fünfzig bist du«, sagte er leise, »über achtzig kannst du werden. Willst du weiter so leben, wie du jetzt lebst? In diesem Dreck? Der Mensch braucht einen anderen neben sich, am Tisch, im Bett, auf dem Sofa beim Fernsehen. Er braucht jemanden, der abends auf ihn wartet, der das Haus in Ordnung hält, der einem über den Kopf streicht, wenn man krank ist oder besoffen. Klar?«
Scheller staunte, daß sein Freund so poetisch reden konnte. Ja, das war es, dachte er, genau das war es, was Jungmann gesagt hatte: Der Mensch kann nur schlecht allein leben. Und auch Klaus Henningsen mußte zustimmen, obgleich er noch nie jemanden neben sich gehabt hatte, der nett zu ihm gewesen war.
Am nächsten Sonnabend besorgten sie sich in Rendenstedt einige überregionale Zeitungen und durchsuchten die Heiratsannoncen nach Angeboten, die für sie in Frage kamen. Nach zwei Stunden des Abwägens, Vergleichens und Notierens hatten sie sich für drei Damen entschieden, die sie interessierten. Und sie waren, was wichtig war, alle drei an einem Tag mit dem Auto zu erreichen. Zwei von ihnen wohnten in

Kiel, eine in der Nähe der Landeshauptstadt. Eine war geschieden, schlank, fünfundvierzig Jahre alt, die zweite war verwitwet, schlank, sechsundvierzig Jahre alt, und die dritte, die Klaus interessierte, war ledig, schlank und einunddreißig Jahre alt. Sie schrieben auf die Inserate und hatten am Mittwoch darauf die Antworten in Händen. Am folgenden Sonntag wollten sie aufbrechen und alle drei nacheinander aufsuchen. Sie waren sehr aufgeregt.

Der frühere Neumühlener Bürgermeister und jetzige Landtagsabgeordnete Otto Sievers kam an jedem zweiten Tag von Kiel nach Neumühlen, denn er hielt es in der Hauptstadt nicht lange aus. Im letzten Jahr hatte er seinen Wahlkreis knapp für seine Partei gewinnen können, seitdem saß er auf der rechten Seite des Landtags in der vorletzten Reihe und mußte seine Hand heben oder sie unten lassen, wie es verlangt wurde. Da seine Partei nur über eine knappe Mehrheit verfügte, mußte er immer anwesend sein, konnte sich nie drükken und draußen spazierengehen oder Zeitung lesen. Neben ihm saß der ehemalige Bürgermeister einer kleinen Gemeinde nahe der dänischen Grenze, der sich genauso unwohl fühlte wie er. Die beiden sehnten sich nach ihren Dörfern zurück, in denen sie etwas gegolten hatten. Hier waren sie nur Stimmvieh. Sie hatten sich ihre Abgeordnetentätigkeit ganz anders vorgestellt. Manches, was beschlossen wurde, verstanden sie gar nicht und zudem ärgerten sie sich, daß es immer dieselben waren, die reden durften: erst der Ministerpräsident oder einer seiner Minister, dann der Oppositionsführer, dessen Argumente sie ablehnen mußten, auch wenn sie vernünftig waren, dann redete ihr eigener Fraktionsführer, dessen Argumenten sie zustimmen mußten, auch wenn sie unvernünftig waren, und schließlich kamen noch der Vorsitzende der dritten Partei, dann der der dänischen Minderheit, dann wieder ein Minister, dann mal einer aus der zweiten oder dritten Reihe zu Wort, und so ging es stundenlang ...
Sievers hätte auch mal gern eine Rede gehalten, aber er wußte nicht, zu welchem Thema er sich äußern sollte. Von Rundfunkpolitik, vom Fischerei- und Siedlungswesen und von

Schulpolitik verstand er nicht allzu viel. Er hätte etwas über Bauern sagen können, aber dafür hatte seine Partei ihre Fachleute. Zu gern hätte er etwas über die notwendige Erhöhung der Feuerversicherung gesagt, denn seine abgebrannte Scheune war damals nicht voll ersetzt worden. Über Fabriken in Dörfern, falsche Namensgebungen, Kirchturmneubauten und Errichtungen von Sportlerheimen hätte er etwas zu sagen gehabt, aber das wollte niemand hören. So war er seines Mandats schon nach einem Jahr überdrüssig, ärgerte sich, daß er überhaupt in den Landtag eingezogen war, und bedauerte, statt dessen damals nicht für den Bürgermeisterposten von Breitenfeld-Neumühlen kandidiert, sondern dieses attraktive Amt einem jungen Beamten überlassen zu haben.
Wenn Sievers in Neumühlen war, führte ihn sein erster Weg nach Hause. Er begrüßte seine Frau, seine Tochter und seinen taubstummen Sohn Helmut, der sich mittlerweile ganz gut mit ihm unterhalten konnte. Dann trat er in sein Büro und setzte sich hinter den Schreibtisch. Lange betrachtete er die Bürgermeister-Ernennungsurkunde; ihr so weit zurückliegendes Datum stimmte ihn wehmütig. Er zog die leeren Schubladen auf und öffnete die Türen, als suche er irgend etwas. Am Abendbrottisch blickte er auf seine Frau, die stolz zu ihm herauflächelte, sprach lautlos mit seinem Sohn und ließ sich von Waltraut berichten, was im Dorf geschehen war.
Sievers betrachtete seine Tochter mit gemischten Gefühlen. Einerseits war er stolz, daß sie offensichtlich sein politisches Talent geerbt hatte und es im neuen Breitenfeld-Neumühlener Gemeinderat zur Geltung brachte, andererseits fürchtete er, sie werde keinen Mann bekommen, denn sie hatte, soweit Sievers informiert war, nicht einmal einen richtigen Freund. Dafür galt ihre Stimme etwas im neuen Gemeinderat, dessen einziges weibliches Mitglied sie war, nachdem Fräulein Regensburg wegen Arbeitsüberlastung ihr Mandat niedergelegt hatte. Waltraut setzte sich vor allem für eine Kindertagesstätte ein, die nach langem Hin und Her auch gebaut wurde, ihr war es zu verdanken, daß am Fluß eine Badeanstalt und ein Campingplatz eingerichtet wurden, sie setzte sich dafür

ein, daß die neuen Neumühlener einen Beobachter in den Gemeinderat entsenden durften.
Ja, Waltraut genoß in dem neuen Ortsverband hohes Ansehen, und niemand regte sich mehr darüber auf, wenn ihr manchmal angesichts männlicher Sturheit der Kragen platzte, und sie dann genauso laut wurde, wie es früher ihr Vater geworden war.
Sievers war stolz auf sie, fürchtete aber im stillen, daß die Männer, die sie heiraten könnten, ihr aus dem Wege gingen. Denn eine Frau mit so vielen ›männlichen Tugenden‹ wünschte sich nun mal kein Mann zur Ehefrau . . .
Später widmete sich Sievers seinem Hofverwalter Haiko Harmsen, einem zuverlässigen älteren Mann. Harmsen hatte einige Neuerungen und Rationalisierungen eingeführt, die den Ertrag des Hofes stetig vergrößerten. Doch eigentlich kam Sievers sich zu Hause vor wie ein fremder Besucher. Deshalb ging er lieber hinüber zur Gastwirtschaft Lafrenz, die sich jetzt ›Hotelpension Lafrenz‹ nannte, obgleich kaum etwas verändert worden war. Hier wurde er stets freundlich empfangen, ging von Tisch zu Tisch, wurde eingeladen oder lud ein und mußte Fragen nach der großen Politik beantworten, die er eigentlich nicht beantworten konnte. An diesem Sommerabend, als die Hitze des Tages gewichen war und ein milder Wind in den Blättern der Eiche auf dem Vorplatz wisperte, hörte Sievers schon von weitem den fröhlichen Lärm seiner Neumühlener. Wirt Lafrenz hatte unter dem Baum zwei Dutzend einfacher Gartentische und -stühle aufgestellt, denn die Luft im Gastraum war zu stickig, hier draußen aber war es angenehm. Sievers trat in den Lichtkreis der Lampenkette, die Lafrenz vom Haus zur Eiche gespannt hatte.
»Ah, Sievers«, rief Bauer Kock, der mit Verwalter Haiko Harmsen an einem Tisch saß, »bist du endlich Minister geworden?«
Jedesmal, wenn Kock diese dumme Bemerkung machte, zuckte Sievers innerlich zusammen, aber er ließ sich nicht anmerken, wie sehr sie ihn kränkte. Er grüßte ein wenig von oben herab.
»Gestern war was im Fernsehen aus dem Landtag«, sagte

Harmsen auf seine bedächtige Art und blickte Sievers unschuldig an.
»Ja und?« fragte der ehemalige Bürgermeister hoffnungsvoll.
»Ich hab' Sie nicht gesehen.«
»Kannst du doch auch nicht, er wird doch jetzt Minister«, sagte Kock mit ernstem Gesicht, um gleich darauf loszuprusten.
Sievers lächelte milde, setzte sich und rief nach einem Bier. Lafrenz kam geeilt.
»Wie geht's?« fragte er, obgleich sie sich erst vor zwei Tagen gesehen hatten.
»Geht so«, erwiderte Sievers. Früher hatte man nie nach seinem Befinden gefragt.
»Viel Politik?«
»Was?«
»Viel Politik diese Woche?« Lafrenz sah ihn fast mitleidig an.
»Ja«, erwiderte Sievers, »sehr viel.«
»Wichtige Sachen?«
»Sehr wichtige.«
»Freut mich.«
»Wie geht 's Geschäft?« interessierte sich Sievers, obgleich er auch diese Frage erst vor zwei Tagen gestellt hatte.
»Gut, gut ...«, erwiderte Lafrenz. »Weißt du, wer bei mir übernachtet?« fragte er leise und geheimnisvoll. Als Kock und Harmsen sich neugierig vorbeugten, grinste Lafrenz nur, zuckte bedauernd mit den Schultern, fegte mit einem schmuddeligen Handtuch über den Tisch und entfernte sich.
»Ich stelle auf Milch um«, sagte Kock, lehnte sich zurück und faltete die Hände über seinem Bauch.
»Warum auf Milch?« fragte Sievers überrascht. Vor einigen Monaten nämlich war die Meierei des Dorfs von einem Konzern aufgekauft und kurz darauf aufgelöst worden. Seitdem lohnte Milchwirtschaft für die Bauern nur noch, wenn sie ein eigenes Kühlhaus hatten. Aus diesem Grunde hatten die meisten Bauern aus Neumühlen, Breitenfeld, Elsendorf und Karlsmoor die Milchwirtschaft aufgegeben und waren auf Schweine- und Rinderzucht übergewechselt. Daneben hatten

sie natürlich noch ihre Getreidefelder, so daß die plötzliche Schließung der Meierei sie nicht allzu hart traf.
»Ich baue ein Kühlhaus«, sagte Kock.
»Mutig«, meinte Sievers.
»Man muß es riskieren. Was sagt die Politik dazu?«
Sievers erklärte, was er wußte; es war nicht viel, aber Kock schien zufrieden. Harmsen hatte einige Einwände. Er erwähnte die Kosten für das Kühlhaus und den Transport, denn die Milch mußte nun zu einer weit entfernten zentralen Meierei gebracht werden. Kock war von seiner Idee nicht abzubringen.
Sievers hörte der Diskussion zwischen den beiden eine Weile zu, dann schweiften seine Gedanken ab: Wenn dieser Haiko Harmsen ein wenig jünger wäre, vielleicht vierzig und nicht schon fünfzig, wäre er für seine Waltraut der richtige Mann. Er war zuverlässig und verstand sehr viel von der Landwirtschaft, denn jahrelang hatte er das Gut eines reichen Zeitungsverlegers nahe Kiel bewirtschaftet. Sievers hielt große Stücke auf Harmsen, aber leider, für seine Waltraut war er zu alt.
»He, Sievers!« rief jemand von einem weiter entfernten Tisch. »Was machst du denn für ein Gesicht? Ist dir die Politik auf den Magen geschlagen?«
Sievers wandte sich um und erblickte den Bauern Heinrich Suhr, der immer noch der ›junge‹ Suhr genannt wurde. Er hockte mit Schuster Tetens und Kleiderfabrikant Wittke vor gefüllten Bierkrügen und lachte Sievers freundlich zu.
Was haben die nur für einen verdammten Ton am Leib, wenn sie mit mir reden, dachte Sievers. Früher haben sie mich nicht einfach so gerufen, als sei ich irgendein dahergelaufener Fremder, früher haben sie ›Bürgermeister‹ gerufen und nicht einfach nur ›Sievers‹.
»Die Politik bekommt mir sehr gut, ich bin nur ein bißchen müde. Ich hatte den ganzen Tag Ausschuß-Sitzung«, rief Sievers zurück.
»Was hattest du denn auszuschießen?« fragte Suhr, so laut er konnte, und alle in der Runde begannen zu lachen.
»Es ging um Schulpolitik«, antwortete Sievers ernst.

»Verstehst du denn was davon?« rief aus einer anderen Ecke der ehemalige Polizist Kuhnert, der immer noch seine grüne Uniformhose trug, weil der Stoff so gut war.
»Genausoviel, wie du vom Verbrecher-Fangen verstanden hast!« gab Sievers zurück und wußte im gleichen Moment, daß das eine dumme Antwort war.
»Deswegen hat man mich ja pensioniert, weil ich davon nicht viel verstanden habe«, antwortete Kuhnert erwartungsgemäß unter dem Lachen der gesamten Runde.
»Nun laßt mal den Herrn Abgeordneten zufrieden«, sagte Wittke, mußte aber auch lachen.
Wittke und Schuster Tetens waren neben Waltraut die Neumühlener Mitglieder des erweiterten Breitenfeld-Neumühlener Gemeinderats. Sie fühlten sich ihrem ehemaligen Bürgermeister immer noch zu Dank verpflichtet, denn Wittke hatte nach dem Bau der Fabrik sein Geschäft in eine Werkstatt für Arbeitskleidung umwandeln können, und Tetens hatte neben sein Handwerkerhaus einen modernen Laden bauen lassen. Beide lebten von den neuen Neumühlenern ausgezeichnet.
»Warum sollen wir unseren Abgeordneten zufrieden lassen?« fragte der alte Thöming. Er saß mit seinem Schwiegersohn Gazi über ausgebreiteten Papieren, hatte aber viel mehr Spaß an dem Wortwechsel als an Rechnungen und Quittungen. »Warum sollen wir ihn zufrieden lassen? Ist doch schön, wenn er hier wenigstens munter ist, wo er doch im Parlament die halbe Zeit schläft.«
Fröhliches Lachen antwortete ihm. Sievers tat gut daran, mitzulachen. Ein junger Mann mit moderner Haarfrisur, wie sie sonst in Neumühlen nur von Schülern getragen wurde, trat hinter ihn. »Würden Sie einen Moment an unseren Tisch kommen, Herr Sievers?« fragte er höflich.
»Sehr gern«, antwortete Sievers ohne Zögern, er war erleichtert über die Einladung, denn der junge Mann war einer der wenigen Neumühlener, die seine Tätigkeit als Landtagsabgeordneter zu schätzen wußten. Es war Werner Heske, der Erbe Adolf Sicks. Er hatte Landwirtschaft studiert und sich ein Diplom erworben. Auf den ersten Blick hatte er vor zwei Jahren erkannt, was auf Sicks altem Hof alles rationalisiert

werden mußte. Er hatte die Kühe verkauft, dafür Schweine angeschafft, und eine moderne Eierproduktionsstätte errichtet, in der die Hühner Tag und Nacht eingesperrt waren, am Fließband Eier legten und von ihm versorgt wurden. Er hatte neue Maschinen angeschafft, die er auf einer Messe in Kopenhagen gesehen hatte, und die alten verschrottet.

Als Sievers an Werner Heskes Tisch trat, machte er eine leichte Verbeugung vor Magda Stender, die ihm freundlich zulächelte. Sie wohnte immer noch auf dem Hof und half so gut sie konnte. Nur mit dem Hühnerhaus wollte sie auf keinen Fall etwas zu tun haben, sie hatte Mitleid mit den Tieren, die nie das Tageslicht sahen. Wie die meisten Neumühlener hielt sie diese Art von Tierhaltung für Quälerei, und das war sie auch. Sonst aber mochte sie den Werner sehr und brachte ihm sogar mütterliche Gefühle entgegen. Sie war ja auch so etwas wie seine Mutter.

Sievers setzte sich. Jemand rief noch: »Jetzt sind die Professoren unter sich!«, aber das kümmerte Sievers nicht. Er war froh, daß wenigstens einer im Dorf ihn ernst nahm, gab sich würdig, schlug ein Bein über das andere und machte ein wichtiges Gesicht.

»Ich habe eine Bitte«, sagte Heske und zog an seiner Pfeife. »Können Sie mir sagen ...« Im nächsten Moment schwirrten Sievers Begriffe wie ›Subventionsabgabe, Steuerabschreibungen, EG-Bestimmung, Zollvergütung‹ und anderes um den Kopf. Heske schloß seine langen Ausführungen und blickte Sievers fragend an.

Der runzelte die Stirn. Von dem einen und anderen Begriff hatte er schon gehört, schließlich war er Mitglied des parlamentarischen Landwirtschaftsausschusses, aber so recht wußte er in diesem Moment nicht, was Heske eigentlich von ihm wollte.

Daher holte er weit aus, gab vage Auskünfte über getroffene und künftige Beschlüsse, jonglierte mit Begriffen, die er nie ganz verstanden hatte, nannte Paragraphenzahlen, äußerte Mutmaßungen, ließ einige Male den Namen der belgischen Hauptstadt fallen, nannte die Namen des schleswig-holsteinischen und bundesdeutschen Landwirtschaftsministers, äu-

ßerte sich über Unterstützungen, die bald zuerkannt werden würden, nannte einige Male das Wort ›Grenzabgabe‹ und berief sich schließlich auf den Paragraphen, der ihm untersagte, Vertrauliches auszuplaudern. Als er so eine Weile vor sich hin geredet hatte, fragte er plötzlich: »Ist das nicht ein herrlicher Abend?«
»Ja, in der Tat«, pflichtete Werner Heske ihm bei und fügte lächelnd hinzu: »Ich danke Ihnen für Ihre erschöpfenden Auskünfte!«
Sievers sah überrascht auf und überlegte einen Moment, ob Heske ihn verspotten wollte. Der aber schien wirklich dankbar zu sein und wiederholte: »Sie haben mir sehr geholfen.«
»Das freut mich«, entgegnete Sievers und gab eine Runde aus.

Etwas abseits der alteingesessenen Neumühlener saßen die neuen, Fabrikarbeiter, Angestellte, Sekretärinnen mit ihren Frauen und Männern. Sie wohnten zwar seit ein, zwei Jahren hier im Dorf, aber so recht gehörten sie noch nicht hierher. Hätte einer von ihnen gewagt, Sievers zu verspotten, so wie es die alten Neumühlener taten, hätten die sich alle zusammen sogleich gegen sie verbündet. Aber sie dachten ganz und gar nicht daran, denn sie hatten großen Respekt vor den Alteingesessenen. Das meiste von dem, was da gesprochen wurde, verstanden sie sowieso nicht. Da rief einer zum Beispiel plötzlich: »Grabschmatzer«, und alle lachten los. Die neuen Neumühlener lachten auch, weil sie den Begriff komisch fanden, aber was ein ›Grabschmatzer‹ war, wußten sie natürlich nicht. Oder es sagte einer: »Tja, der gute alte Adolf!«, und alle wurden auf einen Schlag ernst und nickten nachdenklich. Daß der verstorbene Adolf Sick gemeint war und nicht ein anderer ›Adolf‹, begriffen die Zugezogenen erst nach einiger Zeit. Nein, sie gehörten noch nicht hierher, aber sie bemühten sich um die Eingliederung, und darum lachten sie mit oder nickten ernst, wie man es ihnen vormachte.
Einer saß mitten unter ihnen, der keinen Unterschied kannte zwischen neuen und alten Einwohnern, das war Johannsen, der Trödler. Er sah immer noch so aus wie vor zwei Jahren, obgleich er viel Geld verdiente, denn er hatte begriffen, wie

man Geschäfte macht. Um niemanden wissen zu lassen, wie hoch seine Einnahmen wirklich waren, lief er in einem alten, dreckigen Hemd herum, an dem sämtliche Knöpfe fehlten; seine Hose wurde von einer einfachen Kordel über dem massigen Leib zusammengehalten, seine Füße steckten in abgetretenen Sandalen. Er war von den Alteingesessenen nie akzeptiert worden und hatte es auch nie gewollt. So konnte er es sich leisten, unter den neuen Neumühlenern zu sitzen, ohne aufzufallen.

Heute hatte er am Tisch eines jungen Angestellten und dessen hübscher dunkelhaariger Frau Platz genommen. Beide blickten ihren Nachbarn mit leichtem Ekel an, denn der hatte die Beine von sich gestreckt, kratzte sich hin und wieder den weißen Bauch und massierte seine Zehen. Aber was ihnen dieser merkwürdige Mann zu sagen hatte, war so interessant, daß sie ihm begierig lauschten.

»Wenn man auf dem Lande lebt«, erläuterte Johannsen, »muß man leben wie die anderen Leute, die auf dem Lande leben. Kapiert?«

Das verstanden die beiden zwar nicht, doch sie nickten.

»Ihr lebt doch gern hier?«

Die beiden nickten wieder eifrig.

»Gut«, sagte Johannsen, »dann müßt ihr euch auch so einrichten, wie die sich eingerichtet haben, die hier schon lange leben.«

»Wie denn?« fragten beide wie aus einem Munde.

»Mit schönen, gediegenen alten Bauernmöbeln.«

»Warum?«

Johannsen blickte sie verwundert an. »Na, ganz einfach«, sagte er, »wenn ihr mit Möbeln wohnt, mit denen man hier auf dem Lande wohnt, dann werdet ihr leichter das Gefühl dafür kriegen, was es bedeutet, auf dem Lande zu wohnen. Kapiert?«

»Ja«, sagten beide atemlos.

»Das Gefühl kriegt ihr nämlich nicht, wenn ihr abends hier herumsitzt und Bier trinkt. Herumsitzen und Biertrinken reicht nicht für die . . .«, dabei deutete er auf die Runde der alten Neumühlener, »das reicht für die wirklich nicht. Ihr

kriegt kein Gefühl für sie. Nein, wenn ihr richtige Neumühlener werden wollt, dann müßt ihr es lernen.«
»Und wie?«
»Ihr habt doch ein schönes Haus. Und vielleicht kommt auch bald Nachwuchs?« fragte Johannsen und blickte die junge Frau ungeniert an. Die lächelte verlegen und schlug ihren Blick nieder.
»Na bitte«, krähte Johannsen fröhlich, »ich gebe euch zu einem Schrank, einer Kommode, einem Tisch und zwei Stühlen eine Wiege gratis.«
»Gratis?« tönte es zweistimmig.
»Gratis!« bestätigte Johannsen. Die beiden jungen Leute blickten sich ernst an. Johannsen hakte sofort ein: »Ihr denkt, was wird das wohl kosten, was?«
Beide nickten.
»Kommt morgen bei mir vorbei. Wir werden uns schon einig werden, und ...«, er blickte die beiden an und lächelte so gewinnend, wie er es mit seinem Mund voller schwarzer Zähne konnte, »für euch mache ich es zehn Prozent billiger. Bis morgen also?«
»Bis morgen«, sagte der junge Mann.
»Für das Gefühl, mit Möbeln zu wohnen, mit denen richtige Neumühlener auch wohnen, muß man natürlich einiges hinblättern. Aber ich werde euch einen guten Preis machen.«
Johannsen erhob sich, reichte den beiden seine schwitzige Hand und trottete pfeifend von dannen. Er vergaß, sein Bier zu zahlen, aber die beiden jungen Neu-Neumühlener wagten nicht, ihn wegen solch einer Lappalie zurückzurufen. Sie hatten eben großen Respekt vor einem Alt-Neumühlener, wie Johannsen einer war.
Er war tatsächlich ein gerissener Geschäftsmann geworden, der die Konjunktur zu nutzen wußte. Hatte er früher nur den Doktor und einige zufällige Besucher als Kunden gehabt, so blühte durch den Zuzug der Fremden sein Geschäft in nie erhoffter Weise. Die Neumühlener Bauern entrümpelten immer noch ahnungslos ihre Speicher, und Johannsen kaufte alles, was sonst weggeworfen worden wäre, zu einem Spottpreis auf. Jeden Morgen spannte er seinen Apfelschimmel vor

den Leiterwagen, seine beiden ältesten Söhne kletterten zu ihm auf den Kutschbock, er verabschiedete sich von seiner Frau, als ginge es auf eine jahrelange Reise, und wenn er abends zurückkam, war sein Wagen vollgeladen mit Schränken, Kommoden, Truhen, Bildern, Spinnrädern, Stühlen, Sesseln, Figuren, Büchern, Steinguttöpfen, ausgestopften Tieren, Schalen, Schüsseln, Kerzenleuchtern, Messern, Gabeln, Löffeln, Schöpfkellen, Tellern, Tassen und Backformen. In einem Schuppen, den er neben einer Kate errichtet hatte, säuberte er alles notdürftig, besserte manches Stück aus und verkaufte es wieder. Er war jedoch schlau genug, zu ahnen, daß er dieses Geschäft nicht mehr allzu lange würde betreiben können, denn wenn die Bauern erst spitz bekamen, daß sie mit ihren alten Gegenständen und Möbeln selbst viel Geld verdienen konnten, würden sie den Handel in ihre eigenen Hände nehmen. Aber noch war es nicht soweit.

Im Dauerlauf näherte sich eine Gruppe Jugendlicher dem Vorplatz der Gastwirtschaft. Vorneweg lief Lehrer Blunck, dann folgten fünfzehn Jungen und zehn Mädchen. Blunck ließ sie antreten und fünf Kniebeugen machen, dann stürzten sie sich auf einen langen Tisch, der für sie freigehalten war. Die Neumühlener betrachteten diese Gruppe mit Wohlgefallen, denn sie hatte den Namen des Dorfs über den Landkreis hinaus bekannt gemacht. Die Jungen bildeten die Fußballmannschaft, die Mädchen die Damenhandballmannschaft. Die Fußballer waren nach der ersten Saison sofort von der untersten Spielklasse in die nächsthöhere aufgestiegen, und die Mädchen waren immerhin im letzten Jahr vierte bei der Kreismeisterschaft geworden. Unter aufmunternden Zurufen nahmen sie Platz. Hilde Borrmann kam mit einem riesigen Tablett voll Sprudelgläsern aus der Gastwirtschaft; sie half Frau Lafrenz manchmal abends beim Aufräumen. Als die Gläser verteilt waren, setzte sie sich neben ihren Sohn.

Konrad Borrmann war unter Lehrer Bluncks sachkundiger Anleitung zu einem der besten Torleute weit und breit geworden, so daß der Rendenstedter Fußballverein seit einigen Wochen versuchte, ihn abzuwerben, und die Rendenstedter spielten immerhin in der Landesliga. Konrad wußte nicht, wie er sich entscheiden sollte. Einerseits hatte er in der Fabrik eine gute Stellung inne, die ihm Zeit genug ließ, zu trainieren, wann er wollte, andererseits aber träumte er von einer großen Sportlerkarriere, und dafür war Neumühlen kaum ein Sprungbrett. Lehrer Blunck, der ihn nicht verlieren wollte, hatte ihm geraten, mindestens noch für eine Spielzeit in Neumühlen zu bleiben. Die Rendenstedter aber waren bereit, sich seinen sofortigen Wechsel etwas kosten zu lassen, und zwar so viel, daß seine Mutter nicht mehr putzen gehen mußte.

»Sie haben wieder angerufen«, sagte Hilde leise. Konrad nickte. »Sie wollen dich unbedingt haben.«

»Was soll ich nur machen?«

»Ich gehe in jedem Fall nach Rendenstedt«, mischte sich Otto Hammer in ihr Gespräch. Auch er hatte ein gutes Angebot erhalten, denn er war der beste Mittelstürmer des Kreises. Seine Kugelstoßerlaufbahn hatte er vor zwei Jahren aufgegeben, denn sosehr er sich auch abgemüht hatte, er war nie über siebzehn Meter gekommen. Auf dem Fußballfeld jedoch hatte er nur ein Handicap: Er wurde zu schnell wütend. Dreimal war er wegen Tätlichkeit schon vom Platz gestellt worden. Dieses Temperament, so meinten die Rendenstedter Funktionäre, stehe jedoch einer großen Karriere nicht im Wege, im Gegenteil.

Die Neumühlener Mannschaften war so gut geworden, seitdem das ›Otto-Sievers-Sportlerheim‹ errichtet war, denn nun konnten sie auch bei Regen und Schnee trainieren. Dem ehemaligen Bürgermeister war es damals doch noch sehr schwer geworden, das Geld für dieses Heim bereitzustellen, aber Peter Jacobsen hatte ihn wieder und wieder gemahnt. Jetzt war Sievers stolz auf seinen Entschluß, denn mit dem Heim hatte er sich ein Denkmal gesetzt, das mehr wert war als die Fabrik.

Ein zuverlässiger Verteidiger der Fußballmannschaft war Klaus Schicke, und die beste Stürmerin der Damenhandballmannschaft war seine Frau Wiebke. Wenn beide in Kiel die Hochschule besuchten, um Lehrer zu werden, oder wenn sie trainieren mußten, paßte Opa Schicke auf das Enkelkind

Hauke auf. Heute abend hatte er es mitgebracht, denn zu Hause war es zu stickig.
Nicht weniger stolz auf seine beiden Enkelkinder war der alte Thöming. Er hatte mittlerweile den Hof seinem Schwiegersohn Gazi überlassen, dem er hin und wieder mit Ratschlägen zur Seite stand. Thöming schlenderte hinüber zu Schickes Tisch, blickte in den Kinderwagen, in dem der kleine Hauke schlief, und sagte: »Groß ist er geworden.«
»Er ißt wie ein Deibel«, erwiderte Schicke stolz.
»Er darf nicht zu fett werden«, meinte Thöming.
»Wird er auch nicht.«
»Na, ich weiß nicht, er hat ganz schön dicke Backen.«
»Er wird nicht zu fett«, gab Schicke unwillig zurück.
»Fette Kinder werden träge«, sagte Thöming hartnäckig.
»Er wird aber nicht zu fett!« Schicke wurde langsam böse.
»Ich habe gelesen, daß Kinder, die zu fett sind, ihr ganzes Leben lang fett bleiben«, erwiderte Thöming ungerührt.
»Wo hast du das gelesen?«
»In einer Zeitschrift.«
»Über Schweinezucht?«
»Nein«, sagte Thöming.
»Wo denn?«
Thöming schwieg. Er wollte nicht zugeben, daß er regelmäßig eine Frauenzeitschrift las.
»Deine sind zu mager«, meinte Schicke jetzt.
»Meine sind zu mager?« Thöming runzelte die Stirn.
»Ja, gestern hab' ich sie gesehen, als Elisabeth sie durch das Dorf schob. Sie sind zu mager!«
»Sie sind nicht mager«, erwiderte Thöming heftig, »und weißt du, warum?«
»Weil sie nicht genug zu essen kriegen, deshalb sind sie zu mager!« antwortete Schicke.
»Nein, sie sind mager, weil sie Zwillinge sind!«
»Quatsch!«
»Wenn ich es dir sage!« erwiderte Thöming. »Sie sind nicht so fett wie deiner, weil sie zwei sind. Zwillinge sind immer magerer als ein einzelnes Kind.«

»Und wo hast du das her?«
»Aus der Zeitschrift.«
»Schöne Zeitschrift!« spottete Schicke.
»Jawohl. Aus einer Fachzeitschrift!« bekräftigte Thöming.
Er war außer sich vor Freude gewesen, als Elisabeth sechs Monate nach der Hochzeit mit Zwillingen niederkam: einem blonden Mädchen, das sie Elsabe nannten, und einem schwarzhaarigen Jungen, der Knut hieß.
Die beiden Großväter stritten sich noch eine Weile und wurden schließlich von einem merkwürdigen Aufzug abgelenkt: Der frühere Briefträger Hermann Röder trat mit seinen Ebern Erwin und Stefan auf den Platz. Er führte sie wie Hunde an Spezialhalftern und hatte Mühe, sie dahin zu lenken, wo er hinwollte. Röder ergriff einen Stuhl und setzte sich in die Mitte des Platzes, die beiden Tiere legten sich zu seinen Füßen und sahen in die Runde, als wollten sie die Anwesenden begrüßen.
Der Eber Erwin machte Röder Sorgen. Seine Tatkraft hatte in den letzten Monaten wirklich sehr nachgelassen, aber er dachte nicht im Traume daran, ihn einfach zu schlachten, wie Bauern es getan hätten. Erwin war für ihn mehr als nur ein einfaches Tier, er war sein Freund. Stolz aber war Röder auf den zweiten Eber Stefan, den er damals von Johannsen erworben hatte, denn der verfügte über eine solche Energie, daß die Bauern und Bäuerinnen sich jedesmal wunderten. Mit ihm verdiente Röder den größten Teil seines Unterhalts. Seit seine Frau ihn verlassen hatte, lebte er allein mit den Tieren, war aber keineswegs unglücklich darüber, denn noch immer hatte er bei den Bauersfrauen der Umgebung große Chancen, die er bereitwillig nutzte.
»Lafrenz! Drei Bier!« rief Röder, denn seine Eber hatten einen harten Tag hinter sich.
»Sofort!« antwortete Lafrenz.
»Die sind fett!« sagte Schicke zu Thöming. »Aber nicht mein Hauke!«
»Wer ist fett?« fragte Röder mit erhobener Stimme.
»Deine Eber!« rief Schicke.
»Fett?« schrie Röder empört zurück. »Fett sollen die sein?

Du spinnst wohl!« Dabei griff er seinen Tieren in die Seiten, um zu beweisen, daß sie nur aus Muskeln bestanden.
»Sie sind nicht fett«, meinte Thöming mit fachmännischem Blick, »sie sind wirklich nicht fett. Ein Lehrer hat von so was keine Ahnung!«

Auch Pastor Jacobsen und sein Küster Herbert Greve, der frühere ›Grabschmatzer‹, strebten durch das nächtliche Dorf zur Gastwirtschaft. Greve hatte Durst, und der Pastor unternahm seinen ärztlich verordneten Spaziergang. Hätte irgend jemand vor zwei Jahren prophezeit, daß der Pastor und der ›Grabschmatzer‹ Freunde werden würden, so wäre er verlacht worden. Aber sie waren tatsächlich Freunde geworden, so wie Rektor Herbig und Anton Podizat. Es gab kaum einen Abend, an dem sie nicht zusammensaßen und die Dorfbegebenheiten durchsprachen. Greve wußte immer das Allerneueste und konnte seinem Chef oft Tips geben, wer im Dorf Rat und Hilfe benötigte.
Es war alles anders gekommen, als der Pastor erwartet hatte. Die Dorfgemeinschaft hatte sich nicht aufgelöst, sondern, im Gegenteil, enger zusammengeschlossen, seitdem Neumühlen nur noch Teil eines Ortsverbands war. Einige Bauern hatten zwar aufgeben müssen, dafür hatten andere ihre Höfe vergrößern können. Neumühlen war, alles in allem gesehen, immer noch ein Bauerndorf. Und was ihn am meisten beglückte, war, daß seine Kirche wieder voll war wie früher, denn vor allem die neuen Neumühlener ließen keinen Gottesdienst aus. Sie wollten durch ihren Kirchenbesuch zeigen, daß sie sich als Neumühlener fühlten, und sie wollten auch einen Pastor erleben, wie sie ihn aus der Stadt nicht kannten, einen gewaltigen Prediger, der nicht mit überflüssigen Spitzfindigkeiten daherkam, sondern der die Leute direkt ansprechen konnte. Dazu war Jacobsen immer noch imstande. Auch wenn ihm sein Herz wieder Beschwerden machte, konnte er sich aufregen wie in alten Tagen. Die alten wie die neuen Neumühlener waren nicht selten verwundert, welche Einzelheiten aus ihrem Leben er kannte. Daß sie ihm von seinem neuen Freund Greve zugetragen wurden, ahnte man

zwar, aber wenn man Greve zur Rede stellte, grinste der nur und meinte, es geschehe doch alles zu ihrem Besten.
Wenn Jacobsen heute daran dachte, welche Energien er seinerzeit verschwendet hatte, um gegen die Fabrik loszuziehen, so war er ein wenig beschämt. Heute mußte er zugeben, daß die Fabrik ein wichtiger Teil des Dorfes geworden war. Durch sie waren die Steuereinnahmen so erheblich gestiegen, daß sogar ein modernes Gemeindezentrum geplant werden konnte.
Nein, der Pastor war mit der Zeit, die angebrochen war, ganz zufrieden, und er war es auch mit seinem Leben. Sein Sohn Peter stand vor dem Abschlußexamen, verfaßte schon eigene Predigten, die Jacobsen jedoch mit eigenen Bemerkungen würzen mußte, um sie für die Leute verständlicher zu machen. Er war überzeugt, daß sein Sohn ein guter Pastor werden würde und vielleicht, wenn die Kirchenleitung es für richtig hielt, eines Tages sein Nachfolger werden könnte.
Warum soll das alles eigentlich kein gutes Ende nehmen? dachte er manchmal, wenn er wie ein Außenstehender sein Dorf betrachtete. Warum soll man sich eigentlich nicht auf die ›große Hoffnung‹ berufen? Wenn einer zuständig war, den Leuten Mut zu machen, dann war er es. Daran wollte er sich halten, bis an sein Lebensende. Der neue Kirchturm, der erst halb fertig war, wurde ihm zum Symbol seiner Kraft, die er Tag für Tag von neuem spürte.
Auf ihrem Weg zu Lafrenz sprachen der Pastor und Greve über Christian Czychowski. Dreimal hatte er Greve schon aufgesucht und sich ein Zaubermittel erbeten, dreimal hatte Greve ihn weggeschickt und gesagt, er sei nicht mehr der ›Grabschmatzer‹ und werde niemals wieder Zauberpülverchen herstellen. Aber Christian war trotzdem wiedergekommen. Greve hatte ihn gefragt, warum er denn so gegen Jürgen Podizats Rückkehr sei. Da hatte Christian ihm mit zitternden Lippen gestanden, daß er sich vor der Einsamkeit fürchte, denn bestimmt würden Anton und Anne wegziehen und ein Haus suchen, in dem mehr Platz sei. Jacobsen beschloß, so schnell wie möglich mit Christian zu reden, morgen früh schon. Es sei höchste Zeit, antwortete Greve nachdrücklich. Wenn Jürgen erst da sei, könne es zu spät sein.

Auf dem Vorplatz der Gastwirtschaft war mittlerweile ein Streit ausgebrochen. Rektor Herbig und der junge Breitenfeld-Neumühlener Bürgermeister Erwin Stange standen sich gegenüber und redeten aufeinander ein.
»Es ist Ihre Schuld, Bürgermeister«, rief Herbig dem jungen Mann zu und schwenkte einige Seiten aus seiner ›Chronik‹, »Sie haben dafür gesorgt, daß es Breitenfeld-Neumühlen und nicht Neumühlen-Breitenfeld heißt, wie eigentlich der richtige Name wäre!«
»Aber Herr Herbig«, versuchte der Bürgermeister sich Gehör zu verschaffen, wurde jedoch sogleich wieder unterbrochen.
»Ich habe den etymologischen Beweis dafür, daß der Name falsch ist, wollen Sie ihn wissen?«
Stange blickte ergeben zum Himmel. Herbig blätterte seine Seiten durch und deutete auf einen mit Rotstift unterstrichenen Absatz: »Neumühlen leitet sich von Neue Mühle ab. Diese Mühle wurde im Jahre 1654 von Jacobus Müller auf dem Mühlberg errichtet. Und wissen Sie, wo der Mühlberg liegt?«
Stange schüttelte seinen Kopf.
»Der Mühlberg ist jene kleine Erhebung, auf dem heute der Hof des Bauern Kock steht.« Er wandte sich an Kock, der mit Röder zusammensaß: »Kock, komm mal her!«
Kock trottete heran, und Herbig fragte: »Erzähl mal, wie der Buckel heißt, auf dem dein Hof liegt.«
»Mühlberg«, antwortete Kock gehorsam und ging zu Röder zurück.
»Sehen Sie, Mühlberg!« rief Herbig dem Bürgermeister zu.
»Aber, Herr Rektor ...«, versuchte Stange einzuwerfen.
»Herbig hat recht«, mischte Sievers sich ein, »ich werde bei der Regierung und bei meinen Parteifreunden darauf dringen ...«
»Und wissen Sie, von was sich Breitenfeld ableitet?« rief Herbig, ohne Sievers zu beachten.
»Breites Feld«, antwortete der Pastor, der mittlerweile zu der Gruppe gestoßen war.
»Genau! Breites Feld!« rief Herbig erregt. »Breites Feld! Dieser Name besagt ganz eindeutig, daß dort, wo heute Breiten-

feld liegt, damals nur ein breites Feld war, nichts anderes als ein breites Feld, das von den Neumühlenern beackert wurde. Das Wort ›Neumühlen‹ weist auf Besiedlung hin, das Wort ›Breitenfeld‹ nur auf Bewirtschaftung. Das muß doch in Ihren Kopf hineinzukriegen sein!«
»Aber ich habe doch die Reihenfolge der Ortsnamen nicht zu verantworten, sondern die Regierung!« rief Stange empört.
»Das wird geändert«, schrie Sievers dazwischen.

Durch den dunklen Teil des Platzes, dort, wo der Schein der Lichterkette kaum hinreichte, eilte Waltraut Sievers und huschte in die Tür der Gastwirtschaft, doch Sievers hatte sie erblickt. »Ja, was ist denn das?« fragte er sich selbst. »Ich denke, die liegt im Bett? Was hat sich denn meine Tochter hier herumzutreiben?« Er stand auf und folgte ihr.
Lafrenz eilte zu Jacobsen und zog ihn heftig am Ärmel: »Sievers ist da eben reingegangen. Gehen Sie ihm nach!«
Lafrenz blickte so flehentlich, daß Jacobsen keinen Moment zögerte. Er sah, wie Sievers die Treppe zum ersten Stock hinaufschlich. Oben angekommen, tippelte er auf Zehenspitzen von Zimmer zu Zimmer und lauschte. An der Tür mit der Nummer fünf bekam er ein wutrotes Gesicht. Er wollte gerade die Klinke herunterdrücken, als Jacobsen ihn leise anrief.
»Sie ist da drin. Mit einem Mann!« flüsterte Sievers und wollte die Tür öffnen.
»Nicht!« befahl Jacobsen leise.
»Warum nicht?«
»Ich weiß, wer der Mann ist.«
»Und wer ist es?«
»Er ist in Ordnung.«
»So in Ordnung wie Jürgen Podizat, was?« zischte Sievers.
»Ja, so in Ordnung wie Jürgen Podizat«, wiederholte Jacobsen.
Sievers löste sich vom Türrahmen und fragte böse: »Wer ist es! Mit wem treibt sie es da?«
Jacobsen schluckte zweimal, dann sagte er: »Mit meinem Sohn Peter . . .«

Sievers sah ihn lange an: »Ich dachte, der ist in Kiel studieren?«
»Am Tag. Abends kommt er nach Neumühlen«, entgegnete Jacobsen.
»Na so was!« stöhnte Sievers auf. »So was aber auch! Haben Sie das gewußt?«
Jacobsen nickte verschämt. »Es geht schon einige Zeit zwischen den beiden.«
»Ihr Sohn Peter und meine Waltraut.« Sievers mußte sich erst an diesen Gedanken gewöhnen. »Also wirklich . . .«
Die beiden Männer gingen die Treppe hinunter, traten ins Freie und setzten sich an den erstbesten Tisch. Lange sahen sie sich schweigend an. Jacobsen gab zwei Bier in Auftrag.
Als Lafrenz sie gebracht hatte, prostete er dem Abgeordneten zu. Beim nächsten Bier sahen sie sich fest in die Augen und leerten ihre Gläser mit einem Zug.
»Ich heiße Friedrich«, sagte der Pastor leise.
»Und ich heiße Otto«, antwortete Sievers mit feuchten Augen.

4

Am nächsten Morgen war Anton nicht zur ausgemachten Zeit am Anlegesteg; daher setzte sich Rektor Herbig in seinen Wagen, um ihn abzuholen. Er fand Anton und Anne in großer Aufregung, denn Christian Czychowski war die ganze Nacht nicht nach Hause gekommen. Am Abend zuvor hatte Christian wieder einmal gegen Jürgens Rückkehr gestänkert, bis Anton der Kragen geplatzt war und sie sich angebrüllt hatten. Danach war Christian, wie oft in den letzten Wochen, weggegangen, und jetzt, morgens gegen zehn Uhr, war er noch immer nicht zurückgekehrt.
Der Rektor hörte sich den aufgeregten Bericht an, nahm am Küchentisch Platz und trank eine Tasse Kaffee. Eine Stunde wollten sie noch auf Christian warten und dann aufbrechen.

Heute habe er ein gutes Gefühl, heute werde der Beweis gelingen, er habe so eine Ahnung, sagte Herbig.
Anton und Anne hörten kaum zu. Voller Sorgen sahen sie sich immer wieder an. Anne unterdrückte tapfer ihre Tränen. Was sollte denn der Rektor von ihr denken, wenn sie losheulte?
Herbig plauderte weiter, als wäre nichts geschehen, blickte ungeduldig auf die Standuhr, sah, daß die Zeiger auf halb elf zeigten, und gab sich noch eine Viertelstunde Wartezeit; dann wollte er gehen und die Bootstour auf morgen verschieben. Als er fünf Minuten später wieder auf die Uhr sah, erblickte er jenen merkwürdig gerundeten Stein, den Anton vor drei Jahren im Grab des alten Suhr gefunden hatte. Herbig erhob sich, legte die Arme auf den Rücken und betrachtete den Stein aus der Nähe, ja er setzte sogar die Brille auf, nahm sie wieder ab und kratzte sich am Kopf.
»Ein interessanter Stein«, sagte er und sah ihn sich noch einmal von allen Seiten an. »Wo hast du ihn her?«
Anton konnte keine Antwort mehr geben, denn in diesem Moment fuhr draußen eins der Neumühlener Taxis vor, und Pastor Jacobsen stieg aus. Anton und Anne eilten ihm entgegen. Sie fürchteten, er habe eine schlimme Nachricht für sie. Währenddessen nahm Herbig, der allein im Wohnzimmer zurückblieb, den Stein in die Hand, hielt ihn sich ganz nah vors Gesicht, strich mit dem Zeigefinger durch die kleinen Rillen und Spuren, streichelte die glatte Unterfläche, umfaßte den sich verjüngenden oberen Teil und führte mit ihm einige Bewegungen aus. Da kam ihm eine Idee ... Der Pastor trat mit Anton und Anne ein. Herbig schob den Stein schnell hinter die Uhr.
»Und wir dachten schon, es ist etwas mit Christian«, sagte Anne.
»Nein, nichts«, erwiderte der Pastor beruhigend, »ich bin gekommen, um mit ihm zu reden.«
Jacobsen setzte sich, Anne schenkte ihm eine Tasse Kaffee ein. Sie begannen zu überlegen, wo Christian sich aufhalten könnte. Wahrscheinlich verbarg er sich in irgendeiner Scheune oder in irgendeinem Stall. Jacobsen schlug vor, noch

bis zum Abend zu warten, denn der Hunger werde ihn sicher nach Hause treiben. Sollte er dann noch nicht zurückgekehrt sein, würde er der Polizei Bescheid geben. Anton war dafür, sogleich mit der Suche zu beginnen, stimmte dann aber Jacobsens Vorschlag zu. Er machte sich zwar große Sorgen um seinen Freund, aber irgendwie ahnte er, daß ihm nichts Schlimmes zugestoßen war.
Um sich von seinen Sorgen abzulenken, war Anton schließlich bereit, mit Rektor Herbig auf die Bootsfahrt zu gehen. Als sie aufbrachen, tat der Rektor so, als habe er etwas vergessen, und lief nochmals ins Haus zurück.
Wenig später stieg der Pastor vor seinem Haus aus Herbigs Auto aus, und bat nochmals darum, über alles informiert zu werden. Herbig und Anton begaben sich zum Bootssteg, Herbig setzte sich auf die Rückbank, Anton stieß vom Ufer ab, und gemächlich fuhren sie flußabwärts. Es war wieder ein strahlend schöner Tag; über dem dichten Schilf auf beiden Ufern tänzelten Mückenschwärme, schnatternde Enten folgten dem Boot eine Weile, Möwen zogen gelangweilt ihre Kreise, ein dicker Fisch sprang empor und tauchte platschend wieder unter. Nach halber Strecke nahm Herbig sein Jackett auf, das er schon die ganze Zeit neben sich liegen hatte und geradezu zu bewachen schien, Antons Stein kam zum Vorschein.
»Das ist ja mein Stein!« rief Anton.
»Ja, das ist dein Stein«, sagte Herbig und lächelte entschuldigend.
»Haben Sie ihn mitgenommen?«
»Ich hoffe, du verzeihst es mir?«
»Natürlich«, erwiderte Anton. Jetzt mußte er berichten, wie er ihn damals gefunden, wie er deshalb mit Greve Streit bekommen und wie er ihn aufbewahrt hatte als Erinnerung an sein altes Häuschen und an Opa Suhr. »Greve sagte damals, es sei ein ›Moluchusstein‹«, schloß er.
»Ein was?« fragte Herbig.
»Ein ›Moluchusstein‹«, wiederholte Anton, »der steingewordene Kopf eines Selbstmörders. Das sagte Greve damals.«

»Und was meinst du, was das für ein Stein ist?« fragte Herbig.
»Ich weiß nicht genau, vielleicht eine Art Werkzeug ...«
»Genau«, erwiderte Herbig, »das ist ein Mahlstein, damit wurde in früheren Zeiten Getreide gemahlen, und zwar so ...« Er demonstrierte, auf welche Weise die Steinzeitmenschen ihn benutzt hatten. Anton vergaß weiterzurudern, das Boot drehte sich einmal um sich selbst.
»Kannst du ein großes Geheimnis für dich behalten?« fragte Herbig nach einer Weile.
Anton nickte.
»Wirst du niemandem auf der Welt ein Wörtchen von dem verraten, was ich jetzt mache?«
Wieder nickte Anton. Der feierliche Ernst des Rektors beeindruckte ihn.
»Gib mir die Hand!«
Anton reichte ihm seine Hand, und Herbig drückte sie lange.
»So, dann fahr noch ein Stück weiter.«
Anton ruderte, bis der Rektor ihm befahl, an einer Stelle, die sie bislang noch nie erreicht hatten, auf das Neumühlener Ufer zuzusteuern. Anton setzte das Boot auf den knirschenden Sand, sprang heraus und befestigte es an einem Weidenstrauch. Herbig folgte, reichte Anton den Stein und nahm den Spaten auf, den er stets auf die Exkursionen mitnahm. Eilig grub er ein Loch, Anton mußte den Stein hineinlegen, dann schüttete Herbig es wieder zu. Er schloß die Augen und begann langsam zu zählen. Anton legte seine Hände ineinander, ihm war zumute wie bei einer Beerdigung, einer Beerdigung jedoch, der unmittelbar eine Auferstehung folgen sollte ...
»Siebenundneunzig, achtundneunzig, neunundneunzig, hundert!« zählte der Rektor, öffnete die Augen und sagte: »So haben wir eben in drei bis vier Minuten Jahrtausende durcheilt, Anton Podizat, du und ich.«
Anton verstand nicht.
»Wir haben diesen Stein vergraben, wir haben es als Steinzeitmenschen getan, dann haben wir Jahrtausende an uns vorbeiziehen lassen und befinden uns wieder in der Gegenwart, im Hier und Heute. Sieh dich um: Wo eben noch die Ufer vom Fluß überspült wurden, da ist jetzt gutes Weide-

land. Und sieh dorthin ...«, er wies in Richtung Neumühlen, »da war eben doch noch gar kein Dorf, wenigstens kein Dorf, wie wir es kennen, dort lagen doch eben noch steinzeitliche Siedlungen.«
Anton runzelte die Stirn.
»Wann durfte der Mensch jenes göttliche Erlebnis nachvollziehen, das da heißt: Tausend Jahre sind wie ein Tag?«
Anton schüttelte seinen Kopf, er hielt das, was Herbig da sagte, für eine Anmaßung, gut, daß der Pastor das nicht hörte.
Herbig sah auf und grinste: »Na gut, wir wollen nicht übertreiben. Grab das Ding mal wieder aus.«
Das tat Anton, nahm den nassen und verdreckten Stein auf und gab ihn dem Rektor.
»Ja, was ist denn das?« rief der, als sähe er den Stein zum ersten Mal. Hastig wischte er die feuchte Erde ab. »Sieh dir das an«, rief er, »ich glaube, wir haben den Beweis erbracht.«
»Ich werde es keinem weitersagen«, sagte Anton und konnte nur mühsam ein Lachen unterdrücken.
»Das will ich meinen, sonst sind wir blamiert«, erwiderte Herbig.
Sie fuhren zurück. Nach einer Weile fragte Herbig: »Hältst du das, was wir da treiben, für Betrug?«
»Ja«, sagte Anton leise.
»Ich auch«, erwiderte Herbig, »jedoch ist es ein nützlicher Betrug, oder?«
»Ja, es ist ein nützlicher«, erwiderte Anton, doch dann fiel ihm etwas ein: »Was sagen wir, wenn Greve den Stein wiedererkennt?«
»Na, der wird sich doch wohl kaum noch erinnern, oder?« Herbig schien besorgt.
»Und wenn doch?«
»Dann werden wir sagen, er irrt. Wir haben den Stein am Ufer gefunden, und damit basta!«
»Und wenn er uns trotzdem nicht glaubt?« erwiderte Anton hartnäckig.
»Dann werde ich meine Autorität auf die Waagschale legen und ihn fragen, ob er meint, ich sei ein Betrüger. Ich, Rektor Herbig!«

Anton lachte. Herbig hatte recht. Niemand, auch nicht Greve, würde sich vorstellen können, daß der von allen geachtete Rektor tatsächlich ein Betrüger war.
Der Rektor sagte sofort Lehrer Blunck Bescheid, daß die große Feier am übernächsten Sonntag stattfinden könnte.
Als Anton am frühen Nachmittag nach Hause kam, war Christian zwar noch nicht wieder da, doch war eine Postkarte eingetroffen. ›Liebe Eltern‹, schrieb Jürgen Podizat, ›ich bin jetzt in Salt-Lake-City. Ich werde hier ein paar Tage bleiben und dann weiterfahren nach Chicago. Euer Jürgen.‹
Anne weinte. In seinem alten Atlas stellte Anton fest, daß Salt-Lake-City schon ein wenig näher an Neumühlen lag als der ›Yosemite-Nationalpark‹.
Christian Czychowski kam an diesem Tage nicht zurück und auch nicht am nächsten und übernächsten. Man begann nach ihm zu suchen. Ställe und Scheunen wurden geöffnet, zunächst nur in Neumühlen, dann auch in den Nachbardörfern. Sämtliche Polizeistationen der Umgebung wurden benachrichtigt, nach einigen Tagen auch die Rendenstedter, die Kieler und die Hamburger. Überall hielt man Ausschau nach Christian. Ein junger Polizist der neuen Breitenfeld-Neumühlener Station suchte Anton auf und bat um ein Foto des Vermißten. Aber sosehr sie auch suchten, sie fanden keins. Es war tatsächlich so, daß Christian Czychowski nie in seinem Leben fotografiert worden war. Der Polizist mußte sich mit einer Personenbeschreibung begnügen.
Das plötzliche Verschwinden ihres Freundes war für Anton und Anne genauso schlimm, wie es vor drei Jahren Jürgens Flucht gewesen war. Ja, eigentlich war es noch schlimmer, denn Anton fürchtete nun doch, Christian habe sich etwas angetan oder laufe mit verwirrten Sinnen herum, verhungere vielleicht und wisse nicht mehr, wie er heiße. Es waren zwiespältige Tage für Anton und Anne: Einerseits freuten sie sich auf Jürgens Rückkehr, auch wenn er noch unbegreiflich weit fort war, andererseits hatten sie große Angst um Christian. Sie konnten kaum schlafen und fanden auch am Tage nur selten eine ruhige Minute.

Er werde bei seinem Freund Bernd Heißler in Rendenstedt übernachten, sagte Hans Renz zu seiner Mutter, er wolle mit ihm für eine Mathematikarbeit üben. In Wirklichkeit war diese Arbeit längst geschrieben. Er nahm seine Schultasche auf, fuhr nach Rendenstedt, ging nach der Schule zum Bahnhof, sperrte die Schultasche in ein Schließfach, nahm die seit gestern schon hier aufbewahrte Reisetasche heraus und setzte sich in den Zug nach Hamburg. Er durcheilte die flache, sommergrüne Landschaft, fuhr an Städten und Dörfern vorüber und verschwendete keinen einzigen Gedanken an seine Eltern, an Neumühlen, an die Schule und seine Freunde, sondern dachte nur daran, was ihn in Hamburg und später in London erwarten würde.

Hans wollte unverzüglich zum Hafen fahren und dort das Fährschiff nach England besteigen. Von Dover aus wollte er mit der Bahn nach London fahren. Hier mußte er als erstes die Adresse der Pulloverfabrik ausfindig machen, in der Ellen jetzt die deutsche Korrespondenz bearbeitete. Er stellte sich vor, wie er den Betrieb betreten würde, wie er irgendeinen Angestellten, den er mit Melone und in elegantem Zweireiher vor sich sah, nach Ellen fragen würde, selbstverständlich in bestem Schulenglisch. Dieser würde höflich nach seinem Namen fragen, und Hans würde antworten: »I am the husband of Ellen ...«

»Oh«, würde der Angestellte verwundert ausrufen und ihm ihre Adresse geben. Hans konnte sich nicht vorstellen, wie Ellen ihn empfangen würde. Vielleicht fiele sie ihm um den Hals und begänne zu weinen. Vielleicht würde sie auf sein Pochen hin die Tür öffnen, und er würde sie in dem leichten Morgenmantel nicht sofort wiedererkennen. Sie würde zur Seite treten, und er würde diesen widerlichen Jack erblicken, mit dem sie jetzt zusammenlebte. Sicher würde er auf englisch fragen: »Wer ist dieser Bursche?«

Wenn sich das alles so abspielen sollte, dann müßte er konsequenterweise einen Revolver ziehen und Jack mitten ins Gesicht schießen, ja, und dann müßte er sich wohl selbst erschießen. Ihn schauderte vor diesen Vorstellungen.

Am frühen Nachmittag traf Hans im Hafen ein. Hoch über

dem Wasser setzte er sich auf eine Bank, um noch einmal alles zu überdenken. Er hatte es plötzlich gar nicht mehr so eilig. Wie geblähte Segel zogen kleine weiße Wolken über den tiefblauen Himmel. Große und kleine Schiffe glitten, von qualmenden Schleppern gezogen, zu ihren Liegeplätzen. Schaukelnde Barkassen warfen Gischt auf. Die Kräne reckten ihr schwarzes Gestänge in den Himmel. Ein weißer Dampfer tutete, auf seinem Achterdeck spielte eine Kapelle ›Muß i denn, muß i denn zum Städtele hinaus . . .‹, winkende Passagiere beugten sich über die Reling.

Hans war müde. Er hatte in der letzten Nacht vor Aufregung kein Auge zumachen können, legte nun seinen Kopf zurück und blickte auf eine Wolke, die Ähnlichkeit mit Ellens Gesicht hatte.

Jemand stieß ihn an. Hans schreckte hoch. Neben ihm saß ein Mann. Er hatte eine flache Mütze tief ins bärtige Gesicht gezogen.

»Unterwegs?« fragte er und deutete auf Hans' Reisetasche. Hans nickte.

»Wo soll's hingehen?«

»London«, antwortete Hans und bemühte sich um den gleichen lakonischen Tonfall, mit dem der Fremde sprach.

»Fähre?« erkundigte der sich nach einer Weile. Hans nickte.

»Teuer«, meinte der Fremde.

»Wieviel?« fragte Hans. Ihm war nicht bang vor dem Fahrpreis, denn er hatte gestern einen größeren Betrag von seinem Sparbuch abgehoben.

»Viel«, antwortete der Fremde und sagte dann: »Frachter ist billiger.«

»Ich muß morgen da sein«, entgegnete Hans.

»Schiff geht heute abend, sechs Uhr. Da liegt es.«

»Ich weiß nicht . . .« Hans war ein wenig mulmig zu Mute.

»Brauchst nichts zu zahlen. Bin zweiter Steuermann. Kannst als Kombüsenjunge fahren.«

Hans sah in die Richtung, in die der ölverschmierte Zeigefinger des Fremden zeigte, und erblickte einen hellblauen Frachter, der gerade beladen wurde.

»Komm mit«, sagte der Fremde und erhob sich.

Hans wollte widersprechen, folgte dann aber doch. Warum, so dachte er, sollte er nicht mit einem Frachter fahren? Er würde viel Geld sparen. Sie stiegen eine Treppe hinunter und traten, nachdem sie einige düstere Straßen entlanggegangen waren, in ein kleines dunkles Lokal. Hinter dem Tresen stand eine dicke blonde Frau, ihr breiter Mund leuchtete dunkelrot, ihre Augen waren dickschwarz umrandet.
»Bergmann schon hier?« fragte der Fremde, obwohl das Lokal leer war.
»Kommt um drei«, antwortete die Frau.
Einen Moment lang schien es Hans so, als ob die Frau dem Fremden zugezwinkert hatte, und sein Mißtrauen erwachte, aber da sagte der Fremde: »Setz dich«, und Hans gehorchte. Er sah sich um. An den düsteren Wänden hingen Bilder von Schiffen und von merkwürdigen Fischen sowie vergilbte Seemannsporträts. Unter der Decke schwebte ein kleiner Hai mit aufgerissenem Maul.
»Essen?« fragte der Fremde. Hans nickte.
»Essen!« rief er der Frau zu.
»Käsebrot?« fragte sie.
»Ja«, bat Hans.
Der Fremde setzte sich zu ihm. Woher er komme und was er in London wolle, fragte er. Hans erfand eine halbwegs glaubwürdige Geschichte, die traurige Wahrheit ging den Fremden nichts an. Die Frau brachte das Käsebrot. Hans sah, daß sie wirklich ungemein dick war und sich auf ihren säulenrunden, schwammigen Beinen nur mühsam vorwärts bewegen konnte. Wieder schien ihm, als zwinkere sie dem Fremden zu, aber vielleicht hatte er sich auch getäuscht. Hans aß und trank. Währenddessen erzählte der Fremde in gelangweiltem Tonfall von seinen Fahrten. Es gab keinen Hafen auf der weiten Welt, den er nicht gesehen hatte. Hans war fasziniert. Nach einer halben Stunde fragte er vorsichtig, wann denn dieser Herr Bergmann komme.
»Wann wollte Bergmann kommen?« rief der Fremde zur Theke hinüber, hinter der die Dicke weiterhin unermüdlich Gläser polierte.
»Müßte schon da sein«, antwortete sie.

»Wer ist denn Herr Bergmann?« erkundigte sich Hans.
»Mein Käpten.«
Der Fremde erzählte weiter: von den Galapagos-Inseln und ihren Urtieren, von den Vulkanen auf Hawaii, von den Indianern im brasilianischen Busch, von den Rauschgifthändlern in Hongkong, seine Stimme klang plötzlich, als käme sie aus einem dicken Rohr. Dann dröhnte sie ganz nah und überlaut. Hans merkte, wie der ganze Raum sich neigte und eine Weile schiefstand. Er wunderte sich, daß kein Glas aus den Regalen fiel, daß die Frau weiterhin ihrer Arbeit nachging und der Fremde ununterbrochen erzählte. Hans wollte die beiden darauf aufmerksam machen, daß irgend etwas Merkwürdiges geschehen war, als der ganze Raum plötzlich umkippte und auf der Seite lag. Auch das schien die beiden nicht zu kümmern. Der Fußboden war jetzt da, wo vorher die Wand gewesen war, und die Wand war da, wo vorher der Fußboden gewesen war, die Stimme des Fremden klang, als käme sie aus einem uralten Lautsprecher, und dann machte jemand das Licht aus, obwohl es gar nicht gebrannt hatte. Hans sah Ellen mit aufgelösten Haaren in einem leichten Sommerkleid über eine Blumenwiese hüpfen, dann sah und hörte er überhaupt nichts mehr –
– außer einer tiefen Männerstimme hoch über sich, die ihm sagte, hier dürfe er nicht schlafen. Hans schlug die Augen auf und wurde von einem grellen Taschenlampenstrahl geblendet. Vorsichtig richtete er sich auf, sein Kopf schmerzte, er hatte einen faden Geschmack im Mund. »Hier dürfen Sie nicht schlafen«, wiederholte die Stimme. Hans merkte, daß er auf einer Parkbank lag. Es war Nacht. In einiger Entfernung stand eine Laterne, deren Licht unregelmäßig flackerte.
»Was ist mit ihm?« fragte eine zweite Stimme.
»Betrunken«, sagte die erste und leuchtete Hans wieder ins Gesicht.
»Ich bin nicht betrunken«, antwortete der. Es dauerte lange, bis er die vier Worte herausgebracht hatte. Seine Zunge war dick und schwer und schien von einem Pelz überzogen.
Der junge Polizist half ihm auf die Beine. Hans torkelte, als er sich erhob.

»Die haben mich ...«, sagte er und war plötzlich hellwach. Er tastete seine Jacke nach der Brieftasche ab, sie war verschwunden. Auch die Reisetasche war weg, er brauchte sie erst gar nicht zu suchen. Langsam konnte er sich alles zusammenreimen: Der Fremde und die Dicke hatten ihn betäubt, ausgeraubt und hierhergebracht. Deswegen hatten sie sich andauernd zugezwinkert, deswegen hatte er den widerlichen Geschmack im Mund!
Er hatte große Mühe, den Polizisten die Geschichte glaubhaft zu machen. Obwohl es eine sehr kurze und sehr einfache Geschichte war, brauchte er eine Viertelstunde, bis sie sie begriffen hatten. Darauf durfte er zu ihnen in den Wagen steigen. Sie fuhren einige Straßen entlang, und Hans versuchte das Lokal ausfindig zu machen. Das bläuliche Licht der Straßenlaternen, die bunt erleuchteten Fenster, die herumstreunenden Menschen irritierten ihn so, daß ihm alles fremd erschien. Da er sich nicht ausweisen konnte, rief einer der Polizisten in Neumühlen an. Seine Mutter war am Apparat: »Was machst du nur für Sachen ...«, sagte sie am anderen Ende. Ihre Stimme klang traurig.
Ja, was machte er eigentlich für Sachen? Dumme Sachen, kindische Sachen, unüberlegte Sachen. Hatte er im Ernst daran gedacht, Ellen durch einen Besuch für sich zurückgewinnen zu können? Was hatte er denn zu bieten außer Erinnerungen an eine Zeit, die längst vergangen war.
Die Polizisten kochten ihm einen Kaffee, boten ihm eine Stulle an, liehen ihm Geld für die Rückreise, das er umgehend zurückzusenden versprach, und brachten ihn zum Bahnhof. Sein übernächtigter Vater holte ihn in Rendenstedt ab. Er sagte kein Wort. Zu Hause wartete seine Mutter und nahm ihn wortlos in die Arme. Er ging in sein Zimmer und legte sich zu Bett. Er hörte, wie seine Eltern sich im Nebenzimmer unterhielten, doch was sie sagten, verstand er nicht. Er fühlte sich geborgen. Bevor er einschlief, hörte er noch laute Männerstimmen, die sich berieten. Autotüren schlugen, ein Wagen fuhr ab.

Die Stimmen gehörten dem Tischler Jungmann, dem Elektriker Scheller und dem Bauern Henningsen, die an diesem frühen Sonntagmorgen auf ihre Reise zu den drei Frauen, die als mögliche Ehekandidatinnen für sie in Frage kamen, aufbrachen. Sie waren sehr aufgeregt, ließen es sich jedoch nicht anmerken. Nach einer Stunde Fahrt erreichten sie den Ort, in dem die erste der drei Frauen wohnte, die fünfundvierzig Jahre alte schlanke Geschiedene, die für Scheller bestimmt war, denn durch einen Brief hatte er erfahren, daß es eine Handwerkersfrau war.
Viermal mußten sie fragen, bis sie die Straße und das Haus, in dem die Dame lebte, gefunden hatten. Scheller parkte den Wagen, band sich eine Krawatte um, setzte den Hut auf, den er extra für diesen Zweck bei Wittke gekauft hatte, stieg aus, übersah die grinsenden Gesichter seiner Freunde und überhörte ihre anzüglichen Bemerkungen. Er war aufgeregt wie ein junger Bursche, der zum ersten Male zu einem Rendezvous geht.
Er klingelte an der Tür, eine hellblonde Dame öffnete, sah ihn aus kohlschwarzen Augen lange an, lächelte und sagte: »Halloo ...« Scheller bekam einen Schreck, nahm den Hut ab, machte eine steife Verbeugung, nannte seinen Namen und durfte eintreten. Das heißt, er wurde eher ins Haus gezogen, als daß er eintrat.
Seine Freunde warteten eine Stunde lang im Wagen, dann wurden sie ungeduldig, und Jungmann beschloß, nach dem Rechten zu sehen. Er trat an die Tür, klingelte, die hellblonde Dame öffnete und sah Jungmann aus kohlschwarzen Augen an. Er bekam genauso einen Schreck, wie ihn sein Freund schon bekommen hatte, machte dennoch eine Verbeugung und trat ein.
Klaus Henningsen wartete eine weitere Stunde, dann wurde er zornig auf seine beiden Freunde. Mit heftigen Schritten trat er vor die Tür, die unverschlossen war, ging durch den Flur, öffnete die nächste Tür, hinter der er merkwürdige Geräusche hörte, und sah etwas, was er in seinem ganzen Leben noch nicht gesehen hatte: Eine hellblonde, nur spärlich bekleidete Dame tänzelte auf einem bunten, langhaarigen Tep-

pich herum, warf wie in einem Anfall ihren Kopf nach hinten, reckte die Hände, sprang plötzlich in die Höhe, sackte unvermittelt auf die Knie, während seine beiden Freunde nebeneinander standen und rhythmisch in die Hände klatschten. Was den biederen Klaus am meisten beeindruckte, war, daß die beiden in Unterhemd und Unterhose dastanden. Jungmann erblickte Klaus als erster, ohne sein Klatschen zu unterbrechen rief er: »Zieh dich aus und mach mit!«
Da schlug Klaus seine mächtige Faust gegen die Schrankwand und schrie: »Aufhören!«
Jungmann und Scheller unterbrachen ihr Klatschen, aber das kümmerte die Dame nicht. Sie tänzelte auf Klaus zu, ließ ihr irritierendes ›Halloo . . .‹ hören und faßte ihn an den Händen. Wenig später hüpfte auch Klaus mit ihr herum, und seine Freunde klatschten dazu.
Gegen Mittag verabschiedeten sie sich, versprachen aber, am nächsten Sonntag wiederzukommen.
»Vielleicht ist das so«, sagte Jungmann, der von ihnen die meisten Erfahrungen hatte, »daß Frauen Inserate aufgeben, weil sie . . .«
»Sie ist einsam«, sagte Scheller.
»Die ist ganz was anderes«, murmelte Klaus, der sie durchschaut hatte, obwohl er von solchen Frauen bislang nur gelesen hatte.
Mit zwiespältigen Erwartungen erreichten sie den Kieler Vorort, in dem die zweite Dame lebte. Sie war schlank und sechsundvierzig Jahre alt, hatte ein hübsches Gesicht und gefiel Jungmann auf den ersten Blick. Sie wurde sogar rot, als der Tischler vor ihr stand und seinen Hut lüftete. Ein Couchtisch mit zwei Gedecken war für seinen Besuch vorbereitet.
Jungmann setzte sich und begann zu plaudern, wie er schon oft geplaudert hatte, darin hatte er viel Übung. Die sympathische Dame setzt sich dazu, faltete ihre Hände im Schoß und erwiderte seine Fragen mit leiser Stimme. Hin und wieder lächelte sie traurig. Ja, sie sei seit anderthalb Jahren verwitwet, beantwortete sie Jungmanns höfliche Frage. Auch er sei verwitwet, sagte Jungmann, seufzte tief und begann von Hanne-

lore zu erzählen. Da seufzte auch die sympathische Dame, faltete ihre Hände noch fester im Schoß und schilderte ihren verstorbenen Mann als einen einmaligen Menschen. Sie stand auf, holte ein halbes Dutzend Fotoalben herbei und erläuterte dem Tischler die Bilder. Jungmann besah sich den Verstorbenen, einen hageren, glatzköpfigen, vornübergebeugten Menschen mit einem törichten Gesichtsausdruck. Da zog auch er die Fotografie seiner Hannelore aus der Brieftasche, dann die seiner Söhne, seines Hauses und des Grabes auf dem Neumühlener Friedhof. Die Dame sah sich alles interessiert an. Dann seufzten beide und nickten sich ernst zu.
Scheller, dem es im Wagen langweilig geworden war, läutete an der Wohnungstür, um seinen Freund vor einem weiteren schlimmen Abenteuer zu bewahren. Auch er mußte Platz nehmen, Kaffee trinken, Kuchen essen, und Fotografien betrachten. Dann zog auch er seine Brieftasche hervor und zeigte der traurigen Dame die Bilder seiner Erna. Es dauerte nicht lange, da hatte auch er Tränen in den Augen. Alle drei seufzten.
Nach einer halben Stunde kam Klaus Henningsen und wunderte sich über die gedrückte Stimmung. Zu seinem Erstaunen sah er, daß die sympathische Dame und seine Freunde Tränen in den Augen hatten. Er sollte sich gleichfalls setzen, hatte aber keine Lust, Fotografien interessierten ihn nicht, vor allem nicht Fotografien von Leuten, die er nicht kannte. Also drängte er zum Aufbruch, und kurz darauf saßen die drei wieder im Auto und fuhren nach Kiel hinein.
Sie hatten Durst auf ein Bier bekommen, aber Henningsen drängte weiter, denn nun wollte er die für ihn vorgesehene Dame kennenlernen. Seine Freunde aber ließen sich nicht davon abbringen, erst mal in eine Kneipe zu gehen, und so beschloß Henningsen, sie allein zu lassen und mit einem Taxi weiterzufahren. In drei Stunden wollten sie sich wieder am Hauptbahnhof treffen.
Klaus stieg die knarrenden Holzstufen eines alten Mietshauses hinauf, vor dem der Taxifahrer ihn abgesetzt hatte. Im dritten Stock läutete er, wie in dem Brief der Dame angegeben, an der mittleren Tür. Huschende Schritte kamen näher,

eine ältere Dame öffnete. Klaus schreckte zurück, trat auf ihren Wink aber wieder näher.
»Sind Sie der Herr, der auf das Inserat geschrieben hat?« fragte sie mit heller Stimme und lächelte.
»Ja«, sagte Klaus und schluckte zweimal, »aber da stand, sie ist einunddreißig.«
Die Dame lächelte: »Meine Tochter kommt gleich«, antwortete sie, »sie ist nur rasch zum Postkasten gelaufen.«
Erleichtert betrat Klaus ein geschmackvoll eingerichtetes Wohnzimmer und setzte sich auf den freundlichen Wink der Dame in einen tiefen Sessel, rutschte aber sogleich wieder nach vorn, stellte seine Knie dicht nebeneinander und legte seine breiten, braunen, zupackenden Hände auf die Bügelfalten des grünen Sonntagsanzugs. Die Dame setzte sich ihm gegenüber und sah ihn mit Wohlgefallen an. Sie habe das Inserat für ihre Tochter aufgegeben, sagte sie, ihre Tochter habe es nicht über sich gebracht, auf diesem Wege einen Mann zu suchen. Klaus nickte und wußte nicht, was er erwidern sollte. Sie habe auch nicht den richtigen Namen ihrer Tochter angegeben, sagte sie, denn diese lebe in einem Dorf und wolle nicht riskieren, daß man dort durch irgendeinen dummen Zufall erführe, daß sie per Inserat einen Mann suche. Wieder nickte Klaus und sagte, das sei richtig, in einem Dorf werde viel zuviel herumerzählt, da wisse immer jeder gleich, was der andere tue.
In diesem Augenblick wurde die Wohnungstür aufgeschlossen, die ältere Dame tippelte hinaus. Klaus hörte, wie jemand seinen Mantel auszog, wie geflüstert wurde, dann ging die Tür auf und Fräulein Regensburg, die Lehrerin aus Breitenfeld-Neumühlen, trat ein. Überrascht sprang Klaus auf und starrte sie an. Fräulein Regensburg ließ einen kleinen Schrekkensschrei hören und wurde über und über rot. Ihre Mutter blickte verwundert von ihrer Tochter auf den verlegenen jungen Mann und sagte, sie sollten sich wenigstens begrüßen.
»Niemand sollte es wissen«, flüsterte Fräulein Regensburg und schloß mit einem hingehauchten: »Mein Gott, jetzt wissen es alle, ich mache mich ja unmöglich.« Nervös steckte sie sich eine Zigarette an.

»Warum wissen das jetzt alle?« fragte Klaus. »Glauben Sie, ich erzähle das herum?«
»Ich weiß nicht«, sagte sie.
»Ich werde nichts herumerzählen. Ich gehöre nicht zu denen, die immer alles herumerzählen müssen!« Und dann machte Klaus etwas Unerwartetes: Er fing plötzlich an zu lachen. Er lachte immer lauter und immer fröhlicher, und da begann auch Fräulein Regensburg zu lachen. Und als die Mutter erfuhr, welch merkwürdiger Zufall hier seine Finger im Spiel gehabt hatte, lachte auch sie, leise, vornehm, aber nicht weniger herzlich. Jetzt endlich begrüßte Fräulein Regensburg ihren unerwarteten Gast, und schnell kam man ins Erzählen. Jahrelang lebten sie nun schon in demselben Dorf und hatten doch nie Notiz voneinander genommen. Je länger sie an diesem Nachmittag miteinander sprachen, um so unverständlicher schien ihnen, daß sie sich nicht eher kennengelernt hatten. Zwar wußte Fräulein Regensburg von Klaus' unglücklicher Liebe zu Elisabeth Thöming und hatte seinerzeit auch erfahren, was Klaus alles angestellt hatte, um sie für sich zu gewinnen, aber große Gedanken über den schweigsamen Bauern hatte sie sich nie gemacht.
Klaus wußte von ihr nur, daß sie bei den Schülern beliebt war, daß sie bis zur Zusammenlegung der Dörfer Gemeinderatsmitglied gewesen war und manchen vernünftigen Vorschlag eingebracht hatte, viel mehr aber wußte er nicht.
Jetzt sahen sie einander plötzlich mit anderen Augen.
»So ein Dorf ist schon komisch«, sagte Klaus am späten Abend, »es heißt immer, einer kennt den anderen und kümmert sich um den anderen, im Guten und Schlechten. Und dann merkt man plötzlich, daß das gar nicht so ist. Vielleicht gibt es noch viele andere, die sich gern kennenlernen würden und sich nicht kennenlernen.«
»Ja«, bestätigte Fräulein Regensburg, »so ein Dorf ist schon komisch.« Dann erkundigte sie sich nach seinem Bauernhof. Klaus lehnte sich zurück, schlug ein Bein über das andere, zählte die von ihm vorgenommenen und geplanten Rationalisierungen auf, nannte ungeniert die Höhe seiner Einnahmen, die Zahl seiner Kühe und Schweine und die Größe seiner

Wiesen und Felder. Er sprach ruhig und bedächtig, mit dem Selbstbewußtsein eines Mannes, der von ganzem Herzen Bauer war und sich für sein Leben keinen anderen Beruf vorstellen konnte. Er war zwar nur ein einfacher Mann, der nicht viel von dem gelesen und gesehen hatte, was Fräulein Regensburgs Leben bestimmte, aber das, was er konnte, konnte er hundertprozentig und ließ sich darin durch nichts beirren. Während er so erzählte, fand die Lehrerin langsam Gefallen an seinem Beruf, seinen täglichen Aufgaben und seiner Person. Sie begann sich mit dem Gedanken vertraut zu machen, zugleich Bauersfrau und Lehrerin zu sein.
»Auch ich würde meinen Beruf nie aufgeben«, sagte sie, »ich hänge an ihm genauso wie Sie.«
Klaus runzelte die Stirn und sagte: »Ich kann mir auch eine Frau leisten, die nebenher Lehrerin ist, denn ich verdiene Geld genug, um noch eine Magd einzustellen. Und«, fügte er hinzu, »ich will sowieso nicht, daß meine Frau sich abrackert und häßlich wird, wie sich meine Mutter über fünfzig Jahre abgerackert hat und häßlich wurde!«
Da wurde Fräulein Regensburg rot im Gesicht.

5

Am Mittwoch der folgenden Woche erhielten Anton und Anne zwei Postkarten. Die erste stammte von Jürgen und war in New York aufgegeben. Er schrieb, daß er nicht nach Chicago gefahren sei, sondern gleich in diese Riesenstadt. Jetzt suche er ein Schiff, um nach Hamburg zurückzukehren. Die zweite Karte stammte von Christian Czychowski und lautete: ›Liebe Anne und lieber Anton! In Brunsbüttelkoog habe ich Kapitän Röckendorfs »Helena II« getroffen. Er nimmt mich mit. Ich helfe ihm, so gut wie ich kann. Wir sind jetzt in Esbjerg. Wenigstens komme ich mal raus. Sonst wäre ich vielleicht verrückt geworden. Es grüßt Euch Euer Christian.‹

Anton und Anne vermuteten zunächst, daß sich jemand einen schlechten Scherz erlauben wolle, fuhren unverzüglich zur Polizeistation nach Breitenfeld und zeigten den Beamten die Karte. Die funkten die Nachricht nach Rendenstedt, und die Rendenstedter funkten sie nach Radio Norddeich, und von dort wurde die »Helena II« angefunkt. Drei Stunden später hatten Anton und Anne die Bestätigung, daß Christian sich tatsächlich auf Kapitän Röckendorfs Schiff befand.

Am nächsten Sonnabend fand in der Gastwirtschaft Lafrenz eine große Protestversammlung gegen die Namensgebung Breitenfeld-Neumühlen statt. Der große Saal war bis auf den letzten Holzstuhl gefüllt. Über die mit der deutschen und der schleswig-holsteinischen Fahne geschmückte Bühne war ein Transparent gespannt, auf dem stand: NEUMÜHLEN-BREITENFELD, DENN NEUMÜHLEN BLEIBT NEUMÜHLEN! Blunck hatte es von seiner Damenhandballmannschaft herstellen lassen. An den Saalwänden hingen allerlei andere Fahnen, so auch die britische und die vier skandinavischen, obwohl sie mit dieser Versammlung nichts zu tun hatten. Vom letzten Schützenfest her baumelten noch Lampions und Girlanden von der Decke herunter.

Das Programm sah vor, daß der frühere Bürgermeister Otto Sievers, dann Rektor Herbig und schließlich Bürgermeister Stange reden sollten.

Sievers redete nicht mehr so feurig wie früher, sondern sprach gedämpft und fast ein wenig traurig, als hätte er einen Kloß im Hals. Und auch was er sagte, hatte keinerlei Ähnlichkeit mehr mit dem, was er früher so von sich gegeben hatte. Was war bloß in diesen Mann gefahren, dachten die zu seinen Füßen sitzenden Neumühlener, bekam die große Politik ihm vielleicht doch nicht? Denn ausgerechnet er redete von der guten alten Zeit, er, der sonst nur von der neuen Zeit gesprochen hatte. Und als er gar sagte: »Möge Neumühlen immer ein Bauerndorf bleiben«, da schien es vielen, als stünde da oben nicht Otto Sievers, sondern der verstorbene Bürgermeister Adolf Sick. Unvermittelt sprach er dann von seiner Tochter Waltraut, die nach vielen Verirrungen doch noch einen Mann bekommen werde, sprach von seinem neuen Freund, dem Pastor, und seinem künftigen Schwiegersohn Peter Jacobsen. Diese Entwicklung habe ihn sehr glücklich gemacht, stellte er abschließend fest und fügte hinzu: Er habe nur noch einen allerletzten Wunsch, nämlich sein Leben in Neumühlen zu beschließen. Bei diesen Worten konnte er kaum die Tränen zurückhalten. Und als besänne er sich, zu welchem Thema er eigentlich hätte reden sollen, bemerkte er zuletzt: »Ich werde mich bei der Regierung dafür einsetzen, daß Breitenfeld-Neumühlen bald Neumühlen-Breitenfeld heißt! Unserem Neumühlen ein dreifaches Hipphipphurra!«

Der Beifall war genauso gedämpft wie die Rede. Nun wurde ein kleiner Tisch mit hohen Beinen auf die Bühne getragen, den Herbig einige Tage zuvor bei Trödler Johannsen gekauft hatte. Mitten auf ihm, gebettet in ein rotes Samttuch, lag Anton Podizats ›Moluchusstein‹, der dem Rektor jetzt als Beweis für seine historische These dienen sollte. Herbig trat mit zwei dicken Aktenordnern, die seine ›Chronik‹ enthielten, hinter das Pult und begann in ihnen herumzublättern. Man fürchtete schon, er werde jetzt seine gesamte ›Chronik‹ vorlesen, das wäre dann doch zu langweilig geworden; er legte aber den einen Ordner zur Seite und schlug die ersten Seiten des anderen auf.

Anton und Anne saßen in der ersten Reihe, denn sie gehörten zu den Hauptpersonen des Abends, schließlich hätte der Rektor ohne Anton niemals den letzten, gültigen Beweis für seine Siedlungstheorie erbringen können. Küster Greve saß in der zweiten Reihe, direkt hinter Anton. Er blickte auf den Stein, setzte seine Brille auf, um ihn genauer besehen zu können, erhob sich sogar kurz und tippte Anton auf die Schulter. Anton drehte sich um.

»Ist das nicht ...?« flüsterte Greve erregt.

»Nein«, unterbrach ihn Anton sofort, »das ist nicht ...«

»Merkwürdig«, erwiderte Greve, »ich dachte wirklich, das ist der Stein, den du damals aus Suhrs Grab geholt hast.«

»Nein, das ist er nicht«, erwiderte Anton bestimmt. Da grinste Greve, so breit er konnte, und flüsterte Anton ins Ohr: »Von mir erfährt niemand was, wirklich nicht ...« Anton wagte nicht, sich umzudrehen. Dann begann der ehemalige Rektor Herbig mit seiner Rede. Er verlas das erste Kapitel seines Lebenswerkes, das er in den letzten Tagen fertiggestellt hatte:

»An einem schönen Herbsttag damals in der Steinzeit arbeiteten Klaasen, der Steinzeitmensch, und Wiebke, seine Steinzeitfrau, auf einem breiten, unbewohnten Feld auf der anderen Seite des Flusses. Mit ihren Steinmessern schnitten sie die Halme des Steinzeitweizens ab, schnürten sie zu Bündeln und legten sie an den Rand ihres Feldes. Das war eine schwere Arbeit. Aber da die Ernte sehr gut war, waren sie fröhlich und guter Dinge. Ab und zu blickten sie hinüber auf das andere Flußufer. Da lag ihr Dorf. Es sah anders aus als heute. Es hieß auch nicht Neumühlen; wie es hieß, weiß ich nicht. Aber es lag da ein Dorf, das von Leuten wie Klaasen und seiner Frau bewohnt wurde, denn über den Lehmhütten stiegen Rauchwolken auf.

Immer wenn sie einige Bündel zusammengebunden hatten, trug Klaasen sie zum Flußufer, wo sein Floß lag. Als es voll beladen war, paddelte er hinüber zum anderen Ufer. Er lud sich die Bündel auf die Schultern und trug sie über die grünen Wiesen, auf denen seine Steinzeitschafe weideten, in sein Dorf. Da kamen ihm seine zwei Söhne Hauke und Haiko entgegen und tanzten um ihn herum. Klaasen brachte die Ernte in seine Scheune. Es war keine Scheune, wie wir sie heute kennen, sondern eine niedrige Erdhöhle. Daneben lag die Wohnhöhle, in der er mit Wiebke und den beiden Kindern wohnte. Es gab hier viele solcher Höhlen, denn vor vielen tausend Jahren schon, in der Steinzeit, war dieser Platz, auf dem später einmal das Dorf Neumühlen entstehen sollte, ein gesegneter Flecken.

Nach drei Wochen war die gesamte Ernte eingebracht. Da opferten sie zum Dank zehn der schönsten Steinzeitweizenähren ihren Göttern: dem Sonnengott, dem Regengott, dem Flußgott und dem großen Gott. Dann machten sie sich ans Mahlen. Dazu benutzten sie eine Steinplatte und einen abgerundeten, spitz zulaufenden Stein. Sie legten die Ähren auf die Steinplatte und bearbeiteten sie so lange mit dem runden, spitz zulaufenden Stein, bis alle Körner herausgefallen waren. Als diese Arbeit vollbracht war, opferten sie den Mahlstein ihren Göttern, dem Sonnengott, dem Regengott, dem Flußgott und dem großen Gott. Sie vergruben zu diesem Zweck den Mahlstein am Ufer des Flusses, denn das war der Platz, wo sich abends die Götter trafen. Das glaubten sie wenigstens ...«

An dieser Stelle unterbrach der Rektor seine Lesung, klappte den Ordner zu, der noch weitere wunderbare Begebenheiten aus der Steinzeit enthielt, und ging zum Tischchen hinüber. Er nahm den Stein, der so lange auf Antons Anrichte gelegen hatte, auf und sagte: »Und das, liebe Neumühlener, ist der Stein, den der Steinzeitmensch Klaasen damals dem Sonnengott, dem Regengott, dem Flußgott und dem großen Gott geopfert hat. Wir, mein Freund Anton Podizat und ich, haben ihn wiedergefunden. Und sicher gibt es noch viele andere solcher Steine dort ...«

Anton mußte sich erheben und auf die Bühne steigen. Man applaudierte ihm freundlich. Er war stolz und verlegen zugleich. Als sein Freund Herbig ihm minutenlang die Hand schüttelte, wußte Anton, daß dieses der stolzeste Moment seines Lebens war.

»Durch diesen Stein«, rief der Rektor, »haben wir den Beweis erbracht, daß Neumühlen um vieles älter ist als das kümmerliche Breitenfeld. Und so fordere ich alle Menschen, die ein bißchen Vernunft in ihrem Schädel haben, auf, sich für den Namen Neumühlen-Breitenfeld einzusetzen!«

Da sprangen die Neumühlener auf, jubelten und sangen sämtliche drei Strophen des ›Schleswig-Holstein-Liedes‹ ...

Es war die eindrucksvollste Versammlung, die Neumühlen jemals erlebt hatte. Die Dorfgemeinschaft schloß sich in dem Willen zusammen, die Zukunft mit ihrem richtigen Namen zu bestehen. Ja, auch die neuen Neumühlener konnten nicht umhin, sich diesem Willen anzuschließen. Selbst der Bürgermeister von Breitenfeld-Neumühlen, den man fast vergessen hatte, war so beeindruckt, daß er seinen vorbereiteten Redezettel wegsteckte und unter dem Beifall der Neumühle-

ner verkündete, daß er sich für die Namensänderung einsetzen werde. Lafrenz schenkte Bier aus, man tanzte, war fröhlich und ausgelassen. Anton mußte Hunderte von Händen drücken und viele Gläser Bier leeren. Er war neben Herbig der Held des Abends.
Über eins ärgerten sich die Neumühlener am nächsten Tag sehr: Die ›Rendenstedter Zeitung‹ brachte keine einzige Zeile über die Versammlung. Das lag daran, daß Fräulein Regensburg, die sonst immer über die Neumühlener Ereignisse berichtete, an der Versammlung nicht hatte teilnehmen können. Sie hatte den Abend bei ihrem künftigen Mann Klaus Henningsen verbracht und ihren journalistischen Auftrag ganz einfach vergessen.
Landtagsabgeordneter Sievers, der sich ein wenig ausgeschlossen fühlte, da er nicht im Mittelpunkt des Abends gestanden hatte, nutzte seine Chance am folgenden Mittwoch vor dem Parlament. In einer Debatte über die Schulpolitik ergriff er unerwartet das Wort, sagte zunächst einiges über die Mittelpunktschule in Breitenfeld, kam dann aber ohne Übergang auf die große Versammlung vom letzten Wochenende zu sprechen und forderte den erstaunten Ministerpräsidenten und das gesamte Kabinett auf, sich für die Namensgebung ›Neumühlen-Breitenfeld‹ einzusetzen. Mit dem Ausruf »Es lebe mein Heimatdorf!« schloß er seine Ausführungen.
Die Abgeordneten waren über Sievers' merkwürdige Rede verwundert. Einerseits gefiel seinen Fraktionskollegen ihr konservativer Hintergrund, andererseits aber fanden sie, daß solch nebensächliche Probleme nicht unbedingt in den Landtag gehörten. Ein Oppositionsabgeordneter aber stimmte über alle Parteigrenzen hinweg den Sieversschen Ausführungen zu und wies nachdrücklich auf die allzu überstürzten Reformen der Vergangenheit hin.
Obgleich Sievers von seinem Fraktionsvorsitzenden eine Ermahnung erhielt, war er stolz wie selten zuvor, hatte er doch den Namen seines Heimatdorfs über die Grenzen seiner näheren Heimat hinaus bekanntgemacht.

6

Vier Wochen später ging Hans Renz zum letzten Mal durch sein Dorf. Er nahm Abschied, denn morgen sollte er nach Süddeutschland fahren, um auf einem Internat, das seine Eltern für ihn ausgesucht hatten, sein Abitur zu machen; wie erwartet, war er zum zweiten Mal sitzengeblieben und hatte deshalb das Rendenstedter Gymnasium verlassen müssen.
Als erstes ging er zu Tischler Jungmann. Der stand wie an jedem Tag in seiner Werkstatt, schob seine Mütze in den Nakken, trat verlegen von einem Bein aufs andere und holte schließlich, weil er nichts zu sagen wußte, die Schnapsflasche aus dem Regal, die dort immer noch zwischen allerlei Leimbehältern stand. Hans trank einen langen Schluck, dann reichte er Jungmann die Hand.
»Wenn du mal wiederkommst«, sagte Jungmann, »dann habe ich endlich eine Frau. Wirst sehen ...«
»Ja«, erwiderte Hans, »ich würde mich freuen.«
»Wirst sehen«, wiederholte Jungmann.
Heinrich Suhr, der bald auf die fünfzig ging und trotzdem immer noch der ›junge Suhr‹ genannt wurde, stand auf seinem Misthaufen und kehrte mit einer Forke das Unterste zuoberst.
»Tschüs«, rief Hans im Vorübergehen.
»Mach's gut«, antwortete Suhr.
Hans fiel auf, welche Ähnlichkeit Suhr mit seinem vor drei Jahren verstorbenen Vater hatte. Auf dem kleinen Hof ging es nicht viel anders zu als damals, als der Alte noch am Leben war. Auch der ›junge‹ Suhr stand sämtlichen Neuerungen, die die anderen Bauern vornahmen, skeptisch gegenüber, auch er ging, wie sein Vater damals, keine Risiken ein. Seine althergebrachte Landwirtschaft würde es noch geben, wenn sich alle anderen Bauern längst spezialisiert haben würden.
»Hallo, Hans!« rief Herr Scheller aus der Werkstatt-Tür. »Du willst uns verlassen?«
»Ich muß«, antwortete Hans im Nähertreten.
»Nimmst Abschied?«

Hans nickte.
»Guckst dir alles noch mal an, damit du nichts vergißt?«
Hans nickte erneut.
»Wenn du wiederkommst«, sagte Herr Scheller lächelnd, »bin ich nicht mehr allein. Am Sonntag fahren Jungmann und ich wieder los.«
Hans lächelte. Seit ihrem ersten Ausflug waren die beiden Witwer fast an jedem Wochenende zu irgendwelchen Frauen gefahren und hatten noch merkwürdigere Erlebnisse gehabt als beim ersten Mal. Sie waren auf den Geschmack gekommen. Ob die beiden wirklich eine Frau für ihr künftiges Leben suchten oder nur Abenteuer, wußte man nicht genau.
Der alte Thöming saß auf einem Stuhl vor dem großen grünen Scheunentor und blinzelte in den Tag. Vor ihm stand ein Kinderwagen, in dem seine Enkelkinder schliefen. Auf dem Gesicht des alten Bauern lag ein versonnenes Lächeln, wie Hans es noch nie gesehen hatte. Da ahnte er, daß er Thöming wohl nicht wiedersehen würde. Der hatte sein Leben beschlossen und mußte nicht mehr erleben, wie sein Schwiegersohn Gazi Erkal den über einhundertfünfzig Jahre alten Hof in eine landwirtschaftliche Fabrik umwandeln würde, wie es Gazi und Elisabeth vorhatten. Seit einiger Zeit schon besprachen sie sich deswegen mit Werner Heske, der ihnen mit guten Ratschlägen weiterhalf.
Auf dem Hof des Bauern Klaus Henningsen war niemand zu sehen. Klaus besprach mit Ingrid Regensburg Zukunftspläne. Immer wieder gerieten sie in Streit, wenn es um Einzelheiten ihres gemeinsamen Lebens ging. Sie würden sich noch streiten, wenn sie längst verheiratet waren und Kinder hatten, denn sie waren zu verschieden und dennoch aufeinander angewiesen.
Magda Stender ging nicht mehr sehr oft zu Werner Heskes Hof. Die Veränderungen, die er vorgenommen hatte und immer noch vornahm, erschreckten sie. Sie fühlte sich nicht wohl in der neuen Umgebung, lebte wieder in ihrem alten Haus und stand zusammen mit ihrer Schwester hinter der Ladentheke. Sie war alt geworden in den letzten Wochen, ging gebückt und setzte vorsichtig Fuß vor Fuß. Adolf ziehe sie ins

Grab, unkte sie seit einiger Zeit, wenn man sie fragte, wie es ihr gehe. Manchmal blieb sie plötzlich mitten im Dorf stehen und blickte lächelnd vor sich hin. Dann waren ihre Gedanken weit fort.

Vor drei Jahren hatte Bauer Holldorf Neumühlen mit dem Wunsch verlassen, das ganze Dorf möge der Teufel holen. In diesen Tagen war er unerwartet zurückgekehrt, hatte sein Haus wieder bezogen, sich sogar einige Kühe und Schweine angeschafft und begann praktisch von vorn. Man munkelte irgend etwas von einer Erbschaft, einem Lotto- oder Totogewinn, der Holldorf in die Lage versetzte, gegen alle Regeln des Pleitemachens noch einmal anzufangen.

Hans sah ihn zusammen mit seiner Frau auf dem Dach seines Hauses sitzen und alte Schindeln gegen neue austauschen. Er hörte, wie die beiden lachten, als habe man ihnen einen Witz erzählt. Hans mußte unwillkürlich mitlachen, obgleich er nicht wußte, wo die Fröhlichkeit der beiden herrührte.

Röder führte wie fast an jedem Tag seinen Eber Erwin durch das Dorf, denn der mußte viel laufen, um nicht zu verfetten. Ausreichende Bewegung an der frischen Luft tue gut, hatte Röder in einer Fachzeitschrift gelesen.

Unweit der alten Schule aber hatte Erwin sich an diesem Tage einfach in den Rinnstein gelegt und wollte nicht mehr weitergehen. Röder hockte neben seinem Freund, kraulte dessen Ohren und forderte ihn mit allerlei Versprechungen auf, doch wieder aufzustehen. Hans half vergeblich, den schlappen Eber wieder auf die Beine zu bringen. Röder umklammerte Erwins Kopf und Hans das Hinterteil, sie schwitzten und keuchten, doch sosehr sie sich auch abmühten, Erwin wollte nicht mehr.

Bauer Kock kam vorbei, ging einige Male um Erwin herum und schüttelte den Kopf. Otto Hammer bremste seinen Lieferwagen ab, in dem er Brot nach Breitenfeld bringen wollte, stieg aus und blickte besorgt auf Erwin hinunter. Dann kam Hilde Borrmann, stellte ihre Tasche hin und schlug die Hände zusammen. Schließlich traten auch Fabrikant Wittke, Gazi Erkal und Elisabeth, Bauer Heske, der ehemalige Polizist Kuhnert, Küster Greve und Lehrer Blunck hinzu. Sie

standen da und schwiegen. Erwin keuchte, gab plötzlich einen Quieklaut von sich, ein Schütteln durchfuhr seinen Körper, dann rollte er langsam auf die Seite, verdrehte die Augen und starb.
Bauer Heske holte einen Handkarren, und mit vereinten Kräften legte man den toten Erwin auf das bedrohlich krachende Fahrzeug. Röder schämte sich seiner Tränen nicht. Otto Hammer und Greve nahmen die Deichsel auf, Hans Renz und Gazi Erkal packten das hintere Ende des Wagens, und so zog man durch das Dorf zu Röders Haus. Alle, die Zeuge geworden waren von Erwins letzter Stunde, folgten, als trüge man einen Menschen zu Grabe.
Unterwegs begegneten sie Anton und Anne Podizat, die mitten auf der Straße standen und zwei Postkarten in Händen hielten. Die eine hatte Jürgen aus London, die andere Christian Czychowski aus Narvik in Norwegen geschrieben. Sie schlossen sich sofort dem Zug an, um allen zu erzählen, was auf den Postkarten stand. Sie erreichten Röders Haus, Erwin wurde abgeladen, am Nachmittag sollte er begraben werden. Alle trafen sich am Abend in der Gastwirtschaft Lafrenz wieder. Röder hielt sie frei. Immer mehr Leute traten hinzu, trauerten mit ihm um Erwin und wurden gleichfalls freigehalten.
Anton Podizat, dessen Jürgen nun schon in London war, spendierte zwei Flaschen Schnaps, die in kurzer Zeit geleert waren.
Pastor Jacobsen saß mit Anton und Röder an einem Tisch. Sprach er mit Röder, mußte er eine betrübte Miene aufsetzen, sprach er mit Anton, mußte er ein fröhliches Gesicht zeigen. Je länger die beiden Männer auf ihn einredeten, um so öfter verwechselte der Pastor seine beiden Gesichter. So lachte er Röder zu, während dieser sich verstohlen ein paar Tränen fortwischte, und machte ein betroffenes Gesicht, wenn Anton von Jürgens Rückkehr sprach.
Bald aber lächelte Röder wieder, denn schließlich hatte er ja noch den Eber Stefan, und Antons fröhliche Erwartung wich einer aufkeimenden Angst, weil Jürgen noch nicht hier und Christian weit weg war, fast am Polarkreis.

Diesem Wechsel war Jacobsen nun gar nicht mehr gewachsen. Da besann er sich auf seine Narbe. Hatten die Neumühlener nicht damals, als er seinen Dienst hier angetreten hatte, geglaubt, er grinse andauernd vor sich hin, auch wenn er ernst war? Sollten sie es doch wieder glauben! So lächelte der Pastor nicht mehr und zeigte auch kein fröhliches Gesicht, sondern blickte zugleich lächelnd und ernst auf die beiden Männer, die voller Hoffnung und Skepsis, Trauer und Erwartung waren.
Am nächsten Morgen, als die Sonne gerade aufgegangen war, verließ Hans Renz Neumühlen. Als er auf dem Hamburger Hauptbahnhof auf den Anschlußzug in den Süden wartete, glaubte er zwei Bahnsteige weiter Jürgen Podizat zu erkennen. Als er genauer hinsehen wollte, fuhr ein Zug ein und verdeckte ihm die Sicht.
Er ist es, dachte Hans, ich weiß, daß er es ist . . .!

Später lebte Hans Renz in einer Stadt im Süden. Manchmal hatte er Heimweh. Dann machte er sich Notizen. So schrieb er zum Beispiel folgenden Satz auf:

»Das Dorf Neumühlen liegt im Norden unseres Landes, dort, wo der Himmel groß ist, manchmal tiefblau und manchmal düstergrau, wenn Wolken von Horizont zu Horizont über das flache Land ziehen. Dann riecht der Westwind nach Salz und Tang . . .«

Auch wenn sich alles verändert hat in der Zwischenzeit, dachte er, das wird bleiben.